호절암

호설암 3

초판 1쇄 인쇄_ 2006년 6월 20일
초판 1쇄 발행_ 2006년 7월 3일

지은이_ 고양(高陽)
펴낸이_ 김영곤
기획 • 편집_ 임병주
영업 • 마케팅_ 정성진 이종률
관리_ 이인규 이도형
제작_ 강근원 이영민

펴낸곳_ (주)북21 달궁
주소_ 경기도 파주시 교하읍 문발리 파주출판문화정보산업단지 518-3 (413-756)
전화번호_ 031-955-2100(대표)
팩스번호_ 031-955-2251
이메일_ dalgoong@dalgoong.com
홈페이지_ http://www.dalgoong.com
출판등록_ 2000년 4월 10일 제16-1646호

ISBN 89-5877-207-7
ISBN 89-5877-204-2(세트)

값 10,000원

고양 지음 — 김태성＋정미화 옮김

호설암 3

달궁

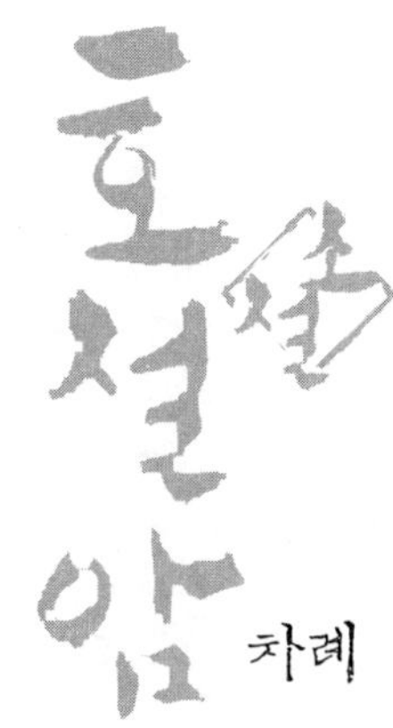

차례

사업이 번창하려면
시장이 안정되어야 한다

호설암이 아무런 대꾸도 하지 않고 묵묵히 듣고만 있자 욱사는 반대의 뜻을 굽히지 않았다. 그가 하는 말이 이치에 어긋나지 않았기 때문에 호설암은 잠시 동안 대답할 말이 떠오르지 않아 잠자코 있는 수밖에 없었다.

그러는 사이에 슬그머니 본색이 드러나고 말았다. 욱사의 생각은 보통 빠른 것이 아니었다. 그는 수정아칠이 소화상에 대해 언급한 이후로 호설암이 했던 모든 얘기들을 한꺼번에 연결시켜 생각해 보았다. 그리고 그의 말 속에 뭔가 감추고 있는 것이 있다는 단정을 내리게 되었다. 호설암을 친구로 여기지 않을 생각이라면 모든 걸 불문에 부칠 수 있겠지만 지금은 피차 깊이 사귀기를 원하고 있는 처지라 그 감춰진 사연을 들어 보지 않을 수 없었다.

"소화상 이 친구는 미꾸라지만큼이나 교활합니다."

욱사가 충고하듯이 말했다.

"그가 하는 말을 그대로 믿어서는 안 돼요."

이제 모든 것이 확실해졌다. 호설암은 소화상이 뭔가 얘기를 했는데도 불구하고 그에게 털어놓지 않았다는 사실을 욱사가 이미 알아차리고 있음을 간파할 수 있었다. 아무래도 이런 오해를 당장 풀어 두지 않으면 후과가 적지 않을 것 같았다. 하지만 오해를 푸는 데도 적절한 구실이 필요했다.

다시 생각해 보니 수정아칠에게는 성시城市에 대한 동경이 없는 것이 분명했다. 게다가 욱사 역시 《수호전水滸傳》에 나오는 송강宋江처럼 참을성 있는 사람이 못 되었다. 그리고 소화상은 욱사가 자신을 수정아칠의 거처에 얼씬도 하지 못하게 했다는 사실을 누가 묻기 전에 스스로 떠들고 다닐 인물이 아니었다. 하지만 수정아칠이 소화상을 다른 눈으로 보고 있다는 사실에는 의심의 여지가 없었다. 그렇다면 이번 기회에 욱사로 하여금 이런 사실을 깨닫게 하는 것도 바람직한 시도가 될 수 있었다. 호설암이 말했다.

"욱사 형, 사실대로 말씀드리지요. 전 소화상이라는 친구가 아주 맘에 듭니다. 하지만 욱사 형께서 문 안에 들어서지 못하게 한다는 말을 듣고 호주에서는 그를 고용할 수 없겠다고 생각한 것이지요. 욱사 형을 하루 이틀 볼 것도 아닌데 욱사 형께서 싫어하시는 사람을 어떻게 함께 데리고 있을 수 있겠습니까? 하지만 그 친구를 항주로 데려가는 건 괜찮지 않겠습니까?"

이 한마디에 호설암의 깊고 신중한 마음 씀씀이가 그대로 드러났다. 일부러 수정아칠의 면전에서 그가 소화상의 출입을 금했다는 사실을 밝히지 않았던 것이다. 욱사는 호설암이 진정한 친구로서 아무런 손색이 없다는 사실을 새삼 깨달았다. 그의 말대로라면 소화상을 항주로 데려가려는 것도 반은 자기를 위한 것임이 분명했다. 수정아칠이 이 뺀질뺀질한 망나니를 보기만 하면 가슴이 울렁거려 어쩔 줄 몰라 하기 때문이다.

그러나 왠지 모르게 욱사는 그의 요구를 거절해야겠다는 생각이 들었다.

"맞습니다! 전 소화상 그 친구를 별로 좋아하지 않지요. 하지만 싫어하는 건 싫어하는 거고, 그 친구가 절 보살펴 주지 않으면 이만저만 불편한 게 아닙니다. 소화상은 교활할 뿐만 아니라 노름을 좋아하기 때문에 모르긴 몰라도 속 꽤나 썩으실 겁니다."

"노름을 좋아하는 건 문제 될 게 없습니다."

호설암이 말했다.

"욱사 형께 한마디만 여쭙고 싶군요. 소화상이 이전에 '안에서 밥을 먹으면서 밖에 나가면 남의 일을 해준[吃裏爬外] 적이 있습니까?"

"감히 그러지는 못하지요! 그런 짓을 했다가는 죽도록 얻어터지는 건 물론이고 아마 호주 땅에 발을 붙이지 못하게 될 테니까요."

"그렇다면 전 그 친구를 데리고 가는 걸로 하겠습니다. 단지 본인이 원하지 않을까 걱정이 되는군요. 사람이란 아무래도 정들고 낯익은 고장이 좋은 법이니까요."

"그런 말씀 하실 필요 없습니다!"

욱사가 고개를 좌우로 흔들었다.

"호형께서 정말로 그 친구를 필요로 하신다면 그가 원치 않는다 해도 데려가실 수 있습니다. 호형 같은 분을 따라가게 됐는데 무슨 말을 더 하겠습니까? 제가 방금 했던 말들은 순전히 호형을 생각해서 한 것이었습니다."

"저도 잘 알고 있습니다."

호설암이 말을 이었다.

"그가 멋대로 까분다 해도 전혀 두려울 게 없습니다. 제가 맘대로 부리지 못할 경우에는 욱사 형께서 계시지 않습니까? 소화상이 순순히 복종하지 않을 수가 없지요."

호설암의 말에 욱사는 몹시 흐뭇했다. 이렇게 되면 결국 힘 안 들이고 '호랑이를 산 밖으로 몰아 버린[調虎離山]' 셈이었다. 그것도 수정아칠의 추천으로 그동안 마음속으로 거추장스럽게 여겨 왔던 혹을 가볍게 처치해 버린 격이니 이보다 더 통쾌할 수가 없었다.

"하지만 이 일도 그리 급할 건 없습니다."

욱사가 조용하게 타이르듯 말했다.

"이 일은 호형께서 성성省城으로 돌아가시기 전에 처리하기만 하면 되는 일입니다. 제가 좀 더 한가해지면 소화상을 데려올 테니까 한번 만나서 자세한 얘기를 나눠 보시지요. 그러고 나서 그가 정말로 맘에 드신다면 그에게 뭐라고 말씀하실 필요 없이 제게 의향을 말씀해 주시면 됩니다. 항주로 데려가셔서 어떤 일을 시키게 될지는 나중에 제가 잘 얘기할 테니까요."

"좋습니다. 그렇게 하도록 하지요."

호설암이 소화상을 쓰기로 한 것도 애당초 반은 욱사를 위한 것이었기 때문에 그의 이러한 안배는 더없이 만족스러웠다.

"그럼 욱사 형께서 수고 좀 해주십시오."

기원으로 오게 된 주된 원인이 수정아칠이 소화상에 대해 얘기하는 걸 피하기 위한 것이었던 만큼 만족스러운 결과가 된 셈이었다. 호설암은 더 이상 목욕만 하고 있을 수 없었다. 그는 재빨리 옷을 챙겨 입고 서둘러 장씨를 만나러 갔다.

"혼자선 길이 익숙지 않으실 텐데 어떻게 가시려고 그러십니까?"

이렇게 물으면서 욱사는 기원의 시동을 하나 불렀다.

"냉큼 교행轎行에 가서 내 부탁이라고 하고 가마를 한 대 불러오너라."

오래 기다리지 않아 새로 만든 가마 한 대가 도착했다. 젊고 건장한 세 명의 가마꾼들은 하나같이 태도가 공손하고 고분고분했다. 모두가 욱사가 특별히 분부한 덕분이었다. 호설암이 주소를 말하고 가마에 오르자 가마는 곧장 달리기 시작했다.

장씨의 집은 성 밖 부두 옆에 있는 조그만 골목 안에 자리 잡고 있었다. 골목은 너무 좁아 가마의 통행이 여간 불편하지 않았다. 그래서 행인들도 몸을 옆으로 세워 길을 내주면서 곁눈질로 주위를 살펴야만 했다. 이런 행인들 속에 아주가 끼어 있었다.

호설암은 아주를 보지 못했으나 아주가 먼저 가마에 탄 호설암을 발견했다.

"어머! 이봐요!"

그녀는 문 안으로 들어서는 가마를 향해 소리쳤다.

"어디로 가시는 길이지요?"

가마꾼들은 그녀를 거들떠보지도 않았으나 호설암은 그녀의 목소리를 알아들었다. 그는 재빨리 수판手板을 두드렸다. 가마를 멈추라는 뜻이었다.

"왜 이제야 오시는 거예요?"

보자마자 원망 섞인 투정이었다. 마치 벌써 한 식구가 된 듯한 말투였다. 주위에 사는 이웃들이 보기라도 했다면 의아하게 여길 게 분명했다. 아주는 자신의 실언을 깨달았는지 금세 얼굴이 빨개졌다. 그리고 억지로 웃음을 지으며 말했다.

"저희가 사는 이 골목에는 가마를 타고 오시는 손님이 거의 없거든요. 어서 들어가세요. 어서요!"

"네가 먼저 들어가려무나."

호설암은 조심스럽게 문 앞에 서 있는 가마꾼들을 쳐다보았다. 행인들이 욕이나 하지 않을까 하는 생각에 가마를 골목 입구에 세워 두게 하고 문 안으로 들어섰다.

대문을 들어서자마자 바로 객청이었다. 안에서 하는 말소리가 밖에까지 새어 나왔기 때문에 불편하기가 이만저만이 아니었다. 아주는 그를 뒤로하고 앞장 서서 걸어 들어갔다. 조그만 천정을 경계로 동쪽에 방이 두 칸 있는데 보아 하니 침실인 것 같았다. 서쪽에도 방이 두 칸 있는데 그 중

하나가 주방인지 고깃국 냄새가 진동했고 하나는 창고인지 물건이 가득 쌓여 있었다.

"제 방으로 가시는 수밖에 없을 것 같군요."

아주가 다소 주저하는 듯한 어투로 말했다.

"사실은 좀 불편하실 거예요."

불편하다는 건 장씨 내외가 집에 있지 않기 때문이었다.

"어디들 가셨지?"

호설암이 물었다.

"다 호 노야 때문이 아니겠어요?"

아주는 다소 비난이 섞인 어투로 대답했다.

"아빠는 호 노야를 만나러 아문에 가셨고 엄마는 호 노야께서 오시면 음식을 만들어 드린다고 하시면서 부둣가로 신선한 생선을 사러 나가셨어요."

"그럼, 넌? 문 앞에서 날 기다리고 있었던 거로구나?"

"제가 왜 호 노야를 기다려요? 전 엄마를 기다리고 있었던 거라고요."

"쓸데없는 얘기 그만하기로 하고, 가서 아빠를 좀 모시고 오너라. 공연히 기다리느라 헛수고 하시지 않도록 말이야."

"그럴 필요 없어요. 좀 기다리다가 곧 돌아오실 텐데요, 뭐."

이렇게 말하면서 아주는 방문을 열었다. 방 안은 방금 청소한 것처럼 깨끗하고 아늑했다. 침대와 경대가 단정하게 정돈되어 있고 탁자 위에는 화병까지 마련되어 있었다. 화병 안에는 연꽃이 몇 송이 꽂혀 있었다.

"방이 너무 좁아요!"

아주가 부끄러운 듯 입을 열었다.

"작은 게 좋지, 뭐. 두 사람에 침대 하나라! 딱 좋은걸."

"보자보자 하니까 별 말씀을 다 하시는군요!"

아주는 호설암을 향해 눈을 흘겼다.

"자, 그러지 말고 앉아서 애기하자고."

호설암은 아주의 손을 잡아끌어 침상 가장자리에 앉혔다. 막 입을 열려는 순간 아주는 갑자기 생각난 것이 있는지 자리를 박차고 밖으로 뛰어나갔다. 객청까지 간 그녀는 다시 몸을 돌려 되돌아왔다.

"뭐 하러 뛰어나갔던 거야?"

"문을 잠그려고요."

그녀가 대답했다.

"대문을 안 잠그면 남들이 객청에 있는 물건들을 다 집어 가도 모르잖아요."

이 말이 핑계에 불과하다는 것은 호설암도 잘 알고 있었다. 그녀는 부모님들이 갑자기 들어올까 봐 겁이 났던 것이다. 아주는 빙긋이 웃으며 호설암에게 말했다.

"이젠 안심하셔도 돼요."

호설암은 그녀를 끌어당겨 볼에다 입을 맞췄다. 그녀는 입으로는 '안돼요, 안 돼!' 하면서 잠시 몸부림을 치긴 했지만 금세 태도를 바꿔 고분고분하게 애무를 받아들였다.

"속옷을 너무 꽉 조이게 입은 것 같아. 공기도 통하지 않을 것 같구나."

"그게 호 노야랑 무슨 상관이에요?"

"다 널 위해서 하는 소리야."

호설암은 그녀의 저고리 단추를 풀었다.

"네 속옷에 무슨 꽃이 수 놓여 있는지 봐야겠다."

"안 돼요!"

아주는 그의 손을 잡고 놓지 않았다.

"꽃무늬도 없는데 뭐 볼 게 있다고 그러세요?"

그녀가 완강히 거절하자 호설암은 일단 포기하고 손을 다른 곳으로 옮겼다.

"수를 놓을 줄 알면 속옷에 꽃수를 놓지 그러니?"

"너무 귀찮아요."

"한번 멋지게 놓아 봐. 수를 다 놓으면 내가 상을 줄 테니까."

"상이라고요?"

아주가 웃으면서 말했다.

"무슨 상인데요?"

"금술을 하나 상으로 주지."

이렇게 말하면서 그는 허공에 손으로 금술 모양을 그렸다.

"속옷에 다는 거야. 어때, 내 제안이?"

싫을 이유가 없었다. 아주는 두 눈을 가늘게 뜨고 호설암을 똑바로 노려보며 말했다.

"이런 걸 즐기시나 보죠?"

"그런 건 아니고, 앞으로 네가 자수를 좋아했으면 해서……."

"좋아요. 그렇게 하지요, 뭐"

아주는 자신 있게 대답했다.

"제 속옷에다 아주 멋지게 수를 놓아 보여 드리죠. 한데 어떤 꽃무늬를 좋아하시죠?"

"그야 물론 원앙이 물놀이하는 '원앙희수鴛鴦戲水'지."

순간 아주의 얼굴이 또다시 발갛게 상기되었다. 그리고 고개를 숙인 채 아무 말도 하지 않았다.

"왜 그래?"

호설암이 물었다.

"그 무늬가 맘에 안 들어서 그래?"

그녀는 말없이 고개를 가로젓더니 다시 한번 그를 힐끔 쳐다보았다. 교교하게 흐르는 정이 그의 마음을 취하게 했다. 호설암은 한 발짝 더 가까이 다가가 그녀의 저고리 단추를 풀었다.

이번에는 아주도 저항하지 않았다. 대신 이번에는 밖에서 요란한 소리가 들려왔다. 쾅쾅 문 두드리는 소리에 이어서 '아주야, 문 열어라!' 하고 외치는 소리가 들려왔다.

"엄마가 돌아오셨어요!"

아주는 황급히 자리에서 일어나 허겁지겁 경대 앞으로 다가갔다. 거울 속에는 복숭아 빛으로 물든 얼굴과 어지럽게 흐트러진 머리칼이 그녀를 바라보고 있었다.

"전부 호 노야 때문이에요! 이런 모습으로 어떻게 밖으로 나가요?"

"낮에 부끄러운 짓을 하지 않았으면 한밤중에 누가 문을 두드려도 놀랄 일이 없지[白天不作虛心事, 夜半敲門心不驚]. 겁날 게 뭐야? 내가 나가서 문을 열 테니까 넌 마음부터 안정시키는 게 좋겠다."

호설암은 침착하게 흥분을 가라앉히며 장삼 자락을 수습하여 태연자약하게 밖으로 걸어나갔다. 대문을 연 그는 히죽히죽 웃는 낯으로 먼저 입을 열었다.

"어머니!"

"어머나!"

아주의 엄마가 깜짝 놀라 물었다.

"언제 오셨어요?"

"방금 도착해서 숨 좀 돌리고 있는 중이었습니다."

"아주는요?"

"뒤에 있습니다."

호설암은 아주의 얼굴에 남은 홍조가 아직 가시지 않았을 거라고 생각하고 그녀를 구해 줄 요량으로 이것저것 물어보며 아주의 엄마를 놓아 주지 않았다.

그녀의 손에는 아직 살아 있는 쏘가리가 한 마리 들려 있었다. '꽃 피고 물 맑은 봄에는 쏘가리가 살찐다[桃花流水鱖魚肥]'고 봄에는 어렵지 않게 구할 수 있지만 여름에는 정말 맛보기 힘든 물고기였다. 게다가 쏘가리는 물에서 나오자마자 죽는 게 보통이라 살아 있는 쏘가리는 이만저만 진귀한 게 아니었다. 물고기를 산 채로 잡기 위해선 호설암과 더 길게 잡담하고 있을 수가 없었다. 아주 엄마는 간신히 대화가 끊어지는 틈을 타서 안을 향해 소리쳤다.

"아주야!"

아주는 벌써 마음을 가라앉히고 머리를 단정하게 빗은 다음 태연스럽게 걸어나왔다. 아주 엄마는 그녀에게 생선의 배를 갈라 놓으라고 분부하고 나서 호설암에게 간을 하지 않는 청증淸蒸으로 하는 게 좋은지 아니면 설탕, 기름, 간장 등을 넣어 찌는 홍소紅燒로 하는 게 좋은지 물어보았다.

"살아 있는 쏘가리는 구하기가 어려우니까 청증으로 하는 게 좋을 거예요."

아주가 나서서 대신 대답했다.

호설암은 아직 할 일이 많았기 때문에 장씨를 만나 몇 가지 지시만 하고 곧 떠날 생각이었다. 그러나 이번 식사 대접은 받지 않으면 안 될 것 같았다. 이곳에 올 때마다 식사 대접과 함께 거론되는 얘기가 있었던 것이다. 호설암은 먼저 장씨와 일에 관해 상의하고 나서 다시 얘기하기로 마음먹었다.

"어머니! 식사는 중요한 일이 아니니까 간단할수록 좋습니다. 장 선생님이 돌아오시는 대로 드릴 말씀이 좀 있거든요. 시장이 아주 긴박하게 돌아가고 있습니다. 모두들 바쁘게 돌아치고 있어서 한가하게 시간 보내고 있을 수가 없어요."

아주 엄마도 그의 말이 사실이라는 것을 알고 있었다. 다행히 그녀는 손이 아주 빨랐다. 장씨가 현 아문에서 돌아올 때쯤에는 음식이 다 준비되어 있었다. 네 사람은 곧 식탁에 둘러앉아 밥을 먹으면서 얘기를 시작했다.

"한 식구나 다름없으니까 사실대로 얘기하도록 하겠습니다."

가장 상석에 앉은 호설암이 먼저 입을 열었다.

"내일 아침 날이 밝는 대로 먼저 이사부터 하십시오! 어느 곳으로 가든지 일단 집을 옮기고 나서 다시 얘기하도록 합시다. 여긴 정말이지 너무 좁아요."

장씨 부부는 서로의 얼굴만 쳐다보았다. 두 사람은 이사가 결코 간단한 일이 아니라는 생각을 갖고 있었다. 우선 집을 보러 다녀야 하고 이사할 집이 정해지면 황도길일皇道吉日을 잡아야 하는데다 가구가 많지 않다 해도 이를 옮기고 정리하는 데는 사나흘이 족히 걸리기 때문이었다.

호설암은 장씨 일가의 표정을 보고 금세 그들의 심사를 알아차리고는 손가락을 꼽아 가며 설명을 시작했다.

"첫째, 집은 내일 아침 날이 밝는 대로 보러 가면 됩니다. 그럴듯한 집이 어딘가에 있을 테니까요. 우선 세를 얻으면 됩니다. 다행히 살 수 있으면 더 좋을 게 없겠지만 오래 살 것이 아니니 세를 얻는 것도 무방할 겁니다. 둘째, 여기 있는 가구들은 앞으론 못 쓰게 될 테니까 이웃들에게 나눠주면서 인심이나 쓰세요. 그리고 전부 새 걸로 장만하는 겁니다. 셋째, 날을 잡을 것 없이 집이 정해지면 내일 당장 이사를 해치우는 겁니다. 그러면 모든 게 내일 하루 동안에 다 해결될 수 있을 겁니다."

"내일 하루로는 아무래도 힘들 것 같은데요."

아주의 엄마가 주저하며 입을 열었다.

"그럼 이틀에 걸쳐서 하도록 하지요."

호설암은 인심 쓰듯 기한을 늘려 잡고 나서 자신 있는 목소리로 선언하듯 말했다.

"내일 모레 저녁에 새로 이사한 집으로 저녁을 먹으러 가겠습니다."

"그렇게 빨리 해야 하는 이유가 뭔가요?"

아주가 따지고 나섰다.

"호 노야는 항상 자기 생각만 얘기할 줄 알지, 남 생각은 전혀 들으려 하시지 않는 것 같아요."

"할 수 있어, 할 수 있고말고!"

아주 엄마는 호설암의 생각에 거역하고 싶지 않았다. 하지만 한 가지 걱정되는 일이 있는지 아주에게 황력皇曆을 가져오라고 시켰다.

다행히 다음날과 또 그 다음날이 모두 이사에 적합한 길일이었다. 마지막 한 가지 걱정마저 해결된 셈이었다. 장씨 가족은 내친 김에 저녁 식사를 마치고 곧장 집을 보러 나가 보기로 결정했다.

"돈은 걱정하지 마세요!"

호설암은 100냥짜리 은표를 두 장 꺼내 아주 엄마에게 건넸다.

"우선 이걸 쓰도록 하세요. 전 호주에 전장을 하나 열 생각이고 또 몇 가지 사업을 구상 중에 있습니다. 일이 안 될까 봐 걱정이지 쓸 돈이 없게 되는 건 걱정되지 않습니다. 제 말대로만 하세요. 잘못되는 일은 없을 테니까요."

호설암의 말에 장씨 일가는 모두 만족감과 흥분을 감추지 못했다. 그러나 애써 내색하지 않으면서 두 눈이 휘둥그레진 채 어리둥절한 표정으로 '백년지객'을 바라볼 뿐이었다.

호설암은 연거푸 술잔을 비우고 나서 요 며칠 동안 진행된 일의 경과를 되돌아보면서 커다란 만족감과 희열에 빠졌다. 그래서인지 득의만면한 표정으로 흥에 겨워 한마디 했다.

"사실 올해 교운과 태운이 이 정도로 순조로울 줄은 꿈에도 생각지 못했습니다. '복은 절대로 겹쳐서 오지 않는 법[福無雙至]'이라고 누가 말했죠? 기회가 오기 시작하면 두세 가지가 연달아 오는 데다 떨쳐 버리려 해도 떨어지지 않는데 말입니다. 정말이지 머리 셋에 팔이 여섯 개가 있어도 모자랄 것 같습니다."

"이게 소위 말하는 '능자다로'*가 아니겠습니까!"

아주 엄마는 역시 서향세가 출신답게 문자를 써가며 말을 받았다.

"능력이 있다는 데 대해선 억지로 겸양할 생각이 없습니다. 저도 제 수완을 어느 정도 알고 있으니까요. 하지만 제 능력이 아무리 뛰어나다 해도 혼자 힘으로는 아무것도 할 수가 없습니다. '모란이 좋긴 하지만 푸른 잎이 지탱해 주지 않으면 소용없는 것[牡丹雖好, 綠葉扶持]'이지요. 안 그렇습니까, 어머니?"

"그렇고말고요! 하지만 호 노야는 '줄기만 있는 모란'이 아니잖아요. 저희 모두가 한 마음 한 뜻으로 도와드리고 있으니까요."

"맞는 말씀입니다. 모두들 저를 좀 도와주십시오! 사실 저를 돕는 것이 스스로를 돕는 일이 될 겁니다."

호설암이 장씨를 쳐다보며 말했다.

"현 아문의 호서(戶書)인 욱사를 잘 아시죠?"

"알지요! 부두에서는 그의 말 한마디에 모든 일이 결정되지요."

"바로 그 욱사가 우리와 손을 잡고 생사 사업을 같이 하기로 했습니다. 장 선생, 한번 생각해 보세요. 제가 호주에 있는 한 위로는 왕 대노야께서 돌봐 주고 아래로는 욱사가 거들 겁니다. 돈이 필요하면 얼마든지 돈을

* 능자다로能者多勞 _ 재주 많은 사람은 일도 많다.

구할 수 있고 길이 필요하면 얼마든지 길도 열 수 있지요. 이런 조건에서 장사를 제대로 해내지 못한다면 다른 사람들은 몰라도 저 스스로 인정하기 어려울 겁니다."

장씨는 워낙 성실한 사람이라 호설암의 말에 더욱 불안하기만 했다. 사업의 규모가 커질수록 자신의 부족한 능력이 드러날 게 뻔하기 때문이었다. 장씨는 잠시 망설이다가 말을 받았다.

"제가 일을 제대로 감당해 낼 수 있을지 모르겠습니다."

"정말 걱정이에요."

아주 엄마도 다소 불안한 표정이었다.

"시장이 너무 크면 이 양반 혼자로는 감당해 내지 못할 거예요. 아무래도 욱사 밑에 있는 사람들이 더 나서야 할 것 같아요. 모르긴 해도……."

"모르긴 해도 뭡니까?"

호설암은 그녀의 말을 가로채서 물었다.

"욱사가 어떤 사람인지는 잘 알고 계시지요? 아무리 거친 사람이라 해도 제 친구인 이상 옆에서 이끌어 주는 사람이 있기만 하면 모든 일을 잘 해낼 수 있을 겁니다. 게다가 그가 우리들의 특별한 정분을 잘 알고 있는 마당에 어찌 장 선생을 모른 척할 수 있겠습니까? 두 분은 마음 푹 놓으세요. 일단 사행이 개점하면 점방 안의 일들을 잘 관리하시면서 장부만 확실하게 기록하시면 됩니다. 한마디로 말해서 열심히 일하기만 하면 되는 겁니다. 일이 잘못되는 것은 조금도 걱정하실 필요가 없습니다. 제가 있는 한 모든 것이 순조롭게 이루어질 테니까요."

장씨는 호설암의 얘기를 들으면서 연신 고개를 끄덕였다. 얼굴도 서서히 풀어지면서 점차 자신 있는 표정으로 변해 갔다. 밥 한 그릇을 얼른 비운 그는 젓가락을 들어 호설암을 가리키면서 말했다.

"천천히 드십시오. 전 잠시만 나갔다 오겠습니다."

"이렇게 늦게요? 어딜 가시게요?"

아주가 물었다.

"집 좀 보러 가야겠다. 생각나는 곳이 한 군데 있는데 앞뒤로 훤히 뚫린 게 제법 넓더구나. 우선 세를 얻은 다음에 다시 얘기해 볼 생각이다."

호설암이 더 기뻐하는 모습이었다.

"그렇게 하세요! 빨리 돌아오실 수 있다면 저도 가지 않고 기다렸다가 결과를 들어 보고 싶군요."

하지만 장씨가 나가자마자 아주는 손님을 몰아내기 시작했다.

"제가 보기엔 호 노야께서도 어서 식사를 마치고 돌아가 보시는 게 좋을 것 같군요. 호 노야께서도 할 일이 많으실 것이고 저희도 호 노야께서 가셔야 짐 정리를 할 수 있지요. 그래야 내일 이사를 할 수 있지 않겠어요?"

"그건 그래!"

아주 엄마도 같은 생각이었다.

호설암은 크게 위안이 되었다. 장씨 일가 세 사람이 밥 먹는 시간까지 줄여 가면서 일에 열의를 보이고 있었기 때문이다. 밑에서 일하는 사람들이 모두 이렇게만 해준다면 사업이 번창하지 않을 수 없을 것이었다.

다음날엔 이른 아침부터 모두들 분주히 돌아치기 시작했다. 장씨 부부는 이사를 하느라 바빴고 호설암은 부강 분점을 개설하는 문제로 양용지를 만나 오전 내내 일을 상의하느라 정신없이 바빴다. 그리고 오후에는 변함없이 수정아칠의 집으로 욱사를 만나러 가야 했다.

정사正事에 관한 논의가 끝나자 화제가 소화상에게로 옮겨 갔다. 수정아칠이 먼저 얘기를 꺼냈다.

"호 주인장님! 소화상을 항주로 데려가실 생각이세요?"

그녀가 물었다.

"그렇긴 하지만 본인의 생각이 어떤지는 아직 잘 모르겠소."

"물론 그는 따라가려고 할 겁니다."

아칠이 다시 물었다.

"하지만 전 호 주인장님께서 왜 그를 항주로 데려가시려 하는지 그 이유를 모르겠군요."

이런 질문이 욱사의 입에서 나왔다면 그다지 이상할 게 없겠지만 수정아칠의 입에서 나왔다는 것은 심상치 않은 일임에 틀림없었다. 호설암은 한참 생각을 해야 했다. 어쩌면 그녀가 이미 욱사의 사주를 의심하고 있는지도 모른다. 만일 그렇다면 어떻게든 욱사를 대신해서 이런 오해를 풀어 줘야 한다.

"사수께 사실대로 말씀드리자면, 제겐 사람을 보는 안목이 있습니다."

그는 조용하고 침착한 어조로 대답했다.

"소화상은 아주 활달한 친구지요. 대처로 나가 경험을 좀 쌓으면 앞으로 큰 재목이 될 수 있는 인물입니다. 전 우선 그 친구를 항주로 데려가 일을 배우게 한 다음 나중에는 상해로 보내 경험을 쌓게 할 생각입니다."

"그가 상해 십리이장에 가게 되면 이만저만 골칫거리가 아닐 거예요."

수정아칠은 마치 그의 누나라도 되는 듯한 어투로 호설암에게 부탁했다.

"호 주인장님께서 잘 좀 보살펴 주세요."

"알겠소! 걱정하지 말아요."

호설암은 이런 기회를 놓치지 않고 욱사를 감싸 주었다.

"욱사 형께선 소화상을 호주에 남겨 두고 일을 잔뜩 떠맡기라고 하시더군요. 그래야 뺀질거릴 틈이 없다고 말입니다. 하지만 전 건들거리는 건 그다지 걱정할 게 못 된다고 생각합니다. 일단 객지로 가게 되면 제게 방법이 다 있으니까요."

이 한마디에 수정아칠은 모든 의혹이 눈 녹듯이 사라져 버렸고 욱사는 마음속의 한 가지 부담을 해결하게 되었다. 호설암이 소화상을 항주로 데려가는 것이 욱사의 사주에 의한 것이라고 의심하고 있던 수정아칠은 그제야 자신의 의심이 지나친 상상에 불과했다는 사실을 깨닫게 되었다.

"소화상은 어려서부터 저와 아주 가까운 이웃이었어요."

수정아칠은 문득 소화상에 대한 자신의 관심에 대해 충분한 설명을 해두어야겠다는 생각이 들었다.

"소화상의 누이동생이 저랑 제일 친한 친구였지요. 지금은 이미 딴 세상 사람이 되었지만요. 그래서 그런지 소화상은 저를 누이동생처럼 대하고 있어요. 그는 총명하고 야무지긴 하지만 항상 할 일이 있어도 거들떠보지 않고 노름에 빠지는 게 탈이지요. 그리고 돈을 잃었다 하면 절 찾아와요. 그러다 보니까……."

그녀는 문득 화가 치미는 듯 숨결이 가빠지기 시작했다.

"이러쿵저러쿵 남 말하기 좋아하는 사람들은 제가 그와 특별한 사이라고 쑥덕거리기도 하지요. 정말 어처구니없는 일이지요. 저는 저대로 억울해 죽겠다니까요. 정말 말도 안 되는 소리들을 하고 있으니 말이에요. 저는……."

"됐으니까 그만해!"

욱사는 그녀의 입이 멈출 생각을 하지 않자 재빨리 나서서 말을 막아버렸다.

"난 남들 앞에서 아칠에 관한 얘기를 꺼낸 적이 없어. 남들이 옆에서 하는 얘기까지 내가 뭐라고 할 수야 없지 않겠어?"

"그렇게 할 수도 있잖아요!"

수정아칠은 삿대질까지 하면서 핏대를 올리더니 이내 다시 차분해지면서 미소와 함께 요염하게 교태를 부렸다.

호설암은 그녀의 이러한 성격이 대단히 마음에 들었다. 하지만 욱사의 눈치를 보면서 눈길을 거두는 수밖에 없었다. 문득 소화상에게로 생각이

미쳤다. 이미 설명이 다 된 바에야 더 이상 눈치 볼 것 없이 당장 그를 만나 담판을 짓고 그를 일터로 끌어내는 게 좋겠다는 생각이 들었다.

"욱사 형, 이제 제가 소화상을 만나 봐도 되겠습니까?"

"안 될 게 뭐가 있겠습니까?"

욱사는 자리에서 일어났다.

"자, 가시지요!"

두 사람은 다시 기원으로 갔다. 욱사는 사람을 시켜 소화상을 불러 오게 했다. 소화상이 물었다.

"사숙께서 제게 하실 말씀이 있으셨나요?"

욱사는 그의 질문에 대답하는 대신 한마디 되물었다.

"자넨 노름을 끊을 건가, 안 끊을 건가?"

소화상은 옆에 있다가 빙긋이 웃으며 대답했다.

"사숙께서는 제가 노름을 끊기를 바라십니까?"

"다 자네를 위해 하는 얘길세. 이렇게 허구한 날 노름에 미쳐 있다가 어느 세월에 출세할 텐가? 노름으로 먹고 사는 건 정말 희망 없는 노릇일세. 알고 있지?"

소화상은 아무 말도 없이 호설암을 쳐다보았다. 욱사의 말뜻을 알 것 같다는 듯한 표정이었다. 욱사가 다시 물었다.

"자네 아주 화려하고 번화한 부두로 가고 싶지 않나?"

소화상은 얼굴색이 변하면서 다소 긴장하기 시작했다. 눈빛 속에 번화한 대처를 동경하는 표정이 역력했다. 어린 아이가 어른을 따라 연극 구경을 하러 나서는 듯한 표정이었다.

"호 주인장께서 자네를 항주로 데려가실 생각이시라네."

욱사가 말했다.

"난 이미 그렇게 하시라고 확답을 드린 상태일세. 당사자인 자네의 의사를 묻는 것만 남았지."

"사숙께서 이미 확답을 하셨다니 제가 원하지 않는다 해도 다른 방법이 없지 않겠습니까?"

"못된 놈!"

욱사가 웃으면서 욕을 했다.

"너처럼 말로만 인심 쓰는 건 도저히 못 봐주겠으니까 정말 갈 생각이 있는 건지 자네 입으로 직접 말해 보게. 호 주인장께서는 억지로 하는 걸 절대 원치 않는 성격이시니까."

"가겠습니다!"

소화상은 분명하게 자기 의사를 밝혔다. 호설암도 조용히 고개를 끄덕였다.

"좋아! 그럼 됐네. 이제부터 자네는 호 주인장의 일을 돌봐 드리도록 하게. 호 주인장의 일이 바로 내 일이니까."

이 한마디로 모든 문제가 정리되었다. 호설암은 욱사와 작별 인사를 하고 조용한 주점을 찾았다. 소화상에 관한 모든 것을 알고 싶었던 것이다.

소화상의 본명은 진세룡으로 가족 하나 없이 혼자 지내는 신세인데다 특별한 재주도 없고 해서 기술을 배워 도장을 새기는 각자점刻字店을 차려볼까 했으나 종일 책상머리에 붙어 있는 것이 지겨워 중간에 그만두고 이리저리 다른 길을 찾아 전전하고 있었다.

"그렇다면 글은 알겠구먼?"

"몇 자 알기야 하지요."

소화상, 아니 진세룡이 말했다.

"백가성*이라면 완전히 통달했습니다."

* 백가성百家姓＿중국의 외자 성 408개와 이자 성 30개를 모아 엮은 책.

"말하는 게 아주 재미있군."

호설암이 다시 물었다.

"주판은 놓을 줄 아는가?"

"알지요. 하지만 썩 잘하지는 못합니다. 중개소인 아행牙行에서 일을 도왔던 적이 있거든요."

아행이란 가장 일하기 힘든 업종의 하나로 손에 든 저울 하나만 믿고 생면부지의 쌍방을 연결하여 거래를 성사시켜 주는 대가로 수수료를 챙기는 직업이었다. 진세룡이 아행에서 일을 도왔다면 그의 수완을 알고도 남았다. 호설암은 그가 갈수록 더 마음에 들기 시작했다.

"들리는 소문에 의하면 자넨 노름을 꽤나 좋아한다던데?"

"부수입을 올리기 위한 거죠."

진세룡이 대답했다.

"하지만 이 세상에 재미있는 장난이 많은데 굳이 노름에만 집착할 필요는 없다고 생각합니다."

"맞는 말일세! 보아하니 나랑 마음이 잘 통할 것 같군. 자네 상해에 가 본 적 있나?"

"없습니다."

"상해에 가 보면 알겠지만 눈에 보이는 것마다 재미있는 것들뿐일세. 이 세상의 일이란 재미없는 게 하나도 없지. 자네 같은 생각만 갖고 있다면 말이야. 예컨대 내가 자네를 친구로 삼는다고 가정해 보세. 일단 친구가 되면 마음이 푸근해지지 않겠나? 이 또한 즐거운 일이 아니고 뭐겠나?"

선문답 같은 말이라 진세룡은 잘 이해가 되지 않았다. 뭔가 깊은 의미가 담겨 있는 것 같은데 정확한 뜻을 알 수 없어 아무 말도 못하고 물끄러미 호설암을 바라볼 뿐이었다.

"세룡, 내가 한 가지만 더 물어보겠네……."

호설암이 다음 말을 잇지 못하자 진세룡은 이상하다는 생각이 들어 큰 소리로 그를 불러 보았다.

"호 주인장님……."

그가 다음 말을 꺼내기 전에 호설암이 먼저 입을 열어 호칭을 시정해 주었다.

"날 그냥 호 선생이라 부르게."

이 한마디에는 자기 제자가 되라는 의미가 담겨 있는 것 같아 괜스레 고개가 숙여졌다. 진세룡은 호칭을 바꿔 다시 입을 열었다.

"호 선생님, 방금 제게 무얼 물어보려 하셨죠?"

"혹시 내가 묻는 말이 다소 사리에 어긋난다 해도 마음에 두지는 말게. 물론 다른 사람들에게 얘기해서도 안 되네. 내가 묻고 싶은 건 과연 수정 아칠이 자네에게 야릇한 생각을 품고 있는가 하는 것일세."

"그걸 제가 어떻게 알겠습니까?"

"정말 눈치 채지 못하겠나?"

"제겐 애당초 그런 눈치가 없습니다. 전 제 자신밖에 모르거든요. 욱 사숙의 의심이 병적으로 심하니 제가 어디 아칠에 대해 생각이나 해볼 수 있었겠습니까?"

진세룡은 잠시 동안 말을 끊었다가 다시 얘기를 계속했다.

"노름판에서 돈을 잃고 와서 그녀에게 손을 벌린 적은 있었지만 그 외에는 아무 일도 없었습니다."

호설암이 그를 고용하는 데 문제 될 일은 아무것도 없었다. 반드시 고려해 두어야 할 유일한 문제는 그와 수정아칠의 관계였다. 이 점은 확실히 규명해 두지 않으면 안 되는 일이라 재삼 따져 물을 수밖에 없었다.

"잔머리를 쓰는 것과 마음을 쓰는 것은 별개의 일이지. 하지만 자네 자신이 수정아칠을 좋아하는지 안 좋아하는지는 말해 줄 수 있지 않은가?"

진세룡은 자격이 미치지 못하는 처지에 이런 추궁을 당하게 되니 여간 난처한 게 아니었다.

"남자는 누가 뭐래도 남자가 아니겠습니까?"

이 한마디로 모든 게 분명해졌다. 호설암은 그의 대답에 대단히 만족했다. 그의 진실을 들었기 때문이다. 그러나 진세룡의 대답에 이어진 건 호설암의 훈계와 경고였다.

"욱 사숙이 병적일 정도로 의심이 많다고 해서 자네가 그걸 탓할 입장은 못 되네. '삼베는 줄기가 많고 사나이는 정이 많은 법[麻布筋多, 光棍心多]'이 아니겠나? 자네는 아직 젊고 건강한데다 수정아칠하고도 가깝게 지내면서 자주 왕래가 있기 때문에 사람들의 구설수에 오르게 되는 걸세."

호설암은 잠시 입을 닫았다가 다시 말을 이었다.

"내가 보기엔 자네의 욱 사숙은 수정아칠이 없이는 하루도 못 살 양반일세. 자네가 특별히 사나이의 멋진 의기를 보여 드려야 할 것 같네."

"저더러 어떻게 하란 말씀이십니까?"

"지금 이 순간부터는 수정아칠을 만나지 말게."

"그야 문제 없죠. 호 선생님 앞에서 맹세할 수 있습니다."

진세룡은 무척 활달한 기상을 보이며 얼굴을 치켜들고 힘주어 말했다.

"세상에는 예쁜 여자들이 얼마든지 있으니까요!"

"말 한번 잘했네!"

호설암은 그의 마음을 한번 시험해 봐야겠다고 생각하고는 품속에서 50냥짜리 은표 한 장을 꺼내 건네주며 말했다.

"우선 이 돈을 갖다 쓰도록 하게."

진세룡은 잠시 의아한 듯한 표정을 짓더니 이내 은표를 받아 넣으며 고맙다는 인사를 했다.

"그리고 한 가지 자네에게 부탁할 일이 있네. 난 기원에서 기다리고 있을 테니까 다녀와서 결과를 좀 알려 주게."

호설암은 진세룡에게 장씨가 있는 곳을 알려 주면서 장씨 일가가 이사를 마쳤는지, 이사를 했으면 어디로 했는지 알아보고 오라고 시켰다. 진세룡은 알았다는 대답과 함께 곧 자리를 떴고 호설암도 다시 기원으로 돌아와 진세룡과의 대담 내용을 욱사에게 대충 들려주었다.

오래지 않아 진세룡이 돌아왔다. 장씨 일가는 지금 한창 이사를 하고 있는 중이라며 새로운 주소를 알려 주었다. 그러고 나서 호설암에게 물었다.

"호 선생님, 오늘 제게 분부하실 일이 또 있으십니까?"

"없네. 가서 자네 일을 보도록 하게나. 내일 아침에 벽랑춘에서 차나 한잔 하고 있겠네."

"그럼 내일 아침에 제가 벽랑춘으로 찾아 뵙도록 하겠습니다."

진세룡이 가고 나서야 비로소 호설암은 그에게 50냥의 은자를 주었다는 사실을 욱사에게 말해 주었다.

"욱사 형께서 노름을 끊으라고 말씀하셔서서 그랬는지 본인도 제게 그러더군요. 다시는 노름을 하지 않겠다고요."

호설암이 말했다.

"노름을 좋아하는 사람들은 수중에 돈이 들어오기만 하면 몸이 근질근질해서 견디지 못하는 법이지. 한번 사람을 보내 뒤를 밟아 보시는 것도 괜찮을 것 같습니다."

"그렇겠군요! 이 망나니 녀석이 과연 말과 행동이 일치하는지 한번 살펴봐야겠습니다."

욱사는 사람을 하나 불러 귓속말로 몇 마디 일렀다. 진세룡의 뒤를 밟아 동태를 살피다가 내일 오전에 와서 자세히 보고하라는 분부였다.

그날 밤 욱사는 남심南沁에 사는 친구 두 명을 불러 호설암과 대면하게 해주었다. 이들은 서양 말에 능통하여 외국 상인들과의 교역에도 참여한 바 있었다. 양장에 생사를 파는 장사에 관해 언급하자 두 사람 모두 신중해야 한다는 의견이었다. 상해에서 '소도회小刀會'의 거사가 있었던 관계로 시국이 평탄치 못하기 때문이었다. 이런 영향이 앞으로 시장에까지 파급될지의 여부는 아직 미지수지만 일단 상황을 살펴 가면서 행동을 취하는 것이 바람직한 일이었다.

호설암은 가급적 말을 자제하면서 묵묵히 듣기만 했다. 그날 밤은 아무 일 없이 지나갔다. 다음날 아침 호설암이 벽랑춘에 도착해 보니 진세룡이 먼저 와서 기다리고 있었다. 호설암은 속으로 이 건달 같은 친구가 50냥이나 되는 돈을 노름에 탕진하지 않았다면 틀림없이 새 옷을 한 벌 쫙 빼입고 새 신발에 새 모자까지 사서 대단하게 멋을 부리고 나타날 것이라고 생각했다. 그러나 눈앞에 앉아 있는 그는 어제 입었던 것과 똑같이 초라한 차림으로 뭔가 잔뜩 망설이는 듯한 표정이었다. 말과 행동이 다르다고 남들이 자신을 믿어 주지 않으면 어쩌나 하는 두려움이 역력했다.

곧이어 욱사가 도착했다. 그는 여전히 문 앞에 있는 마두탁자에 자리를 잡고 앉으면서 호설암을 불러 왼쪽 상석에 앉게 했다. 한동안 어수선하던 분위기가 가라앉고 장내가 차분히 정돈되자 어제 저녁에 욱사가 진세룡의 행적을 염탐하기 위해 보냈던 사내가 천천히 걸어 들어왔다.

"소화상은 정말 대단한 친구더군요!"

사내는 애당초 호설암이 진세룡에게 돈을 주었다는 사실도 모르고 진세룡이 노름을 끊기로 약속했다는 것도 몰랐기 때문에 아무런 생각 없이 자신이 목도한 바를 그대로 늘어놓기 시작했다.

"한 번도 손을 대지 않았습니다."

욱사와 호설암은 서로 눈길을 주고받으며 그의 말뜻을 새겨 보았다. 비록 손은 대지 않았지만 노름판에 가긴 갔던 것이다.

"어젠 수중에 적지 않은 돈을 지니고 있었는데 도대체 어떻게 된 영문인지 모르겠군! 반나절을 지켜봤는데도 노름에 손을 대지 않았다면 그 다음엔 그냥 집으로 가던가? 혹시 다른 노름판으로 간 건 아니던가?"

욱사가 물었다.

"아닙니다."

사내가 대답했다.

"노름판에서 구경만 하다가 나온 그는 몇몇 나이 어린 친구들을 데리고 청서*를 하러 가더군요. 그리고 나선 술집에 가서 한밤중까지 술을 마시다가 헤어졌지요. 아마 잠은 집에서 잤을 겁니다."

"알았네!"

욱사가 고개를 끄덕였다.

"수고했네. 소화상에겐 절대로 이런 얘기 하지 않도록 하게."

"알겠습니다."

사내가 가고 나서야 호설암은 웃으면서 입을 열었다.

"정말 뜻밖이군요. 보아하니 자기가 한 말은 지킬 줄 아는 친구인 것 같습니다."

"네, 그렇군요."

욱사도 대단히 만족스러워하는 듯한 눈치였다.

"제 체면을 살려 준 셈이군요."

"욱사 형, 제가 어젯밤에 밤새 생각해 봤는데 양장에 생사를 파는 사업은 그런 대로 해볼 만한 것 같습니다. 모두들 소도회의 거사를 두려워하며 감히 일을 벌이지 못하고 있을 때 우리가 나서서 사업을 진행하게 되면 그야말로 독점 사업이 될 수 있지 않겠습니까?"

* 청서聽書_민간의 설화나 전기, 소설류를 읽어 주고 돈을 받는 설서인에게 가서 이야기를 듣는 것.

"음, 글쎄요."

욱사는 잠시 생각에 잠기더니 연달아 고개를 끄덕였다.

"호형의 생각은 항상 남보다 조금씩 앞서 가시는군요. 계획을 좀 더 자세히 말씀해 보시지요."

"모든 일은 처음이 어려운 법이지요. 누군가가 앞에서 이끌어 주기만 하면 모두들 따라하게 될 겁니다. 양장을 경영하는 사람들도 장사가 중단되면 본전을 까먹게 되는데 어찌 장사를 그만둘 생각을 하겠습니까? 단지 담이 작아서 감히 일을 벌이지 못하는 것뿐이지요. 우리가 위험이 비교적 적은 방법을 찾아내기만 하면 모두들 우리를 따라하게 될 겁니다."

호설암은 설명을 하다 말고 오히려 욱사에게 물었다.

"욱사 형, 한번 생각해 보세요. 그때가 되면 이 업계에서 우리의 지위가 어떻게 되겠습니까?"

"맞아요!"

욱사가 손뼉을 치며 그의 설명에 찬탄을 표했다.

"사람들에게 여러 해 동안 뿌리박힌 고정관념이 있긴 하지만 우리가 머리와 손을 동시에 쓰는데야 별 수 있겠습니까? 이렇게 좋은 일거리를 또 어디 가서 찾아볼 수 있겠습니까?"

"제 생각이 바로 그겁니다. '담 큰 사람만이 왕이 될 수 있는 것이지요[膽大做王]!' 다시 말해서 다른 사람들에게 위험하게 보이는 것도 우리가 보기엔 별로 위험하지 않을 수 있다는 겁니다. 첫째, 외국인들이 자기 사람들을 보호하기 위해 커다란 병선을 상해를 관통하여 흐르는 황포강黃浦江에 주둔시키고 있기 때문에 소도회도 형편을 봐 가면서 일을 벌이게 될 거란 얘기지요. 아무리 소도회라 해도 서양 병기를 당해 내진 못할 테니까요."

"맞는 말씀입니다."

욱사는 주위를 한번 둘러본 다음 목소리를 낮춰 얘기했다.

"전 지금 상해의 사정을 정확히 알지 못합니다. 하지만 제 생각으론 소도회 안에 틀림없이 우오의 형제들이 잠복해 있을 겁니다. 이들을 통해 정확한 정세를 알아보는 것이 어떻겠습니까?"

"저도 방금 그 생각을 하고 있었습니다."

호설암도 목소리를 낮춰 대답했다.

"우리는 소도회와 같은 길을 걷고 있는 게 아니니까 일단 그들이 조반造反을 일으키면 백성으로서의 본분을 지키면서 정세를 살펴 그들을 피해 가면서 새로운 길을 모색하면 되겠지요."

욱사는 연신 고개를 끄덕였다.

"그들이 일을 벌이면 우리는 죽은 듯이 가만히 있다가 그들이 아무런 동태도 보이지 않을 때 슬그머니 물건을 상해로 운반해 가면 되는 것이지요."

"욱사 형!"

호설암이 웃으며 말했다.

"제가 욱사 형께 아첨하는 건 아니지만 방금 하신 말씀은 정말 핵심을 찌르는 제안입니다."

"자, 그럼 우리 조금 있다 아칠이 있는 곳으로 가도록 하십시다."

욱사는 고개를 들어 나지막한 목소리로 말했다.

이어서 두 사람은 다시 진세룡에게로 화제를 옮겼다. 호설암은 그가 아직 젊고 총명한데다 구변이 좋은 점을 고려하여 그에게 서양 말을 가르칠 생각이었다. 앞으로 양장과 거래를 하게 될 때 믿을 만한 사람이 나서서 '통사通事'가 되어 주지 않으면 부득불 모르는 사람을 통사로 고용하게 되고, 그러다 보면 중간에서 모종의 농간을 부려도 속수무책일 수밖에 없기 때문이었다.

"아주 좋은 생각이십니다."

욱사가 말했다.

"하지만 서양 말에 능통하려면 한두 해 배워 가지고는 안 될 겁니다. 그리고 무엇보다도 말을 가르칠 만한 사람을 구해야 되지 않겠습니까?"

"저도 같은 생각입니다. 우선 믿을 만한 사람이어야 하고 둘째, 능력이 확실해야 하며 셋째, 성격이 좋아야 되겠지요. 그리고 세룡으로 하여금 서양 말을 배우고 싶은 생각이 들게끔 할 수 있어야 합니다. 욱사 형 주변에 그럴 만한 사람이 있는지 모르겠군요."

"물론 있지요. 한둘이 아닙니다."

"거 참 잘됐군요."

호설암은 신이 나서 말했다.

"그럼 당장 모셔다 얘기를 좀 나눠 보지요."

"제가 사람을 보내 시간 약속을 하겠습니다. 오늘 저녁이나 내일 아침에 만나는 걸로 하지요."

이날 저녁 호설암은 장씨네 새 집에서 저녁을 먹었다. 진세룡도 자리를 함께했다.

진세룡과 장씨는 서로 잘 알고 지내던 사이라 노상 '장씨, 장씨' 하는 게 습관이 되어 있었지만 이날부터는 호칭을 바꾸지 않을 수 없었다. 눈치가 빠른 진세룡은 장씨 집을 한두 번 드나들면서 호설암과 장씨의 관계를 대충 짐작하고 있었다. 게다가 아주가 호설암을 대하는 눈빛이 예사롭지 않은 것을 보고는 더더욱 조심하지 않을 수 없었다. 자신이 호설암을 '호 선생님'이라 부르고 있는 이상 장씨에게도 예를 갖추지 않을 수 없다는 생각에 호칭을 '장 주인장님'으로 바꾸었고 아주 엄마는 '장 부인'으로, 아주는 '장 소저小姐'라고 부르게 되었다.

아주가 '소저'라는 호칭으로 불리게 된 것은 이번이 처음이었다. 그녀는 마음속으로 말할 수 없는 기쁨을 느끼면서 진세룡을 새로운 눈으로 보기 시작했다.

"세룡!"

아주 엄마, 아니 장 부인은 호설암 하나로 만족하지 못하고 이 젊고 힘 좋은 친구도 자기 남편의 조력자가 되어 주었으면 하는 생각에서 한술 더 뜨고 나왔다.

"모두 한 집안 식구나 마찬가진데 그렇게 어려워할 것 없네. 이 집도 자네 집이나 마찬가지라 생각하고 매일 밥도 여기 와서 먹고 빨랫감이 있으면 언제든지 갖고 오게나. 쑥스러워하지 말고."

"그래, 그렇게 하게."

호설암도 한마디 거들었다.

"이건 인사치레로 하는 말이 아닐세."

"알겠습니다. 그렇게 하지요."

진세룡은 연신 고개를 끄덕이며 대답했다.

"제가 너무 얌전을 빼면 아무래도 일하는 데 불편하겠지요."

장씨 일가와 호설암, 그리고 세룡은 식사를 하면서 사업에 관한 얘기를 시작했다. 진세룡이 자리를 함께해서 그런지 얘기가 더 순조롭게 풀려 나가는 것 같았다. 장씨가 이야기하는 상황을 거의 대부분 알고 있는 그는 호설암에게 보충 설명을 해줄 수도 있었다. 사행 사업에 관해 잘 알고 있다는 장씨의 두 친구에 대해서도 진세룡은 황씨 성을 가진 친구가 왕씨 성을 가진 사람보다 나을 것 같다고 지적해 주었다. 왕씨가 주인을 사취하여 물건을 빼돌린 적이 있다는 사실을 장씨는 모르고 있었다.

"세룡!"

호설암은 호주에서 취해야 할 모든 조치에 대해 대략적인 결정을 내리기 시작했다.

"우리는 내일부터 곧장 행동에 들어가 부강 분점과 사행을 개점할 걸세. 일이 거의 다 되어 갈 때쯤 자네가 날 대신해서 송강엘 한번 다녀와야 할 것 같네."

"송강이라고요?"

진세룡은 다소 뜻밖이라는 표정이었다.

"전 아직 송강에 가 본 적도 없는데요."

"아직 못 가 봤다고 해서 걱정할 필요는 없네. 가 보면 다 알 테니까."

호설암은 한 가지 얘기가 완전히 결정되지 않은 채로 곧장 두 번째 얘기로 넘어갔다.

"자네에게 한 가지 더 물어볼 게 있네. 혹시 서양 말을 배워 볼 생각 없나?"

진세룡은 갈수록 더 어리둥절하기만 했다.

"호 선생님, 전 아직 뭐가 뭔지 잘 모르겠습니다."

그가 머뭇거리며 물었다.

"그야 물론 세룡을 사통사*로 키우기 위한 조치겠죠."

아주가 나서서 대신 말을 받았다.

"아주도 알고 있구먼!"

호설암이 진세룡에게 다시 말했다.

"앞으론 생사 무역에 그치지 않고 서양 상인들과의 다른 사업도 추진해 볼 생각이네. 자네도 한번 생각해 보게. 서양 말에 능통하지 않고서야 어떻게 그런 일을 벌일 수 있겠나?"

진세룡도 머리 회전이 매우 빨랐다. 호설암의 얘기에 따르자면 당장이라도 자신의 미래를 위한 갖가지 근사한 풍경들을 떠올릴 수 있을 것 같았

---

* 사통사絲通事__생사 무역에서 통역을 맡는 사람.

다. 생사 무역뿐만 아니라 다른 사업도 구상 중에 있다면 상해가 자신의
활동 근거지인 '좌장坐莊'이 될 것이고 아울러 서양 사람들과의 모든 연락
을 자신이 모두 도맡아 하게 될 것이 분명했다. 남심의 '사통사'들에 관해
선 진세룡도 잘 알고 있었다. 모두들 편안한 자리에 앉아 돈을 굴리면서
부수적으로 서양 물건으로 장사까지 하니 큰돈을 벌지 못할 까닭이 없었
다. 그들은 호화스런 생활을 하면서 신기하고 정교한 서양 물건들을 마음
껏 누리고 있어 사람들로부터 큰 부러움을 샀다. 서양 말을 배워 익히기만
한다면 자신에게도 언젠가는 그런 날이 올 것이 틀림없었다. 생각이 여기
까지 미치자 그는 조금도 망설이는 기색 없이 시원스럽게 대답했다.

"호 선생님께서 가르쳐 주신다면 당연히 배워야지요. 저도 잘할 자신
이 있습니다."

"뜻도 있고 기백도 있어 좋군!"

호설암은 그에게 엄지를 들어 보이며 몹시 만족스러운 어투로 말했다.

"뭐든지 배우기 시작하면 대충 하다가 그만두지 말고 핵심을 알 때까
지 철저하게 해야 하네. 세룡, 앞으로 나와 함께 지내 보면 알게 되겠지만
난 모든 걸 '삼각묘三脚猫' 식으로 하는 사람을 제일 싫어한다네."

'삼각묘'란 다리가 세 개 밖에 없는 고양이란 뜻으로 모든 일을 수박 겉
핥기 식으로 대충 하다가 마는 것을 의미했다. 생각이 젊고 건전한 사람
들이 가장 싫어하는 말이었다. 진세룡은 그 자리에서 즉시 대답했다.

"호 선생님, 걱정하지 마십시오. 전 '삼각묘'로 그칠 그런 사람이 아닙
니다."

"물론 나도 자네가 그렇지 않으리라고 믿고 있네."

호설암은 얘기를 계속했다.

"한 가지만 더 묻겠네. 송강에 우오라는 사람이 있는데 혹시 알고 있나?"

조방漕幫의 대형大亨을 진세룡이 모를 리가 없었다. 하지만 규례상 이런

부분에 관해 잘 모르는 사람들에게는 가급적 설명을 피하는 것이 방회의 불문율이었다. 아무리 호설암이라 해도 완전히 털어놓는 것은 꺼림칙한 일이 아닐 수 없었다. 진세룡은 고개를 끄덕이는 것으로 대답을 대신했다. 하지만 호설암은 이런 속사정에 아랑곳하지 않고 솔직하게 터놓고 물었다.

"그와 자네의 서열 관계는 어떻게 되나? 내가 보기엔 자네가 그를 야숙 爺叔이라 불러야 될 것 같군?"

"그렇습니다."

"그런 우오가 나를 '소야숙小爺叔'이라 부른다네."

호설암은 진세룡의 당황해하는 표정을 재미있다는 듯이 바라보았다.

"왠지 알겠나? 우오는 그의 두목을 존경하고 그의 두목은 또 나를 존경하기 때문일세. 우오 본인과 나의 관계는 바로 자네 욱 사숙과 나의 관계와 같다고 할 수 있지. 송강에 가 본 적이 없다고 했지? 걱정할 것 없네. 내 편지만 있으면 아무도 자네를 '양도洋盜'로 취급하지 않을 걸세."

"잘 알겠습니다."

진세룡은 다소 흥분한 기색을 보이며 연신 목소리를 높여 대답했다. 호설암 같은 사람에게 이처럼 폭넓은 대인 관계가 있을 줄을 진세룡은 꿈에도 생각지 못했다. 순간 호설암의 모습이 6척 장신의 사대금강四大金剛처럼 거대해 보였다.

"미리 말해 두겠는데 일단 송강에 도착하면 우선 통유通裕라는 쌀가게를 찾아가서 주인장을 만나게. 그러면 그가 직접 자네를 우오에게 데려다줄 걸세. 그때 가서 내 편지를 전해 주면 되네. 한 가지 잊지 말아야 할 것은 이 편지를 직접 본인에게 전해 줘야지 절대로 다른 사람의 손을 통해선 안 된다는 점일세."

편지에 아주 중요한 기밀이 담겨 있다는 사실이 명백했다. 진세룡은 심각한 표정으로 고개를 끄덕였다.

"회신을 받아 와야 하나요?"

"물론이지. 답장도 대단히 중요하네. 절대로 분실해서는 안 되네."

호설암이 말을 이었다.

"혹시 그가 답장을 써 주지 않거든 구두로라도 답변을 받아 와야 하네. 그가 하는 얘기를 하나도 빠뜨리지 말고 잘 기억해야 하네. 이것저것 자꾸 물어보지는 말고 말하는 것만 잘 기억하면 되네."

"옆에 있는 사람들과 얘기를 나눠서도 안 되겠군요?"

진세룡이 물었다.

"당연하지!"

호설암은 마음이 놓였다.

"내 말뜻을 잘 이해하고 있군!"

진세룡에게 지시하는 일은 깨끗이 정리되었지만 편지를 쓰는 일이 난제로 남아 있었다. 호설암은 글 솜씨가 고명하지 못한데다 편지는 대단히 함축적인 문장으로 써서 겉으로는 아무런 의미도 나타내지 않으면서 암암리에 중요한 뜻을 전해야 했기 때문이다. 이런 재주가 없는 그로서는 부득불 욱사에게 도움을 청하는 수밖에 없었다.

욱사는 아문에 있는 사람이라 '일단 관청에 말이 들어가면 소 아홉 마리가 끌어도 이를 되돌리지 못한다[一字入公門, 九牛拔不轉]'는 말의 의미를 잘 알고 있었다. 그래서인지 그는 이처럼 중요한 일을 편지로 전하는 것은 그다지 바람직하지 못하다는 생각을 갖고 있었다. 도중에 편지가 없어지기라도 하는 날에는 이만저만 낭패가 아니기 때문이었다.

"저와 우오 형은 아무래도 괜찮습니다. 솔직히 말해서 위아래가 모두 아는 사람들이니까 언제라도 없던 일로 해 버릴 수 있지요."

욱사가 매우 간곡한 어투로 설명했다.

"하지만 호형께서는 항상 왕 대노야를 의식하셔야 합니다. 일의 결과가 왕 대노야께 영향을 미칠 경우에는 문제가 다르다 이겁니다."

호설암은 그의 충고를 받아들여 계획을 바꾸기로 마음먹었다. 진세룡으로 하여금 직접 우오를 만나 이야기하도록 하는 것이었다.

"일이 이렇게 되었네."

호설암은 다음날 진세룡을 만나 변경된 계획을 자세히 설명했다.

"우린 생사를 상해로 운반하여 서양 상인들에게 팔 계획이네. 한데 소도회가 조반을 일으켜 물건이 전량 유실되어 버리는 불상사가 발생하지나 않을까 걱정일세. 그런데 어쩌면 우오가 소도회의 내부 사정을 잘 알고 있을지도 모른단 말일세. 그래서 그에게 불길한 일을 피해 갈 수 있도록 언질을 좀 달라고 부탁하려는 것일세. 내 말뜻을 이해하겠나?"

"이해하고말고요!"

"그럼 그에게 어떻게 얘기하는 게 좋은지는 자네가 직접 생각해 보도록 하게."

진세룡은 한참 동안 생각에 잠겼다가 천천히 입을 열었다.

"이렇게 얘기하면 어떨까요? 호 선생님과 욱 사숙께서 위 노태야의 안부를 물으시더라고 운을 뗀 다음, 호 선생님께 상해로 운반해야 할 배 몇 척 분의 생사가 있는데 뱃길이 어떨지 모르겠다고 하시면서 특별히 노태야께 뱃길에 위험이 있는지 없는지 여쭤봐 달라고 하시더라고 말하는 겁니다. 운송을 결행할지의 여부는 무조건 노태야의 말씀에 따라 결정하겠다고 하시더라고요."

호설암은 그가 한 말을 그대로 되새겨 보고는 조용히 고개를 끄덕였다.

"좋아! 그렇게 얘기하도록 하게."

"한데 호 선생님, 그래도 소개 편지는 한 장 써 주시는 게 좋을 것 같습니다. 그래야 제 서열이 어떻게 되는지 알 수 있을 테니까요."

"그야 물론이지. 편지 말고도 약간의 선물을 좀 가져가야 할 걸세."

이런 경우에 전하는 선물을 '수례水禮'라 하는데 그 규모가 대단히 크고 성대했다. 수량도 적지 않아 그 유명한 '제노대諸老大'의 깨 사탕을 비롯하여 먹는 것, 입는 것, 쓰는 것 해서 전부 호주의 특산물로 커다란 상자 두 개가 가득 찼다.

"이 목록에 있는 건 전부 우오 본인에게 보내는 것이고, 이건 위 노태야께 따로 보내는 것일세. 별도로 통유의 친구들에게 보내는 선물도 마련했네. 그리고 이건 자네가 우오에게 부탁해서 안내를 받도록 하게."

선물 목록을 받아 보니 맨 위에 '매가항완향梅家巷婉香', 즉 '매가농에 사는 완향에게'라고 적혀 있었다. 진세룡은 빙긋이 웃었다.

"웃지 말게!"

호설암이 말했다.

"내 상대는 아닐세. 자네도 그녀가 누구인지 알려고 하지 말게. 단지 그녀를 만나거든 한번 호주에 올 생각이 없는지 한 가지만 물어보게. 생각이 없다면 그만두고, 혹시 와 보고 싶다고 하면 자네가 타고 갔던 배로 함께 데리고 오게. 그리고 은자 100냥을 줄 테니까 내가 주는 거라고 전해 주게."

"네! 잘 알겠습니다."

진세룡은 보름 후에 타고 갔던 배를 다시 타고 호주로 돌아왔다. 완향은 데리고 오지 않았다. 그러나 100냥짜리 은표 한 장은 이미 완향에게 전달되었다. 완향도 왕유령이 호주부로 발령되었다는 소식을 듣고 호주에 잠시 놀러 오려 했으나 며칠 더 기다려야 했다. 안타깝게도 진세룡은 급히 돌아와 다른 임무를 수행해야 했기 때문에 그녀를 기다려 줄 수가 없었다. 그녀에게 준 돈은 일종의 가계 관리비로서 어차피 보내 줘야 할 돈이라 모양새를 생각하여 미리 건네준 것이었다.

"잘했네. 이 일은 신경 쓰지 않아도 되네. 한데, 우오는 뭐라고 하던가?"

"답장은 하지 않겠답니다. 그리고 만약에 호 선생님께서 생사를 운반하기 위해 상해로 오실 생각이시라면 7월 말 이전에 오시는 게 좋을 것 같다고 하더군요."

"7월 말 이전이라고?"

호설암이 진지한 표정으로 되물었다.

"그렇습니다. 아주 분명하게 그렇게 얘기했습니다. 그리고 물건을 가흥에 옮겨 놓으라고 전했습니다. 자신의 근거지이기 때문에 그곳에서는 절대로 말썽이 생기지 않을 거라고 자신 있게 말하더군요."

"음, 그래?"

호설암은 침통하고 엄숙한 표정으로 중얼거렸다.

"호 선생님."

진세룡이 다시 입을 열었다.

"소도회小刀會의 최근 상황에 관해 많은 걸 들을 수 있었습니다."

"뭐라고?"

뜻밖의 소식에 호설암은 무척 놀라는 표정이었다.

"어떻게 들었나?"

호설암은 진세룡이 떠나기 전에 우오에게 너무 많은 걸 묻지 말라고 주의를 주었었다. 그가 입을 너무 많이 놀려 아무런 상관도 없는 사람들의 귀에까지 얘기가 들어가게 될까 봐 걱정되어서였다. 경솔하게 말을 많이 하는 버릇은 본인이 언짢아하더라도 반드시 깨우쳐 주지 않으면 안 되는 것이었다.

진세용은 뭔가 불만스러운 듯한 호설암의 모습을 보고 서둘러 자초지종을 설명했다.

"전 찻집에서 남들이 하는 얘기를 유심히 들었을 뿐입니다."

진세룡이 들은 상황은 이러했다.

몇 년 전 상해 부근에 머리에 붉은 두건을 두른 난폭한 폭도들이 출현했다. 그곳 사람들은 이들을 '붉은 머리의 반도들'이라 불렀다. 이들의 우두머리는 유여천劉麗川이란 자였는데, 그는 원래 광동 출신으로서 상해에서 장사를 하고 있었다. 그는 관아와도 왕래가 있었고 서양 사람들과도 거래를 했다. 최근에는 홍수전이란 인물이 금릉金陵에 도읍을 정하여 황제라 칭하고 나섰는데 유여천은 그들과도 관계를 맺으면서 뭔가 대사를 계획하고 있다는 것이었다. 당시 상해에는 갖가지 유언비어가 난무하고 있었다. 어떤 사람은 청포靑浦의 토비 두목 주립춘周立春이 이미 유여천과 결탁했다고 하기도 하고, 또 어떤 사람은 가정嘉定과 태창太倉의 정세가 극도로 불안한 상태라고 말하기도 했다. 이장夷場 강변의 서양 조계지에 있는 서양 상인들이 모두 유여천을 지지할 거라는 말도 있었다.

이런 소식들은 비록 떠도는 소문에 불과하긴 했지만 호설암에게는 대단히 유용한 정보들이었다. 그는 조용히 생각에 잠겼다. 마음속에서 혹시 우오와 유여천이 서로 관계를 맺고 있지는 않을까 하는 궁금증이 일었다. 이는 매우 중요한 사안이라 욱사와 상의해야 할 필요가 있었다.

호설암은 욱사에게 진세룡이 했던 얘기를 다시 한 번 설명하고 나서 자신의 견해를 제시하기 시작했다.

"우오가 우리에게 기한을 준 게 분명합니다. 즉 7월 말 이전까지는 안전을 보장해 줄 수 있지만 8월에는 무슨 일이 생길지도 모른다는 뜻이 아니겠습니까?"

"물론입니다. 8월에는 무슨 일이 일어나든 보장할 수 없다는 뜻인 것 같습니다."

"그렇다면 소도회의 유여천이 무슨 일을 벌이고 있는 걸까요? 우오는 아마 알고 있을 겁니다. 그렇다면 그도 조반造反에 참여할 생각이란 말일까요?”

호설암이 욱사 앞에서 두려워하는 모습을 보이는 것은 이번이 처음이었다.

“조반이란 말은 결코 재미있는 말이 못 되는데⋯⋯.”

욱사는 한참이나 생각에 잠겼다가 말을 받았다.

“그럴 리가 없습니다. 유여천의 행동이나 태도를 봐서는 어쩌면 그 역시 홍수전의 도당인 홍문洪門에 속해 있는지도 모르지요. 조방과 홍문은 서로 간섭하지 않는 것을 불문율로 하고 있습니다. 다시 말해서, 우오 위에 더 높은 우두머리가 송강에 자리를 잡고 있고 아래로는 조방의 형제들이 각처에 흩어져 있다는 말입니다. 우오가 이런 생각을 갖고 있다 해도 견제가 너무 많기 때문에 감히 일을 벌일 생각은 하지 못할 겁니다. 게다가 강호에서는 먼저 선수를 치는 것이 중요하기 때문에 혹시 8월에 유여천이 거사를 벌인다 해도 우오가 이를 알고 유여천과 함께 일을 추진하게 될 가능성은 전혀 없다고 보는 게 정확한 판단일 겁니다.”

욱사의 노련하고 날카로운 분석에 호설암은 마음속 의심이 눈 녹듯 사라져 버렸다. 그리고는 흥분을 감추지 못하며 말을 이었다.

“그렇다면 우리에게 기회가 온 게 틀림없습니다. 욱사 형께서도 한번 생각해 보십시오. 만일 소도회가 소란을 피우기 시작한다면 당장 상해의 교통이 두절되고 말 겁니다. 하지만 시장은 아무런 영향도 받지 않지요. 또한 외부의 생사 운반이 상해까지 이르지 못하게 될 겁니다. 그래도 서양 상인들은 장사를 계속 진행할 테지요. 생사 값이 뛰지 않을 수가 있겠습니까?”

“맞는 말씀입니다.”

욱사는 목소리를 낮추며 말을 이었다.

"그러나 별일이야 없겠지만 만의 하나 우리의 보물들이 압류라도 당하는 날에는 말짱 헛일이 되고 말지 않겠습니까?"

"꼭 그렇다고는 할 수 없지요. 물건은 그대로 그곳에 있을 테니까요."

"그럼 호형의 생각대로 하지요."

욱사가 시원스럽게 말했다.

"오늘이 6월 20일이니까 아직 40일 정도 시간 여유가 있습니다. 그 정도면 충분할 겁니다."

"욱사 형, 또 한 가지 방법이 생각났습니다."

호설암이 갑자기 밝은 표정으로 말했다.

욱사를 확실히 믿기 시작한 그는 특별히 그를 위해 한 가지 방법을 생각해 냈다. 만일 우오가 유여천의 음모에 가담한다면 일의 성패도 미지수이고, 자기 자신의 안전조차 보장할 수 없는 만큼 호설암의 일에는 관여하려 하지 않을 것이 분명했다. 심지어 그는 '가는 길을 보장할 수 없다'고 확실하게 못 박은 바 있었다. 이는 일을 그만두라는 암시나 다름없었다. 7월 이전까지는 보장할 수 있다고 장담하고 있긴 하지만 제삼자의 입장에서 복잡한 사태에 휘말리고 싶지 않은 것이 분명했다.

호설암의 이러한 견해에 욱사도 완전히 동의했다.

"저라도 마찬가지일 겁니다. 눈앞에서 그렇게 큰일이 진행되고 있다면 솔직히 말해서 친구지간의 자잘한 사정은 돌볼 여유가 없는 법이지요."

"그렇지요. 우오도 장사에 대해 잘 알고 있는 인물입니다. 만일 시장에 불상사가 발생하면 생사를 취급하는 서양 상회들도 모두 문을 닫게 될 것이고, 그런 상황이 벌어질 경우에는 반드시 우리에게 먼저 알려 줄 겁니다. 그렇다면 우리는 마음 놓고 일을 진행할 수 있게 되는 것이지요."

"좋습니다. 잔머리 쓰는 건 제가 맡도록 할 테니까 나머지는 호형께서 알아서 하십시오."

욱사가 대답했다.

두 사람이 결정을 내리자 구체적인 업무에 관해 자세한 조사와 연구가 이루어졌고, 최대한 많은 양의 생사를 사들여 7월 20일까지 상해로 운반하기로 했다. 이익금은 3등분하여 호설암과 욱사가 각각 하나씩 차지하고 나머지 하나는 이익을 나눌 충분한 자격을 갖춘 사람에게 주되 그가 누구인지는 나중에 가서 다시 상의하기로 잠정적으로 결정을 보았다.

수정아칠의 거처에서 나온 호설암은 서둘러 대경 사행으로 돌아왔다. 진세룡이 상해에 가 있는 보름 동안 그는 이미 두 개의 점포를 모두 개점해 놓았다. 사행의 간판은 많은 돈을 들여 특별히 주문한 것으로, 이름을 바꾸지 않아 '대경'이라는 이름 그대로 불리고 있었다. 점포 내부도 제법 그럴듯하게 꾸며졌다. 앞채는 다섯 칸으로 나뉜 점방으로 사용하고 후원에는 크고 작은 별채가 하나씩 달려 있어 큰 것은 사객인들의 객방으로 사용하고 작은 것은 호설암이 쓰기로 했다. 그리고 별도로 방 두 칸을 남겨 장씨 부부가 기거할 수 있도록 했다.

대경의 당수는 진세룡의 건의에 따라 황의黃儀라는 사람에게 맡기기로 했다. 그는 워낙 수완이 좋아서 장씨는 팔짱 끼고 앉아 주인 행세만 하면 그만이었다. 중대한 일이 발생할 경우 모두 함께 모여 상의했지만 호설암은 주로 황의의 말에 귀를 기울였다.

"호 선생님."

호설암이 생사를 대량으로 사들이기로 결정했다는 소식을 듣고 황의가 말했다.

"5월과 6월은 원래 생사 값이 떨어지는 계절입니다. 하지만 생사를 사들일 때는 소문이 나지 않도록 해야 합니다. 일단 소문이 퍼지면 금세 실값이 뛰게 되니까요."

"그럼 어떻게 하는 게 좋겠나?"

“사람들을 시골로 보내 소리 소문 없이 물건을 걷어 오는 겁니다. 돈이 좀 들더라도 단번에 일을 진행하는 것이지요.”

“그렇게 하자면 일이 신속하게 처리되어야 하겠군.”

호설암이 다시 말했다.

“서양 사람들에게 팔 물건들은 절대로 가공을 하면 안 되네. 있는 그대로 보내야 하네. 그렇더라도 물건을 정리해서 잘 포장하고 배에 싣는 시간이 필요한데다 한 달 내로 상해에 도착해야 하기 때문에 이미 시간이 촉박한 상황일세.”

황의는 다소 머뭇거렸다. 자신의 경험으로 미루어서는 물건이 검사에 합격하여 종이가 붙으면 양의 다소에 관계없이 전량 팔려가게 되는데, 그렇게 되면 값도 따라서 엄청나게 오르기 때문에 너무 큰 손실을 보게 되어 있었다. 이런 문제를 해결하기 위해 그는 두 가지 방법을 제시했다. 첫 번째 방법은 호설암으로 하여금 아문과 연계하여 세수의 징수를 서두르게 함으로써 생사를 보유하고 있는 사람들이 물건을 서둘러 처분하여 세금을 내도록 압력을 가하는 방법이었다.

“안 돼, 그건 안 되네!”

호설암은 고개를 설레설레 흔들었다.

“그건 너무 지독한 방법일세. 백성들을 독살시키는 것과 다를 바 없지. 그렇게 하다가는 호주에 발붙일 수 없게 될 걸세. 게다가 왕 대노야의 관명도 생각해야지.”

“그렇다면 두 번째 방법을 쓰도록 하지요.”

황의가 다시 말을 받았다.

“현재 직조아문에서는 실을 사들이지 않고 있습니다. 이런 상황을 이용하여 동항의 실정을 살펴 현물을 확보하고 있는 사람들을 최대한 끌어 들이는 겁니다.”

"그렇게 하면 되겠군. 하지만 물건의 품질이 서양 상인들의 요구에 맞아야 한다는 점을 먼저 분명히 해 둬야 할 걸세."

대경 사행은 갑자기 바빠지게 되었다. 한 차 한 차 생사가 운반되어 들어옴에 따라 은표도 계속 지출되어 나갔다. 별도로 상당수의 호사아저*를 고용하여 물건을 손질하게 했지만 그래도 일손이 달렸다. 장씨네 모녀도 달려들어 일을 거들다가 매일 삼경이 지나야 집으로 돌아갈 수 있었다. 때로는 가게 안에서 밤을 새기도 했다.

호설암은 매일 세 곳을 돌아야 했다. 현 아문과 수정아칠의 집, 그리고 부강의 분점이었다. 때문에 아침 일찍 문을 나서면 저녁 늦게야 대경으로 돌아갈 수 있었다. 그런 다음에도 몇 가지 지시를 전달하느라 아주와는 대화를 나눌 시간이 전혀 없었다.

날은 갈수록 더워지고 일은 더 많아졌지만 아주는 힘들다는 말을 한마디도 하지 않았다. 단 한 가지, 마음이 초조한 까닭은 호설암과 함께할 수 있는 시간을 내기가 좀처럼 쉽지 않다는 것이었다. 눈 깜짝할 사이에 20일이 지나고 어느새 7월 초이레가 다가왔다. 그녀는 며칠 전부터 마음먹은 바가 있었다. 하늘에서 두 개의 성단이 만나는 칠월 칠석에 호설암과 단둘이 오붓하게 얘기를 나눌 수 있는 기회를 갖고자 한 것이다.

드디어 그날이 왔고 그녀는 더욱 열심히 일을 했다. 일찌감치 주방에서 일하는 사람들에게 저녁을 늦게 준비하라고 지시하는 것도 잊지 않았다. 저녁 식사 후에 야간 잔업이 있었지만 아주는 이미 호사아저들에게 부탁을 해 둔 상태였기 때문에 서둘러 일을 끝내고 식사를 한 다음 일찍 집으로 돌아올 수 있었다.

저녁을 먹고 나서 날이 막 어두워지기 시작할 때쯤 모든 정리를 마치고

----

* 호사아저湖絲阿姐__호남에서 실 손질을 전담하는 아가씨들을 부르는 말.

집으로 돌아가면서 아주는 엄마에게 너무 더워서 가게에 선풍기가 있어야 할 것 같다고 말했다.

하지만 이는 핑계에 불과했다. 아주 엄마도 딸의 의도를 알고 있었지만 정곡을 찌르면 딸이 무안해할까 봐 간단히 주의를 주는 척하면서 그녀의 속사정을 살펴 주었다.

"몸이 온통 땀투성이인데 집에 가서 목욕이나 하고 오지 그러니?"

하지만 목욕을 하고 돌아오는 길에 몸은 또 다시 땀범벅이 될 수밖에 없었다.

"전 그냥 여기서 씻을게요."

아주가 말했다.

"차라리 애진愛珍을 불러서 저와 함께 있게 해주세요."

애진은 그녀의 집에서 부리는 하녀였다.

아주는 목욕을 하고 나서 시원한 기분으로 하늘의 은하수를 바라보면서 호설암을 기다렸다. 10시가 다 되어 애진이 꾸벅꾸벅 졸고 있을 때 누군가 안으로 들어왔다. 진세룡이었다. 그는 닷새 전에 호설암의 심부름으로 항주로 가서 일을 처리하고 돌아오는 길이었다.

"언제 돌아오셨어요?"

"방금 도착했지요."

진세룡이 말했다.

"아주 아가씨가 여기 있는 줄 모르고 몇 가지 물건을 가지고 왔습니다."

"무슨 물건인데요?"

"먹는 것도 있고 일상용품도 있고 뭐든지 다 있습니다. 옷감, 향분香紛, 사핵도당沙核桃糖, 채소 등등 없는 게 없지요. 호 선생님께서 사 오라고 시킨 것도 있고 내가 직접 산 것도 있어요."

"직접 사신 건 어떤 것들인데요?"

"단향선*이지요. 아가씨 주려고 사 왔어요."

"왜 그렇게 함부로 돈을 쓰세요!"

아주는 그를 나무랐다.

"세포선**만으로도 충분한데 뭣 하러 단향선을 사셨어요?"

아주는 마음에 없는 말을 하고 있었다. 사실 그녀는 단향선을 무척 갖고 싶어했다. 진세룡은 약간 무안해하는 표정이었다.

"그럼 내가 잘못했군요."

그는 다소 계면쩍은 얼굴로 그녀를 쳐다보았다. 아주는 속으로 미안한 생각이 들긴 했지만 더 이상 왈가왈부하고 싶지 않았다.

"저녁은 드셨어요?"

그녀가 물었다.

"밥 생각은 없고 시원한 녹두탕이나 한그릇 마셨으면 좋겠군요."

"홍조백합탕紅棗百合湯이 있긴 한데……."

애진을 시켜 갖다 줄 수도 있었지만 아주는 손수 챙겨다 주었다. 그리고 그가 후루룩 소리를 내며 단숨에 그릇을 비우자 다시 물었다.

"더 드릴까요?"

"더 먹고 싶긴 하지만 나중에 호 선생님 드실 게 없으면 어떻게 하죠?"

"걱정하지 마세요. 호 선생님도 얼마 못 드실 테니까요."

그녀는 자신의 몫을 덜어 내어 진세룡의 구복을 채워 주었다. 두 번째 홍조백합탕을 반쯤 비웠을 때 호설암이 돌아왔다. 진세룡은 황급히 자리에서 일어나 인사를 했다. 호설암은 진세룡을 보자 아주는 거들떠보지도 않고 자리에 앉자마자 항주에서의 일에 관해 묻기 시작했다.

"유씨가 답장을 보내 왔습니다."

* 단향선檀香扇__박달나무로 만든 향기 나는 부채.
** 세포선細蒲扇__식물 부들로 만든 부채.

진세룡은 유경생의 편지를 건네주었다.

편지에 적힌 내용은 호주에서 부고와 현고를 대행하는 일에 관한 것이었다. 호설암은 그곳에서 공금을 전액 끌어다가 생사를 사들였기 때문에 번고의 공금을 채워 놓는 일이 무엇보다도 시급했다. 진세룡을 항주로 급파하여 유경생에게 편지를 보냈던 것은 바로 이 문제를 해결하기 위해서였다. 유경생은 유 이야를 통해 번사 아문의 공관을 관리하는 서판에게 부탁하여 월말까지 채워 놓으면 된다는 허락을 받아 냈다.

"유씨의 애기로는 시간이 많지 않으니 호 선생님께서도 서둘러 준비하셔야 할 것 같다고 합니다. 항주에서도 방법을 찾아보겠지만 확실한 대답은 할 수 없다고 하면서요."

"그가 항주에서 어떻게 방법을 찾아보겠다는 건가?"

"그 문제에 대해선 말하지 않더군요. 하지만 저도 대충은 알고 있습니다."

진세룡이 대답했다.

"우선은 동항들을 찾아가 상의하는 방법이 있지요. 호주의 자금이 있으니까 가장 좋은 건 부강으로 가서 표자(일종의 당좌수표)를 여는 겁니다."

"아, 그렇구나!"

호설암은 그제야 말뜻을 알아들었다.

"그가 모험을 하고 있군. 항주에서 표자를 열고 여기에서 태환한다 이거지. 이런 방법이라면 내게 먼저 애길 해줘야지. 그렇지 않으면 내가 어떻게 표자의 결재를 처리할 수 있겠나?"

"유씨가 지금 처리하고 있을 겁니다. 일에 갈피가 잡히면 곧 편지를 보내오겠지요."

진세룡은 잠시 말을 멈췄다가 다시 입을 열었다.

"그와 별도로 유씨는 신화와도 상담을 진행하고 있습니다. 이곳에 돈이 다 떨어지면 신화로부터 우선 일부를 차용할 생각인가 봅니다."

"그럼 혹시 신화의 장뚱보가 뭐라고 말했는지 알고 있나?"

"신화 자체의 현금사정도 매우 좋지 않다고 그러는 것 같더군요."

호설암은 말없이 속으로 주판을 굴리고 있었다. 월말까지의 기한이라면 더 이상 느긋하게 있을 수만은 없는 형편이었다. 정말로 소도회가 일을 벌이기라도 하는 날에는 강남대영江南大營 가운데 상해 근처의 군비 내원이 고갈되는 것은 물론이고, 병사를 파병하여 소탕하라는 명령이 떨어지면 절강의 군량을 조달하는 일도 발등에 떨어진 불이 되고 말 것이 분명했다. 행여 아무런 조치도 취하지 않다가는 번사가 무대에게 보고하고 무대가 조정에 상소하여 문책이 시작될 것이고, 그렇게 되면 결국 모든 책임이 왕유령에게 돌아갈 수밖에 없었다.

"무슨 수를 쓰든지 월말이 되기 전에 해결해야 하네."

호설암이 말했다.

"세룡, 자네가 내 대신 편지를 한 통 써야겠네."

편지는 유경생에게 보내는 것으로서 동행들로부터 8월 말을 기한으로 단기 융자를 얼마나 받을 수 있는지 알아보고 즉시 답장하라는 내용이었다. 그래야만 부족한 액수를 호주에서 조달할 수 있기 때문이었다. 항주의 부강에서 표자를 끊고 호주 부강에서 이를 교태하는 일은 잠시 동안 진행하지 않고 전체 공금의 조달 여부가 결정된 다음에 다시 생각하기로 했다.

"호 선생님. 한 가지 궁금한 게 있는데 여쭤봐도 될지 모르겠습니다."

진세룡이 붓을 든 채로 말했다.

"걱정하지 말고 말해 보게."

"8월 말이 기한인 공관은 상해에서 생사를 판 다음에야 회수할 수 있는 겁니까?"

"그렇지."

호설암이 대답했다.

"혹시 한꺼번에 팔지 못한다 해도 한 가지 방법이 더 있네. 먼저 상해에서 압관*을 하는 걸세. 물론 가장 좋은 것은 이런 방법을 쓰지 않아도 되는 것이지. 아무래도 이런 방법을 쓰게 되면 남들 눈에 우리의 자금력이 부족한 것처럼 보일 것이고, 그렇게 되면 앞으로 일을 처리해 나가는 데 어려움이 많아진단 말일세."

호설암의 설명에 진세룡은 크게 깨닫는 바가 있었다. 속임수는 사람마다 쓰는 방법을 달리해야 한다는 것이었다. 속임수의 절묘한 맛은 겉으로 드러내지 않는 데 있었다.

이런 생각을 하면서 진세룡은 편지를 써 내려갔다. 편지를 다 쓰고 나서 생사 장사에 관해 애기하다 보니 두 사람 모두 생사를 운반할 시기가 가까이 다가오고 있음을 깨닫게 되었다. 호설암은 이 일도 진세룡에게 맡길 생각이었다.

진세룡은 조금도 주저하지 않고 이를 받아들였다. 이어서 수운에 관한 세부사항이 논의되었고 물건을 상해의 창고로 입고시키는 문제까지 언급되었다. 그 다음에는 또 상해에 점포를 낼 것인가 하는 문제가 거론되었다. 두 사람의 대화는 밤이 새도록 끝을 모르고 이어졌다.

그러는 동안 아주는 몹시 기분이 상해 있었다. 처음에는 인내심을 갖고 기다리려 했으나 호설암의 미적지근한 태도에 갈수록 반감이 더해만 갔다. 몇 번이나 일어서서 가 버릴까 하는 생각도 해봤지만 등나무 의자는 갈고리처럼 그녀의 옷을 붙잡고 놓아주지 않았다. 그녀는 속으로 생각을 멈추지 않았다. 아무래도 그에게 몇 마디 하지 않고는 견딜 수가 없을 것 같았다.

----

* 압관押款__담보를 잡히고 현금을 차용하는 것.

자명종 시계가 새벽 한 시를 울리자 호설암은 지친 허리를 펴면서 말했다.

"나머지 얘긴 나중에 하도록 하지. 정말 피곤해 죽을 지경이네."

"그럼 내일 아침 일찍 다시 오겠습니다."

진세룡이 말했다.

"참, 항주에서 산 물건들은 아직 전부 배에 있습니다."

"그렇게 조급해할 것 없네. 자네도 푹 쉬고 내일 오후에 오도록 하게나."

여기까지 말하고 나서야 호설암은 아주가 아직도 가지 않고 남아 있는 것을 발견하고는 의아한 듯 물었다.

"아니, 아직 안 갔구나?"

아주는 퉁명스런 어투로 매섭게 대꾸해 주고 싶었지만 억지로 화를 억누르며 말없이 집에 갈 채비를 했다.

"서두를 필요 없어. 가는 길에 세룡이 바래다주면 되겠군."

이 말에 아주는 더 이상 참을 수가 없었다. 한나절을 기다린 것이 겨우 그런 말을 듣기 위해서였단 말인가? 밤늦게까지 고목이 되도록 기다린 것이 진세룡에게 바래다주게 하려고 그랬던 것이란 말인가? 그녀는 호설암이 자신을 조금도 마음에 두고 있지 않다는 사실이 한없이 원망스럽기만 했다. 그녀는 고개를 돌려서 가 버렸다. 비틀비틀 힘없이 걷는 모습이 화가 단단히 난 것 같았다.

아주에게 가까이 다가간 호설암과 진세룡은 아주의 심상치 않은 모습을 보고는 약속이라도 한 듯 동시에 그녀를 뒤따라갔다.

"아주, 아주!"

"장 소저!"

두 사내가 큰소리로 자신을 불러 대자 그녀는 하는 수 없이 걸음을 멈췄다. 눈치 빠른 호설암은 아주에게 직접 얘기하는 대신 진세룡을 향해 말했다.

"세룡, 자네 먼저 가도록 하게."

"알겠습니다."

진세룡은 아무것도 모르는 척하며 태연하게 작별인사를 하고 먼저 떠났다.

"장 소저, 내일 아침에 봐요."

그녀도 대꾸하지 않을 수 없었다.

"네, 내일 아침에 만나요."

그녀는 곧장 조금 전까지 앉아 있던 등나무 의자로 가서 다시 앉았다.

"날씨가 너무 덥군."

호설암이 가까이 다가서며 웃는 낯으로 말했다.

"시원한 것 좀 마셨으면 좋겠는데……."

그녀는 호설암이 왜 이렇게 화가 났느냐고 물어 오리라고 생각했다. 그러면 말을 받아서 실컷 투정을 부릴 작정이었다. 그러나 전혀 뜻밖의 요청에 그녀는 말문이 막혀 버리고 말았다. 이렇게 무심한 사내에게는 상대해 주지 않는 것만이 유일한 보복일 것 같았다.

"아하, 홍조백합탕이 있었군. 거 잘됐다."

호설암이 진세룡이 먹다 남긴 그릇을 가리키며 말했다.

"맛있을 것 같은데 나도 한 그릇 가져다 주겠어? 넘치도록 가득 담아서 말이야."

아주는 다 먹어 버렸다고 말해 버릴까 하다가 그랬다간 정말로 등을 지게 될 것 같아 마지못해 그의 요구대로 해주었다. 다친 자존심 때문에 화는 갈수록 더해만 갔다. 마침내 그녀는 눈 주위가 발갛게 상기되면서 눈물이 쏟아지고 말았다.

"아니, 왜 그러는 거야?"

호설암은 더 이상 멍청한 표정으로 보고만 있을 수 없었다.

"어, 정말로 우는구나. 누가 야단치기라도 했어? 말해 봐, 도대체 왜 그러는지. 내 생각엔 널 야단칠 사람은 아무도 없는 것 같은데 말이야……."

부드럽고 듣기 좋은 말투였지만 마음에 없는 말이었다. 그는 아주가 무슨 생각을 하고 있는지조차 모르고 있었다. 아주는 이처럼 무심한 사람에게는 분풀이를 하는 것보다 차근차근 얘기하는 게 좋을 것 같다는 생각이 들었다.

"아직도 모르시겠어요? 전 일부러 집에도 가지 않고 여태까지 호 노야를 기다리고 있었단 말이에요."

아주는 눈물을 훔치며 말했다.

"아차, 그랬었구나."

호설암은 짐짓 놀라는 표정을 지으면서 주먹으로 자신의 이마를 가볍게 두드렸다.

"내가 너무 바쁘다 보니 머리가 어떻게 된 것 같구나. 네가 여기 있는 게 날 기다리는 것이라고는 생각조차 못했으니 말이야. 미안해, 정말 미안해."

이렇게 다독거리면서 호설암은 슬그머니 아주의 손을 끌어당겨 부드럽게 어루만져 주었다. 아주는 웃지도 못하고 울지도 못하는 표정이었다. 호설암에 대한 자신의 감정이 애정인지 미움인지 분간하기 힘들었다.

미묘한 불만을 기분 상하지 않게 전달하기란 정말 쉽지 않은 일이었다. 그의 민감한 성격으로 봐서는 틀림없이 자신의 마음을 알고 있을 것 같은데 줄곧 아무런 내색도 하지 않고 일부러 멍청한 척하고 있는 것이 얄밉기만 했다. 게다가 그는 줄곧 너무 바빠서 생각할 틈이 없었다는 핑계를 대고 있었다. 이제는 모든 걸 분명히 할 때가 된 것 같았다. 그가 정말로 생각할 시간이 없을 만큼 바쁜 것인지 아니면 생각은 하면서도 다른 속셈을 갖고 있는 것인지, 이제는 확실히 알아야만 했다.

하지만 적당한 방법이 떠오르지 않았다. 아주는 한쪽으로 고개를 돌린 채 곰곰이 생각해 봤지만 호설암이 한 말들이 귓전에서 자꾸만 윙윙거려 도저히 사념의 가닥을 잡을 수가 없었다.

"어허!"

호설암은 그녀를 가볍게 밀치면서 물었다.

"갑자기 벙어리가 된 거야, 아니면 귀머거리가 된 거야?"

"벙어리도 아니고 귀머거리도 아니에요. 말하기가 귀찮은 것뿐이라고요. 말을 하고 싶어도 도대체 어디서부터 시작해야 할지 모르겠어요."

어투는 차분히 가라앉아 있었지만 분위기는 여전히 무거웠다. 물론 호설암은 그녀의 심사를 다 헤아리고 있었다. 처음엔 그저 멍청한 체하는 것뿐이었지만 방금 또 한 가지 생각이 그의 마음속에서 고개를 들었다. 그는 조심스럽게 물었다.

"대체 무슨 일이야? 이러면 내가 너무 난처해지잖아."

"어려운 건 바로 저예요. 무슨 말을 해야 좋을지 입이 떨어지지 않는단 말이에요."

그럴듯한 대답이었다. 대단히 함축적이면서도 설명할 것을 다하는 말이었다. 호설암은 더 이상 멍청한 척하고 있을 수가 없었다.

"아, 그랬었군! 아주는 입이 떨어지지 않았고 난 너무 바빴던 거야."

그가 말했다.

"내가 아주를 생각한 적이 없다고? 아냐. 난 항상 아주를 생각하고 있어. 내가 장뚱보에게 부탁해서 아주의 어머니와 얘기를 나누게 한 것도 다 생각이 있어서 그랬던 거라고. 좀 더 시간을 갖고 두고 봐야지. 지금의 상황은 너도 다 보고 들어서 알고 있잖아? 내가 호주에 와서 욱사라는 친구를 사귀었고 서양 상인들과 장사를 시작하게 됐을 뿐만 아니라 부강 분점을 열게 되었지. 모두 전에는 전혀 생각지 못했던 일들이야. 아주도 방금 들었지? 지금 항주의 자금 사정이 몹시 안 좋기 때문에 내가 가서 문제를 해결해야 한다고. 그래서 시간이 없는 거야."

호설암의 설명에 아주는 마음속의 불을 끄는 탕약을 먹은 것 같은 표정이었다.

"제가 언제 뭐라고 그랬어요?"

아주는 자신도 모르는 사이에 웃는 얼굴을 하고 있었다.

"전 한마디밖에 하지 않았는데 호 노야께서 너무 마음대로 생각하시는 것 같군요. 누가 호 노야께 이래라 저래라 잔소리를 할 수 있겠어요?"

"난 말을 안 해도 잘못이고 해도 잘못이란 말이로군. 됐어. 그럼 이 얘기 그만 하고 다른 얘기나 하자고."

다른 얘기라고 해봤자 대경 사행의 범위를 넘지 못했다. 아주가 가장 큰 관심을 갖고 있는 건 뭐니 뭐니 해도 호설암의 행적이었다. 말이 나온 김에 그녀는 자신도 상해에 한번 놀러 가 보았으면 좋겠다는 속뜻을 비쳤다. 호설암은 날씨가 너무 더워 차라리 집 안에서 꼼짝하지 않고 있는 것이 낫다고 말하면서 장씨가 상해에 가야 하기 때문에 그녀는 호주에 남아서 어머니와 함께 사행을 돌봐야 한다고 말했다. 너무나 타당한 말이었기 때문에 아주는 아무런 대꾸도 할 수가 없었다.

"그런데 말이야, 아주가 보기엔……."

그가 갑자기 생각난 듯이 물었다.

"진세룡 그 친구가 어떤 것 같아?"

아주는 도무지 질문의 요점을 알 수가 없었다. 속으로는 진세룡을 위해 좋게 말해야겠다고 생각했지만 어떻게 말해야 좋을지 몰라 난처하기만 했다.

"수완이 아주 뛰어난 사람 같아요."

"내가 묻는 의도는 사람됨이 어떠냐는 거야. 착실하다는 거야, 아니면 요령을 피운다는 거야?"

너무 착실하기만 하면 쓸 데가 없고 요령을 피우는 사람이라면 믿을 수가 없는 법이다. 호설암의 말을 듣고 나니 아주는 대답하기가 더 곤란해졌다. 그녀는 고개를 가로저으며 말했다.

"둘 다 아니에요."

"착실하지도 않고 교활하지도 않다면 그냥 평범한 사람이란 말이지?"

아주 평범하다고 말하는 것도 그다지 적절한 표현은 아니지만 그렇다고 진세룡의 가치를 폄하하고 싶지도 않았다.

"아니요."

그녀가 대답했다.

"이것도 아니고 저것도 아니면 도대체 진세룡이 어떤 인물이라는 얘기야?"

적당한 대답이 떠오르지 않는데 호설암이 계속 심문하듯 다그쳐 대는 바람에 아주는 마침내 짜증이 나기 시작했다.

"제가 그걸 어떻게 알아요?"

그녀의 목소리는 매우 신경질적이었다.

"도대체 진세룡이 저랑 무슨 상관이 있다고 그러세요? 그렇게 다그치지 말란 말이에요."

그녀는 이내 얼굴이 빨개지면서 숨까지 가빠지기 시작했다. 얇은 비단 저고리 위로 불빛이 쏟아지면서 가슴의 기복이 선명하게 드러났다. 호설암은 빙긋이 웃으며 그녀를 정면으로 쳐다보았다.

아주는 혼자서 한참 동안이나 씩씩거리다가 마침내 자기가 또 당했다는 사실을 알아차렸다. 그래서 획 하고 몸을 돌려 부채로 가슴을 가리면서 입을 삐죽 내민 채 쏘아붙였다.

"뭘 그렇게 엉큼하게 웃는 거예요?"

"됐어, 됐다고. 전부 다 내 탓이야. 날이 좀 선선해졌으니 안에 들어가서 얘기하지."

그제야 그녀는 밤이 너무 늦었다는 사실을 깨달았다. 도대체 집에 가야 할지 말아야 할지 여간 난처한 게 아니었다. 가려면 당장 일어서야 하는데다 호설암이 바래다주어야 했다. 하지만 아무래도 분위기가 서먹서먹할 것 같았다. 무엇보다도 배웅해 달라는 말이 나올 것 같지 않았다.

그렇다고 집에 안 가자니 그것 또한 여간 난처한 일이 아니었다. 줄곧 어머니와 함께 있는 셈이긴 하지만 남들의 입을 일일이 다 막을 수는 없는 노릇이었다. 게다가 지금은 자신과 호설암 단둘만 있기 때문에 사정이 엄연히 달랐다.

"정말 날 상대하지 않겠다, 이거지?"

호설암이 다시 말했다.

"그렇다면 나도 들어가지 않고 밤새 아주랑 함께 있지, 뭐. 하지만 냉기를 쏘여 내일 아침에 병이 나더라도 내 책임은 아니니까 그런 줄 알아."

호설암의 따스한 말 한마디에 그녀는 어느새 가슴속 울분이 다 풀렸다.

"호 노야 같은 사람은 정말 처음 봤어요."

그녀가 말했다.

"꼭 미꾸라지 같아."

아주를 대하는 그의 태도를 정확히 지적해 낸 말이었다. 마음에 걸리긴 했지만 변명할 생각은 조금도 없었다. 그저 가슴만 초조할 뿐이었다. 내일 아침에도 처리해야 할 일들이 수없이 남아 있기 때문에 일찍 잠자리에 들어 좋은 꿈자리를 기대해야 하는 처지인데 이렇게 쓸데없이 시간을 허비하고 있자니 여간 초조하고 조급한 게 아니었다.

이리저리 머리를 굴리다가 호설암은 넌지시 암시를 주는 수밖에 없다
는 결론을 내렸다.

"그럼 좀 앉아 있어. 난 가서 몸 좀 씻고 올 테니까."

몸을 씻고 나면 잠자리에 드는 게 당연했다. 다급해진 아주는 아무런
생각 없이 자리에서 일어나면서 말했다.

"전 그냥 갈래요."

"간다고?"

이렇게 반문하면서 호설암은 잠시 머리를 굴려 보았다. 누군가 바래다
주지 않으면 안 되는 상황인데 그럴 만한 사람이 자기밖에 없었다. 하지
만 그러자니 왔다 갔다 시간이 너무 많이 허비되기 때문에 선뜻 나서기가
정말 어려웠다.

"꼭 가야 될 이유가 있어? 여기서 대충 눈 좀 붙이면 곧 날이 밝을 텐데
뭘 그래?"

아주는 잠시 망설이며 말이 없었다. 생각해 보니 자신은 지금 사랑하는
사람 옆에 있는 것이었다. 사랑하는 사람이 있는 한 남들이 뭐라 해도 상
관할 이유가 없다는 생각이 들었다.

결국 몇 마디 더 얘기를 나누다가 각자 잠자리에 들었지만 왠지 둘 다
잠을 이룰 수 없었다. 호설암은 사념의 고삐를 늦추지 않았다. 아주의 일
은 아무래도 진퇴양난에 빠진 것 같았다. 그녀는 하루 종일 함께 웃고 떠
들면서 평생을 같이 지내야 할 여자였다. 착실한 남자를 만나 일부일처의
살림을 해야지 자기 같은 성격으로는 나이가 들면서 삼처사첩三妻四妾을
면하기 어렵기 때문에 아주에게는 아무래도 좋은 상대가 못 됐다. 때문에
아주를 소실로 맞는 것은 아무래도 서로에게 바람직하지 못했다.

결국 그는 또 다시 진세룡에게 생각이 미쳤다. 보아하니 아주도 그를
별로 싫어하지 않는 것 같았다. 문제는 그녀가 일편단심 호씨 집안의 사

람이 되기를 바라고 있을 뿐 진세룡에게는 아무런 생각도 갖고 있지 않다는 것이었다. 호설암은 최대한 그녀를 멀리하면서 한편으론 진세룡으로 하여금 그녀에게 적극적으로 다가가게 하면 두 사람의 인연을 맺어 줄 수 있지 않을까 하는 생각이 들었다.

그렇게만 된다면 더 좋을 일이 없었다. 아주의 부모들도 진세룡 같은 사위를 좋아할 것이 분명했고 젊은 부부도 서로에게 만족할 수 있을 것 같았다. 그리고 이 모든 공은 자신에게 돌아오게 되는 것이다. 게다가 진세룡은 있는 힘을 다해 자신의 사업을 도울 것이다.

생각이 정리되자 그는 곧장 잠이 들어 버렸다. 다음날 아침 일찍 일어나 처리할 일이 두 가지 있었다. 하나는 왕유령을 찾아가 자신의 직무를 설명하면서 함께 동행하자고 한 데 대해 확실한 대답을 해주는 일이었고, 또 하나는 욱사와 상의하여 그곳으로부터 현금을 조달해 월말까지 번고의 공관을 채워 놓는 일이었다.

"마침 잘 왔네."

호설암을 보자마자 왕유령이 말했다.

"그러지 않아도 자네를 만나 상의할 일이 두 가지 있어 찾고 있던 중이었네. 우선 첫 번째 일부터 얘기하지. 자네도 돈을 좀 희사하도록 하게."

너무나 갑작스런 말이라 호설암은 무슨 얘긴지 잘 이해가 되지 않았다. 하지만 뭘 희사하라고 하든지 간에 거절할 이유는 없었기 때문에 일단 시원하게 대답해 두었다.

"설공께서 시키는 대로 하겠습니다. 얼마면 됩니까?"

"사실은 내가 서원書院에 '고화膏火'를 좀 대 주려고 하는데 자네 생각은 어떤가?"

가난한 서생들이 서원에서 글을 가르치면서 야간 독서란 명목으로 약간의 고화를 받고 있긴 하지만 그것만 가지고는 가족들 부양하기조차 힘든 지경이었다.

"그것 참 좋은 일이군요."

호설암도 이런 상황에 대해 조금은 알고 있었다.

"물론 전 찬성입니다. 200냥이면 충분할까요?"

"자넨 정말 손이 크군."

왕유령이 웃으면서 말했다.

"그럼 자네는 다 합쳐서 200냥을 내는 걸로 하세. 100냥은 서원의 고화로 지급하고 나머지 100냥은 육영당育英堂에 보내 땅을 좀 살 수 있게 하자고."

"좋습니다. 그렇게 하지요. 은자는 어디에 내면 됩니까?"

"그건 그다지 바쁘지 않네. 우선 두 번째 얘기를 마저 끝내도록 하세."

왕유령이 말을 이었다.

"본 현의 사병 훈련은 이미 어느 정도 정리가 되었네. 하지만 시국이 갈수록 뒤숭숭해져서 변경의 방비와 백성들의 안전을 보장할 방법이 없네. 그래서 일단 성내에 한번 들어가서 확실한 조치를 취해 놓는 것이 나중에 일 처리하는 데 좋을 것 같네. 내일 아침에 당장 떠날 생각인데 자네도 시간 좀 낼 수 있겠나?"

"내일 아침에 떠나실 예정이라면 도저히 시간을 맞출 수 없을 것 같습니다."

호설암은 잠시 시간을 계산해 보고 나서 말했다.

"아무리 서둘러도 사흘은 지나야 떠날 수 있을 것 같습니다."

"그럼 성내에 도착하는 대로 날 찾아오도록 하게. 그리고 한 가지 일이 더 있는데, 성으로 보낼 공관은 어떻게 됐나? 상부에서 물어보는데 대답할 말이 없어 간신히 몇 마디 둘러대고 말았네."

이는 정말 쉽지 않은 문제였다. 왕유령이 성내로 들어가지 않는다면 공관의 납부를 월말까지 연기할 수도 있겠지만 일단 성내로 들어가면 왜 오는 김에 공관을 해결하지 않았냐고 번사가 물어 올 게 분명하기 때문이었다. 왕유령으로서는 이런 질문에 대응하기가 정말 곤란했기 때문에 호설암이 그를 대신해서 적절한 핑계거리를 마련해 주어야 했다.

"말씀 잘 하셨습니다. 월말까지 해결해 놓겠습니다. 하지만 설공께서도 빈손으로 가시면 안 될 겁니다. 제 생각에는 이렇게 하시는 게 좋을 것 같군요."

호설암이 말했다.

"설공께서 사흘만 기다리셨다가 저와 함께 가시는 게 어떻겠습니까? 사흘 동안에 제가 5만 냥을 준비해 드리겠습니다. 공관을 준비해 가지고 들어가게 되면 아무래도 체면이 서지 않겠습니까?"

왕유령은 잠시 생각에 잠겼다가 대답했다.

"그것도 괜찮겠군."

왕유령과의 얘기가 정리되자 호설암은 5만 냥의 은자를 준비하기 위해 서둘러 욱사를 찾아가 경과를 설명했다. 두 사람은 이미 서로 허물이 없는 사이였다. 현금의 조달을 부탁받은 그는 호설암이 떠나기 전까지 준비해 놓겠다고 그 자리에서 호언장담했다.

대경 사행으로 돌아온 호설암은 황의와 장씨를 불러 놓고 사흘 후에 떠나기로 했다는 사실을 알려 주면서 물건을 모두 배에 싣고 함께 떠날 수 있는지 물었다.

"도저히 안 될 것 같습니다."

황의가 대답했다.

"제가 오늘 아침부터 자세히 계산을 해봤는데 최소한 닷새는 있어야 할 것 같습니다."

"오늘이 칠월 초여드레니까 닷새를 더하면 열사흘이 되겠군. 그럼 20

일 전에는 상해에 도착할 수 있겠구먼."

호설암도 재빨리 머리를 굴렸다.

"왕 노야와 이미 약조를 해 놓은 상태이니 절대로 실언하게 만들지 말아야 하네. 우리가 열하룻날 먼저 출발할 테니까 곧 뒤따라 오도록 하게. 내가 항주에서 기다리고 있겠네."

이어서 그는 장씨에게도 몇 마디 당부했다.

"아주도 상해에 가 봤으면 하던데 한번 보내 주는 게 어떻겠습니까?"

"여부가 있겠습니까."

장씨는 쌍수를 들어 그의 제안을 환영했다.

"아주도 그 동안 고생 많이 했습니다. 몸까지 수척해졌다니까요. 한번 상해에 가서 실컷 놀게 해줘야겠어요."

"얘기할 게 한 가지 더 있습니다."

호설암은 갑자기 할 일이 생각났다.

"우리 좋은 일 하나 하는 게 어떻겠습니까?"

황의와 장씨는 옆에 우두커니 서서 호설암이 느닷없이 꺼내는 얘기에 어안이 벙벙해 있었다. 좋은 일을 하자니 도대체 누구를 위해 어떤 일을 한단 말인가?

호설암이 자신의 생각을 설명했다. 왕유령에게서 계시를 얻은 조치였다.

"장사를 하려면 무엇보다도 먼저 시장을 안정시켜야 합니다. 그래야만 사업이 번창하게 되는 법이지요. 우리가 해야 할 좋은 일이라는 건 바로 시장을 조용하게 만드는 일입니다."

호설암은 중요한 얘기를 할 때마다 속담을 즐겨 인용하곤 했다. 이번에도 시의적절한 말을 찾아냈다.

"사흘 굶어 남의 집 담장을 넘지 않는 놈이 없는 법입니다. 그러니 손해 보는 건 돈 있는 사람들뿐이지요. 그래서 말인데, 장사를 해서 돈을 벌려면 우선 좋은 일을 좀 해 두는 것이 좋다 이겁니다. 우리가 자발적으로 나서서 어려운 사람들에게 쌀 배급표를 발급하고 솜옷과 관재*를 좀 나눠 주면 어떻겠습니까?"

"아하, 그런 일을 말씀하시는 거였군요."

황의가 진지한 표정으로 나서서 자신의 생각을 보탰다.

"원래 그런 일은 겨울에 하는 건데, 연말에 가서 하면 어떻겠습니까? 지금은 아직 시기가 이른 것 같습니다."

"지금 같이 더운 날에도 하기 좋은 일이 있기 마련일세. 원래 가을 호랑이가 더 무섭다지 않은가. 차를 나눠 주든 약을 나눠 주든 큰 도움이 될 수 있는 일이 아니냔 말일세."

호설암의 결단력은 따라갈 사람이 없었다. 이런 사소한 일에는 더 말할 필요도 없었다.

"황씨, 말이 나온 김에 실행하도록 하세. 오늘 당장 처리하는 게 좋겠네."

황의도 그의 성격을 잘 알고 있었다. 일을 했다 하면 아주 빨리, 그것도 대단히 훌륭하게 해치우는 게 그의 특징이었다. 이는 돈보다 더 귀한 재산이 아닐 수 없었다. 그의 지시는 곧장 행동으로 옮겨졌다. 너무나 간단하고 쉬운 일이었다. 그날부터 대경 사행 입구에는 커다란 선반이 하나 설치되었다. 선반 위에는 차 항아리가 들어갈 만한 받침대가 마련되었고 대나무 통에 손잡이를 달아 찻잔으로 사용하게 했다. 찻물 속에는 화독火毒을 없애 주는 약료까지 들어 있었다. 이와는 별도로 문 앞에 새로운 매홍전이 나붙었다.

본 사행에서는 고객들을 위해 벽온단壁瘟丹과 찌갈형군산諸葛行軍散을 나

---

* 관재棺材 __관을 짜는 재료. 상례를 매우 중시하는 중국인들에게는 관을 짜는 나무도 생필품 가운데 하나였다.

눠 드리고 있사오니 필요하신 분들께서는 서슴지 마시고 받아 가시기 바랍니다.

대경 사행은 일시에 문전성시를 이루게 되었다. 눈 깜짝할 사이에 100병이 넘는 제갈행군산과 같은 양의 벽온단이 나가 버렸다. 이런 반응에 크게 놀란 황의는 저녁이 되자 부랴부랴 호설암을 찾아와 이런 사실을 보고하면서 대책을 물었다. 그의 생각은 약을 계속 나눠 주기가 쉽지 않을 것 같고 약을 얻어 가려는 사람들이 너무 많아 장사에 좋지 않은 영향을 주고 있다는 것이었다.

"생사도 거의 다 거둬들였으니 장사에 큰 지장은 없을 걸세. 그리고 약을 타 가려는 사람이 많다고 해봤자 그에 드는 돈이 얼마나 되겠나? 첫날이라 사람이 많은 게 당연하고 며칠 지나면 한번 타 간 사람들은 미안해서 다시 오지 못할 걸세. 약은 동전銅錢이 아니라 많을수록 좋은 걸세. 그러니 너무 걱정하지 말게."

"그렇다면 제게 한 가지 좋은 생각이 있습니다."

진세룡이 옆에 있다가 말을 받았다.

"나눠 주는 약을 정제로 만들면 양을 크게 줄일 수 있을 겁니다. 아울러 포장지에다 빨간 글씨로 '대경 사행 경증大經絲行 敬贈'이라고 인쇄하고 제갈행군산을 담는 자기병에도 대경 사행이라고 새겨 넣는 겁니다."

"그렇게 하려면 일이 너무 번거로워질 테니 올해는 그냥 넘기고 내년부터 그렇게 하는 게 좋을 것 같군요."

황의는 일거리를 만드는 게 못마땅한 눈치였다. 호설암은 그 자리에선 아무런 내색도 하지 않았지만 나중에 진세룡을 따로 불러 말했다.

"세룡, 자네도 머리가 보통이 아니더군. 차나 약을 나눠 주는 의도를 제대로 아는 사람은 자네밖에 없는 것 같아. 누가 공짜로 좋은 일을 하려

하겠나? 사실은 나도 이런 일을 통해 이름을 좀 내 볼까 했던 것일세. 하지만 이런 일을 내가 직접 입 밖에 낼 수는 없지 않은가? 그런 마음을 자네가 헤아리고 있었다니 정말 보통 영리한 게 아닐세."

칭찬을 들은 진세룡은 흥분을 감추지 못하면서 진지한 어투로 말을 받았다.

"저도 호 선생님으로부터 많은 걸 배우고 있습니다."

"너무 서두르진 말게. 나만 따라다니면 언젠가는 좋은 일이 있을 걸세. 한 가지 얘기할 게 더 있네. 이번에 아주가 항주에 가면 자네가 정성껏 잘 좀 보살펴 주게. 아주는 화려하고 시끌벅적한 걸 좋아하는 성격인데 배 위에는 그런 게 없지 않나? 그러니 자네가 특별히 잘 좀 데리고 다니면서 실컷 구경을 시켜 주란 말일세."

"알겠습니다."

'알겠다고? 그럴 리가 없어. 한두 마디 더 해 두는 게 좋겠군.'

호설암은 그냥 지나가는 말인 것처럼 가벼운 어투로 다시 물었다.

"세룡, 나랑 아주가 어떤 사이인 것 같은가?"

세룡은 도대체 그가 어떤 대답을 기대하면서 이런 질문을 하는 건지 알 수가 없었다. 그는 말없이 하얀 치아를 드러내며 웃고만 있었다. 너무 유치하고 가소로운 질문이라고 비웃는 것 같은 표정이었다.

"뭔가 재미있는 대답이 나올 것 같은데 서슴지 말고 어서 말해 보게."

호설암이 채근하고 나오는 통에 세룡은 대답을 피할 방법이 없었다.

"호 선생님께서 장 소저를 좋아하고 계시지 않습니까? 밖에서는 모두들 호 선생님께서 호주에 공관을 하나 더 마련하실 거라고 하던데요."

"맞는 말일세. 호주에 집을 하나 더 마련해 놓고 왔다 갔다 하면 주거와 식사가 좀 편하겠나? 하지만 나와 아주는 아무런 사이도 아닐세."

전혀 앞뒤가 맞지 않는 말 같았다. 진세룡은 옆에 털썩 주저앉으면서 한마디 더 물었다.

"그럼 호 선생님께서는 별도의 생각을 갖고 계신 거로군요?"

"그렇긴 한데 아직은 말할 수가 없네. 다음에 자세히 얘기해 주지."

"그럼……."

진세룡은 아주가 걱정되었다.

"장 소저는 어떻게 되는 건가요? 장 소저는 일편단심 호 선생님만 믿고 있을 텐데요."

"그건 나도 알고 있네. 바로 그런 이유 때문에 서두르지 말자는 얘길세. 다행히……."

호설암은 천천히 말을 이었다.

"나와 아주는 이제껏 조금도 법도에 어긋남이 없이 깨끗한 관계를 지켜 왔기 때문에 문제 될 일은 하나도 없네."

호설암은 아주를 취하지 않기로 결심한 것이 틀림없었다. 그렇다면 그 이유는 도대체 무엇일까? 진세룡은 의아한 생각을 떨쳐 버릴 수가 없었다.

"호 선생님. 그렇다면 한마디 더 여쭙지 않을 수가 없군요."

그는 눈을 가늘게 뜨고 말했다.

"장 소저의 어디가 맘에 안 드셔서 그러시는 겁니까? 말이야 바른 말이지 그만한 아가씨는 눈을 까뒤집고 뒤져 봐도 찾기 힘들 겁니다."

진세룡이 아주에게 얼마나 마음을 주고 있는지 충분히 알 수 있는 말이었다. 호설암은 속으로 이번 일에도 자신의 계산이 적중했다고 생각했다. 일이 원만하게 처리될 수 있을 것 같다는 생각에 적이 마음이 놓였지만 그는 애써 흥분을 감추면서 진세룡에게 몇 마디 설명을 덧붙였다.

"어허, 자넨 아직 내 마음을 잘 모르는군. 아주가 대단한 인재가 아니었다면 나도 그 애를 대충 후실로 들어앉혔을 것이고, 이렇게 골머리를 썩이지도 않았을 걸세. 아주가 정말 얻기 힘든 아가씨이기 때문에 나도 마음을 편히 가질 수 없는 거란 말일세."

마음이 편하지 않다고? 갈수록 선문답 같은 말에 진세룡은 단도직입적으로 따지기로 마음먹었다.

"마음이 편하지 못한 이유가 대체 뭡니까?"

"첫째, 둘 다 본부인으로 들어앉힌다 해도 남들의 눈에는 여전히 소실로 보일 게 분명하니 아주에겐 너무 안된 일이지.둘째, 자네도 알다시피 지금 내 형편이 전국 각지로 동분서주 뛰어다녀야 하는 판인데 아주를 혼자 쓸쓸하게 호주에 남겨 둔다면 서로 마음고생을 어떻게 견뎌 내겠느냐 하는 걸세."

"호 선생님!"

진세룡은 자신도 모르는 사이에 탄성을 지르고 말았다.

"그렇게 사려 깊으신 줄 몰랐습니다. 정말 훌륭하십니다!"

"이건 어쩔 수 없는 일일세. 자네에게 한 가지 더 얘기하자면⋯⋯."

호설암은 목소리를 낮춰 말했다.

"난 자네를 정말로 내 친동생처럼 생각하면서 무슨 얘기든지 감추지 않아 왔네. 자네도 멍청한 사람이 아니니 내 속마음을 잘 알고 있으리라 믿네. 방금 내가 한 얘기를 절대로 아주나 아주 아버지에게 해서는 안 되네. 다행히 자네가 내 속뜻을 알았으니 알아서 잘 처신해 주리라 믿겠네."

진세룡은 그제야 호설암의 뜻을 알고는 뭐라 말할 수 없는 야릇한 기쁨에 젖었다.

'알고 보니 그랬었군. 왕위와 나라를 함께 물려주려는 것이었어. 그래서 말끝마다 아주와 깨끗한 사이라는 걸 강조했던 거였군.'

호설암의 아름다운 선의에 진세룡은 탄복하지 않을 수 없었다. 하지만 그가 확실하게 얘기하지 않은 이상 성급하게 먼저 감사의 뜻을 표할 수도 없는 입장이었다. 서로 이심전심으로 뜻이 통하고 있는 것으로 만족해야 했지만 그래도 몇 가지 확실히 하지 않으면 안 되는 것이 있었다.

"호 선생님. 장 소저가 제게 와서 호 선생님에 관해 애기를 꺼내면 전 어떻게 해야 하지요?"

호설암의 암시를 수락한다는 뜻이나 다름없는 말이었다. 호설암이 대답했다.

"자네는 은연중에 두 가지 점을 자꾸 강조하면 되네. 첫째는 내 본부인이 굉장히 무섭다는 것이고, 둘째는 내가 엄청나게 바쁘기 때문에 한곳에 발을 붙이고 살 수가 없다는 것일세. 한마디로 말해서 아주로 하여금 서서히 나를 포기하고 잊게 하라는 말일세."

"잘 알겠습니다."

진세룡이 시원스럽게 대답했다.

이런 묵계가 있던 날부터 호설암은 진세룡을 장씨 집안과 접촉시키기 위해 갖은 애를 다 썼다. 말을 전하는 것이건 일을 처리하는 것이건 간에 장씨와 연관된 일이기만 하면 무조건 진세룡을 시켰다. 자신은 왕 대노야와 중요한 일이 있다는 핑계로 지부아문에 틀어박혀 하루 종일 사람들과의 대면을 피했다.

다음 날 정오가 되도록 호설암의 모습이 보이지 않자 아주 엄마는 마음이 초조해지기 시작했다.

"세룡, 호 선생님은 도대체 어떻게 되신 건가? 내일이면 떠나야 하는데 일을 어떻게 처리할 건지 지시가 있어야 모두들 준비를 서두를 게 아닌가?"

그녀가 물었다.

"호 선생님은 지금 너무 바쁘십니다."

진세룡이 설명했다.

"다행히 일 처리에 관해선 확실하게 지시를 내려 놓으셨습니다. 일단 13일에 출발하되 혹시 문제가 있을 경우에는 항주에 도착해서 다시 상의하기로 했습니다."

말은 틀린 것이 없었으나 적어도 떠나기 전에 호설암에게 밥 한끼는 대접을 하는 것이 도리일 것 같았다. 그녀는 이틀 동안이나 이 일을 준비하고 있었다. 그것도 기왕이면 집으로 모시는 것이 좋겠다고 마음먹고 줄곧 입 밖에 내지 않고 있었던 것이다. 그러나 이제 상황을 보니 먼저 얘기를 꺼내지 않으면 안 될 것 같다는 생각이 들었다.

"세룡, 한 가지 부탁이 있는데 날 대신해서 호 선생님께 한번 다녀와 주게. 가서 오늘 저녁에는 무슨 일이 있어도 우리 집에서 식사를 하셔야 한다고 전해 주게."

물론 진세룡은 그녀의 부탁을 들어주었다. 하지만 그는 오후 네 시 반이 넘어서야 장씨 집으로 돌아올 수 있었고, 그러는 동안 아주와 그녀의 엄마는 반나절이나 마음 졸이며 소식을 기다려야 했다.

"왜 이제서야 돌아오는 거예요?"

아주는 볼이 잔뜩 부어 있었다.

"나도 마음이 얼마나 조급했는지 몰라요."

진세룡은 흥분하지 않고 차분히 대답했다.

"호 선생님은 왕 노야의 첨압방에서 공사를 의논하시느라 날더러 좀 기다리라고 하셨는데 시간이 너무 지체되는 거예요. 그래서 기다리고 있는 사람들을 생각해서 먼저 돌아와 이런 사실을 알린 다음 다시 갈 생각이었는데 막 문을 나서려는 순간 호 선생님이 나오시는 게 아니겠어요. 간신히 한두 마디 얘기를 나누기 시작했는데, 왕 대노야께서 또 다시 시동을 시켜 호 선생님을 불러들이시지 뭡니까. 호 선생님은 금방 나올 테니 절대 가지 말라고 하시고는 또 반나절을 기다리게 하시더라고요."

"미안해요. 그런 줄 모르고 공연히 화를 냈군요."

아주는 다소 미안한 듯 빙긋이 미소를 지었다.

"호 선생님께서는 오시긴 꼭 오실 텐데 언제쯤 될지는 모르겠다고 하시더군요. 빨라야 일곱 시나 되어야 오실 수 있을 것 같다고 하시면서 말이에요."

"일곱 시면 어때."

옆에 있던 아주 엄마가 끼어들며 말했다.

"열두 시에 오신다 해도 기다려야지. 한데 두 가지 요리를 했는데 너무 오래 놔두면 맛이 없을 텐데."

"그럼 전 사행으로 물러가겠습니다. 아직도 처리해야 할 일들이 많거든요."

"자네도 저녁에 함께 와서 식사하도록 하게나."

아주 엄마는 아직도 다소 마음을 놓지 못하는 눈치였다.

"가능하면 아문에 가서 기다렸다가 호 선생님을 모시고 함께 오는 게 좋겠네."

진세룡이 그러겠다고 대답하고 막 문을 나서려는 순간 뒤에서 아주가 큰 소리로 그를 불러 세웠다.

"기다려요. 저랑 같이 가요."

두 사람은 함께 장씨 집을 나와 사행을 향해 걷기 시작했다. 진세룡은 친구가 워낙 많아 길을 걸으면서도 쉴 새 없이 사람들의 인사를 주고받았다. 어떤 친구는 아주를 유심히 뜯어보기도 했고 그럴 때마다 진세룡은 정중하게 그녀를 소개했다.

"이분은 장 소저일세."

두세 번 소개하고 나니까 오히려 아주가 이상하게 생각하며 물었다.

"자꾸 소저라고 하지 마세요. 다 큰 소저가 어떻게 길거리를 마음대로 쏘다니겠어요?”

“그럼 뭐라고 부르는 게 좋을까요?”

아주는 대답이 없었다. 소저라는 칭호는 집에서 들어도 이만저만 거북한 게 아니었는데 사람들 앞에서라면 더 말할 필요도 없었다. 그렇다고 이름을 부르게 할 수도 없는 노릇이었다. 사실은 이름을 불러도 무방했지만 습관이 되어 버리면 나중에 가서 호칭을 바꾸기가 곤란할 것 같았다. 차라리 ‘장 소저’에서 ‘호 부인’이나 ‘호 사모님’으로 바뀌는 것이 훨씬 부드럽고 사리에 맞는 것 같았다.

앞으로 갖게 될 새로운 신분에 생각이 미치자 그녀는 자신도 모르게 얼굴이 뜨거워졌다. 그녀는 진세룡이 눈치 챌까 두려워 얼굴을 살짝 가리고 그를 바라보았다. 그런데 웬걸, 그 역시 자신을 바라보고 있는 것이었다. 눈길이 마주치자 진세룡은 아무런 표정의 변화도 없는데 오히려 그녀 혼자 애써 시선을 피하면서 얼굴이 빨개지고 말았다.

마음이 뒤숭숭한데다 날씨마저 더워 서산으로 기울기 시작하는 해를 바라보는 이마에는 어느새 굵은 땀방울이 맺히기 시작했다. 그러나 너무 황망히 나서는 바람에 깜빡 잊고 손수건을 가져오지 않았다. 진세룡은 손동작만 보고서도 그녀가 무얼 찾고 있는지 금세 알 수 있었다. 그는 자신의 항주산 손수건을 꺼내 살며시 아주에게 건네주었다.

희고 깨끗한 걸 보니 아직 한 번도 사용하지 않은 것 같았다. 아주는 마침 몹시 필요했던 물건이라 사양하지 않고 냉큼 받아 얼굴을 닦았다. 얼굴에 갖다 대자마자 이상한 냄새가 풍겨 왔다. 남자에게서만 맡을 수 있는 이른바 ‘머리기름 냄새’였다. 다소 역겹긴 했지만 아주는 개의치 않고 그대로 얼굴의 땀을 닦았다. 곧 마음이 훈훈해지면서 역겨운 기분은 사라지고 오히려 그윽한 향기처럼 느껴지기 시작했다.

아주는 손수건을 돌려주지 않고 계속 손에 쥔 채 길을 걸으면서 수시로 땀을 닦거나 코로 냄새를 맡곤 했다. 그러다가 대경 사행의 문 앞에 도착해서야 그에게 도로 돌려주었다.

대경 사행에는 포장된 칠리사七里絲가 가득 쌓여 있고 황의와 장씨가 한창 수를 헤아려 장부에 적고 있었다. 진세룡과 아주는 때맞춰 잘 도착한 셈이었다. 뒤쪽 객방 안에 쌓여 있는 생사를 정리하는 일이 바로 두 사람 몫이었던 것이다. 두 사람은 곧장 일을 시작하여 진세룡은 수를 헤아리고 아주가 이를 장부에 적었다. 날이 어두워질 때까지 쉬지 않고 했는데도 일이 끝나지 않자 아주가 그에게 말했다.

"아문에 가 보셔야 되잖아요. 다 세지 못한 건 나중에 밤에 다시 와서 세도록 하세요."

상황을 보니 한 시간 정도로는 도저히 일이 끝날 것 같지 않았다. 진세룡은 곧 손을 놓고 지부 아문으로 달려가 호설암을 데리고 함께 장씨 집으로 갔다.

호설암이 좌정하여 찻잔을 들자마자 장씨가 장부를 들고 들어와 그에게 넘겨주며 결재를 부탁했다.

"확실한 숫자는 아직 파악되지 않았지만 대략 850포 정도가 될 것 같습니다. 그리고 포 당 원가는 수상 운임을 포함해서 280번양番洋* 정도가 될 것으로 추산됩니다."

장씨가 말했다.

"그리고 물건 값으로 이미 20만 냥의 은자가 지불된 상태입니다."

호설암이 진세룡에게 물었다.

"850포라! 포당 원가를 280번양으로 잡으면 총액이 얼마나 되나?"

"23만 8천 번양입니다."

진세룡은 특유의 암산으로 재빨리 대답했다.

"맞았어!"

호설암은 잠시 계산을 해보고 나서 진세룡의 보고를 확인해 주었다. 그러고는 다시 장씨에게 물었다.

"최근 며칠 동안 양장洋莊의 동태에는 별다른 변화의 조짐이 없나요?"

"별 변동은 없습니다."

"그럼 300번양 정도로 값을 매기도록 하지요. 그러면 포 당 20번양이 떨어지니까 다 합쳐서 1만 7천 번양의 순이익이 생기는군요."

"이것만 해도 적지 않은 액수입니다. 단 한 번의 장사로 1만 7천 번양을 벌다니요!"

천성이 워낙 고운 장씨는 너무 쉽게 만족했다. 애당초 호설암과는 얘기 상대가 되지 않았다. 호설암은 잠시 생각에 잠겼다가 흐뭇한 표정으로 한마디 던졌다.

"어쨌든 대경의 수익금은 장 선생께서 버신 겁니다. 누가 뭐래도 장 선생이 대경의 주인장이시니까요. 이제 그 배는 팔아 버려도 될 것 같군요."

장씨는 그의 말뜻을 알아차릴 수 없었다. 그가 왜 그런 말을 하는지 그저 아리송하기만 했다. 오히려 진세룡은 그 뜻을 알아차리고 있었다. 이는 앞으로 친척이 되는 게 아니라 그저 서로 돕는 사이로 그칠 것이라는 사실을 암암리에 밝히는 말이었다. 그리고 이 말이 진심이라면 그는 정말로 후덕한 사람임에 틀림없었다.

"아니, 배도 팔아치울 필요가 없습니다. 배가 있으면 아무래도 왔다 갔다 하는 데 편할 테니까요."

"그것도 좋겠군요."

호설암이 말했다.

"하지만 이제 더 이상 직접 배를 돌보실 필요는 없을 겁니다. 온 힘을

사행에 집중시켜야 하니까요. 애석하게도 세룡도 장 선생을 도울 수가 없
게 됐습니다."

"어째서 그렇습니까?"

장씨는 다소 당황하는 눈치였다.

"세룡이 도와주지도 않고 호 노야께서도 호주에 계시지 않으시면 저
혼자서 어떻게 일을 할 수 있겠습니까? 솔직히 말해서 전 황의 그 사람을
당해 낼 재간이 없습니다."

장씨가 당황해 하는 것과는 달리 호설암은 태연자약했다. 그는 애당초
이런 문제들을 난제로 여기지도 않았다. 그는 한 가지 새로운 생각이 떠
올라 잠시 야릇한 미소를 띠면서 아무런 대답도 하지 않았다.

착실한 장씨는 황의를 탐탁지 않게 여기고 있었다. 사실 황의에게는 다
소 독선적인 데가 있었고 장씨는 이를 경험을 통해 알고 있었다. 그러나
이를 입 밖에 내는 건 그가 없는 자리에서 남을 흉보는 것이 되기 때문에
말하지 않는 것이 도리라는 결론을 내렸다. 하지만 말을 하지 않으면 호
설암이 자신의 마음을 믿어 줄 것 같지 않았다. 그럼 어떻게 해야 한단 말
인가? 증인을 한 사람 찾는 수밖에 없었다.

"황 선생의 사람됨이 어떤지는 세룡 자네도 잘 알고 있겠지?"

그는 세룡을 힐끗 쳐다보며 말했다.

"자네가 호 선생님께 설명 좀 해드리게."

"그럴 필요 없습니다."

호설암이 손을 내저으며 말했다.

"저도 척 보면 알 수 있거든요. 솔직히 말씀드려서 이번에 제가 호주에
왔던 일은 하나같이 다 순조롭게 진행됐습니다. 단지 이 인형仁묘 한 분만
맘대로 되지 않고 있지요. 물론 장 선생께선 그를 당해 내지 못하실 겁니
다. 하지만 그런 사람을 당해 낼 사람도 있기 마련이지요. 그러니 마음 놓

으세요. 어차피 지금 당장 큰일이 난 건 아니니까 상해에 다녀온 다음에 다시 얘기하기로 하지요."

"그때는 어떻게 되는데요?"

"그때는……."

그는 진세룡을 힐끔 쳐다보며 말했다.

"제게 아주 좋은 한 가지 방법이 있습니다. 물론 장 선생의 입장을 충분히 고려한 방법이지요."

이들이 얘기를 나누고 있는 동안 아주도 밥상에 수저를 놓으면서 하나도 놓치지 않고 다 듣고 있었다. 그녀는 가장 좋은 방법이란 것이 황의를 그만두게 하고 진세룡으로 하여금 아버지를 돕게 하는 것일 거라고 생각했다. 하지만 그녀는 호설암이 진세룡에게 서양 글을 배우게 하여 상해에 좌장*하면서 외국인과의 교로를 틀 계획이라는 얘기를 들은 적이 있었다. 이 또한 대단히 중요한 일이라 호설암도 신중히 생각해서 안배했을 것이 분명했다. 그렇다면 이것 말고 또 무슨 조치가 있단 말인가?

아주의 이런 생각은 호설암의 계획과 정확히 맞아 떨어지고 있었다. 하지만 아직은 때가 이르기 때문에 일언반구 언급을 피하고 있었다. 아주가 한창 유추를 계속하고 있는 동안 모두들 식사를 위해 자리에 둘러 앉았다. 호설암이 상석에 앉고 그 왼쪽에는 장씨가, 오른쪽에는 진세룡이 앉았다. 그리고 그 아래로 아주 모녀의 자리가 남겨져 있었다. 아주 엄마는 아직 부엌에 남아 있었고 아주가 오른쪽에 앉아 있다가 막 진세룡에게 가까이 다가가고 있었다.

"아주야, 음식 내 가거라!"

애진이 물건을 사러 잠시 밖으로 심부름을 나갔기 때문에 아주 엄마는

---

* 좌장坐莊__옮겨 다니지 않고 계속 주둔함.

큰 소리로 아주를 불러 댔다. 부르는 소리를 듣고 진세룡이 먼저 자리에서 일어서자 아주가 자연스럽게 그의 옷소매를 끌어 도로 자리에 앉히며 말했다.

"그냥 앉아 계세요. 제가 갈 테니까."

그래도 진세룡은 함께 따라 일어섰다. 나란히 걸음을 옮기면서 세룡이 뭔가 그녀에게 얘기를 했다. 아주는 그저 웃기만 할 뿐이었다. 호설암은 장씨와 술잔을 기울이면서 멀리서 두 사람의 모습을 지켜보고는 회심의 미소를 지었다.

밥을 다 먹고 나서 잠시 앉아 있다가 호설암은 이내 또 몸을 일으켰다. 욱사와 상의해야 할 일이 아직 더 남아 있기 때문이었다. 호설암이 간다는 말에 아주와 그녀의 엄마는 얼굴에 조급한 마음이 그대로 드러났다. 모녀는 호설암에게 할 말이 많은 것 같았지만 생각해 보니 당장 하지 않으면 안 될 만큼 긴급한 일이라고는 아무 것도 없었다. 그를 순순히 보내 주는 수밖에 다른 도리가 없었다.

"항주에서 만납시다."

호설암은 간단히 한마디로 작별을 고했다.

그가 문 앞에 이르자 아주 엄마는 재빨리 뒤를 쫓아가 소리쳐 물었다.

"그럼 언제 또 호주에 오시나요?"

"지금은 확실하게 말씀 드리기 어려울 것 같습니다."

아주 엄마가 고개를 돌려 살펴보니 아주가 옆에 있지 않았다. 안심한 그녀는 다시 큰 소리로 외쳤다.

"그 일은 전적으로 호 노야께 달려 있어요. 올해 안으로 꼭 결말을 봐야 합니다."

"네, 그래야지요."

호설암이 대답했다.

"올해 안으로 틀림없이 아주 성대한 혼사를 치를 수 있을 겁니다. 그땐
저도 꼭 올 거고요."

신랑이면 당연히 혼례에 나타나는 법인데 그런 얘길 왜 하는 것일까?
아주 엄마는 호설암의 말이 이상하게만 느껴졌다. 호설암이 이미 자기 사
위가 아니라는 사실을 그녀는 꿈에도 생각지 못하고 있었다.

큰 보상이 있어야
용사가 나선다

왕유령의 배는 항주에 도착하여 늘 그래 왔던 것처럼 만안교에 정박했다. 돌아오는 모습이 갈 때와는 사뭇 달라져 있었다. 갈 때는 부임하러 가는 길이라 의제儀制도 갖춰지지 않았고 단지 두 척의 관선에 몇 장의 기패旗牌만이 펄럭였으나, 이번에 돌아가는 길에는 무려 다섯 척이나 되는 관선에 하인들까지 딸린데다 기패도 선명하게 빛나고 있었다. 배가 부두에 닿기도 전에 인화仁和와 전당錢塘 두 현에서 보낸 사람들이 주위에 서성거리는 사람들을 모두 쫓아 버리고 부두를 깨끗이 치운 다음 가마를 대령하고 있다가 그가 하선하자마자 곧바로 지름길을 이용하여 공관으로 모셨다.

호설암은 서둘러 집으로 돌아가는 대신 가마를 타고 곧장 부강으로 갔다. 사전에 아무런 소식도 없다가 호설암이 갑자기 들이닥치자 유경생은 다소 의아해했다. 호설암은 유경생 혼자서 꾸려 나가는 부강이 실제로 어떻게 돌아가는지 알고 싶어서 일부러 예고 없이 나타난 것이었다.

호설암은 세간에 떠도는 풍문과 호주의 정세를 이야기하면서 여기저기 둘러보았다. 점방 안의 상황이 두 눈에 확연히 들어왔다. 점원들이 고객을 대하는 태도도 아주 공손했고 은전을 교환하는 장사도 제법 잘돼서 유경생은 크게 만족하고 있는 것 같았다.

"인 번대의 은자 만 냥은 갚았습니다. 이제 남은 건 5천 냥뿐입니다……."

유경생은 최근 며칠 동안의 업무상황을 간략하게 보고한 다음 호설암에게 장부를 보여 주었다.

"볼 필요 없네."

호설암은 장부를 도로 물리며 물었다.

"장부상으로 남아 있어야 하는 현은이 전부 얼마나 되나?"

"장부에 전부 적혀 있습니다."

유경생이 장부를 넘기며 대답했다. 지금 당장 현은으로 태환할 수 있는 표자를 포함하여 총액이 7만 5천 냥에 달했다.

"사흘 이내에 지급해야 할 액수는 얼마나 되나?"

"3만 냥이 채 안 됩니다."

"내일 당장 지급해야 할 돈은?"

호설암이 다시 물었다.

"내일은 지급할 게 없습니다."

"그렇다면 잘됐군. 내가 7만 냥을 인출하도록 하겠네. 단 하루만 쓰는 걸로 하고 말이야."

그는 어느새 붓을 들어 7만 냥을 인출한다는 각서를 써서 유경생에게 건네주었다.

호설암의 이런 행동은 완전히 시험용이었다. 즉 유경생의 장부에 적힌 수치와 실제 잔고가 일치하는지 확인해 보기 위한 것이었다. 금고에 들어 있는 은자를 전부 꺼내 보라고 하면 그를 믿지 않고 있다는 사실이 드러나기 때문에 이러한 간단한 속임수를 쓰게 된 것이다.

유경생이 조금도 지체하지 않고 금고를 열어 7만 냥의 은표를 가지런히 정리하여 그의 손에 쥐어 주었다. 호설암은 한마디 덧붙였다.

"오늘 하루만 가져다 쓰고 내일이면 어김없이 회수해 주겠네. 모레 지출할 돈에 지장이 없도록 할 테니까 아무 걱정하지 말게. 꼭 7만 냥이 필요한 건 아니지만 내 나름대로 좀 넉넉하게 준비해 두려는 것일세."

그러면서 그는 남몰래 유경생의 자질과 재간을 두루 살피고 있었다.

호설암이 다시 집으로 돌아와 노모께 절을 올린 다음 아내와 이번 일의 성과를 얘기하고 있을 때였다. 왕유령이 사람을 보내 급히 상의하지 않으면 안 될 중요한 일이 있으니 자기 집으로 와 달라고 요청했다.

왕유령의 집에 도착하니 이미 시계가 아홉 시를 알리고 있었다. 왕유령은 마침 서재 안에서 좌불안석으로 왔다 갔다 하다가 호설암을 보자 눈썹을 추켜올리며 말했다.

"전혀 생각지도 못했던 일이 한 가지 생겼네. 자네가 신성新城에 한번 다녀와 줘야겠네."

신성은 일명 신등新登이라고도 불리는 곳으로 항주에 속해 있는 작은 현이었다. 부양富陽과 동려桐廬 사이에 자리 잡고 있는 이곳은 부양강富陽江의 낚시터로 잘 알려진데다 풍경이 수려하여 시인이나 문인들의 노래소리와 시 읊는 소리가 끊이지 않는 곳이었다. 하지만 실제로 신성현은 아주 작은 산간의 성진城鎭에 불과했다. 그런 신성을 호주부의 서리지부署理知府가 찾아간다는 것은 이해하기 어려운 일이었다.

"혹시 사건을 심문하라는 명령이 아닌가요?"

"사건은 사건이지만 심문을 하는 건 아닐세."

왕유령이 대답했다.

"신성에 중이 하나 있는데 군중들을 모아 놓고 양곡 징수를 거부하고 이에 대항할 것을 종용하고 있다네. 황 무대께서 날더러 병사를 이끌고 가서 이 문제를 해결하고 오라 하시는군."

호설암은 놀라움을 금치 못했다.

“이 문제는 그런 식으로 해결할 일이 아닌 것 같습니다. 설공, 병력을 움직여 보신 경험이 있으십니까?”

호설암이 물었다.

“그건 별로 중요한 일이 아닐세. 이전에 노대야께서 운남으로 부임하실 때 친병을 이끌고 가서 폭동을 도모하는 불순분자들을 잡아들인 적이 있었지. 하지만 이번 일은 경우가 다르네. 듣자하니 신성 사람들은 대단히 거칠고 험악하다더군.”

신성의 백성들은 하나같이 강인하고 끈질긴 근성을 갖고 있었다. 게다가 신성이란 곳 자체가 특별한 역사를 갖고 있었다. 오대五代 전무소왕錢武蕭王 때 이곳에서 나은羅隱이라 불리는 명인이 탄생했다. 그는 절강과 강서, 복건의 민간에서 ‘나은수재羅隱秀才’란 이름으로 명성이 자자했다. 뿐만 아니라, 전해지는 얘기에 의하면 입에서 나오는 말마다 구구절절 일의 핵심을 찔렀으며 직접 갖가지 기이한 일들을 행하기도 했다고 한다. 신성의 민풍은 그의 강직하고 끈질긴 기개를 이어받아 대단히 완고하기 때문에 이에 대처하기란 여간 힘든 일이 아니었다.

“정말 그렇습니다.”

호설암이 말을 받았다.

“일이 아주 어렵게 됐군요. 스님이 중생들을 모아 양곡 징수에 항거하는 것이라면 본분을 지키지 않는 사람임에 틀림없습니다. 이런 상태에서 병사를 이끌고 쳐들어간다면 민란을 유발할 수도 있지요. 설공, 이 일에 대해선 정말 신중하셔야 합니다.”

“내가 두려워하는 것도 바로 그 점일세. 다시 말해서 병력을 몰고 들어갔다가 상황이…….”

왕유령은 고개를 설레설레 흔들었다.

“아니야, 그랬다간 일이 더 커지게 돼.”

이 말의 의미는 호설암도 잘 알고 있었다. 녹영의 병정兵丁들이 더 이상 손을 쓸 수 없는 지경으로 전락해 있다는 뜻이었다. 문자 그대로 '병사가 도적만 못한' 지경이 되어 버린 것이다. 일단 병력을 풀게 되면 가장 먼저 재앙을 당하는 것은 백성들이었다. 이런 상황을 생각만 해도 호설암은 온몸에 맥이 풀렸다.

"설공, 어느 곳이든지 사리에 밝은 사람이 있기 마련입니다. 제 생각으로는 병력을 동원하는 것은 묘책이 못 될 것 같습니다. 차라리 단창필마單槍匹馬로 신성에 들어가셔서 그곳의 명망 있는 신사紳士를 찾아 이해관계를 분명히 해 두시는 게 좋을 것 같습니다. 그러면 이번 일도 무사히 해결될 수 있을 겁니다."

"그것도 틀린 얘기는 아니지."

왕유령은 목소리를 낮춰 작은 소리로 말했다.

"어려운 것은 큰일이 작은 일이 되고 작은 일이 아무 일도 아닌 것이 되고 마는 경우일세. 상부의 생각은 지금 각지의 민심이 대단히 심각한 상태이기 때문에 백성들에게 틈을 주지 않기 위해서는 모사의 주모자들을 엄단하지 않으면 안 된다는 것일세."

"엄하고 관대하고는 둘째 문제입니다."

"그래. 자네 말이 맞는 것 같군."

호설암의 지적에 왕유령은 크게 깨닫는 바가 있었다. 어찌 됐건 간에 눈앞에 펼쳐진 상황을 진정시켜야만 다음 단계의 논의가 가능했다. 그는 잠시 생각에 잠겼다가 자리에서 몸을 일으키며 말했다.

"난 먼저 손님을 한 분 찾아가 봐야겠네."

"누구를 찾아가실 생각이십니까?"

"괴魁 참장參將을 만나볼 생각이네. 그는 원래 가흥에 주둔해 있었는데 지금은 인사조정으로 성성에 부임해 와 있네. 황 무대가 그에게 나와 함께 병력을 이끌고 신성으로 가라는 명령을 내렸으니 한번 찾아가서 이 일을 의논해 보는 게 좋겠지."

"설공, 만나서 무슨 말씀을 하실지는 대충 준비해 두셨습니까?"

"우선 백성들을 회유해야 한다는 종지로 얘기할 생각이네. 그리고 내 지시가 있을 때까지는 함부로 병력을 출동시키지 말라고 부탁할 작정이네."

"병력을 출동시키지 말라는 말만으로는 문제가 해결되진 않을 겁니다."

호설암이 말했다.

"녹영의 병정들은 이런 일이 있다는 사실을 알기만 해도 돈을 벌 수 있는 기회를 잡았다고 생각할 텐데 왕 노야의 말을 들을 리가 있겠습니까?"

"그럼 자네 생각엔 어떻게 하는 게 좋겠나?"

"그에게도 약간의 이익을 보장해 줘야 됩니다."

"지금 그에게 출병을 요구하는 게 아니라 출병을 하지 말아 달라고 요구하는 게 아닌가?"

"만일 백성들을 회유하지 못할 경우엔 어떻게 하시겠습니까? 그때 가서도 그에게 의존하실 생각이십니까?"

왕유령은 말없이 고개를 끄덕이면서 어투를 바꿨다.

"하지만 자네 얘기에는 단번에 효과를 보려는 설부른 욕심이 담겨 있는 것 같네. 내가 먼저 그의 이익을 보장해 주면 그 다음부터는 그가 무조건 내 말을 듣게 된단 말인가?"

어쨌든 왕유령은 그날 밤으로 괴 참장을 찾아가 그를 위해 황 무대 쪽에 군향을 요청해 보겠다고 말했다. 그리고 사태가 평정된 다음에는 보안*에 그를 최고 유공자로 기재해 주겠다는 약속도 잊지 않았다. 그 대신 자기 말을 들어달라는 것이었다. 실제로 괴 참장은 왕유령의 명령을 따라야

---

* 보안保案__부하의 표창을 내신하는 문건.

하는 입장이기도 했다. 그는 왕유령을 만나면서 시종 진지한 관심을 보였을 뿐 아니라 흔쾌히 그의 요청을 받아들였다.

왕유령은 이처럼 뜻하지 않은 사역을 맡게 됨에 따라 원래의 계획이 큰 차질을 빚게 되었고 해야 할 일을 한 몸에 다 주체할 수가 없었다. 이번 일에도 호설암의 도움을 받아야만 했다. 가장 먼저 처리해야 할 일은 번사 아문의 공사였다. 호설암은 자신이 직접 부강에서 가져온 객표를 번고에 집어넣고 호주에서 가져와 욱사를 통해 교환한 5만 냥의 은표에 만 냥을 더 보태 한꺼번에 유경생에게 돌려주었다. 이 외에도 왕유령 자신의 개인적인 지출이 적지 않았다. 선물을 보내야 할 곳도 있고 촌지를 돌려야 하는 곳도 있었다. 호설암도 유경생을 찾아 도움을 청했다. 두 사람은 하루 종일 한시도 쉬지 않고 정신없이 돌아다녀 간신히 일을 다 처리했다.

"이젠 제 일을 좀 처리해야 될 것 같습니다."

호설암은 가벼운 일들까지 자세히 왕유령에게 보고하고 나서 말했다.

"제가 맨손으로 개척해 놓은 시장이 지금쯤은 어느 정도 결실이 있어야 합니다. 이제 모든 게 이 몇 척의 생사 배에 달려 있기 때문에 조금도 소홀히 할 수가 없습니다."

왕유령은 아연했다. 자신이 이번에 신성에 가는 것도 거의 적수공권이나 다름없기 때문이었다. 적어도 신변에 믿을 만한 심복이 하나 있어야 위급한 상황을 만나더라도 의논 상대가 되어 줄 수 있었다. 하지만 호설암이 자신의 사업이 몹시 중요한 단계에 와 있다고 밝히고 나오는 터에 이번 생사 장사가 그에게 얼마나 중요한지를 잘 알고 있는 그로서는 어떤 부탁도 하기 어려웠다.

물론 호설암이 그의 실망을 간파하지 못할 리가 없었다. 하지만 아무리 생각해도 도와줄 방법이 없었다. 우선 시간을 내는 것이 불가능했고 둘째, 신성이란 지방에 대해 너무나 아는 것이 없었으며 셋째, 병력을 이끌

고 가서 무력을 행사하는 것은 정말로 위험한 일이고 사태를 크게 확대시
킬 소지도 있어 묘수가 될 수 없었기 때문이다.

그런 까닭에 호설암은 이 일에 대한 자세한 설명을 들으려 하지 않았던
것이다. 자신의 일로 장뚱보와 유경생을 만난 다음 진세룡을 상해로 보내
이번 달 안으로 처리해야 할 일과 모든 연락 사항을 다 안배해 두었기 때
문이기도 했다.

상해에서 오는 길에 일어났던 일들에 관해 묻자 진세룡은 모든 일이 순
조로웠다고 대답했다. 그러나 이런저런 소식들을 접해 보니 각지에서 군
중이 모여 식량 징수에 항의하는 사례가 갈수록 많아지고 온갖 유언비어
가 난무하여 어떤 말이 사실인지 종잡을 수가 없었다. 때문에 진세룡은
호설암에게 그날 밤으로 배에서 내려 다음날 아침 일찍 송강의 경계지로
달려갈 것을 권했다. 그곳에 가면 우오가 호위해 주기 때문에 마음을 놓
을 수 있었다.

"방금 세룡 형이 말씀하신 게 맞는 것 같습니다. 호 선생님께선 일찍 도
착하실수록 좋습니다. 오늘 저녁엔 제가 호 선생님을 위해 자리를 마련하
도록 하겠습니다."

아울러 유경생은 장씨와 진세룡에게도 자리를 함께 해달라고 청했다.

"이 자리는 두 분을 위한 자리이기도 합니다."

"그렇다면 여성 한 분을 더 청하는 게 어떻겠나?"

"좋습니다. 그렇게 하시지요."

유경생은 호설암이 말하는 사람이 아주라는 사실을 이미 알고 있었다.

"오늘 저녁엔 달빛도 아주 좋으니 제가 여러분들을 모두 모시고 서호西
湖를 구경시켜 드리겠습니다."

"하루 종일 배만 타면 너무 지겹지 않을까? 차라리 성황산에 올라가 보
는 게 어떻겠나?"

호설암이 웃으면서 말했다.

"그럼 성황산에 올라가는 걸로 하지요. 모두 다 그게 더 편하실 테니까요."

유경생이 장씨에게 물었다.

"따님은 배에 계십니까?"

"그렇소. 내가 가서 데려오리다."

"뭣 때문에 직접 가시려고 그러십니까? 세룡에게 갔다 오라고 시키고 얘기는 일단 온 다음에 하면 되지 않겠습니까?"

호설암이 말했다.

호설암의 말이 떨어지기 무섭게 진세룡은 다녀오겠다는 인사와 함께 곧장 자리를 떴다. 오래지 않아 두 대의 가마가 문 앞에 도착했다. 그런데 아주가 가마에서 내리는 순간 비단 치마가 찢어지면서 한 치가 넘는 발이 밖으로 삐져나왔다. 걸음을 옮길 때마다 치마폭이 심하게 움직였다. 고개를 젓는 사람이 아무도 없는데도 그녀는 서둘러 부끄러운 미소를 지으며 둘러댔다.

"이렇게 쉽게 찢어지는 치마는 정말 처음 봤어요."

"아무도 뭐라 하지 않는데 혼자서 자신을 탓할 필요가 있을까?"

호설암이 웃으면서 물었다.

"어머, 이게 모두 저 사람 때문이에요."

아주가 손을 들어 가리킨 것은 진세룡이었다. 눈길도 자연스럽게 그에게로 옮겨갔다. 비록 말에는 원망하는 듯한 어감이 담겨 있었지만 얼굴에는 조금도 책망의 빛이 보이지 않았다. 마치 진세룡이 뭐라고 말하든지 그대로 다 듣겠다는 듯한 눈빛이었다.

이처럼 미묘한 분위기를 장씨는 알아채지 못했다. 유경생은 두말할 것도 없었다. 심지어 아주 본인조차도 자신의 태도에 미묘한 부조화가 있다는 것을 인식하지 못했다. 호설암은 분명히 감지하고 있었지만 진세룡을 향해 빙긋이 웃어 주는 것으로 그칠 뿐 더 이상 아무 말도 하지 않았다.

"어디 가서 식사하는 게 좋을까요?"

아직도 아주를 호설암의 심중에 있는 여자로 알고 있는 유경생은 특별히 그녀의 의견을 존중하여 물었다.

"황반아皇飯兒로 하는 게 어떨까요?"

이 지방에서 가장 좋은 음식점은 성황산 밑에 있는 황반아로, 식사를 마치고 산을 구경하기에도 안성맞춤이었다. 모두들 이 제안에 동의했다. 유경생이 주인이 되어 성대한 만찬을 대접한 다음 다 함께 성황산에 올라가 차를 마시며 더위를 식혔다.

이날은 달이 그림처럼 밝아 유람객들도 유난히 많았다. 나무 밑에서 더위를 식히면서 호설암은 장씨와 유경생을 상대로 최근의 시국에 관해 애기를 나누기 시작했다. 아주와 진세룡도 작은 목소리로 한담을 나누고 있었다. 항주의 모든 사정에 대해 진세룡은 아주만큼 익숙지 못했기 때문에 그녀는 산 밑의 만가등화萬家燈火를 가리키며 그를 위해 하나하나 항주의 풍물을 설명해 주었다.

이경이 가까워 오자 장씨가 하품을 하며 말했다.

"자, 이제 그만 돌아가십시다. 그래야 내일 아침 일찌감치 움직일 수 있을 테니까요."

아주는 다소 아쉬움이 남았지만 할 수 없이 자리를 털고 일어서야만 했다. 진세룡도 아무 말 없이 조용히 산 밑을 향해 걸음을 옮기기 시작했다. 호설암은 이런 그의 모습이 의아하기만 했다. 그가 뭘 하려는 건지 도무지 이해할 수가 없었다. 이런 궁금증은 산 밑에 내려와서야 간신히 풀렸다. 알고 보니 가마를 부르러 간 것이었다.

"두 대만 부르면 되지요?"

진세룡이 말했다.

"한 대는 호 선생님께서 타시면 됩니다."

나머지 한 대는 누구를 위한 것인가? 두말할 것도 없이 아주를 위한 것이었다. 호설암은 문득 자신이 오히려 아주의 후광을 입고 있는 것 같다는 생각이 들었다. 사실 그는 집이 가깝기 때문에 걸어서 가는 것이 더 편했다. 아주 부녀는 배로 돌아가야 하는 길이 멀기 때문에 차라리 그들을 모두 태워 보내는 것이 더 나을 것 같았다.

"저는 세룡과 함께 짐을 꾸려야 되기 때문에 먼저 가 봐야 되겠습니다. 가마는 장 선생께서 아주랑 함께 이용하도록 하십시오."

호설암은 유경생에게도 공수하며 말했다.

"자네도 이만 돌아가 보도록 하게."

"알겠습니다. 내일 아침 일찍 다시 오겠습니다."

다섯 사람이 각기 헤어져 제 갈 길로 가고 호설암은 진세룡과 함께 집으로 돌아왔다. 그 사이에 호가胡家의 가속은 크게 달라져 있었다. 워낙 수완이 좋은 호 부인은 남편이 호주에 가 있는 한 달 동안 집안에 필요한 모든 인원과 집기들을 두루 갖춰 놓고 있었다. 가사를 도맡아 줄 하녀는 물론, 집안의 잡일들을 처리할 남자 하인도 구해 놓고 남편이 돌아오기만을 기다리고 있었다.

"짐은 다 정리해 놓았습니다."

잡일을 하는 하인 아복阿福이 호설암에게 보고했다.

"짐꾼 두 명을 예약해 놓았습니다만 짐은 오늘 밤에 내리실 건가요, 아니면 내일 아침에 내리실 건가요?"

호설암은 아복의 일처리가 대단히 주도면밀한 것을 보고는 마음이 무척 흡족했다. 그가 대답하기 전에 진세룡이 먼저 입을 열었다.

"오늘 밤에 배에서 내릴 겁니다. 잠시 후에 제가 짐꾼들을 데리고 갔다

오는 게 시간을 절약할 수 있어 좋을 것 같군요."

얘기가 이렇게 정리되자 아복은 즉시 짐꾼들을 부르러 떠났다. 이 틈을 이용해서 호설암이 물었다.

"오는 길에 아주는 어땠나?"

대답하기 매우 곤란한 질문이었다. 이미 묵계가 있긴 했지만 아주에게 뭘 얼마나 잘해 주었는지를 자기 입으로 얘기하기란 여간 불편한 일이 아니었다. 그는 잠시 눈을 감고 생각에 잠겼다가 쑥스러운 듯이 입을 열었다.

"모든 걸 호 선생님 말씀대로 했습니다."

"잘했네."

호설암이 말했다.

"계속 그런 식으로 하게. 하지만 장사에도 신경을 써야 한다는 걸 잊지 말게."

아주의 요염한 미소에 푹 빠져 버리지 말라는 경고였다. 물론 진세룡도 이런 언외지의*를 알아차리고도 남았다. 아직 젊은 탓에 이런 말 한마디에도 얼굴이 붉어지긴 했지만 이번에는 절대로 멍청한 모습을 보이고 싶지 않았다. 사실 진세룡 역시 줄곧 자신의 충심을 밝힐 수 있는 기회를 찾고 있었다. 그는 아주 솔직하고 자신 있는 표정으로 대답했다.

"호 선생님, 마음 푹 놓으십시오. 제가 강호의 바람을 맞기 시작한 지 그리 오래되지 않았지만 의리에 대해선 누구보다도 잘 알고 있습니다. 호 선생님께서 절 계속 이런 식으로 대하시면 선생님 뵙기도 거북할 뿐 아니라 앞으로 대외적으로도 적지 않은 혼란을 빚게 될 겁니다."

"맞는 말일세."

호설암은 흔쾌히 그의 말에 수긍의 뜻을 표했다.

* 언외지의言外之意__ 말 속에 담긴 은밀한 뜻.

"그걸 간파해 내다니 자네 머리도 보통은 넘는군. 사업에 있어서도 그렇게 실속을 차리도록 하게. 나를 위해서 장사를 할 게 아니라 자네 자신을 위해서 하란 말일세. 자네는 내게 무책임한 태도를 보일 수 있는 기회가 많아야 두 번밖에 되지 않을 걸세. 첫 번째는 그냥 용서하고 넘어가겠지만 두 번째부터는 확실하게 책임을 묻게 될 걸세. 너무하다 싶을 정도로 지나치게 나오면 나로서도 그냥 넘어갈 수 없단 말일세. 그때 가선 죽든 살든 자네가 다 감당해야 하네. 하지만 자네도 알겠지만 한 번이라도 무책임한 모습을 보인 사람들은 그것만으로도 더 이상 남들로부터 환영받기가 어려워질 걸세."

호설암의 말은 분명하게 규약을 정한 것이나 다름없었다. 진세룡은 부하를 대하는 그의 태도를 분명히 깨닫게 되었다. 하지만 그는 용서될 수 있다는 것을 믿고 무책임하게 행동할 생각은 추호도 없었다. 오히려 그는 사업에 있어서 규정에 어긋나는 일은 결코 하지 않겠다는 자신의 철저한 원칙을 호설암에게도 보여 주고 말겠다는 다짐을 남몰래 가슴에 새기고 있었다.

"다른 분부가 없으시면 전 이만 물러가도록 하겠습니다. 내일 아침 일찍 제가 모시러 올까요?"

"아닐세. 그럴 필요 없네. 내가 알아서 찾아갈 수 있으니까."

진세룡이 물러가자 호설암도 곧 잠자리에 들었다. 이별 전야라 부부지간에 할 얘기가 많았지만 한밤중이 되니 피로가 몰려왔다. 하지만 마음 편하게 잠을 이룰 수가 없었다. 걱정거리가 많았기 때문이었다. 왕유령의 일이 뇌리를 떠나지 않으면서 이번에 신성에 가면 신변에 위험은 없을지, 공사는 무사히 처리할 수 있을지 걱정이 끝이 없었다.

"왜 이제야 나타나시는 거예요? 벌써 해가 중천에 떴잖아요!"

호설암이 배에 오르는 모습을 보면서 아주가 원망 섞인 어투로 따져 물었다.

"밤새 잠을 제대로 못 자서 그래."

호설암이 대답했다.

"왕 대노야의 일이 마음에 걸려서 말이야."

"왕 대노야는 어떠신데요?"

"지금은 얘기할 시간이 없으니 우선 배를 출항시키고 나서 다시 얘기하도록 하지."

밧줄을 풀고 배가 움직이기 시작했다.

그래도 아직 망설일 시간은 남아 있었다. 호설암은 홀로 선창에 앉아 차를 마시고 있었다. 좀처럼 말이 없었다. 왕유령을 다시 만난 이후로 지금까지 이처럼 기분이 안 좋은 적은 없었다.

"도대체 무슨 일인데 그러세요?"

아주가 물었다.

"이렇게 이맛살을 찌푸리고 계시니까 모두들 마음이 편치 않잖아요."

아주의 질책에 호설암은 다소 미안한 생각이 들었다. 그러나 마음은 갈수록 더 무거워졌다.

"아!"

호설암은 갑자기 몸을 일으켰다.

"아무래도 오늘은 가지 않는 게 좋겠어. 왕 대노야의 공사가 너무 복잡하게 전개되고 있어서 내가 이대로 가면 친구들 볼 면목이 없게 될 것 같아. 아주, 가서 사람들에게 배를 세우라고 해."

배가 멈추자 장씨와 진세룡이 약속이나 한 듯이 동시에 도판을 딛고 올라와서는 호설암의 선창으로 찾아와 배를 세운 까닭을 물었다. 호설암은 이제 마음이 다소 가벼워졌는지 왕유령이 명령을 받들어 신성으로 공무를 처리하러 가게 됐다는 사실을 밝히면서, 자신도 함께 가지 않으면 안 되는 이유를 설명해 주었다.

"일이 처리되는 대로 곧장 올라오겠소. 짐도 챙길 필요 없습니다."

"그럼 일이 처리되지 않으면 못 돌아오시는 겁니까?"

진세룡은 가장 아픈 곳을 찌르며 한 가지 제안을 했다.

"저희가 송강에서 호 선생님을 기다리고 있겠습니다. 우오가 잘 관리하고 있을 테니까 배 위에 있는 물건들이 유실될 염려는 없을 겁니다."

호설암은 아주 좋은 방법이라며 흔쾌히 받아들였다. 그리곤 곧장 뭍으로 올라가 가마를 한 대 부른 다음 직접 왕유령의 집으로 찾아갔다.

왕유령의 집에는 그의 친구들이 가득 운집해 있었다. 제각기 관복을 입고 있는 모습이 영락없는 주현반자*들이었다. 물론 계속 청고원문**하는 후보 지현들이었다. 비록 호설암 자신도 연관한 '대노야'이긴 했지만 보복***을 입거나 대모大帽를 써 본 적이 없기 때문에 반관班官들과 얼굴을 마주하려면 먼저 일일이 통성명을 해야 했다. 이런 번거로움을 피하기 위해 그는 대청으로 올라가지 않고 곧장 낭하를 거쳐 청방을 돌아 객청으로 가서 잠시 휴식을 취하면서 왕유령을 만날 수 있는 틈이 나기를 기다리고 있었다.

시동이 찻잔을 받쳐 들고 오자 호설암이 낮은 목소리로 물었다.

"대노야께서는 지금 무슨 말씀을 하고 계시냐?"

"신성에 관한 말씀을 하고 계십니다요. 듣자하니 그곳 땡중이 보통이 아니랍니다. 신성의 현관들이 전부 그의 손에 죽었다나요. 그 일 때문에 대노야께서는 걱정이 되셔서 며칠째 잠도 제대로 주무시지 못하고 계십니다요."

호설암은 크게 놀랐다. 그게 사실이라면 일은 갈수록 더 복잡해져 가고

---

* 주현반자州縣班子__연관으로 주현의 벼슬아치가 된 후보관원.
** 청고원문聽鼓轅門__정식으로 관원이 되기를 기다림.
*** 보복補服__청나라 때 문관과 무관이 입던 관복.

있는 게 분명했다. 간단히 처리하고 돌아와 쉴 수 있는 성질의 일이 결코 아니었다. 왕유령은 말 그대로 '마른 국수를 젖은 손으로 망쳐 놓아' 일시에 일이 해결되지 않을 것을 두려워하고 있었다.

들려오는 소리에 말없이 귀를 기울이고 있던 호설암은 오래지 않아 모든 것을 명백히 알게 되었다. 왕유령의 집에 모인 후보 지현들은 무대의 위찰을 받들어 왕유령을 찾아와 지시를 기다리고 있고, 왕유령은 이들을 소집하여 한창 신성 사태의 처리 방안을 상의하고 있는 중이었다.

이 사람 저 사람 한마디씩 의견을 내놓으면서 반나절이나 설왕설래하다가 나이가 꽤 든 사내 하나가 나서서 말했다.

"지금 상황으로 봐서는 양곡 징수에 대항하는 것보다 관리들을 마구 죽이는 것이 더 큰일입니다. 무엇보다도 조정에서는 온갖 범죄인들을 그대로 방치하지 말아야 할 것 같소이다. 제 생각으로는 우선 첫 단계로 병력을 파견하여 중요한 지역을 장악한 다음 두 번째 단계로 토벌할 것인가 회유할 것인가, 아니면 회유와 공격을 겸할 것인가를 결정하는 것이 좋을 것 같군요."

호설암은 말없이 고개를 끄덕였다. 이 사내의 말이 가장 사리에 맞는 것 같았다. 아마 밖에 있는 왕유령도 같은 생각을 하고 있을 것이다. 곧이어 왕유령의 목소리가 들려 왔다.

"대단히 고명하신 생각이십니다. 학옹鶴翁께 한 가지만 더 여쭙겠습니다. 그들을 토벌하는 게 좋겠습니까, 아니면 회유하는 게 좋겠습니까?"

"먼저 회유한 다음에 토벌해야지요."

학옹이라 불리는 사내가 대답했다.

"먼저 회유한 다음에 토벌한다……. 이 말의 뜻이 확실하게 이해되지 않는군요. 회유할 수 있다면 굳이 공격할 필요가 없지 않을까요? 회유할 수 있다는 말씀인지 아니면 회유해야 한다는 말씀인지 좀 더 정확히 말씀해 주시지요."

"제게 한 가지 방법이 있어서 드린 말씀입니다. 왕 대노야께서 들어 보시고 문제가 있다고 생각되시면 지적해 주십시오."

호설암이 한창 중요한 대목에 귀를 기울이고 있을 때 어느 틈에 왔는지 시동이 다가와 왕 부인의 분부라면서 안으로 들어오라고 전했다. 서로의 관계가 이미 통가지호*의 단계를 넘어선 처지라 호설암은 다른 식구들의 이목에 아랑곳하지 않고 왕 부인을 만나러 곧장 내청内廳으로 들어갔다.

"자, 보세요! 호주에서는 멀쩡하게 잘 지냈는데……."

왕 부인은 미간을 잔뜩 찡그린 채 고통스러운 표정으로 말했다.

"성성 안에는 온갖 소문이 다 돌고 있어요. 전부가 신성에 관한 얘기로 대부분 태평천국 사람들이 연관되어 있다고 말하고 있더군요. 게다가 그곳은 산악지대라 설공께서 가셨다가 혹시 안에 갇히시기라도 하는 날에는 땅으로나 하늘로나 연통할 방법이 없게 되는데 그때 가선 어떻게 해야 합니까?"

"그건 걱정하지 마세요. 제가 있지 않습니까? 제가 방법을 강구해 볼 테니까 마음 푹 놓으십시오."

그녀를 안심시키기 위해 호설암은 머리를 꼿꼿이 세우고 자신 있는 태도로 얘기했다.

"알았어요."

왕 부인은 다소 수심이 풀리는 기색이었다.

"설공께서는 모든 일을 호 노야게 의지하신다고 입버릇처럼 말씀하시곤 했어요. 두 분은 형제지간이나 다름없으니 형님을 잘 좀 보살펴 주세요."

"여부가 있겠습니까? 아무 걱정 마십시오. 회의가 끝나는 대로 제가

---

* 통가지호通家之好 _ 한 집안 식구같이 가까운 사이.

형님과 다시 상의해 보도록 하겠습니다.”

호설암은 호주에서 왕유령이 처리해야 할 일에 관해 어떻게 하면 공사가 순조롭게 진행될 수 있고 그곳에 정을 붙일 수 있는지를 알려 주었다. 대부분 듣기 좋은 말이라 왕 부인은 신성의 사건을 까맣게 잊고 말았다.

이날 회식이 있다는 얘기를 꺼내자 왕 부인은 급히 사람을 보내 왕유령을 밖으로 불러냈다. 그는 호설암을 보자마자 물었다.

“자넨 어째서 아직도 안 떠나고 있는 겐가?”

“설공 혼자 이곳에 남겨 두고 떠나려니까 마음이 불편해 견딜 수가 없더군요. 설공, 한번 잘 생각해 보십시오. 그 맛이 어떨지를 말입니다.”

왕유령은 그것이 어떤 맛일지 알 수가 없었다. 하지만 호설암과 친구가 된 것이 자기에게 얼마나 큰 힘이 되고 위안이 되는지는 충분히 실감하고 있었다.

“설암!”

그의 눈동자가 반짝거리더니 금세 촉촉하게 젖기 시작했다.

“이거야말로 목숨을 버리는 우정이 아닐 수 없군. 솔직히 말해 난 자네를 처음 보는 순간부터 서로 마음이 통할 수 있다는 걸 알았네. 사정이 다 급해지긴 했지만 자네가 와 주었으니 이젠 두려울 게 없네.”

왕 부인도 옆에서 이들의 대화를 듣고서 호설암에 대한 태도를 달리하게 되었다. 그녀 역시 남편과 마찬가지로 걱정에 사로잡혀 있다가 조금이나마 마음을 놓게 되고 보니 며칠 만에 처음으로 편안한 안색을 보이게 되었다.

“얘기는 천천히 하시고 우선 식사부터 하도록 하세요.”

왕 부인이 왕유령에게 말했다.

“여태껏 잠도 못 주무시고 식사도 제대로 못 하셨잖아요? 두 분 형제분께선 먼저 술부터 한잔씩 하시지요. 제가 얼른 홍조계紅糟鷄를 만들어 식사를 올릴 테니까요."

왕유령은 기꺼이 승낙하면서 호설암에게 자기 부인의 요리 솜씨를 자랑했다.

"집사람의 솜씨를 한번 감상해 보게. 밖에 있는 식당 복주관자福州館子에서 먹는 거나 별 차이가 없을 걸세."

이제 모두가 숨을 돌릴 수 있게 되었다. 왕유령은 술잔을 주고받으면서 호설암에게 신성 사건의 전말을 자세히 설명했다. 동시에 눈앞에 닥친 문제를 해결하기 위한 자신의 계책을 얘기했다. 과연 호설암의 생각과 별 차이가 없었다. 왕유령의 명령을 기다리고 있는 후보 지현들 가운데 정말로 쓸모 있는 사람은 학옹 한 사람밖에 없었다.

"이 양반의 이름은 혜학령稽鶴齡일세. 정말 대단한 인재지."

왕유령이 말했다.

"지모가 대단할 뿐만 아니라 언변도 보통이 아닐세. 그 양반이 날 도와주려고 마음만 먹으면 모든 걱정이 완전히 사라질 수는 없겠지만 그래도 일이 절반은 성공한 것이나 다름없을 걸세."

"아, 그렇습니까?"

호설암이 물었다.

"그렇다면 그 양반 생각엔 어떻게 하는 게 좋겠답니까?"

"가서 회유하라고 하더군."

왕유령이 말했다.

"신성의 신사들은 나도 이미 만나 본 적이 있네. 이구동성으로 하는 말이, 누군가 영향력 있는 사람이 직접 신성에 가서 일을 처리한다면 절반은 해결된 거나 다름없다는 거야. 기왕에 이렇게 된 바에는 호랑이 굴에 들어가야 호랑이를 잡을 수 있다는 뜻이지. 하지만 능력 있는 사람은 담이 작아 감히 들어갈 엄두를 못 내고 있고 또 담이 큰 친구들은 수완이 모자라는 형편이니 결국 내가 직접 들어가는 수밖에 없지 않겠나?. 내가 가지 않는다면 혜학령 이 양반을 보내는 수밖에 없네."

"알겠습니다. 한데 혜학령이란 분이 가지 않으려고 하는 이유는 도대체 뭔가요? 역시 담이 작아서 그러는 건가요?"

"그건 아닐세."

왕유령이 말했다.

"이 양반은 지모와 용맹을 모두 갖춘 분일세. 평범한 우민들은 애당초 안중에도 없지. 단지 갈 마음이 내키지 않는 것뿐일세."

가려고 하지 않는 이유는 자신이 적합한 인물이라는 생각이 들지 않기 때문이라는 것이었다. 왕유령은 혜학령의 위인을 얘기하면서 그를 자신의 능력을 믿고 남을 업신여기다가 손해를 많이 보는 인물로 묘사했다. 이런 성격 때문에 그에게 남다른 능력이 있는데도 대막료들은 기용을 꺼리거나 감히 기용할 엄두를 내지 못했다. 결국 그는 절강에서 7,8년 동안이나 후보로 있으면서 몇 차례의 차사도 맡지 못하고 답답하기 그지없는 생활을 유지해야 했다.

"그 양반이 사람들에게 당당하게 말하더군. '3년 동안 한 번도 차역을 보내 주지 않더니 간신히 한 번 돌아온 것이 목숨을 건 일이로군요. 내가 왜 이렇게 억울한 일을 당해야 합니까? 솔직히 말해서 모든 게 왕 대노야를 위한 거라면 한번 해볼 용의도 있습니다. 하지만 일의 실체가 확실하게 정리되어야 뭔가 해결의 실마리를 잡을 수 있는 게 아니겠습니까?'라고 말이야."

왕유령은 설명을 계속했다.

"사실 오늘 만남에서는 아무런 결과도 얻지 못했네. 내가 줄곧 머리를 굴리고 있는 것은 혜학령의 마음을 움직일 방법을 찾기 위한 것일세. 애만 쓰고 아무런 결과도 얻지 못하게 될지 누가 알겠는가."

"상을 후하게 내린다면 틀림없이 용사가 나타날 겁니다. 설공, 혹시 조건을 너무 박하게 제시하신 게 아닙니까?"

"애당초 얘기도 꺼내지 못했네. 혜학령은 지금 항주 사람들의 표현을 빌리자면 '눈물조차 나오지 않을 만큼' 지독한 궁핍에 몰려 있네. 하지만 그런 와중에서도 돈 얘기를 하지 않으니 자네 같으면 그를 데려올 방법이 있겠나?"

왕유령은 잠시 말을 멈췄다가 그를 동정하는 어투로 다시 입을 열었다.

"아무리 생각해 봐도 이상하네. 곧 8월 중순이 되는데 갚아야 할 빚은 아직 정리되지 않았고, 눈 깜짝할 사이에 가을이 지나갈 텐데 겨울옷은 여전히 장생고長生庫 안에 남아 있는 형편일세. 듣자하니 최근에는 아내를 잃고 돌봐야 할 아이들이 많아 마음고생이 이만저만이 아닌데다 몸을 마음대로 빼낼 수조차 없는 실정이라네. 그러니 우리를 도우려 하지 않는 것도 그리 이상한 일은 아니지."

"그렇다면 결국 제가 가는 수밖에 없겠군요."

호설암이 말했다.

"자네나 나나 마찬가지일 걸세. 내가 갈 수 없는 한 자네를 가게 할 수도 없네."

"설공, 그렇다면 제가 뭘 어떻게 하면 좋겠습니까?"

호설암은 이미 작심한 바가 있었지만 이를 내색하지 않고 되물었다.

"설암, 자네가 한번 잘 생각해 봐 주게. 어떻게 해야 혜학령으로 하여금 흔쾌히 우리의 요청을 받아들여 신성엘 갔다 오게 할 수 있는가 말일세."

호설암은 곧장 대답하지 않고 천천히 술잔을 기울이면서 속으로 전후 상황을 따져 보았다.

호설암의 즉답이 없는 것은 불길한 징조임에 틀림없었다. 왕유령의 기억으로는 어떤 문제든 간에 일단 그에게 얘기하면 즉시 해법이 나오는 게 상례였기 때문이다. 방법이 없어도 대답은 나왔고, 한두 마디 얘기를 듣다 보면 금세 문제의 근원이 드러나 곧 해결의 실마리를 찾을 수 있었던 것이다. 그가 지금처럼 입을 다물어 버리면 왕유령으로서는 대책 없이 궁지에 몰릴 수밖에 없었다.

하지만 아무리 어려운 일이라 해도 호설암을 넘어뜨리지는 못했다. 그가 마음속으로 생각하고 있는 것은 일이 아니라 사람이었다. 호설암이 가장 좋아하는 유형이 바로 혜학령 같은 사람이었다. 능력뿐 아니라 골기를 갖추고 있기 때문이었다. 왕유령이 '자기 능력만 믿고 남을 우습게 여긴다'고 말했지만, 이는 그가 뛰어난 학문과 통찰력을 지니고 있다는 의미가 내포된 표현이기도 했다. 다시 말해서 자신이 무시하는 사람들 앞에서만 오만을 떤다는 뜻이었다. 남들이 자기보다 훨씬 고명하다는 것이 명백하게 드러나는데도 이를 인정하지 않고 눈을 이마 위까지 치켜뜨고서 모든 사람을 우습게 여기는 사람은 오만한 것이 아니라 미친 것이라 해야 타당한 것이다. 그리고 이런 사람은 존경은커녕 동정을 받아도 시원치 않았다. 미쳤다는 것은 언제라도 발광할 수 있다는 것을 의미하기 때문이다.

혜학령의 마음속에 자리 잡고 있는 생각은 매우 분명했다. 그가 왕유령에게 '문제의 실체가 확실하게 정리되어야 일을 할 수 있다'고 말한 것만 보아도 그의 위인됨을 충분히 알 수 있었다. 이런 유형의 사람이라면 비위만 잘 맞춰 주면 어렵지 않게 일에 끌어들일 수 있지만 자신의 의리와 기질에 부합하지 않으면 아무 것도 거들떠보지 않을 수도 있었다.

"일이 너무 다급하게 됐습니다. 지체할 시간이 없단 말입니다. 시간만 넉넉하다면 그에게 한 달 정도의 말미를 줘서 우리의 말을 듣게 할 수도 있을 겁니다."

"맞는 말일세. 하지만 그렇게 시간을 허비할 수는 없는 실정일세. 어려운 건 어려운 것이고 날짜가 계속 임박해 오고 있으니 말일세."

"그와 아주 절친한 친구가 하나도 없습니까?"

"왜 없겠나?"

왕유령이 말했다.

"같은 후보 지현 가운데 한 사람 있기는 있지. 그림도 그릴 줄 알고 주량도 보통이 넘네. 이 친구는 혜학령이라면 껌뻑 죽는 인물인데다가 서로 못 하는 말이 없는 사이이긴 하지만 그를 맘대로 다룰 수 있는 정도는 아닌 것 같네. 어쨌든 그에게 부탁해서 한번 소통을 시도해 봐야겠네."

"그렇습니까? 서로 못 하는 말이 없는 사이라고요?"

호설암이 조심스럽게 물었다.

"그렇다네. 이 사람은 성이 구가인데 술을 너무 좋아해서 '술 바보'라는 별명이 붙었다네. 사실은 그다지 멍청하지도 않은데 말이야. 내가 그를 자네에게 소개해 주는 게 어떻겠나?"

"그렇게 서두르실 건 없습니다."

호설암은 이 한마디를 끝으로 더 이상 입을 열지 않았다. 마침 왕 부인이 정성껏 만든 홍조계를 내오자 큰 걸로 한 덩이 집어 들고는 단번에 입안에 집어넣었다. 그러고는 왕 부인에게 홍조계 만드는 법을 물어보면서 더 이상 왕유령과의 대화를 계속하지 않았다.

식사를 마치고 세수를 한 다음 호설암은 상아로 된 이쑤시개를 입에 물고 손에는 자사紫砂로 만든 찻주전자를 든 채 방 안을 반나절 동안이나 왔다 갔다 하다가 문득 걸음을 멈추고 중얼거렸다.

"일이 성사되든 안 되든 간에 그를 기쁘게 해주고 봐야 돼."

오랫동안 궁금한 걸 꾹 참고 기다리던 왕유령은 호설암이 중얼거리는 소리를 듣고 재빨리 말했다.

"그건 신경 쓸 것 없네. 혜학령이 기뻐해도 좋고 기뻐하지 않아도 좋네. 신성에 갈 마음만 있다면 아무래도 좋단 말일세. 사례야 공사가 끝난 다음에 해도 괜찮지."

"좋습니다. 제가 나서서 처리하도록 하겠습니다. 설공, 제게 도포나 한 벌 빌려 주십시오."

"뭘 어떻게 하려고 그러는 건가?"

왕유령은 호설암에게 반문하며 고개를 돌려 큰 소리로 외쳤다.

"부인, 가서 도포를 한 벌 내오시오. 그리고 칠품 관복 한 벌을 잘 다려서 고승을 시켜 호설암의 집으로 보내 주도록 하시오."

왕유령의 지시에 호설암은 한 가지 주문을 덧붙였다.

"아참, 말이 나온 김에 고승에게 한마디 더 전하라고 해주십시오. 저는 당분간 상해에 가지 않을 거라고요."

왕 부인은 알았다고 대답하고 곧장 나서서 일을 처리하기 시작했다. 왕유령이 다시 물었다.

"자넨 갑자기 무슨 까닭으로 관복을 빌려 달라고 하는 겐가? 도대체 뭣에 쓸려고?"

"연극을 한번 해볼까 합니다."

호설암이 대답했다.

"한가한 얘긴 나중에 하기로 하고 우선 청첩을 한 장 쓰시지요. '술바보'에게 저녁에 만나 술이나 한잔 하자고요. 그에게 물어볼 말이 있거든요."

왕유령은 호설암이 시키는 대로 했다. 즉시 청첩을 띄우는 동시에 술자리를 마련하도록 시켰다. 주빈을 다 합쳐 세 사람밖에 되지 않았기 때문에 음식은 많이 준비하지 않고 대신 술을 특별히 15년 된 진년* 죽엽청주로 마련했다. '술 바보'를 원 없이 취하게 할 생각이었다.

---

*진년陳年 __ 오래 숙성된 술을 지칭함.

손님은 흔쾌히 초대에 응했다. 호설암은 예의를 갖춰 자字와 호號를 물은 다음 간단한 인사치레와 함께 자리를 잡고 앉았다. 구씨는 이름이 풍언豊言으로 이름값을 하기라도 하듯이 말주변이 좋았다. 얘기의 주제는 물론 혜학령이었다.

준비한 술이 다 떨어진 것은 이경이 훨씬 지난 후였다. 왕유령은 구풍언의 수행원들과 가마꾼들을 후하게 대접하고 고승을 딸려 보내 잔뜩 취기가 오른 손님을 집까지 배웅했다. 그런 다음 호설암과 마주앉아 혜학령을 설복시킬 방법을 상의하기 시작했다.

"설공, 은거생활에 익숙한 사람들은 모든 일에 스스로 방법을 마련하는 법입니다. 더 이상 물어보실 필요도 없습니다. 내일 제가 모든 조치를 취해 놓고 모레 아침 일찍 혜학령을 찾아가도록 하겠습니다. 틀림없이 좋은 소식을 들을 수 있을 겁니다. 한데 제 연극에는 훌륭한 조연이 한 명 있어야 합니다. 그러니 고승을 저희 집으로 좀 보내 주십시오. 좋은 배역을 한 가지 맡길 생각이니까요."

약간 취기가 오른 호설암이 웃으면서 말했다.

"알았네. 그렇게 하지. 자네 연극이 잘 이뤄지는지 두고 보겠네."

왕유령도 웃으면서 맞장구를 쳤다.

사흘째 되는 날 아침 일찍 호설암은 잘 손질해 놓은 도포를 챙겨 입고 수정 정자가 달린 대모를 쓰고서 가마에 올랐다. 그런 다음 고승에게 명첩을 챙기게 하여 곧장 혜학령을 찾아갔다.

그가 살고 있는 곳은 셋집이었다. 뼈대 있는 집안이 몰락하여 다 쓰러져 가는 구옥에서 살고 있었지만 집은 커서 예닐곱 가구가 함께 살기에 부족함이 없었다. 집주인은 문간방까지 세를 놓고 있었다. 낡은 담벼락 위에는 진씨와 기紀씨의 문패가 큼지막하게 붙어 있었다. 고승이 문 앞으로 다가가 인기척을 하며 물었다.

"진 주인장 계십니까? 혹시 혜 노야께서 이곳에 살고 계시지 않는지요?"

"혜 노야를 찾으시는 겁니까, 아니면 기 노야를 찾으시는 건가요?"

성이 진가인 재봉사가 되물었다. '혜嵇'와 '기紀'는 얼핏 들으면 같은 음으로 들리기 때문이었다.

"혜학령, 혜 노야를 찾습니다만……."

"이름은 잘 모르겠습니다만 혹시 남 욕하기 좋아하는 그 혜 노야를 말씀하시는 게 아닙니까?"

"그건 저도 잘 모르겠습니다."

고승은 한 손에 들고 있던 향기 나는 초를 그에게 보여 주었다.

"얼마 전에 부인과 사별하신 혜 노야를 찾는 겁니다."

"그렇다면 맞네요. 남 욕하기 좋아하는 혜 노야가 틀림없습니다. 삼청三廳 동쪽에 있는 집에서 살고 있지요."

"정말 고맙습니다."

고승은 호설암을 향해 눈짓을 보냈다. 두 사람은 준비해 온 지매*를 꺼내 재봉 선반 위에 있는 다리미 속에 집어넣어 불을 붙인 다음 안으로 들어갔다.

호설암은 관직을 얻은 이래로 처음 관복을 입는 것이라 양반걸음이 여간 불편하지 않았다. 고승은 고승대로 걸음이 빨라 뒤따라가기가 몹시 힘들었다. 참다못한 호설암은 관복 아랫부분을 손으로 받쳐 들고 큰 걸음으로 성큼성큼 고승을 따라 들어갔다.

대청을 지나고 좁은 골목을 거쳐 삼청에 다다랐다. 동쪽에는 조그만 뜨락이 하나 있고 문 위에 삼베 자락이 걸려 있는 걸 보니 제대로 찾아온 것 같았다. 고승은 곧 창희**를 시작했다. 긴 곡조를 뽑아 대며 큰 소리로 외치는 것이었다.

"호 노야께서 혜가에 조문 드립니다."

일행은 큰 소리로 창을 하면서 동시에 곧장 안으로 걸어 들어가 영당에 다다랐다. 입김을 불어 지매의 불길을 세게 한 다음 먼저 초에 불을 붙여 향을 피웠다. 이들의 느닷없는 행동에 혜가의 식구들은 모두 어리둥절하기만 했다. 늙수그레한 사내 하나가 안에서 걸어 나오며 물었다.

"노형, 실례지만 어디서 오셨습니까?"

"전 성이 호가인데 특별히 혜 노야 댁에 조문을 드리러 왔습니다. 우선 첩자를 돌려 보시지요."

말이 끝나기 무섭게 고승이 팔소매 속에서 '교우제호광용배敎愚弟胡光墉拜', 즉 아우 호광용이 절을 올려 인사한다고 적힌 명첩을 꺼내 좌중에 돌렸다.

이들이 안에서 애기를 주고받는 동안 호설암은 문 앞에서 기다려야 했다. 잠시 후에 혜가의 사내 하나가 애기하는 소리가 들려왔다.

"당치 않으십니다. 어찌 그럴 수가 있겠습니까? 호 노야와는 면식이 없는데 어떻게 감히 인견할 수 있겠습니까? 첩자도 받을 수 없습니다."

이런 반응은 호설암도 이미 예상해 둔 바였다. 그는 명첩을 들여보내 단번에 혜학령을 만날 수 있다면야 물론 더 좋을 것이 없겠지만 그렇지 못할 경우에 대비하여 그 다음 수를 예비해 두고 있었다.

이제 예비해 둔 수를 써야 할 때였다. 그는 조금도 서두르지 않고 침착하게 느린 걸음으로 영당 안으로 걸어 들어갔다. 그런 다음 아무런 말도 없이 고승의 손에서 이미 불이 붙은 선향을 받아 들고 영전을 향해 엄숙한 자세로 한번 쳐들어 보인 후에 직접 분향을 했다.

혜가의 사내가 황급히 달려와 말렸다.

----

* 지매紙煤__조문 시 향에 불을 붙일 때 쓰는 불쏘시개.
** 창희唱戲__중국의 전통 희극의 일종으로 서로 상대방의 노래唱話에 화답하는 형식을 취한다.

"이러시면 안 됩니다! 정말 가당치 않은 행동이십니다!"

호설암은 그를 거들떠보지도 않고 영당 앞에 무릎을 꿇은 다음 엄숙한 자세로 절을 올렸다. 혜가의 사내가 황급히 달려와 통통한 꼬마 아가씨의 손을 잡아끌더니 억지로 무릎을 꿇게 하고는 머리를 손으로 눌러 고개를 숙이게 했다.

"어서 고개를 숙이고 답례를 해야지."

순간 혜가의 식솔들이 모두 깜짝 놀라 일어섰다. 호설암이 배례를 마치고 일어서서 주위를 둘러보니 대여섯 명의 아이들이 눈에 띄었다. 남자아이도 있고 여자아이도 있었다. 가장 작은 아이는 서너 살 정도 되어 보였고 제일 큰 애는 열대여섯 살쯤 된 것 같았다. 모두들 호설암의 주위를 에워싼 채 호기심 어린 눈동자로 생면부지의 손님을 바라보고 있었다.

"대관大官아!"

혜가의 사내가 가장 나이가 많은 남자아이를 불렀다.

"어서 엎드려서 호 노야께 절을 올려야지."

바로 이때 혜학령이 나타났다.

"댁은 뉘시오?"

그가 주렴을 걷으면서 물었다.

"바로 이분이 혜 대형이신 것 같군요."

호설암은 고개를 숙여 읍을 했다.

혜학령은 가볍게 답례하며 냉담한 어투로 다시 물었다.

"댁과는 생면부지인 것 같은데 무슨 연유로 조문을 오신 겁니까?"

"실례를 용서하십시오. 저는 왕 태수의 지시로 성심껏 행례를 올리고자 찾아온 것입니다."

호설암은 두 팔을 벌려 자신의 차림을 한번 펼쳐 보이며 쑥스러운 듯이 웃었다.

"혜 대형께 말씀드리기 쑥스러운 애기지만 전 연관을 한 이래로 이런 도포를 입는 건 이번이 처음입니다. 처음 찾아뵙는 자리에 관복을 입지 않을 수도 없고 해서……."

"별 말씀을 다 하십니다. 그런데 무슨 하실 말씀이라도……?"

어투는 대단히 공손했지만 손님을 안으로 모실 생각은 없는 것 같았다. 선 채로 몇 마디 용무를 들은 다음 곧장 밖으로 배웅할 요량인 모양이었다. 혜학령 자신은 몹시 오만한 성격이었지만 다행히 그의 하인은 예를 아는 사람이었는지 뚜껑이 덮인 찻잔에 차를 내오며 자리를 권했다.

"우선 앉아서 차 좀 드시지요."

그러자 혜학령도 주인의 도리를 다하지 않을 수 없었다. 자리에 앉은 호설암은 더욱 더 공손한 태도로 왕유령이 얼마나 그를 존경하는지를 설명했다. 호설암의 말재주는 평소에도 보통이 넘었지만 이 자리에서는 한 술 더 떠, 속된 말로 '말 엉덩이만 빼놓고 뭐든지 뚫을 수 있을 만한' 언변이 더욱 빛을 발했다. 그의 몇 마디 듣기 좋은 인사치레에 혜학령의 뻣뻣한 태도는 반쯤 수그러들었다.

"혜 대형, 왕 태수께서 조그만 물건을 하나 보내셨습니다. 약소하나마 성의 표시로 받아 주십시오."

그는 장화목에서 편지봉투를 하나 꺼내 차탁 위에 슬그머니 내려놓았다. 혜학령은 받으려 하지 않았다.

"안에 들어 있는 게 뭔가요?"

그가 물었다.

"은표는 아닙니다."

호설암은 가벼운 대답으로 그의 마음속 의심을 풀어 준 다음 한마디 덧붙였다.

"쓸데없는 폐지 몇 장에 불과하지요."

이 한 마디에 혜학령의 호기심이 움직였다. 봉투를 열어 보니 안에는 차용증서가 한 장 들어 있었다. 전장에서 돈을 빌린 증서로서 구풍언이 그를 대신해서 빌려다 준 것이었다. 차용증서 위에는 '취소' 도장이 찍혀 있고 '폐기함'이라고 명기되어 있었다. '폐지廢紙'라는 말이 결코 농담이 아니었다.

"아니, 이게 도대체 어떻게 된 겁니까?"

혜학령이 깜짝 놀라 곤혹감을 감추지 못하고 있는 사이에 누군가 커다란 상자 두 개를 들고 들어왔다. 그는 그것이 바로 자신의 물건임을 알아보았다. 상자에 담긴 물건들은 전당포 안에 보관되어 있어야 하는 것들이었다.

혜학령은 다급한 목소리로 상자를 들고 온 사람들을 뒤따라 들어가고 있는 하인을 향해 소리쳤다.

"장귀張貴, 이게 도대체 어떻게 된 일인가?"

전당포에 잡혔던 담보물들은 모두 장귀의 손으로 돌아와 있었다. 혜학령은 여전히 어찌된 영문인지 알 수가 없었다. 눈앞에 벌어지고 있는 연극을 보지 못하니 그 뒤에 숨겨져 있는 계략을 알아채지 못하는 건 당연했다.

사태의 실마리는 구풍언에게서 찾을 수 있었다. 혜가 식솔들이 늘 찾아가 도움을 청하곤 했던 전당포에서 일이 시작된 것이었다. 원래 전장과 전당포는 서로 왕래가 빈번했다. 유경생은 휘주徽州 출신인 전당포의 점포 관리인과 잘 알고 지내는 사이였고, 혜 노야를 대신해서 저당 잡힌 물건들을 찾아가겠다는 그의 제안이 환영을 받은 것은 당연한 일이었다. 하지만 물건을 되찾기 위해선 전당표가 있어야 했다. 그래서 특별히 약정을 맺어 유경생이 원금과 이자 전액을 지불하고 전당표를 혜가로 보낸 다음, 그 전당표에 따라 물건을 회수하기로 한 것이다. 전당포로서는 조금도 손해가 없는 방법이라 그대로 따르는 것이 상책이었다.

결국 호설암과 혜학령이 대화를 주고받는 사이에 고전 연극에서의 조연인 '배각配角'을 맡았던 고승도 함께 '창희唱戲'에 참여하고 있었던 것이다. 그는 먼저 장귀를 한쪽 구석으로 끌고 가 통성명을 하고 나서 말했다.

"장형, 밖에도 약간이 물건이 있으니 나가서 한번 확인해 보시구려."

문 밖에는 지정된 시간에 맞춰 배달된 두 개의 상자가 놓여 있었다. 고승은 그에게 원금과 이자가 모두 지불되어 전당표만 가지고도 물건을 찾을 수 있었다고 말해 주었다. 장귀는 주인과 생활을 같이한 지 이미 10년이 넘었기 때문에 혜학령의 성격을 누구보다도 잘 알고 있었다. 하지만 너무 오래 함께 지내다 보니 두 사람의 감정은 이미 주복의 관계를 벗어나 있었고, 혜학령의 일상 살림살이를 모두 그가 조정하고 있었다. 실제로 거의 한 식구나 다름없었다. 궁핍해진 혜가에서 다른 것은 별 문제가 되지 않는다 해도 여섯이나 되는 아이들을 굶길 수는 없는 노릇이었다. 결국 그는 두 개의 상자 안에 가득 들어 있는 옷과 음식에 대해 자신이 모든 책임을 지고 일단 받아 두기로 마음을 정했다. 주인으로부터 몇 마디 잔소리를 듣는 대신 짭짤한 실혜를 누릴 수 있기 때문이었다.

"어허!"

한쪽 구석으로 불려가 낮은 목소리로 자초지종을 전해 들은 혜학령은 혀를 끌끌 차며 장탄식을 내뱉었다.

"내 이제껏 이런 일을 당한 적이 없는데 이게 도대체 어떻게 된 일인가?"

장귀는 아무 대꾸도 없이 조용히 생각에 잠겼다. 돈이 생기면 저당 잡혔던 물건에 대한 원금과 이자를 갚아 주면 되겠지만 돈이 없는 당장의 상황에서는 호의를 그대로 받아들이는 수밖에 없었다. 그것도 아니라면 보내온 물건을 전부 내다 버리기라도 해야 한단 말인가?

"좋아, 그만 됐네!"

혜학령은 마음을 다잡고 전과는 다른 방법으로 사태를 정리하기로 마음먹었다. 그가 손을 내저으며 말했다.

"자네는 상관할 게 없네."

"어르신!"

장귀가 한마디 설명을 덧붙였다.

"원금과 이자를 합쳐서 전부 은 이백서른석 냥 여섯 돈이었습니다."

혜학령은 고개를 끄덕이며 다시 손님을 접대하러 나갔다.

"인형대인仁兄大人!"

그는 다소 화가 난 투로 말했다.

"이게 어느 분의 생각이십니까? 대단히 고명하시군요!"

"별 말씀을 다 하십니다."

호설암은 불안한 목소리로 대꾸했다.

"왕 태수는 노형을 경앙해 마지않고 있습니다. 약간의 경의를 표한 것뿐이니 너무 신경 쓰지 마십시오."

"제가 어찌 가만히 있을 수 있겠습니까?"

혜학령의 목소리가 조금 커졌다.

"함정을 만들어 놓고 내게 억지로 과분한 성의를 받아들이라고 하니 무리하게 거절할 수도 없고 그렇다고 그대로 받아들일 수도 없는 입장이오. 이거야 정말……."

마치 이런 법이 어디 있냐고 항의하는 것 같았다. 그가 화를 내는 것은 호설암도 예상했던 일이었다. 호설암은 빙긋이 웃으면서 자리에서 일어나 읍을 하며 말했다.

"노형, 제가 잘못했습니다. 이게 다 제 생각이었습니다. 왕 태수와는 전혀 무관합니다. 사실대로 말씀드리자면 노형을 위해서가 아니라 왕 태수를 위한 일이었지요. 왕 태수는 일찍부터 노형의 강직함을 잘 알고 있었지만 인사를 드리고 싶어도 감히 그러지 못하고 걱정만 하고 있었습니다. 그를 환난지교患難之交로 여기는 저로서는 그런 걱정을 함께 나누지 않을 수 없었던 것이지요. 그래서 이처럼 당돌하지만 현명한 계책을 생각해 내게 된 것입니다. 결국 제가 황당한 짓을 한 것이니 노형께서 바다처럼 너그럽게 용서해 주시기 바랍니다.”

호설암은 다시 한 번 머리가 땅바닥에 닿도록 길게 절을 했다. 혜학령은 화려하고 전아하기 그지없는 언사가 왕유령과의 모의를 거쳐 나온 것인지 아니면 호설암의 진심인지 도무지 갈피를 잡을 수가 없었다. 어느 모로 보나 《전국책》에 통달한 사람 같아 만만하게 대할 수도 없는 노릇이었다.

결국 혜학령은 태도를 다소 누그러뜨리면서 예를 갖춰 호설암의 손을 잡아끌며 말했다.

“자, 그럼 우리 한번 솔직히 얘기해 봅시다.”

혜학령의 달라진 태도를 보고서 호설암은 그가 완전히 자신의 손아귀에 들어왔다고 생각했다. 그에게 대처할 수 있는 방법은 여전히 두 가지였다. 첫째는 그로 하여금 왕유령의 부탁을 순순히 받아들여 신성에 가서 소요를 진정시키고 오는 것이었다. 그러면 문제는 자연스럽게 해결될 수 있었다. 두 번째 방법은 아예 왕유령과 친분을 맺게 하는 것이었다. 서로 친구가 되는 것도 왕유령에게는 관장에서의 유력한 조력자를 얻는 셈이 될 수 있었다. 하지만 그럴 경우 좀 더 긴 시간이 필요했다.

순식간에 결정이 내려졌다. 호설암은 혜학령 같은 사람을 특히 좋아했다. 그는 한 가지 제안을 하면서 동시에 호칭도 바꿔 ‘노형’이라 부르는 대신 ‘학령 형’이라 부르기 시작했다.

“학령 형, 이렇게 하시지요. 제가 간단히 한잔 대접하고 싶은데 어디 그럴듯한 장소로 옮기는 게 어떻겠습니까?”

시간은 벌써 정오에 가까워지고 있었다. 혜학령은 모처럼 호의를 보이는 손님에게 식사라도 하고 가라고 권하고 싶었지만 부엌에서 준비할 사람도 마땅치 않고 아이들도 많아 집 안에서는 대접하기가 곤란하겠다고 생각하고 있었다. 그러던 차에 뜻하지 않게 호설암이 마음에 쏙 드는 의견을 내놓으니 흔쾌히 동의하지 않을 수 없었다.

"이제 이런 관복은 입지 않아도 되겠지요."

호설암이 자신이 입고 있는 옷을 둘러보며 의도적으로 말했다.

"우선 집에 가서 옷 좀 갈아입고 와야겠습니다."

"뭐 그러실 필요까지 있겠습니까?"

혜학령이 말을 받았다.

"날씨도 더운데 그저 편하게 모시적삼이나 걸치면 되지요."

그는 곧바로 아들을 불렀다.

"대모大毛야, 문 뒤에 걸어 놓은 장삼 좀 가져오너라."

호설암은 관복을 벗고 혜학령의 명주 장삼으로 갈아입었다. 옷을 함께 입을 정도라면 예사로 생각할 수 없는 교분이었다. 한순간에 너무나 가까워진 두 사람은 마고자를 입지 않고 얇은 장삼만 걸친 채 상쾌한 기분으로 혜가의 마당을 걸어 나왔다.

"학령 형, 먼저 나가시지요. 전 저 친구에게 할 얘기가 좀 있습니다."

'저 친구'란 고승을 가리키는 말이었다. 호설암은 먼저 그의 재치를 칭찬하면서 돌아가서 왕유령에게 일이 잘될 것 같으니 곧 혜가를 방문할 준비를 하라고 전하게 했다.

"호 노야!"

고승이 낮은 목소리로 물었다.

"호 노야께서 혜 노야를 모시고 한잔 하러 가신 사이에 왕 대노야께서 다녀가시면 공연히 헛걸음만 하시는 격이 되지 않을까요?"

"옛날에 공자孔子가 양화陽貨를 찾아가 절한 것도 헛걸음이었네. 왕 대노야께서 먼저 방문을 하시면 혜 노야도 당연히 답례로 방문을 할 것이 아니겠나?"

"그렇군요. 역시 호 노야는 대단하십니다."

고승이 웃으며 말했다.

"잘 알겠습니다. 어서 다녀오십시오."

대문을 나선 두 사람은 가마를 타지 않았다. 혜학령의 집이 청파문淸波門 근처이고 유랑문앵*에서 별로 멀지 않았기 때문에 걸어서 가기로 한 것이다. 두 사람은 별유천別有天이라 불리는 관자로 들어가 자리를 잡고 앉았다. 호설암은 혜학령에게 어떤 음식에 어떤 술을 주문해야 좋을지 물어보았다. 두 사람의 모습은 마치 오랫동안 사귀어 서로 거리낄 것이 없는 술친구처럼 보였다.

"설암 형!"

혜학령이 단도직입적으로 물었다.

"왕 태수께서 정말 신성 사건에 제가 가지 않으면 안 된다고 생각하고 계신 겁니까?"

"그건 잘 모르겠습니다. 하지만 그제 왕 태수께서 황 무대를 원망하는 소리를 들은 적이 있습니다."

호설암은 술을 한 모금 마시면서 침착하게 대답했다.

"상관을 원망하면서 그렇게 많은 위원들을 파견했는데 막상 쓸 만한 사람은 하나도 없다고 그러더군요. 차라리 혜 모씨 한 사람을 파견하는 게 더 낫다고 하면서요. 하지만 이름을 공표할 수는 없었다고 하시더군요."

"이름을 공표하지 않는다는 게 무슨 말입니까?"

---

* 유랑문앵柳浪聞鶯__파도처럼 넘실대는 버드나무 숲에서 꾀꼬리 소리를 듣는다는 뜻으로 항주의 한 명승지 지명이다.

"왕 태수의 어투를 보아서는 학령 형의 이름을 구체적으로 거론하진 않았다는 뜻인 것 같더군요. 만약 위원이 학령 형 한 사람뿐인데 상관이 매우 위급한 상황에 처해 있다면 학령 형께서도 고사하기가 쉽지 않았으리라 생각됩니다만, 지금은 사람도 많은데 굳이 학령 형께서 도와주기를 요청한다는 것도 그리 쉬운 일은 아닐 겁니다."

"그렇군요."

혜학령이 말했다.

"저도 그 분의 어려움을 알 것 같습니다."

왕유령의 어려움을 알았다니 이건 또 무슨 말인가? 호설암은 속 시원히 묻고 싶었지만 너무 조급하게 굴고 싶진 않았다. 사실 그는 조금도 조급해하지 않았다. 혜학령의 성격을 거의 완벽하게 파악하고 있었기 때문이다. 혜학령은 보통 사람들보다 가슴이 뜨거운 성격이라 말로 그를 감동시키기만 하면 마음을 움직이는 건 여반장이기 때문이었다. 아니나 다를까 혜학령이 먼저 말을 이었다.

"이 일은 옳은 일이니 제가 앞장서도록 하겠습니다. 하지만 왕 태수께서도 제 말에 따르셔야 할 겁니다."

호설암은 짐짓 시치미를 떼며 말했다.

"무슨 말씀이신지 잘 이해가 되지 않는군요. 이번 공사에는 가급적 말을 적게 하는 게 상책일 것 같습니다. 학령 형, 왕 태수와 저의 관계는 좀 특별합니다. 어쩌면 학령 형께서도 소문을 들으셨을지도 모르겠군요. 우린 처음 만나자마자 의기가 투합하여 서로 진실만을 얘기하게 됐습니다. 저로서는 저보다 신분이 높은 사람을 친구로 사귀는 셈이지요. 학령 형께서 저를 친구로 생각해 주시기만 한다면 우리도 남다른 사이가 될 수 있을 것 같습니다만……."

그는 잠시 멈칫하더니 자못 심각한 표정으로 말을 이었다.

"아무래도 좀 더 생각을 해봐야 되겠습니다. 친구를 사귀면서 장사하듯이 하나를 얻는 대신 하나를 잃을 수는 없지 않겠습니까?"

"그렇습니다."

혜학령도 크게 고개를 끄덕이며 말했다.

"설암 형, 제가 아첨하는 건 아닙니다만 설암 형만큼 춘추전국의 책사 같은 분위기를 가진 사람은 찾아보질 못했습니다."

호설암은 그의 말뜻을 곧장 알아듣지는 못했지만 어쨌든 자신을 추켜세우는 말이라는 것을 알아차리고는 두 손으로 공수하며 말했다.

"별 말씀을 다 하십니다!"

"방금 좀 더 생각을 해봐야겠다고 말씀하신 건 무슨 뜻인지 알고 싶군요."

"학령 형께서 뜨거운 마음으로 자진해서 신성엘 한번 다녀오시겠다고 하시니 왕 태수께서도 크게 미안한 마음을 갖고 계실 거란 뜻입니다. 아무래도 위험을 줄여야 한다는 것은 저도 왕 태수와 같은 생각입니다. 철저한 계획을 세우지 못할 바에는 차라리 가지 않는 게 나을 겁니다. 혹시 왕 태수와 얘기하실 때 어려운 점이 있으시면 서슴지 마시고 얼마든지 말씀하세요."

호설암은 특별히 뒷부분에 힘을 주어 말했다.

"제발 위험을 무릅쓰진 마세요. 이건 학령 형을 걱정해서 드리는 말씀입니다."

"정말 고맙습니다."

혜학령은 여전히 태연자약한 모습이었다.

"이런 일은 원래 완벽한 계책이 없는 법입니다. 철저한 사전 준비와 임기응변에 달려 있다고 할 수 있지요. 하지만 마음 놓으십시오. 어찌됐건 전 제 자신을 보호하는 방법이 항상 준비되어 있으니까요."

"애석하게도 신성은 산 속에 위치해 있습니다. 수로의 부두라면 제가 호위해 드릴 수도 있을 텐데……."

"어떻게요?"

혜학령이 물었다.

"혹시 수군에 잘 아는 사람이라도 있으십니까?"

"아닙니다."

호설암은 잠시 생각해 보고 나서 사실대로 얘기해도 되겠다는 결론을 내렸다.

"조운하는 사람들 중에 더러 아는 사람이 있거든요."

"그거 참 잘됐군요!"

혜학령은 흥분의 기색을 감추지 못했다.

"저도 조운하는 사람을 몇 명 사귀고 싶은데 수고스럽겠지만 제게 소개시켜 주실 수 있겠습니까?"

그는 호설암이 묻기도 전에 스스로 이유를 설명했다.

"별다른 뜻은 없고 단지 그 사람들의 생활을 동경하는 것뿐입니다. 〈유협열전〉*을 한번 고증해 볼 생각이거든요. 과연 고금이 어떻게 다른지 궁금하기도 하고요."

〈유협열전〉은 또 무슨 말인가? 호설암은 도무지 감이 잡히지 않았다. 잠깐 사이에 두 번씩이나 혜학령의 말을 알아듣지 못하다 보니 기분이 여간 착잡한 것이 아니었다. 그동안 읽은 책이 거의 없기 때문이었다.

하지만 알아듣지 못한 부분을 얼마든지 유추해 볼 수 있었다. 보아하니 혜학령은 아무런 목적 없이 그런 친구들을 사귀어 보고 싶은 것뿐이었다. 강호의 사람들은 성격이 호탕하여 친구가 많은 것을 좋아했다. 호설암은

....

*〈유협열전〉遊俠列傳__사마천《사기 · 열전》의 일부.

문득 그를 욱사나 우오 같은 사람들에게 소개해도 좋을 것 같다는 생각을 했다.

"학령 형!"

그가 말했다.

"저는 별볼일 없는 사람이지만 지난 6월에 수로를 왕래하다가 대단한 친구 두 사람을 사귀게 되었습니다. 한 사람은 호주 출신이고 또 한 사람은 송강 출신이지요. 학령 형께서 일을 마치실 때쯤이면 저도 상해에서 돌아와 있게 될 겁니다. 그때 우리 호주에 가서 한바탕 신나게 놀아 보는 게 어떻겠습니까? 물론 왕 태수에게 대접을 받는 거지요. 제가 성이 욱씨인 친구를 소개시켜 드리겠습니다. 학령 형의 성격으로 미루어 보건데 서로 잘 맞으실 겁니다."

"그거 참 고마운 말씀이십니다."

신이 난 혜학령은 흔쾌히 잔을 들어 단숨에 비우고 나서 물었다.

"상해엔 언제 가실 계획이십니까?"

"원래는 그제 갔어야 하는데 왕 태수 혼자 이곳에 남겨 둘 수가 없어서 배에 탔다가 도로 내렸습니다."

"어허! 이번엔 제가 솔직한 말씀을 드릴 차례군요."

혜학령은 직접 술 주전자를 가져다 술을 한 잔 가득 따라 단숨에 비운 다음 호설암을 향해 빈 잔을 들어 보이고 나서 말을 이었다.

"설암 형처럼 남의 일에 발 벗고 나설 만큼 인정과 의리가 많은 사람은 정말 찾아보기 어렵습니다."

호설암은 그의 말뜻을 알아차리고 재빨리 말을 받았다.

"적어도 한 사람은 더 있죠. 바로 학령 형이십니다."

호설암은 이렇게 말하면서 다시 술잔을 권했고 혜학령은 흔쾌히 잔을 비우고 내려놓았다. 그러고는 기뻐서 어쩔 줄 모르겠다는 듯이 만면에 웃음을 머금고 말했다.

"설암 형, 세상을 살면서 마음이 통하는 사람을 만나는 것이야말로 불가에서 말하는 '인연因緣'이 아닐 수 없습니다. 조금도 무리가 없는 얘기지요."

"아니, '인연姻緣'이란 두 자가 원래 불경에서 나온 말이었습니까?"

이 말에 혜학령은 의아한 생각이 들었다. 그의 말투로 봐서는 정말 '인연'이란 단어의 출전을 모르고 있는 것 같았기 때문이다. 하지만 혜학령은 이내 그를 무시하려는 마음을 지워 버렸다. 진정한 친구가 되기 위해서는 스스로 많은 것들을 포용하는 도량을 갖춰야 한다는 생각에서였다.

그는 호설암이 비록 장사꾼이라 학식이 두텁진 못하지만 결코 저속하거나 야비하지 않고 대화 중에 적절히 전아한 표현을 쓸 줄도 아는 것으로 보아 권세가 있는 사람들과 어울리는 데도 전혀 손색이 없으리라고 생각했다. 그는 이미 호설암을 쉽게 만나기 힘든 소중한 친구로 여기고 있었다.

그는 호설암이 말한 것이 '인연因緣'이 아니라 '인연姻緣'이라는 점을 아직 모르고 있었다. 그러면서 계속 자신의 견해를 펼쳤다.

"속세에서는 모두들 연緣을 얘기하지만 사실은 먼저 인因이 있어야만 연이 있을 수 있는 것이지요. 설암 형과 저의 성정性情은 한 가지 인에서 나온다고 할 수 있습니다. 제가 강자에 강하고 약자에 약하다는 것과 '사람은 가난해도 뜻만은 가난하지 않다[人窮志不窮]'는 사실은 설암 형도 잘 아실 겁니다. 이런 성정을 가진 사람들만이 서로 쉽게 의기투합할 수 있을 겁니다. 결국 사람들이 연이 없다고 말하는 것은 인이 없는 것을 의미하는 거라고 할 수 있겠지요. 성격이 맞지 않고 마음이 통하지 않는데 어떻게 친구가 될 수 있겠습니까?"

호설암은 그제야 혜학령이 말하는 '인'이 '혼인婚姻'의 '인'이 아니라 '인과因果'의 '인'이라는 사실을 깨달았다. 부끄럽고 무안하기 그지없었지만 굳이 자신의 결점을 덮으려 하진 않았다.

"학령 형."

호설암이 다시 진지한 태도로 입을 열었다.

"책 속의 도리를 얘기하자면 저는 학령 형의 맞수가 되지 못합니다. 하지만 앞으로 학령 형께서 많이 가르쳐 주십시오. 배워 두면 언젠가는 다 도움이 될 테니까요."

혜학령은 호설암을 더욱 더 솔직하고 믿을 만한 사람으로 여기게 되었다. 하지만 그런 탓에 경전을 인용하고 원전에 기초하여 도리를 논하는 것이 다소 껄끄러워지고 말았다.

"세사에 통달하는 것이 모두 학문이요, 인정을 연달할 수 있으면 모두 명문이지요[世事洞明皆學問, 人情練達卽文章]. 설암 형께서는 너무 그렇게 겸양하실 필요 없습니다."

혜학령은 애써 호설암의 쑥스러운 기분을 달래고 있었다.

"한가해지시거든 시나 몇 편 읽으면서 산수를 감상해 보십시오. 이것은 성정을 길러 줄 뿐만 아니라 생활에 여러 가지로 많은 도움을 줄 겁니다."

"그 말씀이 저의 속된 기질을 씻어 내는 중요한 처방이 될 것 같군요."

"바로 그겁니다!"

혜학령은 무릎을 치며 찬탄과 칭찬을 아끼지 않았다.

"벌써 말씀하시는 데 전혀 속된 기운이 나타나지 않습니다그려."

두 사람의 대화는 갈수록 흥을 더해 갔다. 얘기에 흥이 나니 주흥도 더하여 죽엽청주 두 근을 더 주문해야 했다. 눈치 빠른 술집 주인도 호수에 걸려 있던 대나무 광주리에서 세 근짜리 싱싱한 청어 한 마리를 꺼내 새로운 음식을 준비했다. 이번에는 남송南宋 시대부터 전해 내려오는 초유

법*을 쓰지 않고 산서성에서 쓰는 방법대로 숙취를 풀 때 흔히 먹는 초초어탕醋椒魚湯을 만들었다. 주인은 이 요리를 직접 받쳐 들고 와서는 경채**라고 하면서 탁자 위에 내려놓았다. 덕분에 혜학령의 식사량도 평소보다 훨씬 많았다.

"집사람이 세상을 떠난 이후로 이렇게 밥과 술을 마음껏 먹은 건 오늘이 처음입니다."

동춘미冬春米를 세 그릇이나 비우고 나서 배를 쓰다듬으며 혜학령이 한 말이었다. 이 말에 호설암은 한 가지 생각나는 게 있었다.

"학령 형, 부인께서 세상을 떠나시고 아이들은 여섯이나 되는데 부엌일 할 사람조차 없으니 아무래도 새장가를 드셔야 할 것 같습니다그려."

"휴우……."

혜학령은 긴 한숨을 내쉬었다.

"전들 왜 그런 생각을 안 해봤겠습니까? 하지만 한번 생각해 보세요. 여섯이나 되는 아이들을 돌봐야 하고 또 언제 보결이 될지도 모르는 재관災官에게 어느 집 규수가 시집을 오겠습니까?"

"그건 그렇군요."

호설암이 말했다.

"어쨌든 저도 학령 형을 위해 방법을 생각해 보겠습니다."

혜학령은 웃기만 할 뿐 대답이 없었다. 하지만 호설암은 정말로 그를 위해 머리를 썼고 너무나 빨리 한 가지 묘안을 생각해 냈다. 그러나 당장 입 밖에 내기는 곤란했다. 대신 해가 남북쪽 산봉우리 사이로 떨어지면서 호수가 석양의 금빛으로 물드는 광경을 바라보며 다른 화제를 꺼냈다. 더위도 한낮에 비해 한결 부드러워졌고 버드나무 아래서 바람을 쐬니 취기

* 초유법醋溜法__갈분으로 만든 양념 조리법.
** 경채敬菜__음식을 많이 주문한 단골 손님에게 돈을 받지 않고 덤으로 주는 음식.

도 좀 가시는 것 같았다. '저녁놀은 한없이 아름다운데, 안타깝게도 황혼
이 다가오는구나![夕陽無限好, 可惜近黃昏]' 하는 옛 시구 그대로였다. 해가 지
면 곧 성문이 닫히기 때문에 두 사람은 헤어짐을 아쉬워하며 내일 다시
만날 것을 약속하고 헤어져 각기 발길을 옮겼다.

호설암은 곧장 왕유령의 집으로 갔다. 왕유령은 마침 손님을 배웅하고
있다가 그를 보자마자 손을 잡아끌며 말했다.

"설암, 자넨 정말 대단한 능력의 소유자야. 그런 인물의 항복을 받아 내
다니! 난 정말 자네에게 탄복했네. 난 벌써 그의 집에 다녀왔네. 존의尊義
의 표시로 은자 여덟 냥을 봉투에 넣어 전해 주고 왔지. 너무 약소한가?"

"그건 아무래도 괜찮습니다."

호설암이 웃으면서 대답했다.

"그는 이미 자진해서 나서기로 결심했습니다. 내일 오전에 틀림없이
이곳을 찾아올 테니 그때 잘 얘기해 보세요."

"자진해서 가기로 했다고?"

왕유령은 일순간에 모든 근심이 사라지는 느낌이었다.

"정말 잘됐군! 내일 저녁에 내가 한턱 낼 생각인데 괴 참장과 신성현의
세도가 두 사람이 오기로 했으니 자네도 일찍 오도록 하게. 얘기를 잘 해
보자고."

다음 날 오후 호설암은 약속대로 집에서 점심을 먹고 왕유령의 집으로
갔다. 얼마 있지 않아 혜학령도 도착했다. 그는 오전에 이미 왕유령을 찾
아와 저녁 연회의 초대에 기꺼이 응하겠다는 뜻을 밝히면서 신성의 공무
를 처리하기 위한 구체적인 방법도 상의해 두었다. 이렇게 된 이상 괴 참
장과 신성의 세도가들이 도착하면 그 자리에서 적절한 의논을 통해 일을
처리하기 위한 방안이 마련될 수 있었다.

"학령 형."

왕유령이 말했다.

"아침 일찍 다녀가신 후에 이것저것 따져 보았는데 신성 현령縣領은 이미 비승匪僧 혜심慧心에게 피해를 당해 지금은 현의 부지사인 현승縣丞이 권력을 승계한 상태입니다. 제 생각에는 학령 형의 일을 상원에서 보호해 드리려면 아무래도 도장이 수중에 있어야 할 것 같습니다. 물론 이것은 권위상의 문제입니다. 신성은 땅이 척박하고 백성들도 가난해서 계속 학령 형께 맡아 달라고 부탁드리기에는 좀 죄송하지요. 나중에 일등 대현大縣으로 옮기실 수 있도록 도와드리겠습니다."

"정말 고맙습니다."

혜학령은 공수하며 말을 받았다.

"하지만 지금은 아무래도 위원의 명의를 쓰는 게 나을 것 같습니다. 첫째, 이번 일은 전적으로 임기응변에 의존해야 하기 때문이지요. 호랑이굴에 들어가 잠시 동안이나마 그들과 호형호제하면서 술잔을 나눠야 얘기가 될 것 같습니다. 그런데 부모관*의 신분으로 그들을 대면하게 되면 아무래도 조정의 체통을 세워야 하기 때문에 구속받는 것이 너무 많고, 그러다 보면 여러 가지로 불편해지기 때문이지요. 둘째, 지금 현승이 권력을 잡고 있어 그다지 안전한 상태가 못 되기 때문에 저는 신경 써서 자신을 지켜야 하는 입장입니다. 그도 틀림없이 노리는 바가 있을 텐데 제가 일을 대행하게 되면 자신은 꿔다 놓은 보릿자루가 되는 셈이니 설사 마음속으로 원한을 품지는 않는다 하더라도 사사건건 걸고넘어질 수도 있고, 일도 힘써서 하지 않을 게 분명하지요. 결국 대사를 그르칠 가능성도 배제할 수 없게 됩니다."

"맞습니다. 맞아요!"

---

* 부모관父母官__직접 백성들을 다스리는 지방관.

왕유령은 탄복하는 표정으로 그를 우러러보며 말했다.

"학령 형의 분석은 정말 탁월하십니다! 저는 학령 형의 분부에 무조건 따르겠습니다. 그리고 앞으로 학령 형의 실결實缺은 제가 책임지도록 하겠습니다."

"그건 나중 일입니다. 우선 상부에 진언을 하십시오. 신성 현승에게 약간의 공적이 있다면 상부에서 다른 사람을 따로 파견하지 말고 그를 서지현署知縣으로 승진시켜 보내는 게 좋겠다고 말씀입니다."

혜학령이 말했다.

"큰 상 아래서는 언제든지 용사가 나서기 마련[重償之下, 必有勇夫]이라는 말도 있지 않습니까? 상부에서 긍정적인 대답을 해주기만 한다면 제가 신성에 들어가는 일이 여러 가지로 수월할 것 같습니다."

"알겠습니다. 마땅히 그래야지요. 위태로운 상황에서 잘 버텨 주었으니 응당 그 공로에 보답을 해야지요. 고생한 사람들에겐 응분의 보상이 있어야 정세가 유지될 수 있는 법입니다. 남이 이룬 공적을 다른 사람이 가만히 앉아서 차지하게 된다면 그건 정말 불공평한 처사지요."

이어서 두 사람은 먼저 회유한 다음에 나중에 토벌한다는 종지에 관해 자세히 얘기했다. 호설암은 자기가 할 일이 없는 것 같아 조용히 자리에서 물러나와 위층으로 왕 부인을 만나러 올라갔다.

왕 부인은 갈수록 그를 친절하게 맞아 주었고 말끝마다 '동생'이라는 호칭을 쓰면서 진짜 친정 식구처럼 대했다. 하지만 상대가 아무리 격의 없고 친한 사이라 해도 절대로 예의에서 벗어나선 안 된다는 관가 사람들의 근성을 잘 알고 있는 호설암은 그녀와 이야기할 때 여전히 예법을 지켰다.

"왕 부인, 이제 더 이상 설공의 일을 걱정하지 않으셔도 됩니다. 혜 노야가 이미 설공의 설득에 승복했고 저와도 일견지고一見之故, 즉 처음 만났지만 오랜 친구처럼 친해져서 기꺼이 신성에 들어가기로 했습니다."

"이게 모두 동생의 공로예요!"

왕 부인은 목에 힘을 주어 말했다.

"정말 어떻게 감사해야 좋을지 모르겠네요."

"제게 고마워하실 것 없습니다. 정말 제가 공을 세웠다면 설공과의 친분을 봐서 응당 그래야 하는 것이지요. 오히려 신성엘 다녀오겠다고 속 시원히 말해 준 혜 노야에게 감사하셔야 합니다."

호설암은 설명을 계속했다.

"설공께서 그에게 신성에 후보로 가서 일을 대신 처리해 달라고 부탁하셨을 때 처음에는 분명히 안 된다고 거절의 의사를 밝혔었습니다. 처리하기가 너무 힘든 일이기 때문이지요. 왕 부인께서도 한번 생각해 보십시오. 그래도 어디까지나 후보는 후보 아닙니까? 실결을 하게 되는 거라고요. 이처럼 부귀공명을 탐하지 않는 사람이 이번에는 어째서 가겠다고 나섰겠습니까? 모든 게 교분 때문이 아니고 무엇이겠습니까?"

"그게 정말인가요?"

왕 부인이 말했다.

"동생, 내 대신 방법을 좀 생각해 주세요. 공사에 관한 일이야 내가 참견할 수 없지만 그분이 형님의 일을 도와드리기로 결심한 마당에 나도 가만히 있어선 안 될 것 같군요. 부인이 살아 있다면 참 좋을 텐데. 부인들끼리 왕래하면서 무슨 말이든지 다 할 수 있을 테니 말이에요. 하지만 애석하게도 부인이 세상을 떠나고 없으니……."

얘기가 중요한 문제까지 접근했다. 호설암이 두세 마디 화제를 일부러 여기까지 끌고 온 것이다. 그는 단도직입적으로 막 본론에 들어가려다가 아직 혜학령 본인의 생각을 고려하지 않은 것 같다는 생각에 목구멍까지 올라온 얘기를 그만 집어넣고 말았다.

"호 노야, 차 드세요. 전당현의 진陳 대노야께서 보내 주신 사자산獅子山의 기창*인데 처음부터 뚜껑을 열어서 드시는 게 좋을 거예요. 호 노야는 차를 즐겨 드시니까 햇차를 맛보시는 것도 괜찮겠지요."

왕 부인의 심복 여종이 한 말이었다. 이름은 서운瑞雲이고 자태도 무척 곱상했다. 길고 넓적한 얼굴에 턱이 좀 넓은 편이긴 하지만 관상학적으로 말하자면 주귀土貴의 양쪽 아래턱이 둥그스름한 얼굴형에 속한다고 할 수 있었다. 서운에게는 확실히 대갓집 규수 같은 분위기가 있었고 언행도 매우 조신한데다 표정도 얌전하여 속된 구석이 조금도 없었다. 게다가 집안일도 잘해 왕 부인의 오른팔 역할을 하면서 화신**의 나이에 이르렀다. 서운은 혼기가 되어서도 여전히 왕가에 머물고 있었다. 왕 부인이 그녀를 놓아주려고 하지 않기 때문이었다.

"고맙소. 잘 마시겠소."

호설암은 차를 마시다 말고 헤죽헤죽 웃으며 물었다.

"서운, 올해 나이가 몇이지?"

서운은 남이 자신의 나이를 묻는 것을 가장 싫어했다. 나이를 얘기할 때마다 조금씩 서글퍼지기 때문이다. 하지만 남달리 성격이 소탈한 그녀는 그런 아픔을 삭이면서 속 시원히 대답해 주었다.

"올해 스물두 살이에요."

사실은 스물다섯인데 세 살을 줄여서 대답한 것이었다.

"스물두 살 같지 않은데!"

호설암은 그녀의 기분을 띄워 주고 싶은 생각에 한술 더 떠서 얘기했다.

"내가 보기엔 스무 살도 안 된 것 같아."

서운은 빙긋이 웃었다. 거리낌 없이 웃는 모습도 아름다웠다. 입을 좀

---

* 기창旗槍__한 줄기에 한 입씩 붙은 양질의 차엽.
** 화신花信__청춘을 미화하는 말.

크게 벌리다 보니 눈같이 하얀 치아가 가지런히 드러나 보였지만 조금도 흉하게 느껴지지 않았다.

“동생, 혹시……..”

왕 부인은 다소 긴장하며 말했다.

호설암은 헛기침을 한번 하면서 더 이상 얘기하지 말라는 눈짓을 보냈다. 그녀가 하려는 말은 호설암도 잘 알고 있었지만 그녀의 말이 서운의 입장을 곤란하게 할까 봐 이를 저지한 것이다.

갑자기 서운의 모습이 보이지 않았다. 왕 부인의 찻잔을 거두러 왔다가 소리도 없이 자리를 피해 버린 것이다. 왕 부인은 그제야 낮은 목소리로 호설암에게 물었다.

“동생이 서운에게 중매를 서 줄 생각인가요?”

“중신 설 만한 곳이 한 군데 있긴 한데 우선 왕 부인의 의견부터 들어 봐야겠지요.”

호설암은 솔직하게 말했다.

“제가 보기엔 더 이상 지체해선 곤란할 것 같습니다.”

왕 부인도 얼굴이 발갛게 물들었다.

“저도 동생을 속일 수야 없지요.”

그녀가 말했다.

“너무 높지도 않고 너무 낮지도 않은 조건의 인물을 고르느라 혼기를 놓치게 되었고 그러다 보니 저 애와 떨어지기가 싫었던 거예요.”

“방금 하신 말씀과 다르지 않습니까?”

“그래요. 달라요.”

사실 왕 부인의 말은 예의상 기분 좋으라고 하는 말에 불과했다. 말이 어떻게 다른지 그녀 자신도 몰랐다. 호설암은 그녀가 자기와 친분이 두텁다는 사실을 너무 믿고 있다는 점을 알아챘고 그녀를 위해 솔직히 지적해 주어야 할 필요성도 느꼈지만 그 얘기를 계속하지는 않았다.

"왕 부인, 1년여 전 설공께서 아직 경사에 들어가지 못했을 때 댁내의 사정은 저도 대충 알고 있습니다. 그때 왕 부인께서 모든 일을 침착하게 처리하시면서 어려운 세월을 참아 내신 덕분에 오늘의 설공이 있게 된 것이지요. 그때는 당연히 서운과 같은 사람이 필요하셨겠지만……."

"아!"

그가 말을 끝내기도 전에 왕 부인이 말을 가로챘다. 얼굴이 부끄럽고 불안한 표정으로 가득했다.

"동생, 동생 말이 맞는 것 같아요. 동생 덕분에 정신을 차리게 되는군요."

호설암은 그녀에게 옛날과 오늘이 다르다는 사실을 일깨워 주었다. 주인 된 사람은 이제 관도에 올라 편안한 삶을 살게 되었지만 하인들의 모습은 전과 다름없었다. 서운이 왕가를 도와 어려운 세월을 이겨 낸 만큼 이제 그녀에게도 응분의 보상이 있어야 했다. 이제는 그녀의 일생을 놓고 생각할 것이 아니라 그녀의 청춘을 생각해야 했다.

왕 부인은 불안한 생각에 조급한 마음까지 생겼다. 가장 좋은 방법은 나이와 처지가 비슷하고 장래성이 있는 사람을 찾아 서운을 시집보내는 것이었다.

"동생, 한번 말해 보세요. 동생이 우리 서운에게 중매 서려고 하는 사람이 대체 어느 댁 사람인가요? 출신과 나이는 어때요? 얘기가 잘 되면 나도 좀 사귀어 봐야겠네요."

그녀의 흥분된 모습과 격앙된 목소리에서 너무 큰 기대를 갖고 있다는 것이 그대로 드러났다. 혜학령은 서운을 중매인을 통해 정식으로 후처로 들이지도 않을 것이고, 또 아직 다 크지 않은 여섯 명의 아이들이 있었다. 이런 얘기를 하면 왕 부인이 고개를 가로저을 것이 분명했다. 시작부터 장애물을 만나면 나중에 만회하기가 힘들 것이라고 판단한 호설암은 단한 마디로 그녀의 마음을 움직여 얘기를 길게 끌지 못하게 해야겠다고 마음먹었다.

모든 일에는 수완이 필요했다. 왕 부인이 아무리 서운을 아낀다 해도 남편과의 관계에는 비할 수가 없을 것이다. 호설암은 이 점에 착안하여 손을 쓰는 것이 좋겠다고 생각했다.

"왕 부인, 이번 결혼은 설공과도 깊은 관계가 있습니다. 모든 것이 순조롭진 않겠지만 약간의 어려움은 이겨 낼 수 있을 거라고 생각합니다."

그가 예상한 대로 왕 부인은 이 한마디에 표정이 확 바뀌었다. 자상하면서도 약간의 경계심을 갖고 있는 것 같은 모습이었다.

"동생, 동생이 하는 일은 하나같이 다 훌륭하군요!"

호설암은 두 어깨가 무거워지는 것을 느낄 수 있었다. 서운을 위해서 모든 걸 다시 한 번 신중하게 생각해 보지 않을 수 없었다. 그는 대답을 잠시 미루고 혜학령의 여러 가지 사정에 대해 신중하게 심사숙고해 보았다.

짧은 침묵을 통해서 왕 부인도 뭔가 눈치 챌 수 있었다.

"동생이 말하는 사람이 혹시 혜 노야 아닌가요?"

그녀가 망설이지 않고 물었다.

"맞습니다. 바로 그 분이에요."

호설암이 생각을 멈추고 대답했다.

"왕 부인, 솔직히 말씀드려서 서운이 관직에 있는 사람에게 출가를 하게 되면 처음 몇 년간은 적지 않게 고생을 해야 할 겁니다."

그는 설명을 계속했다.

"제가 보기엔 혜학령 이 양반은 인품과 재능이 모두 출중하여 앞으로 크게 출세할 게 분명합니다. 서운이 그에게 시집간다면 아주 행복하게 잘 살 수 있을 겁니다."

왕 부인은 아무 말도 하지 않고 속으로 잠시 이것저것 따져 보고는 다시 물었다.

"혜 노야는 나이가 어떻게 되나요?"

"막 마흔이 넘었습니다."

호설암이 대답과 함께 한 마디 덧붙였다.

"인생은 후반부터입니다. 남자는 서른이 넘어야 비로소 원기가 왕성해지지요."

"성격은 어떤가요?"

"원래 능력 있는 사람들이 성깔이 좀 있지 않습니까? 하지만 집에서는 아주 조용합니다. 집 안에서는 호랑이 행세를 하다가도 밖에 나가면 '부엌 불 쬐는 고양이'가 되어 버리는 사람들이야말로 가장 장래성 없는 사람들이죠."

"그렇군요."

왕 부인이 웃으면서 말했다.

"집 안에서 자기 부인을 때리는 사람이 사내대장부일 리는 없겠지요."

그녀는 뭔가 생각난 듯 곧바로 말을 이었다.

"한데 왜 서운이 처음 몇 년 동안 고생을 하게 된단 말인가요?"

"제 말뜻은 막 혼인을 했을 때는 아무런 명분도 없겠지만 이삼 년이 지나면 혜학령이 자연히 서운을 본처로 여기게 될 거란 말씀입니다."

왕 부인은 고민하기 시작했다. 현재에 대한 고민이 아니라 미래에 대한 고민이었다.

"동생."

그녀가 다시 말했다.

"동생 말이 맞는 것 같아요. 하지만 나중에 혜 노야가 따로 후처라도 맞아들이는 날에는 우리 서운만 억울하고 처량한 신세가 되고 마는 게 아니겠어요?"

"절대로 그럴 리가 없습니다. 그건 제가 장담할 수 있지요."

호설암은 주먹으로 자신의 가슴을 두드리며 말했다.

"제 말이 틀리면 나중에 이 중매인을 찾아와 따지셔도 괜찮습니다."

"밥은 많이 먹는 게 좋지만 말은 많이 할수록 좋지 않지요[滿飯好吃, 滿話難說]. 이제껏 모든 일에 있어서 동생을 믿어 왔지만 솔직히 말해서 이번 일은 내가 동생보다 아는 게 더 많을 거예요. 원래 중매쟁이는 고생만 하고 좋은 소리는 못 듣는 법이지요. 춘매장春媒醬이란 말이 왜 생겨났겠어요? 우리 두 집안의 교분은 물론 그렇지 않으니 그때까진 서운이 고생을 좀 하는 수밖에요……."

"우선 사람을 만나 본 다음에 말씀하시지요. 혜학령은 절대로 한입 가지고 두말할 사람이 아닙니다. 대답을 안 하면 안 했지 일단 대답한 것은 전부 믿을 만합니다. 한마디로 말해서 서운이 어질고 총명하기만 하다면 혜 노야에게 시집가서도 잘 살 게 분명하다는 겁니다."

"좋아요. 이 얘기는 아직 그분에게 하지 말아 주세요."

왕 부인이 다시 물었다.

"참, 혜 노야 집안에 노부모님은 살아 계신가요?"

"노부모는 안 계시지만 슬하에 아이들이 여섯 있습니다."

이것이 이번 혼사의 최대 장애물이었다. 호설암은 애써 변명을 늘어놓았다.

"하지만 왕 부인, 안심하세요. 혜가에서는 가정교육이 철저해서 아이들이 하나같이 착하고 얌전하니까요."

그가 이렇게 얘기했는데도 왕 부인은 고개를 가로저었다.

"쉽지 않을 것 같군요. 남정네들이 안사람들의 고초를 알기나 합니까? 아이가 여섯이라면 신발을 만들어 대는 것만으로도 한 해가 다 갈 거예요. 앞으로 서운 자신도 아이를 갖게 될 텐데 어찌 고생에 고생을 더하는 꼴이 되지 않겠습니까?”

호설암은 입이 닳도록 유리한 말만 골라서 했지만 지금으로서는 아무리 해도 왕 부인을 설득시킬 수 없을 것 같았다. 그는 복잡하고 어려운 집안일들이 서운의 손에서는 너무나 가볍게 해결되고 있고 혜학령이 출세하면 하인을 여럿 둘 수 있다는 말로 왕 부인을 설득해 보았으나 이런 이유만으로는 왕 부인에 맞설 수가 없었다.

“서운은 여러 해 동안 고생만 해 왔어요. 더 이상 그 애를 고생시키고 싶지 않네요!”

여러 말이 필요치 않았다. 호설암은 자신의 감정을 억지로 누그러뜨렸다. 일이 성사되지 않는 한이 있어도 온화함을 잃어서는 안 되기 때문이었다. 물론 왕 부인도 매우 계면쩍어하며 말투를 부드럽게 바꿨다.

“시간을 두고 천천히 생각해 보도록 해야겠어요.”

하지만 호설암은 막연히 기다리고만 있을 수가 없었다. 이런 일은 단번에 깨끗이 해치워야 남들 보기에도 좋기 때문이다. 결국 그는 방법을 바꿔 왕유령으로 하여금 직접 일을 진행하게 하기로 마음먹었다. 하지만 그에게도 지나치게 무리한 요구를 할 생각은 없었다. 혹시 그럴 경우 왕 부인도 좋아하지 않을 뿐 아니라 부부지간의 감정을 상하게 할 위험도 있기 때문이었다. 결국 호설암은 부드러운 방법을 택하기로 생각을 굳혔다.

“부인!”

왕유령이 상대방의 생각을 떠보려는 듯 부드러운 어조로 말했다.

“이번에 혜학령이 신성에 가는 것은 전적으로 우리 집안을 돕는 일이오. 방금 결정된 사실이지만 그는 내일 모레 신성으로 떠나게 될 것이오. 그분이 이렇게 우릴 도와주고 있는데 우리도 그 양반의 고충을 보살펴 줘야 하지 않겠소?”

“당연하지요.”

왕 부인이 물었다.

"지금 혜 노야의 가장 큰 어려움이 어떤 건가요? 우리가 어떻게 그를 도울 수 있지요?"

"그는 지금 아버지이면서 어머니의 일까지 혼자 도맡아 하고 있소. 이번에 그가 신성으로 떠나게 되면 집에 오래전부터 일해 온 하인이 있긴 하지만 아이들을 제대로 다 돌보기는 힘들 것 같소. 내 생각엔 서운이 그 집에 가서 일을 좀 도와주었으면 어떨까 하는데……."

왕 부인은 빙긋이 웃었다.

"그거 혹시 설암이 생각해 낸 방법 아닌가요?"

"설암은 정말 사려가 깊은 친구요. 그 친구가 생각해 낸 방법은 하나도 틀린 적이 없었소."

"그의 생각이 잘못됐다는 얘기가 아니에요."

왕 부인이 물었다.

"무슨 속셈으로 그런 방법을 생각해 냈느냐 하는 거지요. 그걸 얘기해 줘야 저도 이해할 수 있는 게 아니겠어요?"

"그건 이렇소. 설암의 생각은 우선 혜학령을 대신해서 집안일을 돌봐 줌으로써 그가 집안 걱정을 안 하도록 하자는 것이고, 둘째는 만일 혜학령의 사람됨이 마음에 들고 아이들도 말을 잘 들어서 서운이 그를 좋아하게 된다면 더 바랄 게 없다는 것이오. 그렇지 못할 경우 이 얘기는 깨끗이 덮어 두고 더 이상 거론하지 않는 걸로 하자는 거요. 어떻소, 훌륭한 생각 아니오?"

"나쁘지 않은 생각이군요."

왕 부인이 고개를 끄덕이며 말했다.

"그 문제에 관해선 더 드릴 말씀이 없어요."

"한데 한 가지 당신에게 권고하고 싶은 게 있소."

왕유령이 한마디 덧붙였다.

"혜학령은 양심에 따라 행동하는 사람이오. 성질이 좀 더 부드러워지기만 한다면 상당한 인재인데다 풍채도 갖추었으니 출세하지 못할 이유가 없지 않겠소? 서운이 그에게 시집을 가게 되면 당분간은 고생이 좀 되겠지만 장차 큰 행복을 누리게 될 것이오. 한마디로 말해서 두 사람이 결합하는 것이 여러 모로 유익하다 이거요. 그렇게 되면 당신도 빈번히 왕래할 수 있으니 얼마나 좋겠소!"

이 한마디에 왕 부인의 마음이 움직이기 시작했다. 그녀는 기왕에 감정상의 문제가 제기된 김에 서운의 입장만 생각할 것이 아니라 자기 자신의 기분도 고려하기로 마음먹었다. 서운이 시집가서 본부인이 되든 첩이 되든 간에 남편들 사이의 왕래가 많으면 자연히 부인들 사이에도 왕래가 잦아지기 마련이었다. 왕유령과 혜 노야가 앞으로 항상 일을 같이하게 될 테니 두 집 사이의 관계도 훨씬 친밀해질 것이고 그러면 자연히 서운을 만날 수 있는 기회도 많아지게 될 것이 분명했다.

그녀는 어느 틈에 희색이 만면하여 서운을 불렀다. 그런 다음 이번 일의 자초지종을 자세히 설명하면서 서로 자주 만날 수 있다는 사실을 특별히 강조했다. 그러고 나서 마지막으로 서운의 의사를 물었다. 호설암과 왕유령, 왕 부인 세 사람이 이 일에 관해 얘기를 시작했을 때부터 서운은 한 마디도 놓치지 않고 몰래 다 엿듣고 있었다. 자신의 남은 일생을 결정할 대사를 놓고 생각을 거듭한 그녀는 아무래도 지금 당장은 태도를 밝히지 않는 것이 좋을 것 같다는 판단을 내렸다.

"혜 노야께서 왕 노야의 공무를 도와주시는데 그 집에 일할 사람이 없다면 당연히 제가 가서 집안일을 도와드려야죠. 하지만 그 이후의 일은 저도 잘 모르겠어요."

서운의 대답이었다.

"그래, 그렇겠지."

왕 부인은 그녀에게 어떻게 해서든 혜학령의 마음을 사로잡아 보라고 부추기고 싶었지만 드러내놓고 그런 말을 할 수도 없는 입장이었다. 결국 왕 부인은 상대를 격하게 흥분시키는 격장법激將法을 쓰기로 했다.

"하지만 그 집에는 아이들이 많아서 일을 하나 안 하나 똑같다는 소리를 듣기가 쉽지."

서운은 아무 말도 하지 않고 속으로 중얼거렸다.

"어떻게 한 것과 안 한 것이 똑같을 수가 있겠어요? 내일 제가 일한 걸 보시면 생각이 달라지실 거예요."

다음 날 아침 서운은 옷 보따리를 들고 고승을 따라 가마로 혜가에 도착했다. 호설암이 먼저 와서 다 얘기해 놓았기 때문에 혜학령은 그저 고마운 생각에서 서운을 조심스럽게 대하고 있었다. 그는 서운을 '서 소저'라 불렀고 아이들에게는 '서 이모'라 부르게 했다.

"서 소저, 잘 부탁드리겠습니다. 고생이 좀 되실 겁니다."

혜학령은 감격 어린 어투로 말을 이었다.

"어쨌든 이렇게 도와주시니 마음이 놓입니다. 오늘부터 집안일을 모두 서 소저께 맡기겠습니다. 혹시 아이들이 말을 듣지 않으면 때려서라도 가르쳐 주십시오."

"제가 어떻게 그럴 수 있겠어요?"

서운은 잔잔하게 웃으며 눈이 큰 아이 하나를 가슴에 끌어안고 나머지 다섯 명의 아이들을 눈으로 훑었다. 여자아이가 셋, 남자아이가 셋이었다. 맏이는 남자아이였는데 매우 충직하고 성실해 보였다. 둘째는 여자아이였다. 열두 살쯤 되어 보였는데 몹시 마른데다 두 눈이 유난히 날카롭고 말도 제일 많았다. 한눈에 다루기 힘든 아이라는 것을 알 수 있었다. 서운은 속으로 이 집안을 잘 다스리려면 먼저 이 아이의 항복을 받아내야 할 것 같다고 생각했다.

"서 소저."

혜학령이 그녀의 생각을 가로막았다.

"집 열쇠를 받으시지요."

혜가의 열쇠는 관리의 인신印信보다 훌륭했다. 서운은 사양하지 않고 묵직한 열쇠 꾸러미를 받아들었다. 혜학령은 이어서 장귀와 소청小靑이라 불리는 하녀를 불러 그녀에게 소개하고 이것저것 간단한 일들을 설명하고 나서 곧 자리를 뜨려고 했다.

"혜 노야, 식사는 댁에 오셔서 하실 건가요?"

서운이 물었다.

"내일 출발할 예정이라 오늘은 처리할 일이 많아서 집에 오기 어려울 것 같군요. 저녁에는 또 연회가 있고요."

"그럼 짐을 챙겨 놓아야 되겠네요."

"귀찮으실 텐데……. 사실 가져갈 짐도 별로 많지 않아요."

혜학령이 말했다.

"매번 먼 길을 떠날 때마다 장귀를 데리고 다녔는데 이번에는 같이 갈 필요가 없을 것 같습니다. 가져갈 물건은 장귀가 다 알고 있지요."

혜학령은 이경이 지나서야 집에 돌아왔다. 손님까지 한 명 대동했다. 다름 아닌 호설암이었다.

혜학령은 문을 들어서자마자 분위기가 평소와 다르다는 것을 알 수 있었다. 주랑이 이전처럼 어둡지 않은 것이 엷은 달빛과 어우러져 무척 밝게 느껴졌다. 자세히 살펴보니 창호지가 새로 발라져 있었다. 방 안으로 들어서니 모든 기물이 단정하게 정돈되어 있었다. 혜학령은 눈과 귀가 새롭게 열리는 것 같은 기분이었다. 자신도 모르게 아내가 세상을 떠나던 날을 회상했다.

"혜 노야, 들어오셨어요?"

서운은 걸어 나오면서 호설암에게도 인사를 건넸다.

"수고가 많으셨습니다!"

혜학령은 만면에 미소를 띠고 공수하여 말했다.

"어떻습니까?"

호설암은 득의만면하여 말했다.

"제가 말씀드리지 않았습니까? 서 소저는 정말 대단한 재주꾼이라고 말입니다."

"재주뿐이겠습니까? 재덕을 겸비했지요."

아주 친한 친구 사이에만 주고받을 수 있는 말이었다. 집안일을 대신 해준 것뿐인데 재덕을 겸비했다는 말까지 하는 걸 보면 아무래도 과장이 심했다. 서운은 일부러 못 들은 척했다. 그녀는 소청에게 차를 따르고 수연水烟을 준비하라고 시킨 다음, 절강 지방에서 나는 향기로운 맵쌀인 향갱香粳으로 죽을 끓여 놓았으니 시장하면 언제든지 먹을 수 있다고 말했다. 혜학령이 입을 열기 전에 호설암이 먼저 신이 나서 말했다.

"잘됐군요. 마침 죽이 한 그릇 먹고 싶었는데!"

서운은 재빨리 죽 쟁반을 받쳐 들고 나왔다. 네 가지 음식에 혜학령이 즐겨 먹는 장미소薔薇燒 한 주전자와 뜨거운 죽 한 그릇이 딸려 나왔다. 음식 맛은 어떤지 몰랐지만 식기가 모두 티 없이 깨끗했다. 혜학령은 부인이 세상을 떠난 이후로 먹고 입는 것을 비롯하여 모든 것이 변변치 못했는데 모처럼 이렇게 그럴듯한 죽을 먹게 되니 기분이 좋지 않을 수 없었다.

"자, 자!"

혜학령이 말했다.

"이런 걸 차화헌불借花獻佛이라고 하지요. 서 소저가 아니었다면 제가 어떻게 이처럼 손님 대접을 할 수 있겠습니까!"

서운은 기분이 좋긴 했지만 혜학령이 너무 겸손해 한다는 생각이 들어 한마디 보탰다.

"혜 노야, 혜 노야께서 절 부끄럽게 만드시는군요. 혜 노야 댁에 온 이상 모두 제가 당연히 해야 할 일들입니다."

그녀는 조용히 고개를 떨어뜨리고 죽을 퍼 담았다. 이런 모습을 본 호설암은 일이 잘될 것 같다는 확신에 농담을 참지 못했다.

"학령 형!"

그가 말했다.

"마치 부부가 서로 손님을 대하는 예를 갖추는 것 같군요."

"원래 손님 아닌가요? 당연히 예를 갖춰야지요."

혜학령이 말했다.

서운은 아무 말도 하지 않았다. 그녀 역시 호설암의 말뜻을 알아차리긴 했지만 아무런 내색도 하지 않는 것이 좋겠다는 생각에 모른 척하면서 조용히 물러나왔다.

"학령 형!"

물러가는 그녀의 뒷모습을 눈으로 배웅하면서 호설암은 몸을 앞으로 바싹 기울여 차탁을 사이에 두고 혜학령에게 낮은 목소리로 말했다.

"이제 본론으로 들어가야겠습니다. 학령 형께서 보시기엔 어떤 것 같습니까?"

혜학령은 몹시 난처했다.

"신성에 다녀온 다음에 얘기해도 늦지 않을 것 같군요."

그는 은근히 대답을 회피했다.

"그렇지요. 원래는 그렇게 하는 게 순서지요. 학령 형께서 신성으로 떠나시면 저도 곧 상해로 가게 됩니다. 서로 알게 되었으니 솔직히 말씀드리지요. 제가 배 몇 척 분의 생사를 갖고 있는데 운반 도중에 일이 생기지나 않을까 몹시 초조합니다. 다행히 상해에서 임자를 만나면 손을 털고 올 생각이지요. 아마 두세 달은 족히 걸릴 겁니다. 그때가 되면 학령 형께서도 항주에 돌아와 계시겠지요. 두 분의 결합도 중매인인 제가 돌아올 때까지 기다려야 할 겁니다. 어차피 모두들 여유롭지 못한 처지인 바에야 차라리 서둘러 국수를 먹는 것도 괜찮지 않을까요?"

"정말 못 말리겠군요."

혜학령은 그에게 술잔을 돌리고 나서 입을 다물었다. 아무래도 서두르지 않는 게 좋겠다는 생각이었다. 잠시 후에 그는 난처한 표정으로 다시 입을 열었다.

"좀 더 두고 봐도 되겠지요?"

"뭘 더 두고 보시겠다는 겁니까?"

호설암이 떨떠름한 어투로 물었다.

"두 눈으로 직접 확인하시지 않았습니까? 재덕을 겸비하지 않았다면 어째서 왕 부인이 그렇게 소중히 아끼면서 그 나이가 되도록 붙잡아 두셨겠습니까?"

"그건 그렇지요."

"솔직히 말씀드려서 첩을 두는 것은 정식으로 혼인하는 것만 못합니다. 그렇게 많이 생각할 필요가 없어요."

"좋습니다. 설암 형의 생각에 따르겠습니다."

혜학령은 술잔을 들어 중매쟁이에게 감사의 뜻을 표했다.

"잠깐! 제 뜻에 따르겠다고 하셨지만 전 아직 방법을 말하지 않았습니다."

호설암이 말했다.

"저는 왕 부인 앞에서 가슴을 손을 얹고 굳게 맹세한 바 있지요. 2, 3년 안에 그녀에게 특별한 잘못이 없다면 그녀에게 반드시 고봉*을 준비해 주셔야 합니다."

"물론이지요. 저 역시 다시 혼인하는 일은 없을 겁니다. 서 소저를 본
처로 삼아야지요."

"분명히 말씀하셨습니다!"

호설암은 다시 한 번 다짐을 받았다.

"일구이언하시면 절대로 안 됩니다!"

혜학령은 흐뭇한 표정으로 빙긋이 웃었다.

"그렇게 말씀하시니 한 가지 확실히 밝혀야 되겠군요. 제가 장원급제
하는 일은 절대로 없을 겁니다."

"저도 학령 형이 그러리라고 생각진 않습니다. 아무래도 이번 중매는
잘 이루어질 것 같군요. 날은 두 분이 알아서 잡으세요. 왕 부인께서 딸
시집보내는 것처럼 가장嫁粧을 준비하시기로 했고 학령 형의 빙례**에 관
해서는……."

호설암이 잠시 말을 끌었다.

"두 가지 방법이 있는데 알아서 선택하도록 하십시오."

"그건 또 처음 듣는 얘기로군요. 설암 형이 액수를 말씀하시고 제가 거
기에 맞게 융통하면 되는 게 아닙니까? 저더러 무슨 방법을 선택하라는
겁니까?"

"제가 일을 처리하는 방법은 남들과 좀 다릅니다. 저는 우선 세 사람과
의 교분을 통해 학령 형의 빙례를 생략하게 할 수 있습니다. 또한 혼사를
치루는 데 굳이 체면을 세울 필요가 있다면 제가 돈을 대부해 드릴 수도
있지요. 두 가지 방법 중에서 편하신 대로 직접 선택하도록 하십시오."

"물론 그녀의 체면을 세워 줘야 되겠지요. 그리고 왕 부인의 호의도 있

---

* 고봉誥封 _ 오품 이상 문무 관원에게 내리는 토지나 작위.
** 빙례聘禮 _ 신랑 집에서 신부 집에 보내는 예물.

고 하니 빙례를 면할 수도 없을 것 같습니다."

"문제 될 건 아무것도 없습니다. 이번 신성의 차사가 성공하기만 하면 황 무대가 학령 형을 지방관으로 임명할 게 틀림없습니다. 아마 설공의 호주부에 현결縣缺로 가실 수 있을 겁니다. 그때 가서 빚을 갚아 버리면 되지 않겠습니까?"

혜학령은 일의 처음과 끝을 다시 한 번 신중하게 따져 보았다. 그러고는 돈을 빌려도 될 것 같다는 판단이 섰는지 천천히 고개를 끄덕이며 말했다.

"그렇다면 은자 천 냥을 빌리도록 하겠습니다. 단 이자는 다른 사람과 똑같이 해주세요. 그렇지 않으면 빌리지 않겠습니다."

호설암은 아무 말도 하지 않고 마고자 주머니에서 꼬깃꼬깃 접힌 은표 한 장을 꺼내 혜학령에게 내밀었다. 금액은 천 냥이었다.

"일 처리가 말 그대로 일사천리시군요! 정말 못 당하겠습니다."

혜학령이 웃으면서 말했다.

"전장을 운영하는 사람이 이 정도 비위를 맞추지 못해서야 되겠습니까? 일단 은표를 받으셨으니 혹시 저희 부풍阜豐에 통장을 개설하실 생각이 있으시다면 당수 유경생을 찾아 주십시오."

"정말 고맙습니다! 우선 차용증을 쓰도록 하겠습니다."

차용증도 이미 준비되어 있었다. 호설암은 항상 갖고 다니는 '피호서皮護書' 안에서 연홍색 종이를 한 장 꺼낸 다음 먹통과 붓을 준비했다. 혜학령은 붓을 들어 중후하고 우아한 소자蘇字 필치로 즉석에서 차용증을 써서 은표와 함께 건네주었다.

"이걸 왜 제게 도로 주십니까?"

호설암이 은표를 가리키며 의아한 표정으로 물었다.

"그게 예의 아니겠습니까?"

혜학령이 대답했다.

"내일 아침 날이 밝는 대로 떠나도록 하겠습니다. 설암 형께서 대빙노야*가 되셔서 전첩**을 좀 준비해 보내 주셨으면 고맙겠습니다."

"이렇게 많이 들진 않을 텐데요……."

"아닙니다!"

혜학령이 그의 말을 가로챘다.

"전 이것도 너무 적다고 생각합니다."

호설암은 잠시 생각해 보고 나서 다시 말했다.

"좋습니다. 그럼 언제 혼사를 준비하실 생각이신지요?"

"기왕에 결정된 일이라면 빠를수록 좋겠지요. 한데 서 소저를 고생시키게 되지나 않을까 걱정입니다. 정말 설암 형께서 말씀하신 대로 신성에서의 일을 잘 처리하고 돌아와 손에 관리의 권리인 인파자印把子를 쥐게 되면 서 소저도 어엿한 장인부인***이 될 수 있겠지요?"

"그런 생각을 갖고 계시다니 제가 한말씀 권하고 싶군요."

호설암은 의젓하게 한마디 던졌다.

"너무 조급하게 생각지 마시고 느긋하게 기다려 보세요."

"맞는 말씀입니다. 그렇게 하겠습니다."

혜학령은 기꺼이 동감을 표했다.

"설암 형이 돌아오시면 서 소저에게 술자리를 마련해서 감사의 뜻을 표하라고 해야겠습니다."

두 사람은 큰 소리로 서운에 관한 얘기를 나누고 있었다. 처음에는 조심하면서 작은 소리로 시작한 것이 어느새 목소리가 점점 커져 서운이 애써 듣지 않으려고 해도 듣지 않을 수 없게 되어 버렸다. 그녀는 문 뒤에 얌

....

* 대빙노야大氷老爺__중매쟁이를 미화한 말.
** 전첩全帖__붉은 종이로 만든 교제용 명함.
*** 장인부인掌印夫人__첩이 아닌 정실부인.

전히 앉아서 때로는 가슴을 졸이기도 하고 때로는 숨도 제대로 쉬지 못하면서 두 사람의 대화를 엿듣고 있었다. '장인부인'이란 말이 나왔을 때는 입에 사탕을 문 기분이었다. 하지만 모든 게 좋기만 한 것은 아니었다. 혼사의 날짜를 잡고 중매인에게 사례를 하는 문제에 관해선 그녀 자신에게도 나름대로의 생각이 있었기 때문이다. 그녀가 한참 이런저런 생각에 빠져 있는데 밖에서 혜학령이 부르는 소리가 들려왔다.

"서 소저!"

"네, 가요!"

대답과 동시에 주렴을 걷고 뛰어나가던 그녀는 문득 걸음을 멈춰 얼굴과 옷매무새를 매만졌다. 얼굴에는 어느새 발갛게 홍조가 번지고 있었다.

서운은 그런 모습으로 들어가기도 거북하고 그렇다고 안 들어가면 두 사람의 대화를 엿듣고 있었다는 것을 알리는 꼴이 될 것 같아 한참을 망설이다가 간신히 주렴을 걷고 들어가 멀찌감치 떨어져 두 손을 한데 모으고 서 있었다.

"서운! 난 가야겠소."

호설암이 말했다.

"제가 등롱을 켜 드릴게요."

그녀는 어떻게든 구실을 찾아 자리를 피할 생각이었다.

"그렇게 서두를 것 없소. 내 한 가지 서운에게 얘기할 게 있어서 그러는 거요."

"네, 어서 말씀해 보시지요."

"혜 노야께서는 서운이 집안일을 돌봐준 데 대해 몹시 고마워하시면서 내가 상해에 갔다 오는 길에 서운에게 좋은 선물을 하나 사다 줬으면 하시는구려. 뭐가 좋겠는지 직접 말해 봐요."

"당치 않은 말씀이십니다. 제가 어찌 혜 노야께 그런 폐를 끼칠 수 있겠어요?"

"사양할 것 없소. 그러지 말고 어서 말해 봐요."

호설암이 재촉했다.

"서운이 말을 안 하면 내 마음대로 한 보따리 사 가지고 와서 혜 노야께 돈을 내라고 하겠소. 그렇게 되면 오히려 더 큰 폐를 끼치는 셈이지."

서운은 속으로 생각해 보았다. '호 노야는 정말 너무하시는군! 한데 그의 말이 정말일까? 혹시 장난으로 하는 말은 아닐까?' 정말로 쓸데없는 물건들을 한보따리 사 가지고 오면 자신이 돈을 내는 것은 아니라 해도 불필요한 낭비임에는 틀림이 없었다. 그녀는 그럴 바에야 차라리 자신이 갖고 싶은 물건을 얘기하는 게 낫겠다는 결론을 내렸다. 그녀 역시 구변이 보통이 아니었다.

"두 분은 친한 친구 사이시니까 혜 노야께 그리 큰 폐가 되진 않겠지요?"

그녀는 혜학령을 쳐다보면서 말했다.

"제 생각엔 호 노야께서 알아서 사 오시는 게 좋을 것 같아요."

"정 그렇다면 두 분 다 만족할 수 있도록 내가 알아서 하겠소. 한 분은 마음이 아프지 않고 한 분은 살이 아프지 않게 말이오."

호설암의 농담에 혜학령은 미간을 찌푸렸고 서운은 얼굴이 빨개졌다. 서운은 더 이상 그 자리에 서 있지 못하고 재빨리 읍을 하고 자리를 빠져나왔다.

"어떻습니까?"

호설암은 무척 흐뭇한 표정으로 말했다.

"계속 학령 형만 두둔하다가 나가는 모습이 마치 지혜로운 아내 같지 않습니까?"

혜학령은 손가락 두 개를 모아 입에 갖다 대며 작은 소리로 말하라는 시늉을 해 보였다. 그리곤 안쪽을 가리키며 작은 소리로 말했다.

"왜 그렇게 그녀를 난처하게 하십니까?"

호설암은 연신 웃기만 했다.

"좋습니다! 두 분이 서로 감싸 주는 걸 보니 이번 중매는 정말 음덕을 쌓는 기회가 될 것 같습니다."

호설암은 곧 밖으로 나왔다. 서운은 벌써 졸고 있는 장귀를 깨워 등롱을 준비하고 있었다. 주인과 하인 둘이 대문 밖까지 배웅하여 그가 가마에 오르는 것을 보고 나서야 안으로 들어왔다.

혜학령은 다시 한 번 짐을 정리한 후 장귀에게 모든 일을 서 소저의 지시에 따라 처리하고 집안일을 잘 도우라고 분부했다. 장귀가 나가자 그는 서운에게 다시 물었다.

"서 소저는 어느 방을 쓰시겠습니까?"

"저는 둘째 아가씨 방에서……."

"서 소저!"

혜학령이 그녀의 말을 막았다.

"아이들에게 그런 호칭을 쓰시다니 당치 않으십니다. 그냥 이름을 부르시면 됩니다. 그 애 이름은 단하^{丹荷}예요……."

이어서 그는 여섯 아이들의 이름을 일일이 다 알려 주었다.

"이름을 부르다니요? 당치 않은 일입니다!"

서운이 침착하게 말했다.

"차라리 관칭^{官稱}을 쓰도록 하겠습니다."

강남의 진신^{縉紳} 계층에서는 자녀들을 통칭하여 '관'이라 불렀다. 이 호칭에는 서열을 이용할 수도 있고 이름을 이용할 수도 있었다. 이를테면 단하는 '하관^{荷官}'이라 부르게 되는 것이다. 이는 존비를 가리지 않는 호칭이었다. 혜학령은 더 이상 겸양하지 않고 이를 받아들이기로 했다.

"서 소저, 다시 한 번 부탁드리겠습니다. 저의 누추한 집과 아이들을 잘 좀 돌봐주십시오."

"혜 노야, 조금도 걱정하지 마세요. 제가 다 알아서 하겠습니다."

서운은 이미 그에 대한 감정이 전과 같지 않았다. 그가 믿음직스럽고 평생을 의지할 만한 인물이라고 판단한 그녀는 이번 일의 위험성에 관심을 갖지 않을 수 없었다. 하지만 꼬치꼬치 캐어물을 수도 없는 입장이라 약간의 관심을 표하는 것이 고작이었다.

"혜 노야, 이번에 가시면 언제쯤 돌아오시게 되나요?"

"그리 오래 걸리진 않을 겁니다. 빠르면 보름이고 길어야 한 달이겠지요. 일은 잘 해결될 겁니다."

"듣자하니 이번 일이 매우 어렵다던데⋯⋯."

"일의 성패는 사람 하기에 달려 있는 거지요[事在人爲]."

혜학령은 성어를 쓰면서 혹시 서운이 알아듣지 못할까 걱정이 되어 간단한 해석을 덧붙였다.

"일은 누가 처리하느냐가 중요합니다. 제가 가서 처리하면 별 문제 없을 겁니다."

"만약에 일이 잘 안 되면 어떻게 하지요?"

일을 원만히 해결하지 못할 경우 목숨이 왔다 갔다 할 수도 있었다. 이미 서운의 마음을 얻었다고 생각한 혜학령은 그녀를 놀라게 하고 싶지 않아 사실대로 얘기할 수 없었다.

"걱정하지 말아요. 잘 처리하고 돌아올 테니까."

그는 무척이나 믿음직스러운 어투로 말했다.

서운의 얼굴에는 그를 위로하는 표정이 역력했다. 아직 물어보고 싶은 말이 남아 있었지만 만난 지 얼마 안 되는 사이인데다 신분상의 제약도 있고 해서 더 입을 열기가 곤란했다. 아쉬운 마음에 고개를 떨어뜨린 그녀는 조용히 입을 다물었다.

혜학령은 분위기가 너무 가라앉았다고 느꼈는지 심각한 얘기는 접고 가볍게 한마디 던졌다.

"앉읍시다. 앞으로 서로 만날 날은 많아요. 자연스럽지 못하면 한 집안 식구 같지 않지요."

속마음을 그대로 드러내는 말이었다. 그의 말대로라면 이미 서운을 한 집안 식구로 인정하는 것이나 다름없었다. 그녀 역시 마음속으로는 자신이 혜학령과 깊은 관계에 있음을 인정하고 있었지만 겉으로는 아무런 내색도 하지 않았다. 그녀의 타고난 수줍음 때문이기도 했지만 그와 호설암에 대해 아직도 약간의 미묘한 경계심이 남아 있어 특별히 자중할 필요가 있다고 생각했기 때문이기도 했다.

그녀가 여전히 서 있는 것을 보고는 혜학령이 다시 한 번 자리를 권했다.

"어서 앉아요."

"전 괜찮아요."

그녀는 여전히 앉으려 하지 않았다.

혜학령은 자신도 모르게 벌떡 자리에서 일어났다. 그러고는 수연 보따리를 손에 든 채 종이를 손가락으로 비비면서 그녀와 얘기를 계속했다. 그는 주로 서운의 가문에 관해 물었고 서운은 묻는 말에 있는 그대로 다 대답했다. 두 사람은 삼경이 되도록 이야기를 나누다가 각자의 방으로 돌아갔다.

이날 밤은 혜학령이 집안이 몰락한 이래로 가장 편하게 잠들 수 있는 밤이었다. 그의 침대보도 서운이 깔끔하게 정리해 놓았다. 그는 눈같이 하얀 휘장과 새로 갈아 놓은 베갯보를 만져 보았다. 침상 뒤에 있는 선반 위로는 책과 찻잔들이 가지런히 정돈되어 있고 휘장 밖에는 석유등 심지가 아주 밝게 돋우어져 있었다. 잠이 오지 않을 경우 책을 볼 수 있도록 배려한 것이다.

그는 도무지 잠이 오지 않았다. 그렇다고 책을 볼 수 있는 것도 아니었다. 두 눈은 이미 피곤해서 거의 감길 지경이었으나 정신은 극도로 흥분된 상태였고 마음속에서 온갖 상념들이 떠오르고 있었다. 가장 중요한 것은 신성에서의 일을 예측해 보는 것이었다. 처음으로 호설암과의 교분과 왕유령의 예우에 대해 야릇한 생각이 들기 시작했다. 그는 두 다리를 쭉 뻗으며 일단 결과는 생각하지 않기로 마음먹었다. 지금 생각할 수 있는 것은 오로지 자신의 예기鏡氣를 믿고 행동에 나서는 것뿐이었다. 신성에 가서는 일을 어떻게 착수할 것인가? 성패의 가능성에 대해선 반드시 예견과 계획이 있어야 했다. 결국 임기응변으로 임하는 수밖에 없었다. 일단 몸이 위기에 처하면 아무리 훌륭한 계략일지라도 펼치기 어렵기 때문이었다. 만약 해를 입기라도 하는 날에는 남아 있는 여섯 아이들을 어떻게 한단 말인가?

물론 조정에서 무휼*이 있을 것이고 상관들도 나서서 도와줄 것이다. 하지만 아무래도 아이들을 세심하게 돌봐줄 사람이 있어야 마음을 놓을 수 있었다.

생각이 여기까지 미치자 그는 자연스럽게 호설암을 떠올렸다. 속으로 은근히 후회가 일기 시작했다. 조금만 더 일찍 이 문제를 생각했더라면 이날 저녁 자리를 이용해서 확실히 당부를 해 둘 수 있었을 텐데, 이제는 단지 전언을 남기는 수밖에 없었다.

그는 다시 자리에서 일어나 석유등을 책상으로 옮겨 놓고 종이를 펼쳤지만 아직 마음을 정하지 못해 한참을 망설였다. 당부를 남기는 것은 너무 심각한 인상을 줄 수도 있고 호설암에게 부담이 될 것이 분명했다. 한참을 고민하던 그는 문득 떠오르는 생각이 있었는지 흐뭇한 표정으로 미소를 지었다.

---

* 무휼恤恤＿국가를 위해 일하다가 부상당하거나 순직한 사람의 가족들에게 조정에서 물질적으로 도움을 주는 것.

대나무바구니로
달을 건질 수는 없다

　신성에 도착하여 먼저 부양富陽으로 가려면 전당강錢塘江이라는 수로를 지나야 했다. 배웅 나온 왕유령이 돌아가자 혜학령은 호설암을 붙들었다. 아직 몇 마디 할 얘기가 남아 있었던 것이다.

　선창으로 가서 자리를 잡고 앉자 그는 문갑에서 담홍색 사주를 꺼내 호설암의 면전에 펼쳐 놓았다. 그 위에는 이렇게 적혀 있었다. '혜학령. 호북湖北 나전羅田 출신. 가경嘉慶 21년 10월 초사흘 오시午時 생.'

　"오호라!"

　호설암이 웃으면서 말했다.

　"정말 치밀하시군요. 제가 먼저 서운의 사주팔자를 알아다 드렸어야 하는 건데……. 사실 이런 게 꼭 필요한 것도 아니지요."

　"아닙니다. 그렇지 않아요."

　혜학령이 손을 내저으며 말했다.

　"이 첩자는 설암 형께 드리는 겁니다. 설암 형, 전 고반高攀을 하고 싶습니다. 우리 의형제를 맺는 게 어떻겠습니까?"

　"글쎄요. 그게……."

　호설암은 잠시 머뭇거리다가 다시 얼굴을 펴면서 말했다.

　"사실대로 얘기하자면 오히려 제가 고반을 하는 셈입니다. 하지만 지금 당장은 첩자가 없어서……. 게다가 고반을 하려면 절을 올려 예를 치러야 하지 않습니까?"

"문제 될 것 하나도 없습니다. 제가 신성에 다녀오면 곧장 예를 행하도록 합시다."

혜학령이 말했다.

"서로 마음이 통하면 되는 게 아니겠습니까? 정 그러시다면 지금 당장 호칭을 바꾸도록 하십시다. 금년에 연세가 어떻게 되시는지요?"

"제가 훨씬 적을 겁니다, 형님!"

호설암이 먼저 호칭을 바꿔 그를 불렀다.

이어서 그는 깍듯이 '형님'께 예를 올렸다. 혜학령도 황급히 무릎을 꿇어 답례하면서 호설암을 이제二弟로 칭했다. 두 사람은 서로 마주보고 절을 올렸다. 촬토위향*조차 필요 없이 두 사람은 곧 이성異姓의 형제가 된 것이다.

행례를 마친 두 사람은 각자 느끼는 부담의 분량이 달랐다. 혜학령은 어깨가 좀 가벼워진 데 반해 호설암은 오히려 부담이 더 는 셈이었다.

"형님!"

호설암이 말했다.

"신성에 가시면 아무 걱정 마시고 일에만 전념하십시오. 집안일은 말할 것도 없고 모든 걸 제가 알아서 잘 처리할 테니까요."

"물론이지. 자네만 믿겠네. 그리고 서운이 있으니 마음 놓지 못할 일도 없지 않겠나. 내가 떠나면 자네도 서둘러 곧 상해로 떠나게. 빨리 갔다가 빨리 돌아와야 우리도 첩자를 교환하고 손님들을 청할 수 있지 않겠나?"

"네. 잘 알겠습니다. 몸조심하시고 잘 다녀오십시오."

---

* 촬토위향撮土爲香 __ 한 줌의 흙으로 향을 삼는다는 뜻.

호설암은 배에서 내려 뭍으로 오른 다음 다시 가마를 타고 성내로 들어왔다. 왕유령이 집에 도착하자마자 호설암도 곧이어 도착했다. 그가 얼굴에 웃음을 감추지 못하는 것을 보고 왕유령 부부는 의아하게 여기면서 도대체 무슨 일로 그렇게 싱글벙글하는지 물었다.

"두 분은 생각도 못하셨을 겁니다. 설공께서 뭍에 오르셨을 때쯤 저는 혜학령과 예식을 마치고 형제가 되었다는 사실을 말입니다."

"그것 참 잘됐군! 정말 축하하네!"

그러면서 왕유령은 부인을 향해 발했다.

"부인, 이렇게 되면 우린 혜학령과 아주 특별한 사이가 되는 셈이구려."

"정말 말 그대로 한 집안 식구가 되는 것이지요. 원래 친구와 친척은 많을수록 좋은 게 아닌가요?"

"그렇게 말씀하시니까 생각나는군요."

호설암은 마고자 주머니를 뒤져 붉은 봉투 하나를 꺼내 왕 부인에게 건네주었다.

그녀는 선뜻 받으려 하지 않았다.

"이게 뭔데요?"

"서운의 납채입니다만……."

말이 채 끝나기도 전에 왕유령이 나서서 큰 소리로 말했다.

"안 돼, 그건 안 된다고! 이걸 어떻게 받는단 말이오? 이건 부인이 다시 돌려주도록 하시오."

"잠깐만요. 그렇게 큰소리치지 마세요."

왕 부인이 손을 내저으며 말했다.

"제가 먼저 서운의 사정이 어떤지 확실히 물어보도록 할게요. 서운이 직접 대답을 했는지 말이에요."

"보아하니 감지덕지일 것 같습니다."

"그렇게나 빨리요?"

왕 부인은 그 말을 믿지 않았다.

"도대체 서운이 뭐라고 말했기에 그러세요?"

"그야 말씀드릴 필요도 없지 않습니까?"

호설암은 지난밤에 있었던 일을 처음부터 끝까지 자세하게 설명했다. 사랑하는 사람들이 은밀하게 주고받는 눈빛이나 이야기는 사람들의 입에 오르내리기에 가장 좋은 화제였다. 여기에 호설암의 실감나는 각색이 추가되니 왕유령 부부는 입을 벌리고 두 귀를 쫑긋 세운 채 흥미진진하게 이야기에 몰입하지 않을 수 없었다. 진지한 모습은 어디로 갔는지 금방이라도 함박웃음이 터져 나올 것만 같았다.

"그럼 거의 확정된 셈이로군."

애기를 다 듣고 나서 왕유령이 고개를 끄덕이며 말했다.

"뭐 별로 감지덕지할 것도 없는 것 같군요. 제가 가서 한두 마디 더 해야 그 애도 마음을 놓을 수 있을 것 같아요."

"그럼 그렇게 좀 해주십시오."

호설암은 다시 한 번 공수하면서 봉투를 그녀에게 건네주었다.

왕 부인이 봉투를 손에 받아들자 왕유령이 와락 달려들어 봉투를 빼앗더니 냉담한 표정으로 호설암에게 돌려주었다.

"이건 절대로 받을 수 없네."

"못 받을 이유가 없잖아요!"

왕 부인이 재빨리 대꾸했다.

"우리 서운은 혜 노야 쪽에서 모셔 가는 입장이라고요. 납채 없이 그냥 보낼 수는 없잖아요. 동생, 그 봉투를 이리 주세요. 내가 따로 쓸 데가 있으니까요."

"그걸 어디다 쓰겠단 말이오?"

왕유령은 대단히 못마땅한 표정이었다. 부인과 한바탕 싸움이라도 벌일 기세였다.

"제 말 좀 들어 보세요!"

왕 부인의 목소리도 만만치 않았다.

"서운의 혼례에 드는 비용은 우리가 부담하고 이 돈 천 냥은 별도로 서운에게 주어 사방전*으로 쓰게 할 생각이라고요. 왕 대노야, 제 생각이 어때요?"

왕유령은 금세 표정을 바꾸고 계면쩍은 웃음을 띠며 원망 섞인 어투로 말했다.

"부인, 그런 생각이 있었으면 진작에 내게 얘기하지 그랬소?"

"지금 얘기해도 그리 늦지는 않잖아요."

왕 부인은 홍수투**를 손에 들고 의기양양한 표정으로 자리를 떠났다.

"설암!"

왕유령은 여전히 뭔가 걱정거리가 있는 것 같은 표정이었다.

"우리 얘기 좀 하세. 만에 하나, 혜학령이 갔다가 허탕치고 돌아오면 그땐 어떻게 해야 하나?"

이미 선무후토先撫後討의 종지가 결정된 이상 선무공작이 실패할 경우에는 당연히 병력을 파견해서 토벌하는 수밖에 다른 방법이 없었다. 하지만 그의 속마음을 알고 있는 호설암은 선뜻 대답하지 않았다. 대신 다른 말로 그를 위로하려 했다.

"너무 걱정하지 마십시오. 학령 형이 제게 말하길, 어찌되든 간에 스스로를 지키는 방법은 있기 마련이라고 했으니까요. 그가 알아서 잘 처리할 겁니다. 게다가 사람이 좋은 일을 당하면 정신이 맑아지는 법이라지 않습

* 사방전私房錢__여인들의 비상금.
** 홍수투紅壽套__장수를 기원하거나 경조사가 있을 때 돈을 넣어 주는 축의금 봉투.

니까? 이제 집안 걱정을 덜었으니 이번 일에서도 전심전력 매진할 수 있을 겁니다. 당연히 안 좋은 일도 없을 것이고요."

그의 얘기를 들어 보니 그럴듯하기도 하고 목소리에도 확실한 자신감이 배어 있었다. 왕유령은 호설암의 설명에 고무되어 자신도 모르게 모든 근심이 눈 녹듯이 사라졌다.

"한 가지 더 있습니다. 설공."

연신 고개를 끄덕이는 그를 향해 호설암이 다시 입을 열었다.

"설공께서는 지금 홍운鴻運을 맞고 계시기 때문에 서운도 그 복을 누리고 있는 겁니다. 게다가 서운 자신도 뛰어난 복상이라 반드시 남편을 성공하게 만들 겁니다. 그러니 혜학령의 일도 순조롭게 이뤄질 게 분명하지요. 서운도 머지않아 곧 장인부인이 될 겁니다!"

왕유령은 더욱 더 기쁜 표정이었다.

"맞아! 내 생각에도 지금은 우리가 절대로 낙심에 빠질 때가 아닌 것 같네."

그는 신이 나서 말을 이었다.

"혜학령이 일을 무사히 해결하고 돌아오면 그를 귀안현歸安縣에 추천할 생각이네. 이번 보결도 일 년에 은자 5만 냥 정도는 거둬들일 수 있는 자리지."

호설암은 마음속으로 생각해 보았다. 귀안현이라면 왕유령이 겸서兼署하고 있는 자리인데 혜학령을 그곳에 추천한다는 것은 자기 주머니에서 5만 냥을 꺼내 주는 것이나 마찬가지였다. 일시적인 흥분으로 후회할 일을 자초하는 셈이 될 수도 있었다. 그렇게 되면 후회의 고통을 입 밖에 낼수도 없는 일이었다. 왕유령과 혜학령의 현재의 친분으로 보아 모든 것이 좋게 시작해서 좋게 끝나리라는 보장이 없는 만큼 호설암으로서는 한마디 권고를 하지 않을 수 없었다.

"귀안현은 일등 대현이라 상부에서 허가가 떨어지지 않을지도 모릅니다. 일이 풀리지 않으면 서로가 불편해질 테니 다른 방법을 찾아보시는 게 어떻겠습니까?"

"음. 그럼 어떻게 하는 게 좋은지 자네가 한번 말해 보게."

"제 생각에는 이렇게 하는 게 좋겠습니다."

호설암은 차분한 표정으로 자신의 생각을 얘기했다.

"해운국의 차사는 설공께서도 겸직하기 어려우실 테니까 이 자리를 혜학령이 물려받게 하면 어떻겠습니까?"

"아하!"

왕유령은 크게 깨달은 바가 있었다.

"맞아! 그렇게 하면 일거양득이 되겠구먼!"

호설암은 왕유령의 말뜻을 이미 알고 있었다. 일거양득이란 말 속에는 자신의 이익을 챙기겠다는 뜻도 내포되어 있었던 것이다. 혜학령이 해운국의 차사를 물려받게 되면 손쉽게 차관과 수수료 등의 수입을 챙길 수 있기 때문이었다.

"그럼 그렇게 하도록 하세."

대답과 함께 왕유령이 물었다.

"한데 자넨 언제 떠날 생각인가?"

"늦어도 내일 모레는 떠나야 합니다."

"그럼 일을 마치는 대로 곧장 돌아오도록 하게."

왕유령이 목소리를 낮춰 말했다.

"자네가 돈 좀 전해 줘야겠네."

누구에게 돈을 갖다 줘야 한단 말인가? 언뜻 떠오르는 사람이 없자 호설암은 왕유령에게 묻는 수밖에 없었다.

"누구에게 얼마나 갖다 줘야 합니까?"

"그녀에게 한 2~3백 냥 정도만 전해 주게."

"알겠습니다. 우선 제 돈으로 전달하고 다녀온 다음에 다시 계산하도록 하지요."

호설암은 곧장 집으로 돌아가 짐을 꾸렸다. 그리고 다음날 아침 일찍 시간을 내서 직접 거리에 나가 다식을 좀 사 들고 혜학령의 아이들을 만나러 갔다. 서운이 여섯이나 되는 아이들을 깨끗하게 씻겨 잘 보살피고 있는 모습을 본 호설암은 적이 마음을 놓을 수 있었다. 자기가 혜학령과 의형제를 맺었다는 얘기를 아이들에게는 하지 않고 서운에게만 살짝 귀띔해 주었다. 두 사람이 한참 이런저런 얘기를 나누고 있을 때 뜻하지 않은 당객 한 사람이 찾아왔다. 왕 부인이었다.

왕 부인이 찾아온 의도는 호설암도 잘 알고 있었다. 두 사람의 얘기를 방해할 이유가 없다고 판단한 호설암은 입가에 웃음을 흘리면서 슬그머니 자리를 피해 주었다.

송강에 도착한 호설암은 전처럼 농어가 많이 나온다는 수야교秀野橋를 통해 뭍으로 올랐다. 수행원은 하나도 없었지만 크고 작은 짐 보따리가 적지 않았다. 대부분 항주의 토산품들이었다. 그는 곧장 선주에게 부탁해서 가마와 짐꾼들을 부른 다음 짐들을 통유 미행米行으로 갖다 달라고 지시했다. 가격은 따로 정할 필요가 없었다. 차車, 선船, 점店, 각脚*은 원래 즉시 구하기가 힘든 것들이었지만 때로는 오히려 더 순조롭게 풀리기도 했다. 게다가 호설암은 바로 통유 미행의 후견인이었다. 부두를 오가는 사람들 중에 통유 미행을 모르는 사람은 하나도 없었고 실제로 거래를 트지 않은 사람도 찾아보기 어려웠다.

통유에 도착해 보니 뜻밖에도 진세룡이 문 앞에 나와 서 있었다. 그는

---

* 각脚_인부를 말함.

호설암을 보기가 무섭게 원망 섞인 어투로 말했다.

"호 선생님, 날마다 여기 나와 눈이 빠지게 기다렸는데 이제야 오시면 어떻게 합니까?"

"그간의 사정을 다 얘기하자면 기네."

호설암이 되물었다.

"우오 형은 아직 송강에 있나?"

"어제 저녁에 막 상해에서 도착하셨습니다."

"좋아, 그럼 들어가서 얘기하세."

통유 사람들은 호설암의 목소리만 듣고도 그를 알아보고 대신 나서서 가마 삯과 짐꾼들의 품삯을 치러 주었다. 그러고는 그를 상빈上賓으로 극진히 모시면서 재빨리 사람을 보내 우오에게 그가 왔다는 소식을 알렸다.

"아닐세, 그럴 필요 없네!"

호설암이 그들을 만류하며 말했다.

"내가 직접 우오 형을 만나러 가겠네. 어차피 그와 함께 가서 위 노태야께 문안을 올려야 하니까."

이렇게 말하면서 그는 토산품들을 진세룡에게 가지고 가라고 넘겨주었다. 우오는 그리 멀지 않은 곳에 살고 있어 굳이 가마를 부를 필요가 없었다. 진세룡은 호설암과 함께 길을 걸으면서 송강에 도착한 이후의 일들을 자세히 말해 주었다. 사람들은 모두 흩어져서 살고 있었다. 진세룡은 통유를 거처로 삼고 있었고 장씨는 배 위에서, 아주는 우오의 집에서 각기 거주하고 있었다.

호설암은 우오가 아주를 여전히 자기의 애인으로 생각하여 깍듯이 예우할 것이라 믿었기 때문에 그녀에게는 아무런 관심도 없이 오로지 화물에만 신경을 쓰고 있었다.

"물건은 상해 사잔絲棧에 들여놓았습니다."

진세룡이 말했다.

"우 오숙叔이 경영하는 곳이지요. 상해 이양경교二洋涇橋 북대가北大街에 있는 유기裕記 사잔입니다. 잔단*은 우 오숙에게 있습니다. 그가 제게 건네주려고 하는 걸 제가 안 받겠다고 했지요. 하지만 물건을 계수한 명세서는 제게도 한 장 있으니 염려 마십시오."

진세룡도 눈치가 매우 빨랐다. 그러나 잔단을 남에게 넘겨주면서 따로 물품명세서를 한 장 챙겨둔 것은 보통이 넘는 일처리이긴 하지만 사실은 아무런 소용도 없는 일이었다. 원래는 잔단을 받아 두는 것이 올바른 조치였다. 그렇지 않을 경우 마음을 놓을 수 없기 때문이었다. 잔단이 없이 물품명세서 한 장만으로는 아무 소용이 없기 때문이었다.

이는 진세룡이 일 처리에 있어서 아직 치밀함이 부족하다는 점을 입증하는 것으로 호설암도 주의를 주려고 벼르고 있던 부분이었다. 하지만 지금 당장은 적절한 시기가 아니라고 생각한 그는 말없이 고개만 끄덕였다.

우오의 집에 도착해 보니 집 안 가득 친구들이 찾아와 자리를 차지하고 있었다. 호설암이 잠시 머뭇거리고 있는 사이에 어느 틈에 우오가 달려나와 호들갑을 떨면서 그를 반갑게 맞아들였다. 두 사람은 서로 공수하며 한바탕 인사치레를 하고 나서 우오가 먼저 호설암을 한쪽으로 잡아끌며 물었다.

"며칠 더 있어야 오실 줄 알았습니다. 왕 대노야의 공사公事는 대충 실마리가 잡히셨는지요?"

그가 왕유령의 공사를 어떻게 알았을까? 진세룡의 눈치를 살펴보니 그가 발설하진 않은 것 같았다. 그렇다면 어떻게 이처럼 빨리 소문이 우오의 귀에 들어갈 수 있단 말인가? 호설암은 속으로 재빨리 머리를 굴리

* 잔단棧單__사잔에 들여놓은 물품명세표.

며 대답했다.

"대충 실마리가 풀려 가는 편입니다. 그렇지 않다면 제가 어떻게 몸을 뺄 수 있었겠습니까?"

"잘됐습니다. 그럼 잠시 후에 자세한 얘기를 나누기로 하지요."

우오는 그를 한쪽으로 끌어당기며 목소리를 낮춰 말했다.

"객청 안에 있는 저 귀신들은 소개하지 않는 걸로 하겠습니다. 제 말뜻을 아시겠지요?"

호설암은 그의 말뜻을 알아차리고는 한 마디로 시원스럽게 대답했다.

"알겠습니다!"

"그럼 좋습니다. 먼저 통유로 가 계시지요. 저도 저 귀신들을 보내 놓고 나서 곧 뒤따라 가도록 하겠습니다."

"전 괜찮습니다. 너무 서두르지 마십시오. 노태야 댁에서 만나면 되지 않겠습니까?"

"노태야께서도 자주 호형에 대해 언급하시더군요. 제가 사람을 보내 안내해 드리겠습니다."

우오는 진세룡의 어깨를 툭툭 두드리며 말했다.

"이 아우님도 노태야를 뵌 적이 있습니다. 노태야께서 아주 맘에 들어 하시지요."

진세룡이 재빨리 말을 받았다.

"그건 아마도 호 노야의 체면을 생각해서 그러시는 것일 겁니다."

이는 겸양이기도 했지만 사실을 정확히 파악하고 있음을 밝히는 말이기도 했다.

호설암은 우오가 보낸 사람의 안내를 받아 노태야를 찾아갔다. 노태야는 이미 은퇴한 상태라 일반적인 대사를 제외한 다른 일들에 대해서는 일체 관여하지 않고 있었다. 그리고 매일 남아도는 시간은 도자徒子*, 도손徒

孫들과 어울려 한담이나 하면서 보내고 있었다. 최근에는 건강이 별로 좋지 않은 편이었지만 호설암을 만난 이후로는 오히려 이전보다 훨씬 쾌활해진 상태였다. 여기에는 여러 가지 이유가 있겠지만 무엇보다 중요한 것은 그가 호설암에게 크게 마음을 쓰고 있다는 사실이었다.

문안을 올린 다음 토산품을 헌상하자 노태야는 하나도 남김없이 전부 열어 보게 했다. 대부분이 다식茶食 종류였다. 그는 일일이 다 맛을 보면서 기분 좋은 탄성을 연발했다. 잠시 어수선한 분위기가 가라앉고 대충 자리를 잡고 앉자 노태야가 분부를 내렸다.

"모두들 밖에 나가 있도록 하게. 내 호 선생과 긴히 할 얘기가 있으니까."

사람들을 모두 내보내고 밀담을 나누는 것은 우오에게만 하던 일이었다. 때문에 멀리서 온 일개 공자公子와 밀담을 나눈다는 말에 모두들 의아한 생각을 갖지 않을 수 없었다. 하지만 감히 이유를 묻는 사람은 아무도 없었다. 열댓 명이나 되는 사람들이 찍소리 없이 조용히 문 밖으로 물러갔다.

"설암!"

노태야가 그의 어깨를 감싸며 말했다.

"요즘은 기분이 영 좋지 않은 편일세. 병란도 있고 해서 여간 마음이 쓰이지 않는단 말일세. 우오도 능력이 없는 건 아니지만 운이 따르지 않아. 어쩌다가 방幇의 부책임자가 되긴 했지만 하루도 마음 편하게 지내는 걸 보지 못했네. 최고 책임자인 나로서는 미안한 마음을 떨쳐 버릴 수가 없다네."

"자손들에겐 자손들 나름대로의 분복이 있는 법이지요. 노태야께선 마음을 편히 가지셔도 좋을 것 같습니다. 배가 다리 밑에 도착하면 저절

* 도자_같은 방회에 속한 사람들의 자식들.

로 자리를 잡을 것이고 우오 형의 권위를 생각하면 불리한 일이 생길 염려도 없는데 굳이 노태야께서 젊은 사람들을 걱정하실 필요가 어디 있겠습니까?"

"강호의 일이야 그렇다 치고 관방의 일에는 조정의 성지가 있는 법일세. 그에게 어떤 방법을 취하게 하는 게 좋을지 모르겠네. 설암, 자네가 우리의 입장을 한번 생각해 봐 주게."

이 말 속에 조미가 해운으로 바뀔 경우 조방은 곧 해체될 위기를 맞게될 거라는 암시가 담겨 있었다. 호설암은 노태야의 표정에서 이런 사정을 충분히 읽을 수 있었다. 이 문제에 관해서는 호설암도 일찍이 생각한 바가 있었지만 큰 사건들이 연이어 터지는 바람에 이런 일에 신경 쓸 겨를이 없었던 것이다. 그러다가 노태야로부터 이런 얘기를 듣게 되니 미안한 생각과 함께 정신이 번쩍 들었다.

"지금 벼슬을 하고 있는 사람들은 처자와 재록財祿을 가장 중시하는 자들입니다. 그렇지 않았다면 시국이 이 지경까지 흘러오진 않았을 겁니다."

노태야는 길게 한숨을 내쉬고 나서 자신의 고충을 털어놓기 시작했다. 호설암은 노태야가 하고자 하는 얘기가 대부분 조미 해운에 대한 불만과 조정에서 조방을 위한 선후지책先後之策을 마련해 주지 않는 데 대한 불평일 거라는 사실을 예견하고도 남았다. 하지만 이번 일은 완전히 관아만 탓하고 있을 일이 못 됐다. 그러나 호설암은 당장 그런 생각을 내비치는 것이 일의 해결에 전혀 도움이 되지 않을 뿐만 아니라 말해 봤자 별 소득이 없으리라는 판단으로 계속 침묵을 지키고 있었다. 노태야의 의중을 완전히 파악한 다음에 다시 입을 열겠다는 심산이었다.

"듣기 좋으라고 하는 소리가 아니라, 지금 조정과 백성들을 대신해서 문제를 해결할 수 있는 사람은 정말이지 아우님 같은 사람들밖에 없네."

노태야가 말했다.

"왕 대노야의 관성官聲에 대해선 나도 좀 알고 있네. 일처리가 확실하고 적극적으로 공사에 임하는 분이지. 그래서 아우님과 얘기를 좀 하려는 걸세."

"알겠습니다. 서슴지 마시고 분부하십시오. 조방의 식구들은 모두 제 형제나 다름없으니까요. 제가 도울 수 있는 일이라면 제 일처럼 나서서 돕도록 하겠습니다."

"바로 그런 이유 때문에 내가 자네랑 얘기를 하려고 하는 걸세. 아우님은 의기가 두터울 뿐 아니라 견득사명*하기 때문에 내 뜻을 오해할 염려도 없으니 말일세."

노태야는 호설암에게 바싹 다가가 머리를 맞대며 낮은 목소리로 말했다.

"사람에겐 언제나 달아날 구멍이 하나씩 있어야 하는 법일세. 개는 급하면 담장을 넘지만 사람은 대들보에 목을 매는 수밖에 없거든. 하물며 우리 조방의 상황이 어떤지는 자네도 잘 알고 있지 않은가? 좋을 땐 한없이 좋다가도 상황이 나빠지면 정말 손을 쓸 수조차 없게 되어 버리니 말일세. 일이란 맨 처음 배치가 가장 중요하고 어느 정도 갈피가 잡히면 다시 생각을 정돈해서 전심전력으로 밀고 나가야 하는 게 아니겠나. 설암, 왕 대노야께서 아직 해운국의 차사를 겸하고 계시니까 그분께 부탁을 좀 드려서 앞만 살피고 뒤를 돌아보지 않는 누가 발생하지 않게끔 해주기 바라네. 제발 우리 조방 형제들의 입장을 좀 생각해 주게."

호설암은 마음속으로 크게 놀랐다. 보아하니 조방 내부에서도 원성이 높아 일단 불이 붙기만 하면 요원지세燎原之勢로 타 들어갈 기세인 것 같았다. 시국은 이미 다잡기가 쉽지 않은 상태로 악화일로를 걷고 있었다. 들리는 소문에 의하면 태평천국이 홍문洪門과 관계를 맺은 상태라 여기에

<hr>

* 견득사명見得事明__사리에 밝고 영특함.

'안경安慶'까지 가세하여 조반을 일으키는 날에는 도저히 수습이 불가능한 지경으로 몰릴 전망이라는 것이었다.

사업을 하려면 무엇보다도 먼저 시국을 안정시켜야 하고 시국의 안정은 전적으로 관아에 의지하면서 모두가 일심동체로 움직일 수 있느냐의 여부에 달려 있었다. 줄곧 이런 생각을 갖고 있던 호설암은 노태야의 말을 듣고서 먼저 그 속에 담긴 이해관계를 따져 보았다. 그리고 의리는 말로 지키는 것이 아니라 행동으로 지켜야 한다는 생각에 조방을 위해 최선을 다하기로 마음먹었다.

호설암이 매우 엄숙한 어투로 말했다.

"노태야의 말씀은 자신을 돌보기 위한 것이 아니라 고장의 안정을 먼저 생각하신 말씀 같군요. 운하는 남에서 북에 이르기까지 성계省界의 구분이 명확치 않습니다. 따라서 힘을 쓰기만 하면 충분히 그 효과를 볼 수 있을 겁니다."

"맞아!"

노태야는 그의 등을 가볍게 두드리면서 말했다.

"그래서 내가 자네를 견득사명하다고 하지 않았나? 휴척休戚관계에는 피차의 구별이 없다는 점을 알면 일처리하기가 쉬워지지."

"그럼 제가 돌아가서 어떻게 말하면 좋을지 노태야께서 말씀을 좀 해 주십시오."

노태야는 잠시 생각해 보고 나서 대답했다.

"우선 시국이 전과 같지 않으니 해운에도 물론 몇 가지 이점이 있을 걸세. 하지만 하운에도 이점이 전혀 없는 것은 아닐세. 왕 노야께 가서 가능하면 하운을 그대로 유지하는 게 좋을 것 같다고 말씀드려 주게."

조미를 무조건 해운으로 바꿀 필요가 없다는 뜻이었다. 그만큼 해운의 중요성이 크지 않기 때문이었다. 호설암은 고개를 끄덕이며 말했다.

"그 정도의 일이라면 충분히 해낼 수 있을 것 같습니다."

노태야가 다시 입을 열었다.

"둘째로, 조방의 운정運丁들을 위해선 반드시 안정된 방법이 있어야 할 걸세. 그러자면 왕 대노야께서도 우리를 대신해서 한말씀 하셔야 할 게야."

이건 더더욱 거절할 수 없는 중요한 일이었다.

"물론입니다. 반드시 그래야지요!"

호설암은 목소리에 힘을 주어 대답했다.

"틀림없이 그렇게 하실 겁니다."

"아우님께서 그렇게 의리 있는 사람인 줄은 내 일찍부터 알고 있었네."

노태야가 공수하며 말했다.

"원래 관리란 사람들은 미천한 백성들의 고초를 모르고 지내기가 십상이지. 아우님처럼 위아래를 두루 꿰뚫고 있어 우리 같은 사람에게 길을 만들어 줄 수 있는 양반은 정말 만나기가 쉽지 않아. 앞으로 잘 좀 부탁하겠네. 내가 우리 조방을 대신해서 절이라도 올릴 테니까."

"노태야, 그런 말씀 하지 마십시오."

호설암이 말을 받았다.

"하지만 한 가지 걱정이 남아 있습니다. 말씀을 드려도 통하지 않을 경우엔 어떻게 할 것인가 하는 문제지요."

"그건 걱정하지 말고 꼭 말씀 좀 드려 주게."

"제 생각엔 조방 스스로 살 길을 찾는 것도 좋을 것 같습니다. 예컨대 둔전을 정리해 볼 수도 있지 않겠습니까?"

"아우님의 얘기도 일리는 있네만 둔전의 문제는 정말 처리하기가 어려운 실정일세. 여러 해 동안 개인적으로 사고판 둔전이 얼마나 되는지 헤아릴 수 없는 상황이거든. 송강의 경우에는 유독 괘호전掛戶田이 많아 완전히 피방이 되어 버렸지."

'괘호전'이란 이름은 호설암도 처음 들어보는 것이었다. 때문에 대화의 진전을 위해서는 노태야의 설명이 필요했다.

둔전은 원래 관아의 재산으로 둔정屯丁이 이를 경작하는 것은 황가皇家의 전호佃戶가 되는 것이나 마찬가지였다. 따라서 둔정은 두 가지 부담을 떠안게 마련인데, 첫째는 공가에 정부正賦를 완납하는 것이고, 둘째는 경작 면적에 따라 은으로 운정의 가급금을 납부하는 것이었다. 이를 진은津銀이라 했는데 한 무畝에 1분에서 4분까지 그 액수가 일정치 않았다. 때문에 말이 '둔전'이지 실제로는 민전民田보다도 훨씬 부담이 큰 편이었다.

그러다 보니 갖가지 병폐가 나타났는데 그 가운데 하나가 이른바 정도지황*이었다. 이 외에 토호열신土豪劣紳들이나 또는 위소아문衛所衙門의 서판 같은 부류들이 권세를 이용하여 강제로 토지를 빼앗는 일도 있었고 사사로이 땅을 사고팔거나 둔전을 사전으로 바꿔 버리는 예도 있었다. 법률에 의하면 사전군전례私典軍田例라는 조항에 따라 매매 쌍방이 모두 처벌을 받게 되어 있었기 때문에 괘호전이란 명칭이 생겨나게 된 것이었다. 괘호전이란 둔전을 사거나 전용한 사람이 여전히 원래의 둔정이나 운정의 명의로 땅을 지키고 있다가 군량의 납세가 끝나면 유명무실해져 버리는 것을 의미했다.

"옹정雍正 13년부터 도광道光 18년까지 둔전에 대한 조사가 일곱 차례나 있었지. 그러나 무슨 병폐가 있는지 상부에서도 잘 알고 있으면서도 시종 아무런 조치도 내리지 않았네."

노태야는 두 손을 내저으며 말을 이었다.

"아우님도 한번 생각해 보시게. 조정에서조차도 방법을 강구하지 못하

---

* 정도지황丁挑地慌__둔정이 땅을 버리고 도망가는 바람에 농토가 황폐해지는 현상.

고 있는데 우리 스스로 나선다고 무슨 방법이 있겠냐는 말일세."

"잘 알겠습니다."

호설암이 말했다.

"둔전이 오히려 조방에 누가 된다면 차라리 잘된 셈이지요."

이 말의 속뜻을 모르는 노태야는 호설암의 보충설명을 들어야만 했다. 그는 땅을 아주 귀찮은 물건으로만 간주할 뿐 얼마나 많은 사람들이 땅 때문에 이리저리 떠돌아다니면서 고향에 조그만 땅 한 뙈기만 있어도 이를 버릴 수가 없어서 가슴을 펴지도 못한 채 성시를 드나들고 있는지 전혀 모르고 있었다. 송강 조방의 둔전이 큰 이점을 갖고 있다면 둔정이나 운정들이 모두 본향본토에 있는 만큼 이를 차지하려고 서로 아귀다툼이 벌어져 오히려 일이 더 번거로워질 것이 분명했다. 어차피 누가 되는 바에야 버릴 건 버리고 공가에서 방법을 마련하여 제도를 고치는 것이 바람직한 일이었다. 그렇게 하면 땅에 대한 집착 때문에 서로 싸우는 일도 없게 되고 많은 일을 줄일 수 있었다.

"아우님, 정말 감탄했네!"

노태야는 두 손 다 들었다는 듯한 표정으로 말했다.

"영웅은 젊은 사람들 속에서 나온다고 하더니 아우님의 생각은 따를 사람이 없을 것 같네."

여기까지 얘기를 나눴을 때 우오가 들어왔다. 노태야는 우오에게 방금 호설암과 나눴던 얘기를 처음부터 끝까지 소상히 들려주었다. 우오는 겉으로는 자세히 듣는 것 같았지만 사실은 예의상 경청하고 있는 것에 불과했다. 이 일이 중요하다는 것을 인정하고는 있었지만 마음속으로는 아무리 해도 해결할 방법이 없다는 생각에 그저 듣는 척만 하고 있었던 것이다. 적어도 지금 하고 있는 얘기는 결코 시급한 일은 아니기 때문이었다.

"제가 소야숙과 천천히 상의해 보도록 하겠습니다."

그는 이렇게 간단히 대답하는 것으로 얘기를 마무리해 버렸다.

우오는 호설암에게 한담을 늘어놓으면서 아주가 자기 집에 머물고 있다는 얘기와 함께 어떻게 인연을 맺게 되었는지도 일일이 설명해 주었다. 호설암은 물론 인사치레를 하지 않을 수 없었다. 호설암은 그의 말투에서 그가 노태야에게 뭔가 할 얘기가 있다는 사실을 간파하고는 눈치 빠르게 자리에서 일어나 먼저 통유에 가서 기다릴 테니까 잠시 후에 식사나 같이 하면서 사업에 관해 얘기를 나누자는 말을 남기고 밖으로 나왔다.

호설암의 말이 채 끝나기도 전에 우오가 그를 붙잡았다.

"소야숙小爺叔, 잠깐만 기다려 주십시오. 노태야께 한두 마디만 말씀드리면 되니까 저랑 같이 가도록 합시다."

"좋습니다. 그럼 밖에 나가서 기다리겠습니다."

"그럴 필요 없네."

노태야가 우오에게 말했다.

"자네의 소야숙도 남이 아니라면 굳이 자리를 피해야 할 이유가 없지."

"제가 소야숙을 피하는 게 아닙니다. 저희로서도 아무런 방법이 없는데 굳이 남들에게까지 귀를 기울이게 할 필요가 없다는 얘기지요. 소야숙은 아무런 상관도 없는데 알려서 뭐하겠습니까? 눈에 보이지 않으면 고민도 없을 테니[眼不見, 心不煩] 안 듣는 게 낫지요."

"그 말에도 일리가 있군. 그럼 설암, 밖에 나가서 좀 기다려 주게."

노태야는 큰 소리로 밖을 향해 외쳤다.

"밖에 아무도 없느냐! 손님을 모시고 우리 집 난초를 좀 구경시켜 드리도록 해라."

노태야는 수백 분盆의 건란建蘭을 기르고 있었다. 난초를 전문으로 돌보는 사람까지 따로 두고 있을 정도였다. 바로 이 사람에게 호설암을 안내하도록 시킨 것이었다. 꽃 한 송이에 입 한 가닥씩이라 뭔가 멋진 표현이 있음직했지만 호설암에겐 애당초 그런 아취雅趣를 기대할 수 없었다. 그는 속으로 도대체 어떤 비밀이고 얼마나 중요한 일이기에 우오가 이처럼 정중하게 나오는 것일까 하며 궁금해하고 있을 뿐이었다.

그러다가 문득 우오가 자기 집에서 말한 '귀신의 무리를 내보내겠다'는 말에 생각이 미치자 호설암은 갑자기 얼굴 표정이 밝아졌다. 생각의 갈피가 잡히기 시작한 것이다. 그 귀신의 무리들은 아마도 소도회 사람들일 것이고 그렇지 않다 하더라도 유여천劉麗川과 관련이 있는 사람들임에 틀림없을 것이라는 추론이 선 것이다.

생각이 더해 갈수록 그는 놀라움과 기쁨이 엇갈렸다. 놀라운 것은 소도회의 조반造反에 우오와 그의 우두머리들이 참여를 꺼리고 있다는 사실이고 반가운 것은 소도회의 자세한 정황을 우오가 소상히 알고 있는 만큼 흉을 피하고 길을 좇으면서 자신의 사업에 커다란 이익을 도모할 수 있다는 것이었다.

이는 정말 이익만 있고 손해는 조금도 없는 일이 될 수도 있었다. 호설암은 속으로 생각했다. '빨리 이 문제를 우오와 상의해 봐야겠군!'

한참이 지나서야 우오는 노태야와의 이야기를 마치고 밖으로 나왔다. 일행은 진세룡을 불러 함께 문을 나섰다.

"소야숙!"

우오가 물었다.

"저희 집으로 가시겠습니까, 아니면 통유로 가시겠습니까? 통유가 조용해서 얘기를 나누기엔 더 적격이지요."

이 말 속에는 먼저 자기 집으로 가서 아주를 만나 보는 게 어떠냐는 복선이 깔려 있었다. 호설암은 지금은 그럴 필요가 없다는 생각에 조금도 망설이지 않고 대답했다.

"통유로 가는 게 좋겠습니다. 우오 형과 단둘이 할 얘기가 많거든요."

통유에 도착하자마자 두 사람은 곧장 밀담을 시작했다.

"호 노야의 물건은 제가 대신 사잔에 입고시켰습니다. 잔단은 여기 있습니다."

우오가 먼저 얘기를 꺼낸 것은 호설암의 화물에 관한 문제였다. 일단 잔단이 호설암의 수중에 들어가면 여러 가지 용도로 쓰일 수 있었다. 무엇보다도 그의 실력과 신용을 나타내는 상징으로 쓰일 수 있었다. 때문에 그는 굳이 사양하지 않고 곧장 받아서 한쪽에 내려놓았다.

"이 사잔은 제가 잘 아는 집입니다. 잔조*도 비교적 공평한 편이지요. 하지만 가능하다면 하루라도 빨리 손을 터시는 게 좋을 것 같습니다. 생사를 오래 보관하고 있다가 색이 누렇게 변하기라도 하면 가격이 떨어져 큰 손실을 입게 될 테니까요."

"우오 형 말씀이 맞습니다. 하지만……."

호설암은 잠시 말을 멈추었다가 다시 입을 열었다.

"지금 전 또 다른 생각을 갖고 있습니다. 그래서 우오 형과 의논을 좀 하고자 했던 것이지요."

"이런 일에 관해선 저도 별로 아는 바가 없지만 어쨌든 말씀해 보십시오. 들어 본 다음에 상의하도록 하지요."

"우오 형께서 혹시 양행洋行을 잘 아시는지요?"

"알지요. 제게 양행을 소개해 달라는 말씀이신가요?"

"그것뿐만이 아닙니다. 한 가지 문제가 더 있는데 여쭤봐도 될지 모르겠습니다. 곤란하실 것 같으면 사실대로 말씀해 주십시오. 아무리 같은 식구끼리라 해도 폐가 되는 일은 하고 싶지 않습니다."

"알겠습니다. 가지 많은 나무에 바람 잘 날 없다고 때로는 제가 관여하

* 잔조棧租_사잔의 창고 사용료.

지 않으면 안 되는 일도 있지요. 하지만 호 노야의 경우는 예외입니다."

우오가 호설암을 대하는 태도는 이미 방금 전에 비해 많이 달라져 있었다.

"노태야께서는 호 노야의 견해가 대단히 고명하다고 말씀하시더군요. 강호의 사람들이 간파하지 못하는 것들을 많이 알고 계시다고요."

"어르신의 과찬은 감사하지만 사실 제겐 별다른 장점이 없습니다. 장점이 있다면 첫째는 친구들에게 미안한 짓을 하지 않는다는 것이고, 둘째는 일의 경중을 정확히 따질 줄 안다는 것이지요. 그래서 제가 묻고자 하는 말도 우오 형께서 원치 않으신다면 없던 일로 하겠다는 겁니다."

이 말은 자기가 하는 얘기가 절대로 남에게 누설되어서는 안 된다는 사실을 다시 한 번 강조한 것에 다름 아니었다. 우오 역시 눈치가 빠른 사람이라 그의 의도를 알아차리고도 남았다. 그는 호설암이 얘기를 꺼내기 전에 자기가 먼저 얘기하는 게 낫겠다고 생각했다. 그가 물었다.

"혹시 제게 물어보시려고 하는 것이 아까 제 집에서 보셨던 그 귀신들에 관한 게 아닌가요?"

"맞습니다!"

호설암은 엄숙한 표정으로 고개를 끄덕이며 대답했다.

"물론 우오 형께서는 저를 편하게 해주시느라고 '눈에 보이지 않아 마음고생도 없게[眼不見, 心不煩]' 하신 것이겠지만 제겐 또 다른 사업상의 계획이 있거든요."

우오는 즉시 대답하는 대신 술잔을 들어 한 모금 천천히 들이킨 다음 건어포 한 점을 집어 입에 넣고 한참 동안이나 씹어 대다가 마침내 헛기침을 하면서 입을 열었다.

"어떤 사업 계획을 갖고 계신지는 모르겠지만 이번 일은 호 노야께 있는 그대로 말씀드리는 것이 좋을 것 같군요. 소도회가 며칠 내로 거사를 벌일 것 같습니다. 그들은 우리도 가세해 주길 바라고 있지만 저는 그들을 따르되 행동은 독자적으로 하기로 생각을 정했습니다."

'과연 그렇게 일이 진행되고 있었구나!'

"우오 형!"

호설암이 술잔을 들어 우오에게 건배를 청했다.

"정말 잘 생각하셨습니다! 그들과 함께 흐린 물을 더욱 흐리게 하는 것은 정말 할 만한 일이 못 되지요!"

"생각은 쉽지만 행동으로 옮기기가 어렵지요. 물을 흐리다가 흙탕물이 제 몸에 튀게 되면 그걸 떨어내는 것도 쉽지 않을 테니까요."

그들의 대열에 합세하진 않겠지만 그렇다고 그들에게 정면으로 반대하기도 어렵다는 뜻이었다. 호설암은 그의 난처한 입장은 이해할 수 있었지만 장차 소도회의 행동이 어떻게 전개될지는 도무지 감을 잡을 수가 없었다.

"그럼, 우오 형. 한 가지만 더 묻겠습니다. 그들의 일이 뜻대로 이루어질 수 있을 것 같습니까?"

"그건 당장 말씀드리기가 어렵군요. 외국인들도 연루되어 있는 일이라 쉽게 단정하기가 어려운 상황입니다."

"어째서요?"

호설암은 깜짝 놀랐다.

"아직도 외국인들이 개입하고 있단 말씀인가요?"

"그건 순전히 유여천과의 관계이지요."

"그렇다면 시장이 그다지 시끄러워지진 않겠군요?"

"외국인들이 유여천과 관계를 맺고 있는 것도 바로 시장의 안정과 평안을 지키기 위한 것입니다. 그렇지 않다면 제가 뭐 하러 호 노야의 생사를 시장에 있는 사잔에 입고시켰겠습니까?"

호설암은 아무 말도 하지 않고 묵묵히 그가 한 말들을 다시 한 번 되새겨 보았다. 또 하나의 좋은 기회가 다가오고 있는 것 같았다.

좋은 기회란 반드시 우오의 힘에 의지하고 그 결과도 우오와 함께 나눠야 하는 것이었다. 이런 이유 때문에 호설암은 조심스럽게 계획의 윤곽만 얘기하는 수밖에 없었다.

"우오 형. 제 생각으로는 일단 소도회가 일단 거사를 일으키면 4, 5개월 안으로는 사태가 종결되지 않을 것 같습니다. 그러면 생사의 공급로가 차단될 것이고, 이 틈에 양장에서의 시세를 잘 살피기만 하면 한밑천 단단히 잡을 수도 있을 겁니다."

"한밑천 잡고 싶은 건 저도 마찬가집니다."

우오가 말을 받았다.

"조방은 갈수록 가난해지고 제 어깨를 내리누르는 부담은 갈수록 무거워져 가기만 합니다. 갈수록 힘만 들고 방법이 떠오르지 않는 것이지요. 생사를 팔되 양장에서 쳐주는 가격이 더 오른 다음에 파시겠다는 생각은 저도 충분히 이해할 수 있습니다. 하지만 이에 필요한 자금을 어디서 구하실 건지 알고 싶군요."

가장 어려운 문제가 바로 자금을 구하는 것이었다. 물론 호설암에겐 이미 계산해 둔 바가 있었지만 먼저 우오 쪽의 자세한 사정을 들어 보는 것이 급선무였다.

"우오 형께서는 얼마나 조달하실 수 있겠습니까? 우선 확실한 수치를 먼저 말씀하신 다음에 다시 상의하도록 하시지요."

"삼대의 은자 10만 냥은 이미 상당 기간 돌려 왔기 때문에 더 이상은 돌리기가 곤란합니다. 당장 이 돈을 긁어모을 수는 있을지 모르겠지만 더 이상 다른 돈을 구할 방법은 없을 것 같습니다."

"그럼 이 차관借款 가운데 이미 확보된 액수는 얼마나 됩니까?"

"겨우 절반 정도지요."

"절반이면 5만 냥이로군요."

호설암이 물었다.

"그럼 사흘 이내에 얼마나 더 모으실 수 있겠습니까?"

"많아야 2만 냥 정도일 겁니다."

"그럼 합쳐서 7만 냥이로군요. 좋습니다. 가서 최대한 돈을 모아 주십시오. 삼대의 기간 연장은 제가 방법을 강구해 보도록 할 테니까요."

호설암은 이렇게 말하면서 한 가지 질문을 덧붙였다.

"잘 몰라서 그러는데, 혹시 양장에서도 압관*이 가능할까요?"

"그런 얘기는 아직 들어 보지 못했습니다."

"그럼 우오 형께서 좀 알아봐 주시겠습니까?"

호설암은 부탁과 함께 자신의 의도를 밝혔다.

"비록 우리가 가진 밑천이 적긴 하지만 수익이 아주 좋은 사업을 벌여 볼 수도 있습니다. 저한테 두 가지 방법이 있지요."

그가 생각해 낸 두 가지 방법 가운데 하나는 유기 사잔에 있는 화물을 담보로 양장에서 차관을 얻은 다음 잔단을 현은現銀으로 바꿔 상해에서 물건을 사들이는 것이었다. 만일 양행에서 돈을 빌리지 못할 경우에는 다시 전장과 접촉을 할 생각이었다.

"잠깐만요! 그렇게 서두르지 마십시오."

우오가 그의 말을 가로챘다.

"그렇게 머리를 쓰시는 것도 좋긴 하지만 왜 애당초 전장에서 압관을 하지 않는지 모르겠군요."

호설암은 빙긋이 웃었다. 그리곤 다소 부끄러운 듯이 얘기를 계속했다.

---

* 압관押款_ 돈이나 유가증권을 저당잡혀 자금을 융통하는 금융 거래.

"우오 형, 전 그 잔단을 가지고 장난을 한번 벌여 볼 생각입니다."

그는 갑자기 목소리를 낮췄다.

"삼대 쪽의 돈을 돌리려면 확실한 방법이 있어야 합니다. 제게 어느 정도의 돈이 있어 그걸 우오 형에게 돌려주려고 하는데 제가 생사를 다 처분한 다음에야 모든 게 분명하게 정리될 수 있다고 둘러대는 겁니다. 그런 다음 그들에게 잔단을 보여 주면 물건이 움직이지 않고 사잔에 그대로 남아 있는 이상 그들도 자연히 그 말을 믿게 되겠지요. 제 잔단이 이미 저당 잡혀 있다는 사실을 그들이 어떻게 알겠습니까?"

이 말에 우오도 따라 웃었다.

"정말 대단하시군요! 사업에 있어선 아마 누구도 호 노야를 따라가지 못할 겁니다."

그는 연신 혀를 내두르며 감탄을 연발했다.

"알겠습니다. 어차피 잔단이 전장으로 유입될 수 없는 이상 이런 속임수가 발각될 염려도 없겠군요. 혹시 양행 쪽에서 안 되겠다고 거절할 경우엔 물건만 확실히 있으면 되므로 제가 개인적으로 상의를 해보도록 하겠습니다."

"그렇게만 해주신다면 더 좋을 게 없지요! 그럼 두 번째 방법을 말씀드리겠습니다."

두 번째 방법이란 줄곧 호설암의 머릿속에서 하나의 이상으로 자리 잡고 있던 것이었다. 즉 사상絲商들을 연합하여 양행과 거래를 트면 남을 지배할 수는 있어도 남에게 지배당하는 일은 없게 되는 것이다. 이러한 이상의 실현이 말처럼 그렇게 쉬운 것만은 아니었지만 그렇다고 시도조차 해볼 수 없는 것은 아니었다. 호설암의 생각은 우오와의 관계와 자신의 재주를 이용해서 상해에 있는 동행들을 설득시키고 전장의 사객인들을 동원하여 피차 도움을 주고받겠다는 것이었다.

"여기에도 두 가지 방법이 있습니다. 첫째는 우리가 먼저 4분의 1 에서 3분의 1 정도 선금을 지불하여 화물을 우리 앞으로 귀속시켜 놓은 다음에, 반년쯤 지나서 차관을 다 갚고 화물을 인수하는 겁니다. 가격의 평균치를 따져 보면 지금 당장 손을 터는 것보다는 그래도 타산이 더 맞는 편이기 때문에 모두들 이의가 없을 겁니다."

두 번째 방법은 모든 사객인들에게 연락하여 물건을 팔지 않기로 담합하고 그들로 하여금 직접 양행을 찾아가 값을 흥정하게 하되, 그 결과 거래가 성사되면 그에 따른 수수료를 떼는 것이었다.

호설암은 진지한 태도로 자세히 설명을 했고 우오도 흐트러짐 없는 자세로 귀 기울여 경청했다. 들으면서 속으로 계산해 보니 호설암의 말대로라면 은자 10만 냥이 50만 냥으로 늘어날 수 있는 장사였다. 이율을 2푼으로 계산한다 해도 한쪽에 떨어지는 돈이 족히 5만은 넘는 셈이었다. 게다가 이미 5만을 확보해 놓고 있는 상태이니 삼대의 차관은 갚고도 남았다. 우오는 마음이 동하지 않을 수 없었다.

"소야숙! 정말 계산이 치밀하시군요! 저는 소야숙께서 하시자는 대로 무조건 따르겠습니다. 그러면 우리가 언제쯤 상해로 가면 될까요?"

"우오 형의 형편대로 합시다. 전 빠를수록 좋으니까요."

호설암이 대답했다.

"저는 아무리 빨라도 내일이나 돼야 가능할 것 같습니다."

"그럼 내일 떠나는 걸로 정합시다."

본론이 끝나자 두 사람은 다시 한담을 시작했다. 우오는 아주에 대해 언급하면서 히죽히죽 빈정거리는 듯한 표정으로 언제 혼례를 올릴 것인지 물어보았다. 아울러 자기도 선물을 준비하겠다는 의사를 밝혔다.

"잘못 아셨습니다!"

호설암은 한마디로 우오의 말을 일축해 놓고는 속으로 못 할 말을 했다고 금세 후회하고 있었다.

"하기야 우오 형께서 잘못 생각하신 건 아니지요. 사실은 어떤 게 제 진짜 속마음인지 갈피를 못 잡겠습니다. 우오 형, 제가 먼저 한 가지 묻고 싶군요. 우오 형께서 보시기에 아주의 사람됨이 어떤 것 같습니까? 한집안 식구끼리니까 솔직히 좀 말씀해 주시지요."

"사람은 좋은데 성질이 좀 부드럽지 못한 것 같습니다. 솔직히 말씀드리자면 아주 같은 아가씨는 장사를 하는 총각한테 시집가면 정말 훌륭한 배필이 될 수 있을 겁니다. 한데 소야숙께로 가게 된다면……."

우오는 잠시 뜸을 들이더니 오히려 호설암에게 되물었다.

"형수님께서 노여워하시지 않을까요?"

"안사람의 성격이야 좋다면 좋고 나쁘다면 나쁘다고 할 수 있지만 그건 신경 쓰지 않아도 됩니다. 어차피 아주와 서로 왕래하면서 살 것도 아니니까요."

"소야숙! 말씀을 정말 이상하게 하시는군요."

우오는 몹시 의아한 표정이었다.

"말씀을 듣자하니 그녀를 데리고 가실 생각이 없으신 것 같습니다. 하지만 제 아내가 아주와 못 할 얘기가 없을 만큼 절친한 사이인데, 소야숙께서 호주에서 따로 살림을 차리시기로 마음을 정하고 계시다고 그러더군요."

"그렇습니다. 이번 일은 제가 잘하고 있는 건지 잘못하고 있는 건지 갈피를 못 잡겠습니다. 제가 다 털어놓을 테니까 우오 형께서 제 대신 판단을 좀 내려 주십시오."

호설암은 아주를 진세룡에게 시집보내려는 이화접목移花接木의 계략을 우오에게 소상히 들려주었다.

"아하, 그랬었군요!"

우오가 웃으면서 말했다.

"소야숙께서는 돈 문제에 있어서만 영명하신 게 아니라 사람을 다루는 데 있어서도 정말 영민하시군요. 아주 괜찮은 생각이십니다. 진세룡 이 친구도 꽤나 유능하고 전도양양한 인재이지요. 저도 소야숙의 생각에 전적으로 찬성합니다."

"그거 잘 됐군요! 저도 제 속마음을 털어놓을 만한 사람을 찾고 있었습니다. 제 생각이 모두에게 일상정원*이 될 수 있을지가 궁금했거든요. 우오 형께서 찬성하신다니 그렇게 하는 걸로 정하고 계속 밀고 나가도록 하겠습니다."

우오도 일시에 흥분된 어투로 스스로 돕겠다고 자청하고 나섰다.

"좋은 일이긴 하지만 일이 성사되기까지는 적지 않은 어려움이 있을 겁니다. 아주는 일편단심 소야숙만 바라보고 있는데 갑자기 포기시키는 게 그리 간단한 일은 아니지요. 그러니 제가 나서서 도와드리면 어떨지 모르겠군요."

우오의 이러한 호의를 호설암이 거절할 이유가 없었다.

"물론 감사하지요! 한데 무슨 묘책이라도 있으십니까?"

"제가 말씀드리지 않았습니까? 아주와 제 아내는 서로 못 하는 얘기가 없는 사이라고요. 그러니 제 아내를 중매쟁이로 내세우면 일이 쉬워지지 않겠습니까?"

"그렇게만 해주신다면 더 좋을 게 없을 것 같습니다. 하지만 이 일은 당장 급한 일이 아닙니다."

호설암이 말했다.

우오는 당장에 그 말뜻을 알아차렸다. 성의는 고맙지만 좀 더 두고 생

---

* 일상정원―相情愿__마음속으로 크게 달가워하는 일.

각해 보자는 사양의 뜻이었던 것이다. 우오는 고개를 끄덕이며 대답했다.

"알겠습니다. 좀 더 두고 보도록 하지요. 언제든지 손을 쓸 수 있는 일이니까요."

"맞는 말씀입니다."

호설암은 가볍게 말을 받으면서 갑자기 생각을 바꿔 한 가지 부탁을 하고 나왔다.

"부인께 부탁해서 아주의 의중을 한번 떠보는 게 어떨까요? 그동안 진세룡을 어떻게 생각해 왔느냐고 물어보면서 말입니다. 만일 진세룡에 대한 아주의 인상이 그리 나쁘지 않다면 부인께서 그 다음 단계로 들어가 본격적으로 설득하시면서 아주의 반응을 살펴보는 겁니다."

"그런 방법은 바람직하지 못합니다."

우오는 고개를 설레설레 흔들었다. 이번에는 호설암이 다소 수긍하지 못하겠다는 표정이었다. 아주에 대한 자기의 이해를 알고도 이 문제에 착수할 방법을 찾지 못해 쩔쩔매고 있다는 사실이 잘 받아들여지지 않는 것이었다. 그가 물었다.

"그럼 어떻게 말하는 게 좋을까요?"

"우선은 그녀에게 정확한 상황을 알려야 합니다. 남에게 경시되고 있다는 생각은 없어야 하니까요. 그 다음 단계는 소야숙을 포기하는 것이 장래를 위해서 더 바람직하다는 사실을 인식시키는 것입니다."

너무도 맞는 말이었다. 호설암은 그대로 승복했다.

"저는 당사자라 판단이 정확하지 못한 것 같습니다."

그는 공수하며 말했다.

"저는 이 일에서 완전히 손을 떼고 전적으로 우오 형께 맡기도록 하겠습니다."

큰 문제 하나를 덜게 되자 그는 전심전력으로 생사 사업에 매진할 수 있었다. 우오 역시 그런 생각을 갖고 있었다. 이 일을 자신이 해결해 주어야만 그의 힘이 분산되지 않을 것이고, 따라서 피차의 이익을 도모하는 데 훨씬 바람직할 거라는 결론을 내리게 된 것이다.

우오는 그날 저녁 집으로 돌아가자마자 아내를 불러 놓고 밀담을 나누기 시작했다. 얘기가 막 끝나 갈 때쯤 창문 밖으로 아주가 지나가는 모습이 눈에 띄자 우오는 재빨리 그녀를 불러 세웠다.

"장 소저! 할 얘기가 좀 있어요."

아주는 그를 호설암과 마찬가지로 거의 한 집안 식구로 여기고 있었다. 그를 부르는 호칭에도 스스럼이 없었다.

"우오 오빠!"

그녀는 안으로 들어와 우오의 아내와 셋이 한 자리에 앉게 되었다. 우오는 아주의 면전에서는 호설암을 소야숙이라 부르지 않았다.

"설암이 자기 대신 말 좀 전해 달라고 하더군요. 오늘 장 소저를 보러 올 수 없게 됐다나요. 저녁에 처리하지 않으면 안 되는 중요한 일이 있답니다."

아주는 크게 실망하는 표정이었다. 하지만 마음속으로는 그에게 일이 많다는 것을 자신으로서는 이해하고 넘어가는 수밖에 없다는 생각이 들었다.

"알았어요."

그녀는 고개를 끄덕이며 간단히 대답했다.

"설암은 내일 떠나야 돼요. 나도 그와 함께 갈 예정이지요. 떠나기 전까지도 장 소저를 만날 시간이 없을 것 같습니다."

이 말은 아무래도 좀 이상하게 들렸다.

"다 같이 상해로 가기로 되어 있는 게 아닌가요?"

"아닙니다."

우오가 대답했다.

"그는 장 소저를 우리 집에 머물게 할 생각이더군요."

"장 소저는 우리 집에서 묵으면 돼요!"

우오의 아내가 그녀의 손목을 잡아끌며 남편의 말을 받았다.

"며칠 있다가 나도 상해로 갈 거니까 그때 나와 함께 가서 우리 마음대로 한번 신나게 놀아 보자고요."

아주의 눈에는 어느새 눈물방울이 맺혔지만 간신히 눈시울 안에 가둬 두고 있었다. 집주인의 인정이 따스할수록 호설암이 더 밉게만 느껴졌다. 아무래도 호설암의 마음이 변한 게 틀림없는 것 같았다.

"장 소저, 내일 아침 일찍 그를 만나기로 했는데 혹시 전할 말이라도 있으면 하세요. 내가 대신 전해 드릴 테니까요."

"하고 싶은 말이 없어요!"

아주는 이미 화가 나 있었고, 때문에 말투도 몹시 강경했다. 그러나 그녀는 우오에게 이런 태도를 보여서는 안 되겠다는 생각이 들었는지 재빨리 목소리와 어투를 부드럽게 바꾸었다.

"고마워요, 우오 오빠. 호 노야께는 할 말이 아무것도 없어요."

"알았어요. 그럼 그 말을 그대로 전하면 되겠군요."

이 말에 아주는 다소 불안해지기 시작했다. 자기가 몹시 화가 나 있는 게 사실이고 호설암이 눈앞에 있다면 실컷 욕이라도 해주고 싶은 심정이었지만, 그렇다고 그런 감정이 다른 사람의 입을 통해 전달된다는 것은 바람직하지 못했다. 하지만 우오의 의중을 파악하지 못한 그녀는 더 이상 아무런 내색도 하고 싶지 않았다.

"저희 아버지랑 진세룡은요? 두 분도 함께 가는 게 아닌가요?"

"물론 같이 가야지요. 상해에 가서 처리할 일이 너무 많아서 일손이 딸리는 형편인데 안 갈 리가 있겠습니까?"

"잘됐군요! 저도 내일 배로 가서 아버지를 좀 뵈어야겠어요."

그녀는 이미 생각을 굳히고 있었다. 내일 배로 가면 틀림없이 호설암과 마주칠 수 있을 것이고, 그러면 그에게 확실한 표정을 보여 줄 수 있을 거라고 생각한 것이다. 그것이 어떤 표정일지는 그녀 자신도 확실히 알 수 없었다. 천천히 좀 더 두고 생각해 봐야 할 문제였다.

"날이 정말 덥군요."

우오의 아내는 아주의 손을 잡아끌며 말했다.

"우리 저기 정자에 가서 더위나 좀 식히는 게 어때요?"

우오의 집 후원에는 작은 동산이 하나 있고 그 위로 크고 작은 꽃들이 가득 어우러져 있었다. 동산 위에는 불매정不賣亭이라는 이상한 이름이 붙은 정자도 하나 세워져 있었다. 아마도 '청풍명월은 돈 몇 푼으로 살 수 없다[淸風明月不費一文錢賣]'는 말에서 유래된 이름인 것 같았다. 하지만 기이한 이름과는 달리 대단히 소박하면서도 고아한 멋을 자아내는 건축물인 데다 지세까지 아주 뛰어나 멀리 푸른 들판과 산을 한눈에 내려다 볼 수 있었다. 뜨락의 담장도 그리 높지 않아 동산 위에서는 지나가는 행인들의 모습을 볼 수 있지만 행인들은 뜰 안에 있는 사람의 머리카락밖에 볼 수 없었다.

예법을 크게 따지는 여느 집안 같았으면 아녀자들이 정자에 오르는 것이 금기시되었겠지만 우오의 집은 좀 달랐다. 여인들이 외부에서 온 손님들과 마주치는 것을 꺼리지 않았고 손님들도 우가의 여인네들에게 함부로 이런저런 뒷공론을 하지 않았다. 덕분에 아주는 이곳에 온 뒤로 거의 매일 저녁 우오의 아내와 함께 불매정에 올라가 더위를 식히곤 했다.

늘 자리를 함께하는 사람 중에는 우오의 누이동생도 끼어 있었다. 그녀는 서열이 일곱째라 우가에서는 모두들 칠고내내*라고 불렀다. 칠고내내는 오래 전에 남편을 여의고 시부모들과 사이가 좋지 않아 친정에 와서 살고 있는 처지였다. 나이는 서른 전후로 대단히 고혹적인 용모를 지닌 데다 어디를 가든지 좀처럼 입을 열지 않는 절세미인이지만 일단 한번 입을 열었다 하면 너무나 매서운 입심에 담이 작은 사내들은 놀라서 도망갈 정도였다. 그녀는 사내대장부의 기개에다 강호의 기질까지 지니고 있어서 말투가 몹시 거칠 뿐만 아니라 표정도 대단히 풍부했다. 그녀가 한번 미간을 찌푸리면 살기등등한 모습에 사내들도 감히 접근하지 못할 정도였고, 못 하는 말이 없어서 욕이나 속어 따위를 입에 달고 다녔다. 이런 이유들 때문에 올케인 우오의 아내는 그녀를 여장비女張飛라 불렀다.

가슴이 뜨거운 '여장비'는 아주에게 더없는 관심을 보였다. 그녀는 아주의 얼굴에 수심이 가득한 것을 보자 궁금증을 참지 못하고 그 자리에서 물었다.

"어떻게 된 거예요? 무슨 걱정거리라도 있어요? 어디 말을 좀 해봐요."

하지만 아주는 복잡한 심사를 입 밖에 낼 수 없었다. 더욱이 그녀의 면전에서는 언행을 조심해야 한다는 사실을 항상 염두에 두고 있는 아주였다.

"걱정거리는요. 아무 일도 없어요."

아주는 애써 태연한 척하면서 명랑한 목소리로 말했다.

"언니 댁에 더 머물게 된 것 말고는 아무 일도 없어요."

"그런데 난 도무지 이해할 수가 없단 말이야!"

칠고내내는 성격이나 말투가 매우 직선적이라 말을 할 때도 뒷일을 두려워하지 않는 성미였다.

"그 호 노야란 양반 말이에요. 이곳에 도착을 했으면 한번쯤 아가씨를 만나러 찾아와야 하는 것 아니에요?"

아주는 할 말이 없었다. 우오의 아내가 궁지에 몰린 아주를 보고 있다

* 칠고내내七姑奶奶_고내내姑奶奶는 친정 사람들이 시집간 딸을 부를 때 사용하는 호칭이다.

가 재빨리 나서서 칠고내내의 말을 가로챘다.

"또 왔어요? 정말 장비 같다니까!"

"아니, 내가 뭐 못 할 말이라도 했단 말이에요?"

우오의 아내도 보통 여자가 아니었다. 형세를 보아하니 여장비를 이용하는 것도 괜찮을 것 같다는 생각이 든 그녀는 임기응변을 발휘하기로 마음먹었다.

"아!"

그녀는 일부러 장탄식을 내뱉었다.

"집집마다 읽지 못할 경經이 있는 법이니 아무래도 우리가 나서서 장씨 아가씨가 호 주인장을 이해하고 단념할 수 있도록 도와줘야 할 것 같아요."

금방 이해한다고 했다가 또 도와줘야 한다고 말하는 것을 봐서는 아무래도 호설암에게 뭔가 잘못이 있는 것 같았다. 아주는 아직도 그녀의 말을 되씹고 있었다. 칠고내내가 참지 못하고 아주의 손을 잡아끌며 눈을 치켜뜬 채로 말했다.

"뭔가 억울한 일이 있는 게 틀림없어! 아무리 바빠도 그렇지, 한번 만나러 올 시간도 없단 말이야? 이건 아가씨를 속이고 있는 게 분명하다고요. 남자들은 하나같이 다 도둑놈들이라니까. 아무리 생각해도 그에 비하면 아주 아가씨는 황후마마인 셈인데, 이쪽에서 비판 보자기를 보냈더니 저쪽에선 주먹을 보내는 격이로구먼. 이런 남자들을 내가 한두 번 본 게 아니라고요."

"아가씨, 아가씨!"

우오의 아내가 마치 용서를 빌기라도 하듯이 말했다.

"절 좀 봐주세요. 그렇게 큰 소리로 떠들면 어떻게 해요?"

"알았어요."

칠고내내는 목소리를 낮추긴 했지만 어투는 한결 더 단호했다. 그녀는 한 손으로는 아주의 어깨를 감싸고 다른 한 손으로는 올케를 가리키면서 말했다.

"장씨 아가씨가 분명히 얘기했단 말이에요. 두 군데에다 살림을 차리겠노라고 일찌감치 확답을 했으면 오래 전에 벌써 이행을 했어야지요. 도대체 무엇 때문에 아직까지 머뭇거리고 있느냔 말이에요? 게다가 송강에 도착했으면서도 장씨 아가씨를 만나러 오지 않는 이유가 뭐냐고요?"

여기까지 말하고 나서 그녀는 고개를 돌려 다시 아주에게 말했다.

"난 오래전부터 이 일이 별로 탐탁지 않았어요. 나서서 뭐라고 얘기를 해주고 싶었지만 혹시 내 판단이 틀릴지도 모른다는 생각에 가만히 있었지요. 하지만 지금 와서 다시 생각해 보니 아무래도 호 노야란 사람은 여자에 대한 의심이 너무 많은 게 분명해요!"

"아이고, 이 장비 아가씨야! 내가 정말……."

우오의 아내는 안절부절못하면서 말을 잇지 못했다.

옆에서 잠자코 듣고만 있던 아주는 몹시 불쾌했다. 하지만 이런 불쾌감이 칠고내내 때문인지 아니면 호설암 때문인지 분간이 가지 않았다. 순식간에 판단력이 흐려져 버린 것이다. 그녀는 분노와 수치감으로 치가 떨렸지만 천천히 마음의 평정을 되찾으면서 애써 어두운 곳으로 고개를 돌려 우오의 아내와 칠고내내가 자신의 표정을 읽지 못하게 했다.

그러나 고수지간姑嫂之間인 두 여자는 그런 아주를 그냥 두지 않고 번갈아 가며 아주의 얼굴을 자세히 살펴보았다.

"장씨 아가씨!"

우오의 아내가 아주의 한쪽 손을 잡으며 위로하듯 말했다.

"칠고내내의 말을 들어선 안 돼요. 성격이 괴팍해서 입만 열었다 하면 남을 탓한다니까요."

아주도 인사치레를 하지 않을 수 없었다.

"다 절 생각해서 하시는 말인데요, 뭘. 전 아무도 원망하지 않아요."

우오의 아내는 고개를 끄덕였다.

"정말 마음씨가 비단결 같네요!"

칠고내내는 갈수록 더 정의감에 찬 표정이었다.

"이건 평생이 걸린 중대한 일이에요. 기왕에 얘기가 나왔으니 우리 같이 한번 생각해 보자고요."

그러면서 그녀는 올케에게 물었다.

"도대체 호 주인장이 무슨 심사로 이렇게 나오는 걸까요?"

우오의 아내가 웃으면서 말했다.

"그렇게 물으시니 뭐라고 대답할 말이 없군요. 하지만……."

그녀는 일부러 말끝을 흐리면서 조심스럽게 아주의 표정을 살폈다. 그녀의 속마음을 알아보려는 것이었다. 하지만 이것도 쉽지 않았다. 두 여인의 이런 친절이 그저 심심풀이로 남의 일에 관심을 갖는 것에 불과하다고 생각한 아주가 애써 침착한 모습을 보임으로써 이들의 호의를 거절하고 있었기 때문이다.

칠고내내는 아주의 의사를 제대로 파악하지 못하고 있었다. 하긴 아주의 마음을 정확하게 알고 있다 해도 자신의 입을 단속하지 못하는 것은 마찬가지였을 것이다.

"장씨 아가씨."

그녀는 태도를 바꿔 침착하고 조용한 어투로 다시 입을 열었다.

"아가씨처럼 예쁘고 똑똑한 사람이 무엇 때문에 억울한 신세가 되려고 화를 자초하시는 거예요?"

칠고내내의 얘기를 들으면서 우오의 아내는 그녀가 남편과 같은 생각을 하고 있음을 알게 되었다. 올케의 입을 빌어 자기가 하고 싶은 얘기를 다 한 것이나 다름없다고 생각한 그녀는 아무런 대답도 하지 않고 있는 아주를 바라보며 창회의 주인공처럼 말을 받았다.

"맞아요. 자기를 폄하해선 안 되지요."

말하는 사람이야 아무 생각 없이 하는 것이겠지만 듣는 사람에겐 신경이 쓰이기 마련이었다. 이 한마디가 아주의 아픈 곳을 건드리고 말았다. 아무리 마음의 평정을 유지하려 해도 뜻대로 되지 않았다.

"다시 말해서 호씨 마님의 성격이 아무리 좋다고 해도 소용이 없다는 얘기에요. 본부인 밑에 들어가 머리를 조아리면서 사는 것도 얼굴은 뜨겁겠지만 마음은 편할 수 있단 말이지요."

또 다시 거칠고 야비한 말들이 쏟아져 나오기 시작했다. 우오의 아내가 큰언니의 입장에서 얘기하는 것인 만큼 천박한 말투는 삼가는 게 좋을 거라고 언질을 주었음에도 불구하고 그녀는 좀처럼 본성을 고치지 못했다. 하지만 이번에는 이런 시누이가 우오의 아내에게 훌륭한 조수가 될 수 있었다. 그녀는 책망 대신 가벼운 탄식으로 시누이의 말을 받았다.

"거참, 일이 이렇게 됐으니 호 주인장만 입장이 곤란하게 됐군요."

이상한 얘기가 계속 오가는 것을 말없이 듣고만 있던 아주는 확실하게 자초지종을 캐묻고 싶었지만 공연히 남에게까지 마음 쓰게 하고 싶지 않아 혼자서 속만 태우고 있었다.

"왜요? 호씨 댁 마님이 암호랑이라도 되나요?"

칠고내내가 물었다.

"호 주인장의 얘기를 들어 보니 보통이 아닌가 봐요."

"그건 호 주인장이 잘못하고 있는 거예요. 집안 사정이 그렇다면 공연히 장씨 아가씨 가슴에 바람이나 넣지 말았어야지요."

"그 점에 대해선 제가 호 주인장의 입장에서 공정하게 얘기해 드릴 수 있어요."

우오의 아내는 자못 진지한 표정으로 얘기를 계속했다.

"원래 호 주인장은 본부인과 상의해서 장씨 아가씨와의 혼사를 진행할 생각이었지요. 그런데 뜻하지 않게 본부인의 강한 반대에 부딪치게 된 거에요. 그러니 애당초 남을 속이려고 했던 건 아니지요."

"아니, 뭐라고요?"

아주는 다 죽어 가는 목소리로 물었다.

"언니는 그걸 어떻게 아셨어요?"

"저 아가씨 오라버니께서 그러시더군요."

우오의 아내는 칠고내내를 가리키며 대답했다.

"호 주인장 입장이 정말 난처한 모양이에요. 그래서 장씨 아가씨한테는 입도 벙긋 하지 못하고 괴로운 속사정을 친한 친구들한테만 털어놓았겠지요. 장씨 아가씨, 그렇다고 너무 초조해하지 말고 우리와 함께 천천히 좋은 방법을 생각해 보도록 해요."

도대체 무슨 방법을 생각해 보란 말인가? 겉으로 내색은 하지 않았지만 아주는 마음이 몹시 심란하여 아무런 생각도 할 수 없었다. 단 한 가지 소망이 있다면 지금 당장 호설암을 만나 단 둘이서 확실한 얘기를 나누는 것이었다.

"방법은 항상 있기 마련이지요. 양심 없는 사내를 대하는 데 있어선 예의가 필요 없어요. 하지만……."

칠고내내는 갑자기 목소리를 낮춰 아주를 바라보며 물었다.

"솔직히 말해 봐요, 아가씨. 두 사람이 선상을 오가면서 자주 만났고 게다가 호주에서는 함께 지낸 적도 있었다는데 혹시 그 사람이랑……."

그녀의 말이 채 끝나기도 전에 아주는 수치심과 분노를 참지 못하고 자리에서 벌떡 일어섰다.

"없어요!"

그녀의 어투는 지나치게 단호했다. 혹시 남들이 믿어 주지 않을까 두려워하는 표정이었다.

"절대로 그런 일 없었어요. 전 그런 여자가 아니라고요!"

"알았어요. 그럼 됐어요."

칠고내내는 아주를 달래기 시작했다.

"그런 일이 없었다면 뒷처리가 더 간단하겠군요."

"맞아요."

우오의 아내도 맞장구를 쳤다.

"이번 일도 그리 어렵진 않을 것 같군요. 모든 것이 장씨 아가씨 한 사람에게 달려 있으니 말이에요."

두 여인은 은근히 아주를 구석으로 몰아갔다. 아주는 사태의 전후를 곰곰이 따져 보고 싶었지만 칠고내내가 그럴 틈을 주지 않았다. 그녀는 정말 말이 많았다.

"일찌감치 이런 사실을 발견한 게 천만 다행이에요. 한번 생각해 보세요. 남자들은 하나같이 도둑놈들이라니까요. 무슨 일이 있기도 전에 벌써 이런 태도로 나오는데 일단 일을 치루고 나면 그 다음엔 어떻게 나오겠어요? 걷어찰 게 불 보듯 뻔하지 않겠어요? 그때 가서 그를 바라보며 울어 봤자 아무 소용도 없다고요."

그녀는 이미 은근슬쩍 결론을 내려 버렸다. 풀릴 듯 말 듯 수수께끼같이 얽혀 버린 애증의 실타래 속에서 얼굴이 붉게 물든 아주가 어떻게 나올지는 알 수 없었다. 아주는 고개를 숙인 채 말없이 생각에 잠겼다. 어투가 다소 거칠고 속되긴 해도 여장비의 말은 한 마디 한 마디가 자신이 모르고 있던 남자들의 일면을 잘 설명해 주고 있었다. 남자들이 새 여자를 좋아한다는 말은 처음 듣는 것도 아니었지만 칠고내내의 입을 통해 들으니 왠지 새삼스럽게 가슴에 와 닿는 듯한 느낌이었다. 그러고 보니 호설암이 도리를 벗어나 자기에게 여러 번 은밀한 몸짓을 해 왔을 때마다 끝까지 허락하지 않고 자신을 지킨 것이 정말 잘한 일이라는 생각이 들었다.

그동안 너무 좋은 일만 생각하고 있다 보니 그처럼 부끄러운 것들을 의식하지 못했고 게다가 마음이 온통 호설암 한 사람에게 가 있어 다른 생각을 할 겨를이 전혀 없었던 것이다. 그녀는 천천히 고개를 들고 머리를 매만진 다음 애써 마음속 불을 끄고 금은화차金銀花茶를 한 모금 들이켰다. 그런 다음 차분히 가라앉은 목소리로 말했다.

"그럼 제가 어떻게 하는 게 좋은지 언니들께서 말씀을 좀 해주세요. 무슨 좋은 방법이 없는지 말이에요."

우오의 아내는 아주가 바로 이런 질문을 해 오기를 기다리고 있었다. 이번에야말로 그녀를 설복시킬 수 있는 가장 중요한 기회였다. 얻기 힘든 기회인만큼 언사도 매우 무게 있고 신중해야 한다는 생각에 그녀는 먼저 칠고내내의 손을 잡아당겨 끼어들지 말라는 암시를 해놓고 나서 아주에게 반문했다.

"우선 아가씨 본인의 의사를 아는 게 무엇보다도 중요하지요. 모든 걸 아가씨 본인이 생각하고 결정해야 하니까요. 우리는 그런 다음에야 구체적인 방법을 생각해 볼 수 있는 거지요. 아가씨가 동쪽으로 방향을 정하면 우리도 동쪽에서 방법을 찾을 것이고 아가씨가 서쪽으로 방향을 정하면 우리도 서쪽에서 방법을 찾아야 되겠지요."

그제야 아주도 생각의 갈래가 잡혔다. 길은 두 갈래였다. 하나는 변함없이 호설암을 따라가는 것이고 하나는 지금까지의 온갖 달콤한 말과 굳은 맹세를 완전히 저버리는 것이다. 그러나 하루아침에 이처럼 중요한 결단을 내리는 것이 아주에게는 너무나 힘든 일이었다.

"제 생각엔 이런 일은 두 쪽 모두에게 바람직한 방법을 택하는 것이 좋을 것 같아요. 그쪽에서 먼저 그런 얘기를 했다고 하지만 그렇다고 무조건 그쪽의 생각대로 따라 주는 것도 그다지 좋은 방법은 못 될 것 같아요. 다른 건 접어 두고 우선 두 사람의 신분부터 다시 한 번 따져 보는 게 좋겠어요."

"맞아요!"

마침내 칠고내내가 참지 못하고 입을 열었다.

"올케 언니 말이 정말 사리에 맞는 것 같아요. 우리같이 아리따운 꽃송이들이 어떻게 시장바닥의 생선들과 한데 어울릴 수가 있겠어요? 설사 안 될 때 안 되더라도 일단은 강경한 태도를 보여 줘야 한다고요!"

칠고내내의 말에 아주는 겨자를 씹은 듯 설움이 북받쳐 올라 하마터면 눈물을 쏟을 뻔했다. 자신이 한 송이 아리따운 꽃송이라면 호설암은 저자거리의 생선인 셈이었다. 음양의 기운이 괴이하게 엇갈려 자신들의 사랑이 미로에 빠져 버린 것이 한없이 가슴 아프긴 했지만 아주는 애써 어금니를 깨물고 쓰라린 한마디를 내뱉었다.

"자존심도 없이 천박한 모습을 보이고 싶지는 않아요. 강경한 태도로 나가겠어요."

"좋아요. 정말 잘 생각했어요."

칠고내내가 말했다.

"말이야 바른 말이지 부인을 둘씩이나 얻어 놓고 양다리를 걸치겠다는 것만 해도 그 양반에게는 과분한 일이지요. 아가씨가 난처할 일이 뭐가 있겠어요? 이런 사내는 본부인 하나로 만족해야 한다고요."

일이 반은 성공한 것이나 다름없는데 공연히 호설암을 탓하면서 그와 원수질 이유는 없었다. 우오의 아내는 슬그머니 호설암의 입장을 설명하면서 그를 두둔하기 시작했다.

"아가씨. 말씀이 너무 지나친 것 같군요. 사실 호 주인장처럼 좋은 사람도 없어요. 단지 힘이 마음을 따라 주지 않는 것뿐이지요. 장씨 아가씨의 청춘을 망가뜨리고 싶지 않아서 그러는 걸 그를 욕해서 뭐 하겠어요?"

칠고내내의 가장 큰 장점은 남의 말에 쉽게 수긍할 줄 안다는 것이었다. 그녀는 올케의 말을 듣고는 그 자리에서 생각을 바꾸었다. 호 주인장은 여러 번 기회가 있었음에도 불구하고 이제껏 그녀에게 한 번도 손을 대지 않고 순결을 지켜 주었다. 게다가 장씨 일가에게 준 도움도 적지 않았다. 사실 이런 사람을 만난다는 것이 그리 쉬운 일은 아니었다.

칠고내내는 입가에 웃음을 머금은 채 입을 열었다.

"밤새 생각해 본들 마음만 상하고 말 거에요. 반나절이나 애기를 하고서도 아직까지 험담을 하고 있으니 이러다간 정말 원수지간이 되고 말겠네요."

아주는 줄곧 마음을 정하지 못해 갈팡질팡하다가 고수지간의 두 여자가 부추겨 대는 바람에 간신히 마음을 가라앉히고 있었는데, 이제 다시 칠고내내의 애기를 들으니 호설암이 그 동안 자신에게 보여 준 여러 가지 장점들이 생각나 은근히 아쉬운 마음이 고개를 쳐들기 시작했다. 하지만 이미 단언을 내린 뒤라 떨어진 뚜껑을 다시 줍는 것도 여간 난처한 일이 아니었다. 마음 한구석에서 조금씩 후회가 일기 시작했지만 이미 입 밖에 낼 수 없는 아픔일 뿐이었다. 결국 그녀의 눈에선 두 줄기 서글픈 눈물이 흘러내리고 말았다.

"어머!"

칠고내내가 놀란 표정으로 물었다.

"도대체 왜 우는 거예요?"

"너무 그렇게 상심하지 말아요."

우오의 아내도 아주를 달랬다.

"하마터면 길을 잘못 들 뻔했다가 일찌감치 바른 길을 찾게 되었으니 오히려 기뻐해야 할 일이 아니겠어요?"

아주는 마음속으로 아무리 생각해 봐도 도저히 기뻐할 수가 없었다. 칠고내내는 결국 호설암이 오랫동안 헛물만 켠 꼴이 됐다고 말했지만 아주의 생각은 전혀 그렇지 않았다. 그가 실패한 것은 결국 자기가 원해서 그런 것이었다. 밤이 깊어 사위가 고요해지면서 지나간 일들과 앞으로 다가올 일들이 한데 어우러져 경화수월*을 이루었다. 아주는 괴로움을 견딜 수 없었다.

그녀가 혼자 깊은 생각에 빠져 있는 모습을 바라보면서 우오의 아내는 이런 기회를 이용해야 되겠다는 생각으로 슬그머니 시누이에게 눈짓을 보냈다. 더 이상 아무 말도 하지 않는 게 좋을 것 같다는 뜻이었다. 그러나 올케의 그런 의도를 알아채지 못한 칠고내내는 올케에게 다가가 차를 따라 주며 조심스럽게 물었다.

"내게 무슨 할 말이라도 있어요?"

원래는 할 말이 아무것도 없었지만 눈치 없는 시누이가 이렇게 묻자 우오의 아내는 내친 김에 한마디 하는 것도 나쁘지 않겠다고 생각이 들었다.

"할 말이 두 가지 있긴 한데 아가씨 입이 너무 가벼워서 걱정이에요. 일이 반은 성공한 것이나 다름없지만 그래도 아직 반이 남아 있어요. 완전히 성공한 게 아니란 말이에요."

"어째서 그렇죠?"

우오의 아내는 아주를 한번 힐끔 쳐다보고는 칠고내내의 손을 잡아끌고 정자 밖으로 나와 낮은 목소리로 말했다.

"호 주인장의 의도는 저로 하여금 장씨 아가씨를 위해 중매를 서게 하는 거라고요."

"누구에게 중매를 선단 말이에요?"

<hr>

* 경화수월鏡花水月_거울에 비친 꽃과 물에 비친 달.

“그 진陳씨 성을 가진 후생後生 말이에요.”

“아, 그 사람이요!”

칠고내내는 놀랍기도 하고 반갑기도 한 것 같은 표정으로 탄성을 내질렀다.

“좀 조용히 하세요!”

우오의 아내가 나무라듯 말했다.

“정말 못 말리는 여장비라니까! 조금도 조심할 줄 모르는군요.”

“그 사람이라면 나쁘지 않죠.”

칠고내내는 목소리를 최대한 낮춰 얘기를 계속했다. 그녀는 천성적으로 가슴이 뜨거운 여자라 아주의 일로 아주 본인보다도 더 기뻐했다.

“맞아요. 그래야 제대로 길을 찾는 게 되겠지요.”

“너무 그렇게 좋아하지 말아요. 앞으로 일이 어떻게 될지는 아직 좀 더 두고 봐야 해요.”

“내가 가서 권해 볼게요. 내 말이라면 틀림없이 고개를 끄덕일 거예요.”

칠고내내가 말했다.

“저 아가씨가 얘기하는 걸 들은 적이 있는데, 아가씨 본인도 그 진 아무개라는 총각을 무척 마음에 들어하고 있는 것 같았어요.”

우오의 아내가 놀랍고도 진지한 표정으로 물었다.

“어머, 장씨 아가씨가 뭐라고 말했는데요?”

“일이 정말 재미있게 되어 가는 것 같네요. 장씨 아가씨가 말하길, 진 아무개는 재주도 많고 마음씨도 착해서 앞으로 자기가 중매를 서 주고 싶다는 거예요. 그런데 오히려 ‘며느리를 키워 중매쟁이로 삼으려 하다가 제 몸 돌보기 어려운 꼴’이 되고 말 줄을 누가 알았겠어요?”

칠고내내는 여기까지 얘기하고 나서 큰 소리로 깔깔대며 웃었다. 하도 웃어 대는 바람에 허리가 구부러질 정도였다. 그녀의 웃음소리에 아무것도 모르는 아주가 덩달아 따라 웃기 시작했다.

"뭐가 그리 우스우세요?"

"아가씨가 하도 우스워서 그래요."

칠고내내는 이렇게 대답해 놓고 나서 다시 큰 소리를 내며 또 한바탕 웃어댔다.

"에이, 정말 못 말린다니까!"

우오의 아내도 그녀를 한번 째려보고 나서는 더 참지 못하고 웃음을 터뜨렸다.

둘이서 쉬쉬하는 분위기가 아주를 갈수록 더 궁금하고 초조하게 만들었다. 그녀는 도대체 무슨 일이 있기에 두 언니들이 이렇게 웃어 대고 있는 것인지 따져 묻지 않을 수 없었다. 임기응변에 능한 우오의 아내는 말을 이리저리 둘러대면서 간신히 곤경을 수습했다.

한담을 마치고 야식을 먹고 나니 시간은 어느새 자정이 다 되어 가고 있었다. 우오의 아내는 낮에 집안일을 많이 한 탓에 몹시 지쳐 있었지만 자신이 먼저 나서서 자리를 파할 수는 없는 입장이었다. 우오의 집에는 늘 손님이 끊이지 않아 매일 너덧 번씩이나 밥상을 차려야 했고 그럴 때마다 하인들을 다스리거나 손님들을 접대하는 일들이 모두 우오 아내의 몫이었다. 하루 종일 바삐 돌아쳐야 했던 그녀는 더 버티지 못하고 잠자리에 들기로 마음먹었다.

"두 분은 어떻게 하실 거예요?"

그녀가 물었다.

"날이 선선해졌어요. 가서들 주무세요."

"전 별로 피곤하지 않아요. 좀 더 앉아 있고 싶어요."

아주의 대답이었다. 사실 그녀는 마음이 심란해서 잠자리에 들어도 잠이 오지 않을 것 같았다.

"저도 피곤하지 않아요."

칠고내내도 못내 아쉬운 표정이었다.

"날이 선선해져서 앉아 있기에 딱 좋네요."

우오의 아내는 속으로 이 두 사람이 함께 있게 되면 호설암과 진세룡에 관한 얘기를 계속하게 될 게 틀림없다는 판단을 내렸다. 그녀는 칠고내내가 침착하지 못하고 너무 서둘다가 간신히 다 엮어 놓은 일을 망치게 되지나 않을까 걱정이 되어 도저히 마음을 놓을 수가 없었다.

"그럼 어서 방으로 들어가세요!"

칠고내내가 그녀의 속마음을 알아차리고 위로하듯 말했다.

"우리도 잠시 앉아 있다가 곧 들어가 잘 거예요."

"혹시 하실 얘기가 있더라도 내일 하도록 하세요."

우오의 아내는 미묘한 암시로 다시 한 번 입 조심을 다짐해 두었다.

"아직 일이 끝난 게 아니에요. 제가 항상 지적을 하는데도 아가씬 한 번도 귀담아 들으려 하지 않았잖아요!"

"알았어요. 잘 알았으니까 안심하시고 가서 주무세요."

아주는 두 사람이 주고받는 얘기를 듣고서 뭔가 자신에게 감추고 있는 것이 많다는 사실을 알아채고는 우오의 아내가 자리에서 물러가자마자 곧바로 칠고내내에게 물었다.

"저 언니가 방금 하신 말씀이 무슨 뜻이에요? 아직 일이 다 끝나지 않았다는 얘기 말이에요."

"그건 아가씨에 관한 얘기가 아니에요."

칠고내내는 이렇게 입을 막아 놓고 나서 한참 동안이나 생각에 잠기더니 천천히 고개를 들면서 반문했다.

"방금 오랫동안 얘기를 나눴는데 아가씬 어떻게 하실 생각이세요? 사내들이 아가씨를 싫어하는 건 아니잖아요? 아가씨 같은 인재에게 사람이 없을까 봐 걱정이세요? 한데 호설암이란 양반은 만두를 입에다 갖다 줘도 먹지 않고 뱉어 버리다니, 아가씨도 그 양반의 닫힌 입을 열 재간이 없었던 모양이군요."

얘기가 잘 나가는 것 같더니 뒤로 가면서 엉뚱한 방향으로 흐르자 아주는 또 다시 이맛살을 찌푸렸다.

"언니! 비유가 항상 좀 삐딱하시군요. 그런 말을 누가 받아들이겠어요?"

"어째서요? 전 사실을 말했을 뿐인데……. 마음속으로 그렇게 생각하니까 말도 그렇게 하는 거라고요. 난 그냥 있는 그대로 말하고 있는 것뿐이고요."

"저도 언니가 사람들을 성실하게 대한다는 건 알고 있어요. 하지만……."

그 다음에 뭐라고 말을 이어야 할지 아주는 막막하기만 했다. 이 세상에는 마음속에만 담아 두고 있어야 하는 말들이 너무도 많았다. 해야 할 말이 무엇인지는 알지만 입 밖에 낼 수 없는 말이라 아주는 그저 모호한 웃음만 짓고 있었다.

"한데 내 말을 어떻게 생각해요?"

칠고내내는 뭔가 확신하는 바가 있었다.

"내 말이 좀 솔직해서 지나치게 느껴지기도 하지만 말은 바른 말이지요?"

틀린 말은 아니지만 그렇다고 해서 선뜻 수긍하기도 쉽지는 않았다.

"아니에요. 제 말은 그런 뜻이 아니라고요. 언니네 가족들 모두가 제게 아주 친절하게 대해 주셨어요. 우오 오빠나 올케 언니, 그리고 언니까지 모두들 더없이 다정하신 분들이에요. 그러니 진실을 있는 그대로 말씀하시는 게 당연하겠지요."

"그럼 좋아요."

칠고내내는 또 다시 인내심을 잃고 말았다.

"아가씨도 내 성질 잘 아시지요? 남의 일도 내 일처럼 발 벗고 나서는 것 말이에요. 아가씨 일에는 특히 더 그렇죠. 여태까지 긴 얘기를 나누긴 했지만 아직도 난 호 주인장에 대한 아가씨의 생각을 확실히 알 수가 없어요."

아주는 대답하지 않는 것으로 질문을 피하고 싶었지만 어쩔 도리가 없었다. 생각다 못해 그녀는 엄마를 팔았다.

"언니, 이 일은 우리 엄마가 알아서 결정하실 거예요. 앞으론 모든 걸 우리 엄마에게 물어보세요."

"그것 참 이상하군요! 그럼 아가씬 아무런 생각도 없다는 얘긴가요?"

"부모님의 말씀을 거역할 수는 없잖아요."

"어머, 효녀 하나 났네!"

말이 갈수록 놀림으로 변해 가자 아주는 또 다시 얼굴을 찌푸렸다.

"언니!"

아주가 이번에는 사정하는 투로 말했다.

"제게 생각할 시간을 좀 주세요. 내일 아침 일찍 다시 얘기하기로 해요."

칠고내내는 집안에서 늘 보고 들은 바가 있어서 그런지 사람들의 안색에서 의중을 파악하는 데는 이골이 나 있었다. 그녀는 뭔가 더 얘기를 하고 싶었지만 아주의 얼굴을 살펴보고는 그만두는 것이 좋을 것 같다는 결론을 내렸다.

"그럼 천천히 생각해 봐요. 어떻게 하는 게 좋을지 일단 생각이 정해지면 내가 힘 닿는 대로 도와드릴 테니까요."

"고마워요, 언니."

아주는 그녀의 손을 꼭 쥐면서 대답했다.

"언니가 이곳에 계신 게 정말 다행이에요. 언니가 안 계셨더라면 전 고민을 들어줄 사람 하나 없이 혼자 애만 태울 뻔했어요."

아주가 이런 말을 하는 이유는 이 일로 인해 두 여인과의 우정이 상하는 것을 원치 않았기 때문이다. 사실 이미 말로 설명할 단계가 지나 있었다. 가슴이 따뜻한 칠고내내는 항상 주위 사람들의 마음도 따스하게 해주었다. 반면에 우오의 아내는 성격이 원만한 것 같지만 사실은 모든 일의 처리가 이해관계에 기초해 있기 때문에 이번에도 호설암 편에 서 있는 게 분명했다. 이 밖에 또 진세룡이란 사내가 있었다. 이 사내도 서로 못 할 말이 없는 사이로 발전해 있긴 했지만 이런 일로 찾아가 상의하기에는 그다지 적당하지 않았다. 게다가 그에게 이런 문제를 얘기했다간 오해를 살 소지도 없지 않았다. 설사 그에게 얘기를 털어놓고 도움을 청한다 해도 그가 자신을 위해 이제까지 주인으로 모셔 온 호설암을 달리 대할 수 있을지도 의문이었다.

이 생각 저 생각 한없이 사념의 실타래를 풀어 가던 아주는 결국 또 다시 호설암에게로 생각이 미치고 말았다. 그녀는 앞으로 사태가 어떻게 전개되든 간에 자신이 직접 담판을 지어야겠다고 마음먹었다. 그를 만나서 변심의 이유가 뭔지 확실히 따져 묻고 싶었던 것이다.

아주는 이날 밤늦게까지 다음 날 어떻게 하면 호설암을 만날 수 있으며 또 만나면 뭐라고 먼저 입을 열어야 할지 궁리에 궁리를 거듭했다. 그러는 사이 어느새 머릿속으로 이 '양심 없는 사내'와 얼굴을 맞대고 말다툼하는 광경이 그려졌다. 화가 나기도 했지만 한편으로는 속 시원한 느낌도 들었다. 화가 나는 것은 그가 아무 말도 하지 않았기 때문이고 속이 시원한 것은 그의 얼굴에다 대고 실컷 욕설을 퍼부을 수 있었기 때문이었다.

한바탕 욕설을 퍼붓고 나자 그녀는 오히려 미안한 생각이 들기 시작했다. 자신과의 일이야 어찌 됐건 간에 부모님들에겐 호설암이 더없이 소중한 은인이기 때문이었다. 이 세상에 어디에 가도 그처럼 정 많은 사람을 만날 수 없었다. 호설암이 모든 비난과 욕설을 다 참아 낸다 해도 주위 사람들이 알면 자신을 은혜를 원수로 갚는 못된 여자라고 손가락질할 게 분명했다. 이런 생각에 아주는 그만 기가 죽고 말았다. 동시에 억울한 생각도 들었다. 정말 어디 가서 말도 못하고 벙어리 냉가슴만 앓는 꼴이 되고만 것이다.

아주는 밤새 한잠도 자지 못하고 다음날 아침 일찍 자리에서 일어났다. 날씨가 더워 모두들 일찌감치 일어나 시원한 아침 바람을 쐬는데 손님인 자신만 잠자리에 그대로 누워 있을 수가 없었던 것이다. 하지만 우가의 식솔들은 그녀를 손님으로 대하지 않았다. 그녀가 세수를 하고 방문 밖으로 나오자 대청에는 이미 아침상이 차려져 있고 우오의 아내와 칠고내내는 벌써 밥그릇을 들고 식사를 하고 있었다.

"안녕히들 주무셨어요!"

아주가 아침인사를 건네기 무섭게 칠고내내가 고개를 들어 그녀를 쳐다보며 물었다.

"눈이 많이 충혈되어 있는 걸 보니 어젯밤에 잠을 제대로 못 잔 모양이군요. 자, 어서 와서 아침부터 먹고 좀 더 자도록 해요."

아주는 아무런 대꾸도 하지 않고 수심에 잠긴 모습으로 밥상을 대했다. 송강에서는 쌀이 많이 나기 때문에 아침식사는 주로 볶음밥의 일종인 초반炒飯이었다. 아주는 별로 구미가 당기지 않아 국만 한 그릇 마시고 밥은 손도 대지 않았다.

"많이들 드세요. 전 배고프지 않아요."

우오의 아내는 곧장 젓가락을 내려놓고 한쪽 팔을 뻗어 아주의 이마를 짚어 보고는 미간을 찌푸리며 말했다.

"열이 좀 있는 것 같은데, 가서 의원을 좀 모셔 와야 되겠어요."

"아니에요, 그러지 마세요!"

아주는 펄쩍 뛰며 우오의 아내를 만류했다.

"전혀 아프지 않은데 뭐 하러 의원을 모셔 와요? 언니는 참 별 생각을 다 하시네요."

"그럼 우선 약이라도 좀 드세요."

우오의 집에는 별의별 약이 다 갖춰져 있었다. 모두 조선漕船이 여기저기 다니면서 경사에 들를 때마다 유명한 동인당同仁堂이나 서학연당西學年堂 같은 커다란 약방에서 사 가지고 온 것들이었다. 그 가운데서 생강과 대추를 넣고 달여 먹는 신면神麵이라는 약도 있었다. 아주는 이 약을 한 첩 진하게 달여 먹고 눈꺼풀을 굳게 닫은 채 깊은 잠에 빠졌다. 잠을 푹 자면서 땀을 빼고 나니까 몸이 한결 가벼워졌다.

하지만 아주에게는 아직도 마음을 놓을 수 없는 일이 있었다. 아버지를 만나러 가고 싶은데 혹시 호설암과 마주치기라도 할까 두려웠던 것이다. 밤새 잠도 못 자면서 궁리한 끝에 내린 결심이 완전히 뒤집어져 버렸다. 그녀는 자신이 도대체 무엇을 두려워하고 있는 것인지조차 알 수가 없었다. 호설암을 향해 얼굴을 바꾸는 것이 혹시 자기 부모님들에게 피해를 주지나 않을까 하는 생각도 들었고, 호설암을 만나게 되면 감정의 앙금을 삭이지 못하게 되지나 않을까 하는 두려움도 있었다. 그와 얼굴을 마주치는 것 자체가 두렵고 난처했다.

정신도 흐릿하고 마음도 안정이 되지 않은 아주는 어쩌면 좋을지 안절부절못했다. 한참이나 생각에 잠겨 있던 그녀에게 한 가지 방법이 떠올랐다. 결과가 어떻게 되든 간에 엄마에게 매달려 한바탕 울음을 터뜨리며 화를 내고 나면 어느 정도 자신의 괴로움을 쏟아 낼 수 있을 거라는 생각이었다. 자신의 고민을 적극적으로 나서서 해결해 줄 사람이 아무도 없는 지금은 남의 집에 있어 긴장을 풀 수도 없고 손님으로서 예의도 지켜야 하기 때문에 어려움이 이만저만이 아니었다.

아주는 생각할수록 호설암이 얄밉게만 느껴졌다. 호설암은 장씨에게 아주를 상해에 데려가 구경 좀 시켜 줘야겠다고 얘기한 적이 있었다. 자기를 상해로 데리고 가서 버릴 생각이었다면 그건 또 무슨 꿍꿍이였는지 정말 알다가도 모를 일이었다. 아주는 다른 건 다 그만두고라도 이 한 가지만은 꼭 따져 봐야겠다고 굳게 마음먹었다. 만일 그가 제대로 대답을 못 하고 우물쭈물한다면 이를 구실로 어젯밤 내내 생각해 둔 말들을 한꺼번에 전부 터뜨려 그를 호되게 몰아붙이겠다는 심산이었다.

이런 생각을 하다 보니 그녀는 자신도 모르게 긴장이 되면서 힘이 솟았다. 그녀는 칠고내내가 자리에 없는 틈을 타서 우오의 아내에게 말했다.

"언니, 저희 아버지를 뵈러 가 봐야 되겠어요. 절 데려다 줄 사람 하나만 구해 주세요."

"그야 어렵지 않지요. 하지만 몸이 좋지 않으니 가시지 않는 게 좋을 것 같은데요. 어차피 며칠 있으면 다 같이 상해로 갈 텐데 그때 뵈면 되지 않겠어요?"

"아무래도 한번 다녀오는 게 좋겠어요. 아버지께서 몹시 궁금해하실 것 같아요."

이런 핑계에 우오의 아내는 더 이상 그녀를 붙잡아 둘 구실을 찾지 못했다. 그녀를 데려다 줄 만한 사람을 찾고 있는데 마침 진세룡이 도착했다.

"정말 잘 왔어요!"

우오의 아내가 진세룡에게 말했다.

"장씨 아가씨를 장 선생네 배로 좀 데려다 주세요. 그늘진 곳으로 길을 잘 골라서 가야 해요. 몸에 열이 좀 있거든요."

두 사람은 우오의 집을 나와 햇볕이 잘 들지 않는 길을 골라 가며 서로 앞서거니 뒤서거니 걷기 시작했다. 진세룡은 정성을 다해 그녀를 보살펴면서 걸음을 세 발짝 뗄 때마다 고개를 돌려 상태를 물었다.

"걸을 만해요?"

남매 같지도 않고 부부 같지도 않은 두 사람의 모습에 길 가던 사람들 모두가 의아한 눈길을 보냈다. 아주는 창피하기도 하면서 이상하다는 생각이 들었다. 어두운 밤도 아니고 길도 아주 평탄한데 계속 이렇게 큰소리로 물어보는 것은 아무래도 사람들의 눈길을 끌기 위한 수작인 것 같았다.

골목을 빠져 나오자 길은 훨씬 넓어졌고 강가로 향하는 길이라 그런지 매우 조용했다. 아주는 멀리 버드나무 그늘 아래 정박해 있는 배를 바라보면서 걷다가 갑자기 걸음을 멈추고 소리쳤다.

"이봐요!"

이 소리에 놀란 진세룡이 고개를 돌려 의아한 표정으로 물었다.

"방금 누구한테 소리친 겁니까?"

"여기 댁 말고 누가 또 있어요? 정말 이상한 질문을 다 하시네요."

"아, 그러니까 저를 부르신 거로군요. 무슨 하실 말씀이라도 있으신가요?"

"할 말이 있으니까 불렀지 왜 불렀겠어요?"

아주는 뭔가 생각하는 듯 약간 주저하면서 입을 열었다.

"혹시 무슨 얘기 못 들으셨어요?"

"무슨 얘기요? 전 아무 얘기도 못 들었는데요."

"멍청한 척하지 말고 어서 말해 봐요!"

아주는 다소 짜증이 섞인 어투로 다그쳤다.

"아하!"

진세룡은 그제야 그녀의 말뜻을 알아차렸다.

"호 선생님 말씀이시군요! 한데 그 분이 하신 말씀이 하도 많아서 어떤 얘길 물어보시는 건지 모르겠군요."

"저에 관한 얘기가 아니면 뭐 하러 묻겠어요?"

"장 소저에 관한 말씀은 전혀 없으셨는데요. 상해에 가서 몇 가지 업무를 처리하신 다음 며칠 있다가 다시 와서 아가씨를 데려가시겠다는 말씀이 전부였습니다. 물론 이건 그다지 좋은 방법이 못 되지만 말이에요."

진세룡이 호설암을 비난하는 소리를 들으니 아주는 속이 다 시원했다.

"호 노야가 잘못됐다는 건 소야숙도 아시는군요!"

그녀가 냉소하며 말했다.

"상해로 데려가서 신나게 구경시켜 준다고 해놓고서 도중에 내버리는 것이 사기가 아니고 뭐겠어요!"

'사기'라는 말을 입 밖에 내뱉는 순간 아주는 또 다시 호설암의 변심이 서러워 와락 울화가 치밀면서 눈시울이 뜨거워졌다. 격한 감정을 미처 억누르지 못한 그녀는 결국 걸음을 멈추고 울음을 터뜨리며 말했다.

"그 사람은 애당초부터 제게 마음이 없었어요. 저를 속인 거라고요! 절 가지고 놀다가 도중에 내버릴 작정이었던 게 분명해요. 아주 나쁜 사람이에요!"

진세룡은 황당하기도 하면서 한편으론 은근히 마음이 상했다. 호주에서부터 줄곧 그녀에게 정성을 쏟아 왔는데 알고 보니 그녀의 마음이 호설암에게 가 있었던 것이다. 하지만 그는 마음을 고쳐먹고 애써 서운한 기분을 수습했다. 여자들의 억울한 감정이 마음속에 우울증으로 남는 것은 너무나 무서운 일이었다. 아침저녁으로 호설암을 생각하다가 원한이 뼛속 깊이 새겨지면 그녀의 마음을 되돌리는 것은 거의 불가능했다. 이처럼 화를 내면서 울분을 발산하고 있는 걸 보면 이미 마음을 비운 것인지도 모른다는 생각에 진세룡은 순간적으로 이런 기회를 이용하여 자신이 그 빈자리에 들어가야겠다고 마음먹었다.

그는 아무 말도 하지 않고 새하얀 사각 손수건 한 장을 꺼내 아주에게 건네면서 눈물을 닦게 했다. 이 사소한 배려가 아주의 마음에 커다란 인상을 남기면서 과거의 기억을 환기시켜 주었다. 이전에 호주에서 함께 길을 걷게 됐을 때도 그는 바로 이 손수건을 건네주며 아주에게 땀을 닦으라고 권했던 것이다.

아무 생각 없이 건네준 손수건이었지만 덕분에 생각이 다른 곳으로 옮겨 가면서 자신도 모르는 사이에 눈가의 눈물이 흔적도 없이 말라 버렸다. 아주는 그런 자신의 모습이 부끄럽고 처량하게 느껴졌다. 그녀는 손수건을 받아 눈물자국을 닦은 다음 '흥' 하고 코까지 풀고서 다시 앞을 향해 걷기 시작했다.

"잠깐만요!"

이번에는 진세룡이 그녀의 걸음을 멈추게 했다. 아주가 걸음을 멈추고 뒤를 돌아보았다.

"배에 올라가시면 아버님께서 왜 우느냐고 물어보실 거예요. 그럼 뭐라고 대답해야 되지요?"

아주는 잠시 생각해 보고 나서 대답했다.

"제가 대답하지 않으면 그만이지요, 뭐!"

"아가씨가 대답하지 않는 건 자유지만 제게 물어보실 경우에는 벙어리처럼 가만히 있을 수가 없잖아요?"

"그럼 제가 집 생각이 나서 그런다고만 대답해 주세요."

아주는 귀찮다는 듯이 대충 말해 버렸다.

"알았어요. 그럼 갑시다!"

배에 도착하니 진세룡의 예상대로 아주의 모습을 본 장씨는 의아하게 여기며 운 이유를 따져 물었다. 아주는 아무 말도 하지 않았고 세룡도 아주가 시키는 대로만 대답했다.

"남의 집 신세를 지다 보니 무슨 억울한 일이라도 생긴 모양이군."

"남의 집에 있으면서 무슨 일이 있었겠어요?"

아주가 끼어들며 말했다.

"우오 오빠 집은 너무나 편하고 좋아요. 아버지는 공연히 남을 헐뜯지 좀 마세요."

"그럼 도대체 무슨 일이 있었던 게냐? 설마 어린애처럼 집 생각이 나서 그런 건 아닐 테고?"

"제 생각에는……"

진세룡이 나서서 말했다.

"아마 호 선생님께서 상해에 데려가신다고 해놓고서 약속을 안 지키셔서 그런 것 같습니다."

"그렇다면 걱정할 일 하나도 없다. 호 노야께서 내게 말씀하시길 상해에 도착하면 일이 너무 바빠 널 제대로 보살펴 줄 수가 없고, 널 보살펴 주지 못하면 마음을 놓을 수 없기 때문에 우선 업무를 대충 정리해 놓고 나서 다시 널 데리러 오시겠다고 하시더구나. 조금만 기다리면 한 이틀 신나게 구경 다니면서 놀 수 있을 게다. 그 양반 말씀에 어디 도리에 어긋나는 것이 있었니? 너도 그 양반의 성격을 잘 알고 있지 않니?"

아주는 장씨의 설명을 들으면서 마음속으로는 쓴웃음을 짓고 있다가 얘기가 끝나자 화난 어투로 말을 받았다.

"그 양반 찢어진 입으로 말은 잘 하네요! 형편없는 사기꾼 같으니라고! 지금 이 세상에 그 사람 말을 믿는 사람은 아버지 한 분밖에 없다고요!"

"어째서 그렇다는 게냐?"

장씨는 몹시 놀라는 듯한 표정이었다. 아주가 대답을 하지 않자 장씨는 고개를 돌려 진세룡에게 물었다.

"아주의 말이 도대체 무슨 뜻인가?"

진세룡은 사실대로 얘기하고 싶지 않았지만 무조건 모르겠다는 말로 자리를 피하는 것도 좋은 방법은 못 된다는 생각에 한참 동안 망설이다가 결국 두 부녀에게 흉금을 터놓고 얘기를 나눌 수 있도록 해주는 것이 최선의 방법이라는 판단을 내렸다.

"장 소저에게 직접 물어보십시오."

곧바로 선창에서 나온 그는 도판 위로 올라가 버드나무 그늘 아래서 더위를 식혔다.

"아주야!"

배 안에서는 자못 심각한 분위기 속에서 장씨가 무게 있는 목소리로 아주에게 따져 묻는 소리가 들려왔다.

"도대체 어떻게 된 일이냐? 어서 자세히 얘기 좀 해봐라."

아주는 입이 떨어지지 않았다. 도저히 사실대로 말할 수 없을 것 같았다. 남들이 자기를 원하지 않는다는 말은 결국 자기가 스스로를 비참하게 만드는 말이었다. 아주는 너무나 답답하고 난처하기만 했다. 호설암이 변심했다고 간단히 말하는 것으로는 모든 걸 확실히 밝힐 수 없을 것이고 장씨가 꼬치꼬치 캐어물을 경우에 일일이 대답해 주는 것도 이만저만 난처한 일이 아니었다.

"어서 말해 봐라."

장씨가 재촉했다. 아주는 한참을 머뭇거리다가 간신히 입을 열었다.

"이번에 이곳에 온 게 후회스러워요."

장씨는 도무지 그녀의 말을 알아들을 수가 없어서 갈수록 더 애가 탔다.

"도대체 왜 그러는지 속 시원히 말해 보렴."

"저한테 묻지 마시고 그분한테 가서 물어보시면 안 되나요?"

그분이란 물론 호설암을 가리키는 말이었다. 장씨는 조금씩 불안해지기 시작했다.

"대체 무슨 일이기에 그러냐?"

그는 미간을 찌푸리며 대답을 재촉했다.

"혹시 둘이서 싸우기라도 했단 말이냐?"

"그림자도 만나볼 수가 없는데 싸움은 무슨 싸움이에요? 만날 수만 있었더라면 정말로 싸웠을지도 모르지요."

아주가 냉소하며 대답했다.

"왜 그러는 게냐? 그분이 네게 잘못한 일이라도 있는 게냐?"

장씨는 딸을 나무라는 듯한 어투로 말했다.

"너도 그 성질머리 좀 고쳐야 돼. 화를 내 봤자 너만 손해라고."

장씨의 말에 또 다시 울화가 치밀어 올라왔지만 아주는 그래도 자기를 걱정해 주는 건 가족들밖에 없다는 생각에 애써 화를 달랬다. 그래도 자기에겐 부모가 다 살아 계시니 그런대로 팔자가 괜찮은 셈이었다. 생각을 바꾸고 나니 마음이 편안해지면서 이제껏 입 밖에 내지 못하던 얘기들을 허심탄회하게 털어놓을 수 있었다.

"뭐 그리 대단한 일은 아니에요."

아주는 자신도 모르는 사이에 칠고내내에게 영향을 받았는지 제법 호탕한 모습을 보이면서 큰 소리로 설명하기 시작했다.

"앞으로 그 사람은 그 사람이고 저는 저예요. 저도 그 사람이랑 싸울 생각이 없어요. 싸워 봤자 피차 좋은 소리는 오가지 못할 테니까요. 그 사람이 제게 무슨 얘기를 하더라도 전 그냥 웃어 주고 말 거에요. 그 사람이 저녁에 들어와서 잠자리에 들려고 할 때쯤 양심에 가책을 느끼기나 하는지 슬쩍 살펴보세요."

장씨는 두 사람의 관계가 어쩌다 하룻밤 사이에 이렇게 틀어져 버린 것인지 알 수가 없었다. 그는 믿어지지 않는 현실에 애써 놀란 마음을 진정시켰다. 하지만 사실 딸을 호설암에게 준다는 생각에 자신은 별로 찬성하지 않았기 때문에 이처럼 뜻하지 않은 상황에도 그다지 난감하진 않았다.

하지만 어떤 일이든지 깨끗하게 마무리하는 게 바람직하다는 것이 그의 생각이었다. 아주의 눈치를 봐서는 호설암을 만나 확실한 의사표시를 한 것 같기도 했지만 아주가 자기 입으로 그의 그림자조차도 볼 수 없었다고 하는 걸 봐서는 꼭 그렇지만도 않은 것 같았다.

"그럼 그가 사람을 보내 네게 무슨 말을 전한 모양이구나?"

장씨가 물었다.

"네, 그래요. 그렇지 않고서야 제가 그 사람의 속마음을 어떻게 알았겠어요?"

"그렇다고 그를 욕할 필요는 없다."

장씨가 아주를 타이르듯 말했다.

"어찌 됐든 호 노야는 정말 좋은 사람이야."

"어머니, 아버지에게는 물론 좋은 사람이겠지요. 그가 없었더라면 우리가 지금처럼 잘살게 되지도 못했을 테니까요."

부모의 가장 아픈 곳을 찌르는 말이었다. 원래 욱하는 성질이 있는 장씨는 딸이 자신을 재물이나 탐하는 사람으로 몰아세우자 금세 얼굴색이 변해 버렸다.

아주는 아무 생각 없이 입에서 나오는 대로 말하기는 했지만 장씨의 낯빛에 놀라움을 금치 못했다. 아무래도 자신의 말이 좀 지나쳤던 것 같아 재빨리 웃음을 보이며 변명을 늘어놓으려 했지만 이미 때가 늦은 상태였다.

"내가 딸을 팔아먹으려 했다는 뜻이냐?"

장씨의 목소리는 몹시 차가웠고 뼈가 들어 있었다.

"난, 거 뭐냐, 사행의 주인장 따위는 하고 싶지 않다! 상해에 갈 필요도 없고! 오늘 당장 호주로 돌아가야겠구나."

아주는 아버지가 이렇게 화를 내리라고는 생각지도 못했다. 그녀의 마음속에 아버지는 항상 남들이 시키는 대로 말없이 따르는 온순한 사람이었기 때문이다. 뜻밖의 반응에 너무 놀란 아주는 자신에 대한 후회와 원망으로 갑자기 울음을 터뜨렸다.

아주의 울음에 장씨의 마음도 몹시 아팠지만 한번 일그러진 얼굴은 금방 다시 펴지지 않았다. 장씨는 여전히 노기등등한 목소리로 소리쳤다.

"울긴 왜 울어? 울려면 집에 가서나 울어!"

장씨의 고함에 아주는 더욱 억울한 마음이었다. 그녀의 울음소리는 갈수록 커져만 갔고 급기야 뭍에 있는 진세룡의 귀에까지 들어갔다. 그는 다시 배로 내려가 보지 않을 수 없었다.

아주가 옷소매로 눈물을 훔치는 모습을 본 진세룡은 또 다시 자신의 손수건을 건네주며 농담하듯 말했다.

"오늘은 두 번씩이나 우시는군요."

아주는 어떻게 해야 좋을지 몰라 쩔쩔매고 있던 차에 진세룡이 나타나 빈정거리자 그가 건넨 손수건을 도로 내던지고 눈을 흘기며 말했다.

"무슨 상관이에요? 내가 두 번을 울든 백 번을 울든 댁과는 아무 상관도 없잖아요!"

진세룡에게 화를 내는 아주의 어투와 분위기는 완전히 어리광부리는 소녀의 모습이었다. 장씨는 자신도 모르게 빙긋이 웃으면서 노기를 풀었다. 아주에게 화를 낸 것이 결국은 딸의 또 다른 일면을 발견하는 계기가 된 셈이었다.

하지만 눈앞에 있는 진세룡이란 친구는 아무리 가까운 사이라 하더라도 외부인임에 틀림이 없었다. 예의를 갖춰야 하는 상대에게 아버지 앞에서 실례를 범하는 딸의 모습을 본 장씨는 한마디 거들지 않을 수 없었다.

"세룡. 저 애한테 신경 쓸 것 없네. 애가 워낙 버릇이 없어서 말이야……. 나이를 먹을수록 이해할 수 없는 행동만 한다니까."

"장 주인장님, 말씀이 너무 지나치셨어요."

진세룡이 웃으면서 말을 받았다.

"제가 이렇게라도 하지 않으면 장 소저의 눈물이 그칠 수 있겠습니까?"

아주는 진세룡을 힐끔 쳐다보고는 입을 삐죽거리며 말했다.

"고맙군요!"

"알았네. 쓸데없는 얘긴 그만 하기로 하지."

장씨는 다시 진지한 얼굴로 또박또박 심각하게 따져 묻기 시작했다.

"세룡, 우리 아주에 관한 일은 자네도 알고 있겠지. 호 선생님은 지금 다른 생각을 하고 계신 것 같은데 도대체 어떻게 된 일인지 모르겠네. 저 애한테 물어봐도 대답은 하지 않고 울기만 하고 있으니… 자네가 한번 잘 생각해 보고 내게 얘기 좀 해주게나."

"사실은 저도 잘 모릅니다."

진세룡도 침착한 태도로 대답했다.

"하지만 항주에 있을 때 호 선생님께서 하시는 말씀을 들은 적이 있어요. 아마 이번 일 때문에 호 선생님과 호 사모님께서 심하게 다투셨던 모양입니다."

갑자기 아주가 고개를 획 돌리며 진세룡을 향해 큰 소리로 말했다.

"그럼 그 얘기를 왜 진작에 내게 전해 주지 않았어요? 일찌감치 얘기해 줬으면 제가 직접 그분에게 여쭤봤을 게 아니에요? 어째서 지금까지 잠자코 있다가 마치 방금 알게 된 사람처럼 얘길 하는 거예요? 일부러 우리 집안의 누추한 모습을 드러내게 하고 싶었던 거로군요!"

아주는 단단히 화가 나서 조리 있게 따져 댔지만 사실은 겉으로만 요란한 넋두리에 지나지 않았다. 진세룡은 자신이 들은 얘기를 전부 그녀에게 전해야 할 책임은 없었지만 형세가 형세인 만큼 그녀가 화를 발산할 수 있도록 아무런 반박도 하지 않는 게 좋을 것 같다고 생각했다. 그렇지 않을 경우 싸움으로 번질 위험이 있었고 그에겐 또 다른 속셈도 있었던 것이다. 그는 정면으로 부딪치는 것을 피하고 묵묵히 고개를 끄덕여 미안하다는 뜻을 밝혔다.

"이런 말은 저로서도 함부로 꺼내기가 쉽지 않았어요. 그런 제 입장도 좀 이해해 주세요."

"물론 그렇겠지요. 그 사람을 '호 선생님'이라고 부르는 걸 보니 이미 그 양반의 제자라도 되신 모양인데, 당연히 스승의 편을 들어야겠지요."

"됐다, 그만해라!"

참다못해 장씨가 나서서 아주의 말을 막았다.

"그렇게 비아냥거리다가 큰 싸움이 벌어지고 말겠구나. 이런 식으로는 밤새 얘기해 봤자 결론이 나지 않겠다."

아주는 방금 혼이 난 터라 감히 더 이상 입을 열지는 못했지만 얼굴에는 못마땅한 표정이 여전했다. 결국 그녀는 입을 삐죽거리며 마지못해 자리를 피했다.

"전 신경 쓰지 마시고 두 분이서 말씀들 나누세요!"

아주는 고개를 숙인 채 곧장 밖으로 나와 바로 뒤에 있는 선창으로 들어가서는 조용히 두 사람의 얘기를 엿듣기 시작했다.

장씨는 아주에게 전혀 신경 쓰지 않고 거침없이 진세룡과 얘기를 계속했다.

"난 지금 몹시 난처한 지경에 빠져 있네. 세룡, 사리판단이 정확한 자네가 내 대신 결정을 좀 내려 주게. 난 아주를 데리고 다시 호주로 돌아갈 생각이네만……."

장씨의 말이 채 끝나기 전에 진세룡이 깜짝 놀라 물었다.

"아니, 갑자기 왜 그러십니까? 혹시 호 선생님께 화가 나신 건가요?"

"아닐세. 절대 그런 게 아니야."

장씨는 진세룡의 추측을 극력 부인했다.

"방금 아주 앞에서도 내가 호 노야를 두둔하지 않았나. 하지만 사람이 아무리 궁해도 지기志氣를 잃어선 안 될 것 같네. 솔직히 말해서 아주 엄마가 약간의 과대망상을 갖고 있긴 하지만 난 내가 사행의 주인장이 된다는 것이 적합하다는 생각은 한 번도 가져 본 적이 없네. 이전에야 곧 친척이 될 사이니까 피차에 별 문제가 없었지만 이제는 사정이 달라졌으니 그 양반이 날 계속 돌봐줄 필요도 없고, 나도 더 이상 그 양반의 도움을 받고 싶지 않네. 내 생각이 틀렸나? 자네의 생각을 한번 말해 보게."

"그게 아닙니다!"

진세룡이 간단하면서도 단호한 말로 대답했다.

"장 주인장님의 생각은 완전히 잘못됐습니다!"

"완전히 잘못됐다고?"

장씨는 승복하지 못하겠다는 듯한 표정으로 말을 받았다.

"그럼 그 이유가 뭔지 한번 말해 보게."

"첫째, 호 선생님은 절대로 그런 분이 아니십니다. 사정이 어떻게 변하든 간에 남 도와주기를 좋아하는 그분의 성격은 변하지 않을 거예요. 그리고 둘째로, 사행을 여는 것은 장 주인장님께서 호 선생님의 도움을 받는 게 아니라 오히려 호 선생님을 도와주시는 겁니다."

"듣기 좋으라고 하는 소린 줄은 알겠네만 어쨌든 그건 사실이 아니야. 그렇게 재주가 뛰어난 양반이 뭐가 아쉬워서 나 같은 사람한테서 도움을 받아야 한단 말인가?"

"재주가 뛰어난 사람일수록 남의 도움이 더 필요한 겁니다. 황제에게는 태감太監이 있고 대관 나리들에게는 수행원들이 있는 법이지요. 남의 도움이 필요하지 않은 건 거지들뿐입니다. 이런 비유가 맞을지는 모르겠지만 장사를 하는 데는 점원들의 도움이 더욱 절실한 법이지요. 호 선생님의 수완을 장 주인장께서도 잘 아시지 않습니까? 앞으로 장악하게 될

시장이 엄청나게 큰데 도와주는 사람이 아무도 없다면 적수공권赤手空拳
으로 무엇을 이룰 수 있겠습니까? 아무리 대단한 재주라 하더라도 무용
지물이 되고 말겠지요. 이번 생사 장사만 두고 보더라도 그렇지 않습니
까? 호주는 장 주인장님 내외분의 고향인데다 아주 아가씨도 일을 거들
수 있으니 이보다 더 안성맞춤인 경우가 어디에 있겠습니까?"

진세룡은 점점 목에 힘을 더해 가며 역설했다.

"그러니 장 주인장님께서는 절대로 남의 도움을 받고 있다는 생각을
가시시면 안 됩니다. 사람을 만나는 데는 반드시 일정한 연분이 있게 마
련입니다. 호 선생님이 여러 사람들에게서 도움을 받으시는 만큼 남들에
게 손해가 되는 일은 결코 하지 않으실 거예요. 다시 말해서 장 주인장님
은 호 선생님을 위해 점원 역할을 하시면서 최선을 다해 돈을 버시기만
하면 되는 겁니다. 공연히 쓸데없는 생각에 사로잡히지 마시고요."

장씨는 원래 속이 좁은데다 문자 그대로 '독문심사獨門心思'의 기질이
있어 말이 쉽사리 먹혀 들어가지 않았다. 그는 진세룡의 말이 충분히 일
리 있다고 생각하면서도 자신이 남의 도움을 받고 있다는 사실에 어딘가
떨떠름한 수치심을 떨쳐 버리지 못하고 있었다. 장씨는 또 다시 고개를
좌우로 흔들면서 반복해서 자신의 주장을 고집했다.

"모든 일이 말처럼 그렇게 간단한 게 아닐세."

바로 뒤의 선창에서 두 사람의 애기를 듣고 있던 아주는 조바심이 나기
시작했다. 진세룡의 말이 구구절절 옳은데다 그녀 자신도 또 다른 생각을
한 가지 갖고 있었기 때문이다. 아무리 호설암과의 관계가 틀어졌다고 해
도 벌려 놓은 사업은 그대로 밀고 나가면서 일과 감정에 확실한 경계를
그을 수 있어야 사람들의 입에 오르내리는 불상사를 예방할 수 있다는 것
이 그녀의 생각이었다. 그렇지 못할 경우 사람들은 장 아무개가 딸을 호
설암에게 출가시키려다가 일이 뜻대로 되지 않자 사행의 주인장 자리도

그만두게 되었다고 뒷소문을 퍼뜨리고 다닐 게 분명했다. 그처럼 억울하고 난처한 입장에 빠지게 되는 것이 아주로서는 너무나 두려운 일이었다.

아주는 다시 그녀의 엄마를 생각해 보았다. 단 한 가지 목표를 바라보면서 어렵사리 정든 배를 떠나 뭍에다 버젓하게 간판을 내걸고 하루빨리 진세룡이 말한 이른바 '연분'이 이루어지기를 기다려 왔는데 그런 기대가 하루아침에 '대나무 바구니로 달을 건지려는 헛수고[竹籃子撈月一場空]'로 변하고 말았다. 한없이 가슴이 미어졌다. 아주는 가만히 앉아 있을 수 없었다.

"아빠!"

그녀는 벌떡 일어나 두 사람이 애기를 나누고 있는 선창으로 뛰어 들어가 숨을 헐떡이며 물었다.

"저 때문에 화가 나서 그러시는 거지요?"

장씨는 아주를 힐끔 쳐다보며 못마땅한 듯이 나무랐다.

"제발 그렇게 멍청한 소리 좀 하지 마라."

"저 때문에 화가 나신 게 아니라면 무엇 때문에 굳이 호주로 돌아가시겠다는 거예요? 이 사람 얘기가 하나도 틀린 데가 없는데 받아들이시지 않는 이유가 뭐냐고요?"

그녀는 진세룡을 가리키며 항변을 계속했다.

장씨는 아무 말도 하지 않고 속으로 상황을 따져 보았다. 계속 강경한 자세로 나가다가는 아무래도 부녀지간에 싸움이 벌어질 것 같다는 생각이 들었다. 게다가 아주가 엄마 편을 들고 있기 때문에 두 여자를 당해 낼 재간이 없었다. 결국 장씨는 아주에게 질 수밖에 없었다.

"알았다, 알았어! 네 말대로 하마."

아주는 득의만면한 미소를 짓긴 했으나 속으론 아빠에게 너무 미안하다는 생각이 들었다. 그녀는 단 두 마디 말로 아빠를 설복시켰다는 자만심에 아빠에게 아무런 불만도 없다는 표시로 웃는 얼굴로 어리광을 부리며 말했다.

"내 말 두 마디면 아빠는 꼼짝도 못하신다니까요!"

"난 네가 정말 무섭구나!"

장씨도 쓴 웃음을 지으며 말을 받았다.

"물론 너희들이 한 얘기에도 일리가 있긴 하지만 일이 어떻게 되어 갈지는 신중하게 따져 봐야 할 것 같다."

"아빠는 모든 걸 혼자 생각하시는 분이라 다른 사람들의 견해랑 같을 수는 없을 거예요."

"누구나 자기 자신을 잘 알아야 하는 법이지."

장씨가 정색을 하며 말했다.

"능력껏 먹고 살아야 한다는 건 나도 잘 알고 있지만 내겐 사행에서 돈을 벌 만한 능력이 없는 것 같구나."

"아니, 뭘 그렇게 두려워하십니까?"

진세룡이 걱정할 일은 아무 것도 없다는 투로 말을 받았다.

"제가 있지 않습니까?"

"못 들으셨어요?"

아주도 웃으면서 장씨를 위로하듯 말했다.

"이 사람이 아빠를 열심히 도와드리겠다고 하잖아요. 물론 아빠는 원치 않으실 테지만 말이에요. 엄마가 늘 '쇠귀에 경 읽기'라고 말씀하시는 것도 이상할 게 없다고요."

이렇게 말하면서 아주는 손으로 입을 가리고 키득키득 웃었다. 아주의 그런 모습을 보고 진세룡은 또 다시 마음이 크게 흔들렸다. 그녀의 웃는 표정에는 다른 여자에게서 찾아볼 수 없는 묘한 매력이 있었고 울 때도 우는 대로의 야릇한 맛이 있었다. 정말이지 멍청하고 밋밋하면서도 욕심만 많은 여자들하고는 비교도 안 될 만큼 짜릿한 아름다움이었다.

어느새 아주는 바로 뒤에 붙어 있는 선창에 들어가 나무대야에다 장씨가 벗어 놓은 백죽포 저고리를 챙겨서 강가로 빨래하러 갈 채비를 하고 있었다. 아직 입이 댓 자는 나와 있었지만 그녀가 효녀임에는 틀림이 없었다. 그러나 장씨는 이런 효성심마저도 못마땅했는지 버럭 소리를 질러 그녀를 불러 세웠다.

"그건 내가 빨 테니까 거기 그냥 놔둬라! 햇볕이 점점 더 뜨거워지고 있으니 넌 어서 우 오숙의 집으로 돌아가기나 해."

그러면서 장씨는 진세룡에게 눈짓을 보냈다. 빨리 아주를 데리고 나가라는 뜻이었다.

아주는 장씨가 왜 그렇게 서둘러 자신을 우가로 돌려보내려 하는지 생각할수록 이상하기만 했다. 하지만 아버지랑 반나절을 싸우고 난 뒤라 그녀는 더 이상 거역하지 못하고 나무대야를 그대로 내려놓은 채 입을 삐죽거리며 헤어지면서 할 말을 생각하고 있었다.

"어서 가거라!"

장씨가 재촉했다.

"할 말이 있으면 며칠 있다가 상해에 가서 하도록 하자꾸나."

"아빠!"

아주는 마침내 한 마디를 생각해 냈다.

"엄마께서 사고 싶어하시는 물건들은 다 기억하고 계시지요?"

"잊어버렸으면 어떠냐? 상해에 도착해서 네가 다시 얘기해 주면 되지."

아주는 올 때와 마찬가지로 진세룡의 안내로 뭍으로 올라 우오의 집으로 발길을 향했다. 길을 걸으면서 얘기를 나누는 동안 아주는 마음속에 품고 있던 궁금증을 털어놓았다. 진세룡은 장씨가 서둘러 아주를 돌려보내는 것이 호설암이 곧 도착하기로 되어 있어서 두 사람이 얼굴을 부딪치는 것이 서로 불편할 거라는 생각 때문임을 잘 알고 있었다. 원래 그는 이런 얘기를 하지 않을 생각이었지만 시험 삼아 한번 얘기해 보기로 마음먹었다.

진세룡의 얘기를 듣고 아주는 아무 말도 하지 않은 채 고개를 푹 숙이고 조용히 강가를 따라 걷기만 했다. 진세룡으로서는 너무나 뜻밖의 반응이었다. 그의 생각대로라면 아주는 얘기를 듣자마자 자기는 호설암과 싸울 생각이 전혀 없는데 아버지가 지나치게 민감한 태도를 보이고 있다느니, 호설암이 어떻게 나쁘다느니 하면서 자신의 생각을 줄줄이 늘어놓았어야 했다. 그러나 뜻밖에도 아주가 침묵을 지키고 있으니 도무지 그녀의 의중을 떠볼 도리가 없게 된 것이다.

"날이 너무 덥군요!"

아주가 갑자기 걸음을 멈추며 고개를 돌려 진세룡에게 말했다.

"주朱 소저, 그럼 저기서 좀 쉬었다 가도록 하지요."

진세룡은 자연스럽게 손을 들어 손가락으로 길가 한쪽을 가리켰다.

손가락이 가리키는 곳에는 녹음이 짙은 커다란 나무 숲 아래 크고 평평한 바위가 하나 놓여 있었다. 바위 표면은 반들반들 윤이 나는 게 그 동안 얼마나 많은 사람들이 이곳에서 쉬었다 갔는지를 말해 주는 것 같았다. 바위 위에는 두 사람이 충분히 앉을 수 있었지만 남녀유별이란 생각에 진세룡은 그냥 서 있기로 했다.

한 사람은 앉고 한 사람은 서 있었지만 눈길은 둘 다 강줄기를 향해 있었다. 물속에서는 열 살 남짓 되어 보이는 아이들 대여섯 명이 실오라기 하나 걸치지 않은 알몸으로 장난을 치고 있었다. 두 사람 모두 시선이 그쪽을 향해 있었지만 아이들의 모습은 눈에 들어오지 않았다. 속으로 서로에게 할 말을 찾고 있는 것이었다.

"아!"

아주는 갑자기 할 말이 생각났다.

"왜 방금 절 '주 소저'라고 불렀죠?"

진세룡은 덜컥 겁이 났지만 정신을 가다듬어 보니 적당하게 받아칠 말이 떠올랐다.

"아주 아가씨 이름에서 '아阿*' 자를 빼면 '주珠**' 아가씨가 되는데 뭐가 잘못됐다는 겁니까?"

사실 아주는 이런 호칭에 매우 만족해하고 있었다.

"이 다음엔 제 성까지 바꿔 달라고 해야 되겠네요!"

그녀가 웃으면서 말했다.

아주의 고혹적인 웃음이 또다시 진세룡의 마음에 용기를 주었다. 수많은 날들 동안 가슴 속에 묻어 두고 있던 풋풋한 정을 드러낼 때가 온 것이다. 다소 조급한 감도 없지 않았지만 그는 그런 것까지 따질 처지가 못 되었다.

"성을 바꾼다 해도 '주' 씨로 바꿔 드리진 않을 겁니다."

진세룡은 농담 반 진담 반으로 대답했다.

아주는 한참 동안 자세히 생각해 보고 나서야 그가 말한 의도를 알 수 있었다. 가만히 따져 보니 이 사내는 자신에 대해 엉큼한 생각을 품고 있는 것이었다. 아주는 그가 '호 선생'이 물러난 틈을 이용해서 다른 마음을 먹고 다가오고 있음을 알아챘다. 순간적으로 얼굴이 일그러지면서 고개를 숙여 버리긴 했지만 이내 그를 화나게 할 필요가 없다는 생각이 들어 얼른 얼굴을 폈다.

이처럼 흐렸다 맑았다 하는 황매천***의 날씨보다도 더 변덕스러운 그녀의 표정에 진세룡은 뭐라 말할 수 없는 야릇한 기분을 느꼈다. 어쨌건

---

* 아阿__중국 사람들은 성이나 이름에 '阿' 자를 접두사로 붙여 일종의 애칭으로 사용한다.
** 주珠__朱와 발음이 같다.
*** 황매천黃梅天__늦은 봄부터 초여름까지의 매화나무 열매가 무르익는 계절로 장마철을 의미함.

간에 잔뜩 흐려 있던 얼굴이 맑게 개었다는 것 자체가 이미 좋은 징조인
셈이었다.

"아주!"

진세룡은 더욱 용기를 내서 이렇게 불러 놓고 나서 그녀의 눈치를 살펴
보았다.

아주는 다소 놀라는 것 같았지만 화난 기색은 보이지 않았다. 그녀는
재빨리 평정을 되찾고는 아무 일 없다는 듯이 편안한 어투로 말했다.

"처음엔 절 '장 소저'라고 부르다가 조금 전에는 '주 소저'라고 부르더
니 이젠 거침없이 이름을 부르는군요! 갈수록 더 예의가 없어지는 것 같
네요."

"이전에야 곧 호 사모님이 될 몸이었으니까 할 수 없이 소저라고 불러
준 것이지……."

그의 대답이 채 끝나기도 전에 아주가 말을 가로채 따지고 들었다.

"그럼 지금은요?"

"지금은 당연히 사정이 다르지. 아주와 난 나이도 비슷한데 내가 이름
을 부르지 못할 이유가 없잖아?"

하나도 틀리지 않은 말이었지만 아주는 아직 이에 승복할 마음의 준비
가 되어 있지 않았다. 그녀는 아무런 말도 없이 조용히 돌멩이를 한 줌 집
어 들고는 하나씩 수면을 향해 던지기 시작했다. 동그란 파문이 일면서
조금씩 커졌다가 금세 사라졌다. 그녀는 문득 세상만사도 전부 저 물결과
같다는 생각이 들었다. 조그만 사건들이 생겨나 금세 커다란 파문을 일으
켰다가 마음을 쓰지 않으면 이내 슬그머니 잊혀져 버리고 마는 것이었다.

"나이가 비슷하긴 하지요."

아주가 말했다.

"나도 맥한테 윗사람 행세를 하고 싶진 않아요."

아주는 일종의 유감을 표시한 것이었지만 세룡이 듣기에는 자신의 첫 번째 시도가 먹혀 들어가고 있는 것으로 들렸다. 기왕에 이렇게 된 바에야 이날부터 아주의 마음을 완전히 자기 것으로 만들어 버려야겠다는 생각이 들었다.

"아주, 내가 한 마디만 묻겠는데 혹시 대답하기가 불편하면 입을 열지 않아도 돼. 그래도 난 다 알 수 있으니까."

아주의 호기심을 자극하는 말이었다. 하지만 틀림없이 대답하기 곤란한 질문일 것 같아 아주는 경계를 늦출 수 없었다. 그녀는 결정을 내리지 못하고 마치 불을 가지고 노는 어린아이처럼 안절부절 주저하고 있었다. 잠시 시간이 흐르자 진세룡은 아주가 묵시적으로 자기의 말을 받아들이는 거라고 생각하고서 질문을 던지기 시작했다.

"아주. 가슴에 손을 얹고 말해 봐. 도대체 날 좋아하는 거야, 안 좋아하는 거야?"

결국 이런 질문이었다. 아주는 너무나 놀라 머리를 한대 얻어맞은 기분이었다. 얼굴이 화끈거리고 온몸에 진땀이 났다. 대답을 못 한 것은 물론이고, 당장 강물에라도 뛰어들어 그의 시선을 피하고 싶은 마음뿐이었다.

진세룡의 시선은 오래전부터 아주에게 고정되어 있었다. 그녀는 애써 고개를 돌리는 수밖에 없었다. 속으로 생각해 보니 이 사내도 얼굴가죽이 꽤나 두꺼운 것 같았다. 게다가 그는 뻔뻔하기까지 해서 대답을 하지 않을 경우 틀림없이 자기를 좋아하고 있는 것으로 간주할 것이 분명했다. 그렇다고 안 좋아한다고 말할 수도 없는 노릇이었다. 진퇴양난의 궁지에 몰리자 아주는 결국 짜증을 내고 말았다.

"이 사람이 정말!"

아주는 자리에서 벌떡 일어나며 큰 소리로 말했다.

"댁 같은 사람하곤 얘기도 하고 싶지 않아요!"

“애기하고 싶지 않다는 말은 입을 열지 않겠다는 말이나 마찬가지지. 그렇다면 무슨 뜻인지 알겠어.”

“뭘 알았다는 거예요? 멋대로 추측하지 말라고요.”

아주는 얼굴을 다소 누그러뜨리며 말했다.

“난 절대로 함부로 추측하지 않아. 단지 아주의 속마음을 전부, 그것도 정확히 알고 있을 뿐이지.”

정말로 아무런 생각도 갖고 있지 않다면 대꾸를 하지 않으면 그만이었다. 어차피 자기 속마음을 안다고 했으니 알아서 마음껏 추측하게 놔두면 그만이었던 것이다. 그러나 아주는 태연자약한 태도로 반문했다.

“내 속마음을 댁이 어떻게 안다는 거예요?”

“그럼 내가 말해 볼까?”

“말해 봐요. 보나 마나 잘못 짚었을 게 빤하니까.”

“아주는 날 눈곱만큼도 좋아하지 않아.”

아주는 그가 틀림없이 ‘넌 날 좋아하고 있어’라고 말할 줄 알았는데 그게 아니었다. 전혀 뜻밖의 반응에 아주는 말문이 막혀 버리고 말았다.

“어때? 내 말이 틀렸어?”

“맞다고는 말할 수 없지요.”

“그럼, 날 좋아하는 거로군?”

진세룡은 틈을 주지 않고 되물었다.

아주는 그가 스스로 애기를 마무리하도록 그냥 내버려 두었다. 그녀 자신도 일이 대체 어떻게 되어 가는 것인지 도무지 알 수가 없었다. 마음속으로는 그의 섣부른 행동이 몹시 미웠지만 어찌 됐건 간에 그 자리에서 진세룡을 좋아하지 않는다고 확실한 의사표시를 하고 싶진 않았다.

“댁하곤 다시는 같이 애기하지 않을 테니까 그런 줄이나 알아요.”

그녀는 애교가 섞인 투정을 부렸다.

“제자가 선생보다 더 상대하기 어렵군요.”

“그럴 리가 있나!”

진세룡의 말투에는 자신감이 넘쳐흐르고 있었다.

“나나 호 선생님이나 그렇게 상대하기 어려운 사람들은 아니지.”

아주는 남의 얘기를 들을 때 가끔씩 뜻은 새기지 않고 어투만 유심히 듣는 버릇이 있었다. 진세룡이 자신 있는 말투로 얘기하자 아주는 자신이 했던 말조차 까맣게 잊고서 그가 정말로 그렇게 대하기 어려운 사람이 아니라는 확신을 갖게 되었다.

진세룡이 또 다시 입을 열었다.

“또 한 가지 물어볼 게 있어. 언제 상해에 갈 생각이지?”

“내가 어떻게 알아요? 그건 우 오숙의 아내 우 오수尤五嫂와 칠고내내의 마음에 달려 있다고요.”

“우 오수는 믿을 수가 없어. 그 집엔 날이면 날마다 고붕만좌*인데다 그 많은 일들을 우오수 혼자서 전부 도맡아 감당해야 한다고. 게다가 아이들도 있지. 그러니 언제 시간을 내서 상해 구경을 갈 수 있겠어?”

“칠고내내는 시간이 있을 거예요. 하지만…….”

“아주는 그 언니랑 같이 있는 걸 별로 좋아하지 않는 것 같던데……. 그렇지 않아?”

“그 언니도 사람은 참 좋아요. 성격도 아주 솔직하고 시원시원하거든요. 좀 지나쳐서 탈이긴 하지만.”

아주는 쓴웃음을 지으며 고개를 가로저었다.

“아무도 그 언니를 당해 내지 못할 거예요.”

진세룡도 아주의 말에 동감이었다. 그 역시 칠고내내를 당해 낼 재간이

* 고붕만좌高朋滿座__친구들이 찾아와 집 안 가득 자리를 잡고 있는 것.

없었던 것이다.

칠고내내도 진세룡에게 상당한 호의를 보이고 있었다. 거의 친동생처럼 생각할 정도였다. 하지만 여러 사람들이 있는 데서 지나치게 친근한 모습을 보이다간 특별한 정분이 있는 것으로 오해를 살 소지도 없지 않았다. 진세룡에게 떠돌이 기질이 있는 건 사실이지만 나그네 처지에 아는 사람도 많지 않기 때문에 쓸데없이 뒷공론이 이는 건 두려웠다. 그래서 그녀를 피하면서 우가의 출입도 가능한 한 삼가고 있었던 것이다.

그러나 앞으로는 아주와 함께 보내는 시간이 많아지면서 자주 드나들지 않을 수 없게 되었다. 칠고내내를 당해 낼 재간은 없고 자칫하면 아주의 오해를 살 수도 있기 때문에 세룡으로서는 여간 불안한 것이 아니었다.

그가 입을 다문 채 아무 말도 하지 않자 아주는 자리에 더 앉아 있어 봤자 별 의미가 없을 것 같다는 생각에 벌떡 일어나 머리와 옷매무새를 다듬으며 말했다.

"그만 돌아가는 게 어때요?"

"조금만 더 앉았다 가. 난 아직 얘기가 다 끝나지 않았단 말이야."

아주는 곧장 대답하지 않고 잠시 생각에 잠겼다. 이번에 다시 주저앉아 얘기를 계속하게 되면 가벼운 한담이 아니라 심각한 얘기가 나올 게 분명하다는 예감 때문이었다. 진세룡은 지금 자기의 입장만 생각하고 있기 때문에 할 얘기가 많은 것이 당연했다. 호설암과의 관계가 남다른 만큼 앞차가 떠난 지 얼마 되지 않아 곧장 마음을 드러내기가 거북하긴 하겠지만, 애당초 자기에게 아무런 생각도 없었다면 이렇게까지 서두를 필요가 없었다.

아주는 마음속으론 자리를 피해야 한다고 분명하게 판단이 섰으면서도 웬일인지 두 발이 땅에 달라붙어 떨어질 생각을 하지 않았다. 한참을 머뭇거리다가 결국 그녀는 맨 처음 앉았던 자리에 다시 주저앉고 말았다.

"내가 보기엔 아주가 굳이 우오수나 칠고내내를 기다릴 필요가 없을 것 같아. 이틀만 지나면 내가 데리러 올 수 있으니까 말이야. 그렇게 하는 게 어때?"

아주로서는 안 좋을 이유가 없었다. 단지 가기는 쉬울지 몰라도 상해에 도착해서 마음껏 놀지 못할까 봐 은근히 걱정이었다. 때문에 그녀로서는 사전에 확실하게 다짐을 받아 두어야 했다.

"상해에 도착하면 어떻게 할 건데요?"

"신나게 구경 다니며 노는 거지 뭐."

진세룡이 말했다.

"상해는 거리뿐만 아니라 시장도 아주 번화하거든. 서양 사람들과 그 마누라들도 버젓이 손을 잡고 거리를 활보한다니까."

아주는 몹시 민감한 반응을 보이며 큰 소리로 진세룡의 말을 끊어 버렸다.

"누가 댁이랑 손 잡고 거리를 쏘다닌다고 그랬어요?"

"내 얘기는 그게 아니야."

진세룡도 우스운 생각이 드는 모양이었다.

"서양 사람들을 예로 든 것뿐이라고. 내 말뜻은 상해에 가서 구경을 하는 데는 굳이 칠고내내랑 같이 갈 필요가 없다는 거야. 내가 안내하는 게 더 나을 테니까 말이야."

말은 시원스럽게 했지만 실제로는 일이 그렇게 간단하지 않았다.

"어쩌다 한번 데리고 다니는 건 괜찮을지 모르겠지만 날마다 날 데리고 길거리로 나간다면 남들 눈에 어떻게 보이겠어요?"

아주도 애써 점잖은 표정을 하며 타이르듯 말했다.

"남들이 우리 사이를 어떻게 알겠어? 남매라고 하면 되잖아."

"그건 안 될 말이에요. 친남매들은 한눈에 티가 난다고요."

"꼭 그런 것만도 아니야. 대충 그렇게 보이도록 꾸미면 되잖아."

"어떻게 꾸민다는 거예요?"

"첫째, 아주 친한 척하면서……."

아주는 얼굴이 빨개졌다.

"치, 누가 댁이랑 친해지고 싶댔어요?"

진세룡은 아주의 말투를 유심히 살폈다. 언외지의를 간파하는 데는 이력이 나 있는 그는 아주의 말투에 담긴 속뜻을 이해하는 것도 그리 어렵지 않았다. 아주의 말은 '사람이 문제가 아니라 일이 문제'라는 뜻이었다. 손을 잡고 거리를 활보하는 것도 좋고 친한 척하는 것도 좋지만 그것이 진세룡과 함께라는 데 문제가 있다는 것이다. 물론 이 말은 일종의 반어反語로서 의도적으로 격식을 차리는 것에 지나지 않았다. 결국 이런 문제는 서로의 정분이 좀 더 깊어진 다음에 다시 의논하자는 뜻을 암시하는 말이었다.

이 말은 어쩌면 아주가 무의식중에 진심을 털어놓은 것일 수도 있었다. 진세룡은 아주의 마음에 대해 더 확신을 갖게 되었고 그럴수록 더욱 그녀를 놓아주려 하지 않았다.

"나랑 친해지고 싶지 않아도 괜찮아. 나 혼자 그렇게 꾸며도 사람들은 모두 내가 아주의 친오빠쯤 되는 것으로 생각할 테니까 말이야. 그렇게 되면 걱정할 게 아무것도 없잖아."

아주는 잠시 생각해 보고 나서 그의 생각에 따르기로 마음을 정했다. 하지만 세 가지 약속을 지켜야 한다는 조건이 붙었다.

"우선 다짐해 둘 것이 있어요. 첫째, 절대로 실없이 웃고 다니지 말 것. 둘째, 시끄럽게 잔소리하지 말 것. 셋째……."

그녀는 잠시 말을 멈췄다가 훨씬 더 엄숙한 표정을 지으며 다시 말을 이었다.

"내 몸에 절대로 손대지 말 것. 이 세 가지를 꼭 지키겠다고 맹세하면 상해에 함께 가는 걸로 하겠어요."

진세룽이 웃으면서 반문했다.

"네 번째는 없어?"

"어머, 이 사람 좀 보게!"

아주가 눈을 가늘게 뜨면서 말했다.

"방금 말했잖아요. 실없이 웃으면 안 된다고. 벌써부터 저 모양이니, 원!"

그녀는 정말로 화가 난 모양이었다. 진세룽은 얼른 표정을 바꿔 잔뜩 긴장한 모습으로 정색을 하며 대답했다.

"알았어. 이렇게 하는 게 마음에 들지 않는다면 그만둘게. 신경 건드리는 일은 절대로 하지 않을 테니까 안심하라고."

이 말에 아주는 한 가지 생각나는 것이 있었다. 이제껏 진세룽을 대하는 태도를 자기 자신에게조차도 명확히 규정해 두지 않았다는 사실이다. 이제 와서 생각해 보니 진세룽은 절대로 싫거나 거부감이 느껴지는 인물이 아니었다. 오히려 상당히 마음에 드는 유형의 사내였던 것이다. 아주는 자신도 모르는 사이에 고개를 들어 진세룽을 쳐다보았다.

눈을 커다랗게 뜨고 쳐다봐도 시원찮은 판에 그녀는 슬그머니 곁눈질로 그의 표정을 살피고 나서 눈길이 마주칠까 두려워 얼른 고개를 돌려 버렸다. 그럴수록 진세룽은 가슴이 부풀어만 갔다. 하마터면 그녀가 제시한 약속 가운데 세 번째 조항을 잊고 그녀의 하얗고 부드러운 손목을 잡을 뻔했다.

"와아!"

갑자기 물장난을 치던 아이들이 소리쳤다.

"저기 좀 봐! 남자랑 여자랑 껴안으려고 한다!"

아주는 부끄러운 마음에 얼굴이 홍시가 되어 진세룽은 거들떠보지도 않고 도망치듯 멀리 뛰어가 버렸다. 물 속에 있던 아이들은 여전히 깔깔

대며 소리쳤다.

"껴안는다! 남자랑 여자가 껴안는다!"

"이 녀석들!"

화가 난 진세룡은 아이 녀석 하나를 붙잡아 머리를 한 대 쥐어박아 주고 나서 부리나케 아주를 뒤쫓아 갔다.

그녀를 따라잡는 건 어렵지 않았지만 아주는 그를 상대해 주지 않고 건너편에 있는 울타리 밑으로 내려가 버렸다. 눈치가 빠른 진세룡은 그녀의 심정을 짐작하고는 더 이상 따라가지 않고 그냥 내버려 두었다.

우오의 집에 다 와 갈 때쯤 아주가 갑자기 걸음을 멈추더니 고개를 돌려 뒤를 돌아보았다. 할 말이 있으니 빨리 뛰어오라는 암시였다. 진세룡은 쏜살같이 달려 그녀에게 다가갔다. 가서 입을 열기 전에 그녀의 표정부터 살펴보니 얼굴의 홍조는 많이 가셨지만 아직 노기는 풀리지 않은 모습이었다. 그는 뭐라고 말을 해야 좋을지 몰라 안절부절못하고 있었다.

"전부 댁 한 사람 때문이에요!"

아주는 눈을 치켜뜬 채 어금니를 앙다물고 말했다.

자기에게 화풀이를 하는 게 당연하다고 생각한 세룡은 그녀를 달래 주는 수밖에 없었다.

"어린 아이들이 한 얘기를 가지고 그렇게 화낼 건 없잖아."

"댁이야 물론 얼굴이 두꺼우니까 조금도 이상하지 않겠죠. 하지만 난 무슨 죄로 그런 소릴 다 들어야 하냔 말이에요?"

아주는 견딜 수 없는 모욕감에 눈언저리가 붉어지며 금세 눈물방울이 흘러내렸다.

"울지 마."

진세룡이 부드러운 목소리로 그녀를 달랬다.

"칠고내내는 남의 일에 간섭하기를 좋아하기 때문에 이런 일이 그녀의 귀에 들어가지 않도록 각별히 조심해야 한다고."

원래 아주도 그에게 이런 얘기가 절대로 칠고내내의 귀에 들어가게 해선 안 된다고 주의를 줄 생각이었는데 진세룡이 먼저 이를 일깨워 준 것이다. 아주는 손가락을 입술에 갖다 대면서 낮은 목소리로 대답했다.

"댁만 입을 꼭 다물고 있으면 걱정할 일 아무것도 없어요."

말을 마치자 아주는 곧장 고개를 돌려 다시 걷기 시작했다. 진세룡의 기분은 정말 말이 아니었다. 얘기가 잘 되어 가고 있었는데 못된 녀석들이 함부로 주둥이를 놀려 대는 바람에 완전히 산통이 깨져 버린 것이다. 그는 어디서부터 다시 얘기를 시작해야 좋을지 몰라 그저 막막하기만 했다. 곰곰이 생각해 보니 자기가 너무 대담했던 것 같다는 생각이 들기도 했다. 조금만 더 조심스러웠다면 사람들이 왔다 갔다 하는 대로변에서 그런 얘기를 꺼내지도 않았을 것이고, 이처럼 흥을 깨는 일도 없었을 갓이기 때문이다.

하지만 이젠 후회해도 소용없는 일이었다. 기왕에 엎질러진 물이니 처음부터 다시 시작하는 수밖에 없었다. 진세룡은 이리저리 머리를 굴리다가 조용히 그녀를 따라 안으로 들어갔다.

그에게는 우오의 집이 아주만큼 친숙하지 않은데다 우가가 강호의 집안이라 비교적 개방적이긴 하지만 그래도 남녀의 구별은 엄격한 편이기 때문에 아무리 칠고내내가 잘 봐준다 해도 방문 출입은 물론이고 후청後廳에 드나드는 것도 불편하고 부자연스러울 수밖에 없었다. 우가에 가면 항상 잠깐 인사만 하고 나와야 했던 그는 더 이상 아주를 볼 생각은 하지 못했다.

그는 오늘의 상황이 어제와 크게 달라져 있다는 사실을 모르고 있었다. 달라진 원인은 우가의 두 여자가 이미 그를 다른 눈으로 보기 시작했기 때문이다. 그가 문간에서 우오의 수하에 있는 사람들과 한담을 나누고 있는 사이에 우오의 아내는 시동을 보내 할 얘기가 있으니 빨리 들어오라고 청했다.

문자 그대로 '총소'*였다. 진세룡은 정신을 바싹 차리고 후청으로 달려 들어가 공손하면서도 다정한 태도로 두 여인을 향해 인사를 건넸다.

"우 부인! 칠고내내!"

"그렇게 정중한 호칭을 쓸 필요까진 없어요."

칠고내내가 말했다.

"진씨도 우리 장씨 아가씨처럼 그냥 형수님 또는 누님이라고 부르면 돼요."

진세룡은 갈수록 더해 가는 환대에 몸 둘 바를 몰랐다. 그는 뜻하지 않은 횡재에 '공경이 순종만 못하다恭敬不如順從'는 속담을 생각해 내고는 재빨리 머리를 조아리며 감격 어린 목소리로 호칭을 달리하여 두 사람을 불렀다.

"우 오수 누님!"

그러면서 그는 슬그머니 눈을 돌려 아주의 표정을 살폈다. 아주는 다른 쪽으로 고개를 돌리고 있었다. 진세룡을 의식하여 일부러 그러는 것인지 아니면 다른 이유가 있는 것인지 알 수가 없었다.

"세룡!"

우오의 아내가 먼저 입을 열었다. 무척이나 편안하고 자연스러운 말투였다.

"오늘 오후에 떠날 예정이지요?"

"네, 그렇습니다. 오후에 떠납니다."

"한 가지 부탁할 일이 있는데 해도 되겠어요?"

---

* 총소寵召 _ 특별히 총애하여 부름.

"네, 어서 말씀해 보시지요."

"상해에서 물건을 좀 사다 주세요."

우오의 아내는 곧장 설명을 달았다.

"거의 매일같이 상해로 가는 사람이 있긴 하지만 그 사람들에게 물건을 부탁하려니까 영 마음이 놓이질 않아요. 진씨가 수완이 좋다는 걸 잘 알기 때문에 이렇게 특별히 부탁을 드리는 거예요."

진세룽이 웃으면서 말을 받았다.

"혹시 제가 돌아온 다음에 물건을 보시고 만족하시지 못할까 봐 걱정이 되는군요."

"그럴 리는 없을 거예요. 사 올 물건이 많으니 일일이 다 적어 가는 것이 좋을 것 같군요. 글씨 쓸 줄 알지요?"

진세룽은 전각篆刻을 배운 적이 있었기 때문에 글자를 많이 알고 있을 뿐 아니라 쓰기도 아주 잘 썼다.

"네, 압니다."

그는 주저하지 않고 시원스럽게 대답했다.

그의 대답이 떨어지기가 무섭게 칠고내내가 붓과 벼루를 내다가 홍목 탁자 위에 올려놓고는 걸상을 끌어당겨 놓고 손을 털며 말했다.

"자, 여기 앉아서 쓰세요!"

그가 동쪽 끝에 앉자 칠고내내가 맞은편에 자리를 잡았다. 왼쪽에는 우오의 아내가 앉았다. 그 위쪽에 빈자리가 하나 더 있었다. 칠고내내는 이 자리에 아주를 억지로 끌어다 앉혔다. 세 사람의 눈동자가 진세룽의 손에 쥐여 있는 붓 끝에 집중되었다.

그제야 그는 두 여자의 속뜻을 알아차렸다. 물건의 품목을 적기 위한 것이 아니라 그의 글재주를 시험해 보기 위한 것이었다. 진세룽은 마음이 불안해지면서 가벼운 흥분에 붓끝이 떨리기 시작했다. 하지만 그는 애써 정신을 가다듬고 세 명의 시험관이 지켜보는 가운데 훌륭한 권자*를 완성하기 위해 심혈을 집중했다.

설서선생**들이 늘 얘기하던 것처럼 '먹을 진하게 갈아 붓끝을 혀로 찍기만 해도 배가 부른[磨得墨濃, 紗得筆飽]' 기분이었다. 진세룡은 붓을 손에 쥔 채로 우오의 아내를 쳐다보며 조용히 분부를 기다렸다.

"남자들 두루마기를 한 벌 만들려면 옷감이 한 장尺 하고도 넉 자가 더 있어야 하니까, 한 장 넉 자씩 두 번 하면 두 장 여덟 자니까 거기다 여덟 자, 더해서 넉 장 여덟 자는 끊어야 되겠군요."

우오의 아내는 중얼중얼 속으로 어림계산을 한 다음 고개를 들어 진세룡을 쳐다보며 말했다.

"도로니***로 넉 장만 끊어다 주세요."

처음부터 어려운 문제에 봉착했다. '도로니'라는 옷감은 이름만 들어 봤을 뿐인데다 외국에서 들어온 옷감이라 어떻게 쓰는지 아직 모르고 있었던 것이다. 그러나 머리회전이 대단히 빠른 진세룡은 대부분의 외래어에 입 구口 변이 붙는다는 사실을 기억해 내고는 대충 그럴듯한 모양으로 써 내려갔다.

대충 쓴 글씨였지만 정확히 들어맞았다. 그는 우오의 아내에게 글자를 확인시킴으로써 자신의 용의주도한 면모를 보여 주었다.

"무슨 색으로 끊어 올까요?"

"검정색으로 끊어 오세요."

진세룡은 '현' 자는 쓸 줄 몰랐지만 그래도 틀릴 염려는 없었다. 그는 '도로니'라는 글자 바로 밑에다 '흑黑' 자를 한 자 적어 넣었다.

---

* 권자卷子__두루마리 형태로 된 과거 시험 답안지.
** 설서선생設書先生__구전되는 설화나 고대소설들을 사람들 앞에서 얘기해 주는 것을 업으로 하던 하층 선비.
*** 도로니__외국에서 수입된 폭이 넓은 나사羅紗천을 음역한 말.

진세룡은 우오의 아내가 불러 주는 대로 수많은 서양 물건들의 목록을 적어 내려갔다. 대부분 외래어들이라 어떤 것은 진세룡이 직접 음역音譯하기도 했다. 우오의 아내와 칠고내내는 이를 탓하지 않았다. 사실은 그들도 진세룡이 무슨 글자를 쓰고 있는지 알아보지 못했던 것이다. 아주는 그의 필사를 지켜보면서 반듯반듯한 글씨에 감탄을 금치 못했다. 어느새 진세룡을 바라보는 그녀의 얼굴빛이 환해지기 시작했다.

여인네들은 사소한 일에서도 서로 이견을 나타냈다. 우오의 아내와 칠고내내는 진세룡이 목록을 적어 내려가는 동안 쉬지 않고 이것저것 따지거나 서로 다른 주장으로 다투면서 떠들어 댔다. 아주도 이따금씩 나서서 자신의 생각을 보탰다. 그녀는 갈수록 표정이 더 밝아졌다. 진세룡은 인내심 있게 기다리고 있었다. 목록을 완성하고 나니 이미 점심때가 지나버려 한상 가득 차려 놓은 음식이 어느새 차갑게 식어 있었다.

"자, 수고하셨으니 식사부터 하세요."

칠고내내가 진세룡을 대하는 말투는 다른 사람들을 대할 때와는 달리 무척 다정하고 친절했다.

"세룡, 밖에 나가서 사 먹을 필요 없이 여기서 우리랑 같이 먹는 게 어때요?"

보통 때 같았으면 그녀의 호의를 극구 사양했겠지만 이번에는 그렇지 않았다. 그는 흔쾌히 그녀의 호의를 받아들여 자리에 앉자마자 젓가락을 들고 음식을 먹기 시작했다. 식사를 하면서도 한담이 끊이지 않았다. 진세룡은 '손에는 오현을 들고 있지만 눈은 하늘을 나는 기러기를 쫓고[手揮五弦, 目送飛鴻]' 있었다. 시선이 끊임없이 아주의 얼굴 주위를 맴돌고 있는 것이었다. 진세룡과 눈길이 마주칠 때면 아주는 다소곳이 고개를 숙이면서 애써 그의 눈길을 피했다. 당황하는 표정이었지만 얼굴은 한없이 평온해 보였다.

식사가 끝나자 우오의 아내는 안으로 들어가 100냥짜리 은표를 한 장 들고 나와 진세룡에게 건네주었다. 이제 가야 할 시간이 되었지만 그는 작별인사를 미루고 있었다. 언제 다시 아주를 만나 얘기를 나눌 수 있을지 몰라 마음이 놓이지 않았던 것이다. 바로 이때 아주가 나서서 기회를 만들었다.

"저도 배에 잠깐 다녀와야 할 것 같아요."

아주가 자리에서 일어서며 말했다.

"중요한 얘기가 두 가지 있었는데 깜빡 잊고 아버지에게 말씀드리지 못했거든요."

진세룡이 신이 난 것은 두말할 필요도 없었다. 두 사람을 붙여 주지 못해 안달이 나 있던 칠고내내가 자연스럽게 나서서 진세룡이 그녀를 배까지 데려다 주는 것이 좋겠다고 제안했다.

"아까 그 길로 가지 말고 다른 길로 가요."

우가의 집을 나서자마자 아주가 입술을 씰룩이며 말했다.

"어차피 강가로 나가야 하는 걸 뭐."

진세룡이 대답했다.

"그 녀석들이 또 다시 허튼소릴 하면 내가 붙잡아 놓고 단단히 혼을 내 줄 테니까 너무 걱정하지 마."

"내 기분에는 전혀 신경도 쓰지 않는군요!"

사실 아주는 배로 돌아가려는 것이 아니라 진세룡에게 부탁할 일이 있었던 것이다. 그녀는 앞장서서 조용하고 한적한 곳으로 걸음을 옮겨 자리를 잡고 앉았다.

"부탁할 일이 있어요."

그녀가 말했다.

"우가에 너무 오래 머물면서 폐를 끼쳤기 때문에 아무래도 약간의 성의 표시를 하는 게 좋을 것 같아요. 그분들께 선물을 좀 할까 하는데 상해에 가시는 길에 좀 사다 주세요."

이렇게 말하면서 그녀는 손수건 안에서 은표 한 장을 꺼내 그에게 내밀었다.

"다 합쳐서 스무 냥 정도면 될 거예요. 그리고 칠고내내에게 줄 물건은 아이들이 쓰는 걸로 사 오면 되요."

"알았어. 내가 알아서 사 올 테니까 갔다 온 다음에 다시 계산하도록 하자고."

"그러려면 그만두세요."

아주는 은표를 그의 손에 꼭 쥐어 주었다.

아주가 단호하게 나오자 진세룡은 하는 수 없이 은표를 받아 쥐면서 한마디 더 물었다.

"내가 아까 널 데리러 오겠다고 했는데 아직 마음을 정하지 못했나보군?"

아주도 그가 전에 했던 말을 선명하게 기억하고 있었다. 그녀는 마치 길을 가다가 갈래 길로 접어든 꼴이었다. 한 갈래는 길이 너무나 막막하고 밋밋하여 어디로든지 갈 수 있을 것 같았다. 길이 평탄하고 기복이 없어 편하긴 했지만 볼 만한 경관이 없었고 마지막에 어디로 이르게 되는지도 알 수 없었다. 또 한 갈래는 앞을 한눈에 훤히 내다볼 수 있는 길이었다. 기암괴석이 많아 몹시 험난하긴 했지만 산광수색山光水色이 아름답고 아기자기한 맛이 있을 뿐 아니라 종국에는 아주 편안하고 안락한 곳으로 귀숙할 수 있는 길이었다. 단지 도중에 실족하여 일생을 망치지 않을까 두려울 뿐이었다.

진세룡은 그녀가 한참 동안 대답을 못하고 있자 조급한 마음으로 물었다.

"왜 그래? 뭐라고 얘길 좀 해봐."

"그렇게 재촉하지 말고 제게도 시간을 좀 주세요."

"그래, 좋아."

진세룡은 그녀가 일부러 못 들은 척하고 있지나 않을까 걱정하고 있었다. 그녀가 방금 자신이 물어본 일을 생각하고 있는 거라면 시간이 좀 걸린다 하더라도 얼마든지 기다려 줄 수 있었다.

"그럼 천천히 생각해 봐."

아주는 아무리 생각해 봐도 쉽게 결단을 내릴 수가 없었다. 마음은 두 번째 길을 택하고 싶었지만 약간 겁이 났다. 그제야 그녀는 주변에 어떤 문제를 함께 상의할 친척이나 친구가 있어야 한다는 사실을 뼈저리게 실감했다. 이럴 때 칠고내내라도 곁에 있다면!

이런 생각을 하다 보니 그녀는 갈수록 더 대답하기가 어려웠다.

"때가 되면 대답할게요."

진세룡은 일시에 흥이 싹 가시면서 적절하게 대꾸할 말이 생각나지 않아 한참을 머뭇거렸다. 생각해 보니 아주는 이번 상해 여행을 그저 한번 놀러 가는 것으로 생각하는 게 아니라 매우 중요한 의미를 두고 있는 것 같았다. 그렇다면 그녀는 왜 마음을 정하지 못하고 있는 걸까? 진세룡은 어떻게 해서든지 그녀의 속마음을 알아 내고 싶었다.

"혹시 아직도 호 선생님을 생각하고 있는 것 아니야?"

"그 양반을 생각해서 뭐 하게요?"

아주는 얼굴을 찡그리며 절대로 입에 담지 않으려던 말을 어렵사리 털어내고 말았다.

"저하고 그 사람 사이는 깨끗해요. 정말 아무 일도 없었다고요. 그런데 이제 와서 내가 그 사람을 생각해서 뭐 하겠어요?"

이젠 호설암을 포기한 게 분명할 뿐만 아니라 이러한 그녀의 심사도 확실하게 밝혀진 셈이었다. 그녀의 말 속에 이미 상당히 깊은 의미가 담겨 있었던 것이다. 진세룡은 흐뭇한 표정으로 제멋대로 약속을 해 버렸다.

"닷새 후에 데리러 올게."

아주는 마음속으로 소리쳤다.

'누가 데리러 와 달랬어요? 아직 같이 가겠다고 대답도 하지 않았잖아요.'

단지 입 밖으로 나오지 않았을 뿐이었다. 그녀는 그러는 자신이 꽤나 우습다는 생각이 들었다. 이 사내가 호설암보다 훨씬 더 수완이 좋은 것 같았다.

"알았으니까 그 얘긴 그만해요. 전 돌아가 봐야 한다고요."

아주가 손을 흔들면서 말했다.

"내가 바래다줄까?"

"아니에요. 저는 우 오수네 집으로 돌아가야 돼요. 모두들 절 기다리고 있어요. 할 일도 적지 않은 것 같은데 제발 별로 상관없는 일에는 신경 좀 쓰지 마세요."

진세룡은 빙긋이 웃으며 걸음을 옮기기 시작했다. 몇 발짝 걷다가 다시 고개를 돌려 보니 마침 아주도 고개를 돌려 자신을 바라보고 있었다. 두 사람은 잠시 눈길을 주고받은 다음 다시 몸을 돌려 각자 길을 걷기 시작했다.

아스라한 그녀의 뒷모습과 함께 막 헤어지려고 할 때 그녀가 남긴 두 마디를 되새기면서 진세룡은 묘한 여운을 씹고 있었다. 마음은 뛸 듯이 기쁘기만 했다.

그러나 아주는 몹시 심란한 마음으로 자신의 감정을 명확히 파악하지 못하고 있었다. 그녀는 마음을 차분히 가라앉히고 생각을 가다듬어 보았다. 일단 돌아가면 칠고내내에게 붙잡힐 경우에 대비하기 위한 것이었다.

"왜 이렇게 빨리 돌아왔어요?"

첫 번째 질문부터 아주를 몹시 당황하게 했다. 거짓말을 할 만한 배짱을 갖고 있지 못한 아주는 입만 삐죽거리고 있었다. 속으로 대충 시간을 계산해 봐도 배에까지 갔다 올 시간은 못 되는 것 같았다. 눈치 빠른 칠고내내에게 아버지를 만나고 온 게 아니라는 사실을 들켜 버린 그녀는 진세룡과 따로 은밀히 할 얘기가 있어 일부러 핑계를 댔던 것이라고 이실직고해 버렸다.

그러고 나서 그녀는 마치 커다란 약점을 잡히기라도 한 것처럼 입을 열지 못하고 머쓱해 하고 있었다.

여걸인 칠고내내의 두 눈은 아주의 표정에서 그녀의 속마음까지 읽고 있었다. 아주의 속셈을 알아챈 그녀는 고소를 금치 못했다. 말 그대로 도둑이 제 발 저린 격이었다. 하지만 입이 가벼운 그녀로서도 이번만큼은 조심하지 않을 수 없었다. 아주의 마음이 너무 여려서 일단 상처를 받으면 피차의 정분을 회복하기가 어렵기 때문이었다. 그녀는 끝내 아무 말도 하지 않고 그저 빙긋이 웃기만 했다.

이처럼 가벼운 웃음조차도 심사가 극도로 날카로운 아주에게는 그냥 넘길 수 있는 일이 아니었다. 그녀는 어차피 감추지 못할 바에는 알아듣도록 설명을 하는 게 상책이라고 생각하고 사실을 있는 그대로 털어놓기 시작했다.

"솔직히 말씀드리자면……."

그녀의 안색은 어느새 평정을 되찾고 있었다.

"저도 진세룡에게 물건을 좀 부탁하려고 했던 거예요. 언니들 면전에서는 그런 얘기를 꺼내기가 쑥스러워서……."

"뭐가 그리 쑥스러운데요?"

"언니들 댁에서 오랫동안 폐를 끼쳤기 때문에 값이 얼마 되지 않더라도 조그만 선물을 하나 준비할까 했거든요. 언니들 면전에서 그런 부탁을 하면 당연히 제지당할 거라는 생각에 언니들 몰래 얘기하려 했던 것이지요."

"그랬었군요. 그렇게 돈을 쓸 필요는 없었는데……."

아주는 이런 기세를 몰아 반문했다.

"제 생각이 맞죠? 언니들 앞에서 그랬으면 틀림없이 못 하게 막으셨을 거라고요."

"좋아요. 그럼 나도 사양하지 않을게요. 친자매나 다름없는 사람들끼리 사양해 봤자 소용이 없을 테니까."

칠고내내가 탁자 위에 있는 자명종을 바라보면서 말했다.

"난 서장*에 갈 생각인데. 어때요? 같이 가지 않을래요?"

칠고내내는 설서선생의 이야기를 몹시 좋아했다. 일단 한번 그의 얘기에 넋을 잃으면 하루도 빠지지 않고 찾아가 들어야만 했다. 반면에 아주는 여자가 남정네들이 득시글거리는 서장 같은 곳에 고개를 내민다는 것은 아주 보기 흉한 일로 여기고 있었다. 게다가 일부 설서선생들이 남녀의 상열지사를 얘기하는 대목에서는 주위에 당객들이 앉아 있다는 사실을 알고도 일부러 소리와 몸짓까지 섞어 가면서 얘기를 진행하기 때문에 여간 저속하고 낯 뜨거운 게 아니었다. 칠고내내에게는 이런 것들이 전혀 문제 되지 않았지만 아주에게는 말도 꺼내기 어려울 정도로 끔찍한 일이었다. 아주는 딱 한 번 서장에 다녀온 이후로는 줄곧 그런 자리에 끼는 것을 꺼리고 있었다. 칠고내내도 더 이상 강요하지 않고 매일 서장에 갈 때마다 형식적으로 한번 권하는 것으로 그쳤다. 아주 가끔씩 그녀의 권유에 응할 때도 있었지만 그럴 때면 으레 그날의 얘기가 몇 회분인지 먼저 확인하곤 했다.

* 서장書場_설서선생이 이야기를 들려주는 장소.

아주는 칠고내내가 「옥청정玉鯖斑」이라는 이야기에 푹 빠져 있다는 사실을 알고 있었다.

"오늘은 어디까지 얘기한데요?"

"아마 '암당산자庵堂産子'까지 얘기하게 될 거야."

'암당산자'에는 어린 비구니 하나가 아이를 갖게 되는 사건 말고는 그다지 야비한 대목이 없다는 걸 알고서 아주는 순순히 함께 가겠다고 대답했다.

함께 갈 사람이 생기자 칠고내내는 더욱 흥이 났는지 얼굴에 분을 찍어 바르고 요란하게 치장을 하면서 '암당산자'의 전체 줄거리와 함께 어제 저녁의 관자*와 얘기의 결말을 아주에게 자세히 설명해 주었다.

"한데 도대체 신申 대야가 맞아요, 김金 대야가 맞아요?"

"신 대야가 맞을 거예요. 설서선생들은 모두 김 대야라고 부르긴 하지만 말이에요. 소주에서는 신씨 집안의 세력이 크기 때문에 함부로 얘기하지 못하거든요. 원래 이 얘기는 설서가 금지되어 있던 거예요."

"그렇다면 이 얘기가 실제로 있었던 일이겠군요!"

"그건 잘 모르겠어요. 하지만……."

칠고내내는 설명을 계속했다.

"신가의 선대에 장원급제한 분이 있었다는 건 사실인 것 같아요. 어느 핸가 소주에 한 무리의 사람들이 내려왔는데 문 앞에 하마석**이 놓여 있고 깃발과 함께 '장원급제'라고 적힌 편액이 걸려 있었다나요. 그래서 사람들은 모두 그 집을 신장원가申壯元家라고 불렀대요."

"그럼 그 장원급제한 사람이 바로 비구니의 아들이었겠군요?"

"「옥청정」의 이야기에 따르면 그 비구니의 아들은 이름이 신원재申元宰

---

* 관자關子__극이나 소설 따위의 절정 부분.
** 하마석下馬石__지체가 높은 사람이 말에서 내릴 때 밟는 돌.

라서 나중에 장원급제를 하게 된 거래요. 그리고 비구니가 자신이 엄마임을 밝히는 '암당인모庵堂認母'에서는 그녀가 그를 맞아들여 함께 집으로 돌아가게 된대요."

"그렇다면 신 대낭낭大娘娘은요? 신 대낭낭은 뭐라고 말했대요?"

아주가 물었다.

"말은 무슨 말을 했겠어요? 자기가 난 아들이 아니긴 하지만 고봉誥封이 먼저 그녀에게 귀속되었고 신 대노야가 오래전에 암자 안에서 죽었으니 죽은 사람에게 생떼를 써 본들 별 도리가 있었겠어요?"

"그러면 그 비구니는 얼굴을 내밀기가 괴로웠겠군요!"

아주가 탄식하는 어투로 말했다.

"아마 아들이 장원급제를 하리라고는 꿈에도 생각지 못했을 거예요."

"내 생각에는 그럴 필요가 없었을 것 같아요."

칠고내내는 차분한 목소리로 말했다.

"여러 해 동안 괴로운 나날을 보내다가 아들이 나타났지만 머리는 하얘지고 눈은 희미해진데다 이는 다 빠져 버렸으니 그걸 행복이라고 할 수 있겠어요? 그저 허망하기만 할 뿐이지요. 차라리 젊었을 때 단 며칠이라도 같이 지내는 게 낫지요."

이 말은 은연중에 아주에게 암시하는 말인지도 몰랐다.

어찌 됐건 아주는 이 이야기에서 아주 강한 인상을 받았다. '암당산자'의 이야기를 다 듣고 돌아오는 길에 마음은 갈수록 더 서늘해지는 것 같았다. 게다가 사고무친이었을 그 비구니의 외로움을 생각하니 그녀는 자신도 모르게 식구들에게 생각이 미쳤다. 하루빨리 호주로 돌아가 엄마와 함께 지내고 싶어하던 조바심도 이 이야기로 인해 다소 가라앉게 되었다.

고향 생각에 잠이 오지 않아 아주는 사경四庚이 되도록 뜬눈으로 앉아 있었다. 그녀와 칠고내내는 동서의 상방廂房을 쓰고 있었기 때문에 서로 건너편 방에 불이 꺼지지 않고 있는 것을 알 수 있었다. 마음이 놓이지 않았는지 칠고내내가 먼저 침상에서 나와 아주의 방문을 두드렸다.

아주는 그것이 칠고내내임을 금세 알아차렸다. 그녀 말고는 이런 밤중에 방문을 두드릴 만한 사람이 없었던 것이다. 아주가 문을 열어 주면서 물었다.

"왜 여태 안 주무셨어요?"

"난 벌써 한숨 자고 일어난 거예요. 일어나 보니까 아가씨 방에 불이 켜져 있기에 한번 건너와 본 거라고요."

방 안으로 들어선 그녀는 아주의 양쪽 장문帳門이 아직 내려지지 않은 것을 발견하고는 의아한 생각이 들어 물었다.

"이제껏 자지 않고 있었군요? 그럼 도대체 뭘 하고 있었던 거예요?"

"아무것도 안했어요. 그냥 잠이 오지 않아서……."

"누굴 생각하고 있었죠?"

아주는 얼굴이 빨개졌다.

"누굴 생각하긴요? 당연히 우리 엄마지요."

"그렇겠군요."

칠고내내는 가만히 아주의 손목을 잡았다.

"안 추워요?"

"괜찮아요."

아주가 그녀를 바라보니 반소매 저고리 하나밖에 걸치고 있지 않았다. 게다가 가슴 부분의 단추가 제대로 채워지지 않아 하얀 젖가슴이 밖으로 드러나 있었다. 저고리도 좀 작았는지 젖무덤이 겉으로 삐져나올 것만 같아 보였다. 문득 칠고내내도 인생에 있어서 한창 꽃피는 시기를 맞고 있는데 여전히 수절을 하고 있으니 여간 가엽지 않다는 생각이 들었다.

이런 생각에 아주는 자신도 모르게 자기 손목을 잡고 있는 칠고내내의 손을 꼭 움켜쥐었다.

"언니!"

아주가 착 가라앉은 어투로 입을 열었다.

"이리 좀 앉으세요!"

아주는 그녀의 손을 잡아끌어 나란히 침상 가장자리에 앉았다. 그리곤 두근거리는 가슴으로 그녀를 쳐다보았다. 그러는 그녀의 눈에는 왠지 안타깝고 우울한 분위기가 잔뜩 서려 있었다. 칠고내내를 뚫어져라 쳐다보고 있는 아주에게 그녀가 물었다.

"왜 그래요? 무슨 할 얘기라도 있어요?"

아주가 부드러운 목소리로 천천히 입을 열었다.

"제 생각으로는 속어에 '집집마다 읽지 못하는 경이 있다'는 말이 아무래도 잘못된 것 같아요. 사실은 '사람들마다 읽지 못할 경'이 있는 것 같거든요. 가까운 예로 남들이 언니를 보면 하루 종일 웃는 얼굴이라 아무런 걱정거리도 없는 사람으로 여기기 쉽지만 자세히 따져 보면 언니도 세월 가는 것이 그리 즐겁지만은 않을 것 같아요."

이 평범한 말 한마디가 칠고내내의 아픈 상처를 건드리고 말았다. 오빠와 올케가 함께 살고 있기는 하지만 누구도 이런 얘기를 꺼낸 적이 없기 때문이다. 처량만장懷凉萬壯한 자신의 심정을 알아주는 사람이 없었는데 이제 자신의 고민과 아픔을 알아주는 사람이 하나 나타난 것이다. 칠고내내는 지기를 만났다는 감격에 그렇게 강인하던 모습은 어디로 갔는지 어느새 눈언저리가 붉어지기 시작하더니 이내 눈물을 흘리고 말았다.

하지만 그녀는 역시 강인한 여자였다. 남이 자신을 불쌍하게 여기는 게 싫었는지 그녀는 애써 평소의 활달한 모습을 되찾으며 마음에 없는 말로 대답했다.

"잘못 봤어요. 난 이렇게 세월 보내는 것이 괴롭다는 생각은 한 번도 안 해봤어요."

아주는 고개를 설레설레 흔들었다.

"저 같았으면 이런 세월은 정말 견디지 못했을 거예요."

"견뎌 내지 못하면 어떻게 해요?"

칠고내내는 기회를 놓치지 않고 재빨리 말을 받았다.

"이처럼 혼자 외롭게 지내는 세월이 그렇게 괴로워 보이면 아가씨도 일찌감치 마음을 정하는 게 좋을 거예요. 호 주인장하고는 관계를 완전히 정리하는 게 잘못된 길로 빠지지 않는 유일한 방법이에요. 그 양반은 사업을 하는 사람이라 하루는 소주, 하루는 상해로 정신없이 돌아다녀야 하기 때문에 독수공방은 따 놓은 당상이라니까요. 그런 마음고생을 어떻게 다 감당하려고 그래요?"

"아이!"

아주는 미간을 찌푸리며 손을 내저었다.

"그분 얘기는 그만두고 다른 얘기나 하지요."

아주가 무심코 한마디 던진 얘기를 칠고내내는 집요하게 붙들고 늘어지면서 흥분을 감추지 못했다.

"자!"

그녀는 아주의 손을 잡아끌어 침상에 앉혔다.

"우리 함께 밤을 새기로 해요. 언니 동생끼리 마음속에 감춰진 은밀한 얘기들을 다 털어놓자고요."

아주도 정신이 말똥말똥한 게 조금도 졸리지 않았다. 방금 입추가 지나서 그런지 자정이 조금 지나니 밤공기가 한결 포근하게 느껴졌다. 마침 아주도 누군가와 밤새 얘기를 나누고 싶던 차였다. 하지만 칠고내내가 워낙 고삐 풀린 말 같아서 다소 겁이 나기도 했다.

"은밀한 얘기를 나누는 것도 좋지만 너무 크게 벌리지는 마세요."

그녀가 웃으면서 말했다.

"그건 걱정하지 말아요."

칠고내내는 그녀의 발그스레한 얼굴을 어루만지며 말을 받았다.

"은밀한 얘기를 하는데 시끄러워질 이유가 어디 있어요? 우리 둘만 알고 있으면 되잖아요?"

"이렇게 하지요. 혹시 배고프지 않으세요? 제게 항주에서 가져온 소홍향고紹興香羔 과자가 있는데 그걸 함께 먹으면서 얘기해요."

"소홍향고는 아가씨네 호주의 특산 사탕인 호주수당湖州酬糖만 못해요. 혹시 사핵도당沙核桃糖은 없어요?"

"있어요. 하마터면 잊을 뻔했네요."

아주는 다과를 넣어 두는 석회 항아리에서 사핵도당을 한 움큼 꺼내 침상으로 가져왔다. 두 사람은 나란히 베개를 베고 누워 얇은 자색 나사 이불을 덮고 사탕을 먹으면서 은밀한 대화를 나누기 시작했다.

"언니는 수절하신 지 얼마나 되셨어요?"

"올해로 4년째예요."

'그렇게 4년을 보내기가 어땠어요?' 아주는 이렇게 묻고 싶었지만 차마 그럴 수는 없었다. 대신 엇비슷한 말로 우회하여 물었다.

"시어머니가 아주 지독했나 보죠?"

"아니에요. 솔직히 말해서 아주 훌륭하신 분이었지요. 단지 성격이 좀 맞지 않았을 뿐이에요. 하루 종일 잔소리를 하시긴 했지만 모두 좋은 뜻으로 하시는 말씀이었어요. 이를테면 날씨가 덥고 식욕이 없을 때는 음식을 너무 많이 먹지 말라고 하시면서 이것저것 물어보시는 거예요. 한시도 입을 가만히 두지 않으셨어요. 혹시 병이 난 게 아니냐 하고 물으셨다가 금세 또 의원에게 가 봐야 하지 않겠느냐 하셨지요. 날이 서늘해지면 밤에 잘 때 조심해야 한다는 말씀도 잊지 않으셨어요. 그러다가 내가 들은 척도 하지 않으면 또 처량하게 우시는 거예요. 시어머니가 아들을 생각하면서 우시니 당연히 며느리인 나도 따라 울 수밖에 없지요. 이게 얼마나 힘든 생활이겠어요?”

“그럼 시어머니한테로 돌아가서 함께 살겠다는 건 누구의 생각이었죠?”

“물론 나 자신이 생각했던 일이지요.”

칠고내내가 대답했다.

“내게 이래라 저래라 할 수 있는 사람은 아무도 없어요.”

“설마 시어머니랑 평생을 함께 사시려는 건 아니겠지요?”

아주가 조심스럽게 물었다.

“평생 함께 살게 돼도 괜찮아요. 우리 오빠랑 올케는 다른 집 오빠나 올케하고는 다르거든요.”

“그건 저도 알 것 같아요. 솔직히 말해서 우오 오빠랑 우 오수 언니는 언니를 너무나 살뜰하게 대하는 것 같아요.”

“그야 당연하지요. 자기들 살붙이인데…….”

칠고내내는 잠시 말을 끌다가 다시 이었다.

“그래도 한 가지 이유는 있어요. 아가씨한테는 말해도 괜찮겠지.”

원래 우오는 10여 년 전만 해도 상당히 대가 세고 굽힐 줄 모르는 성격의 소유자였다. 한번은 송강부 지부知府의 대노야와 기원에서 싸움을 벌이다가 감옥인 반방班房에 붙잡혀 들어가게 되었다. 그 지부는 원래 사리가 밝은 양반이라 간단히 훈방해서 내보내 줄 생각이었으나 우오가 법리에 어긋난다는 이유로 이를 받아들이지 않자 이번에는 정말로 화가 난 지부가 그에게 관원을 모독했다며 ‘목무관장目無官長’이라는 죄명을 씌워 버렸다. 그러자 노태야는 백방으로 줄을 대서 어떻게든 그를 구해 보려고 애썼지만 그 지부 또한 워낙 고집이 센 서생이다 보니 어떤 말도 통하지 않았다.

"바로 이때 조운이 시작됐지요. 우리 오빠가 배에 타지 않으면 일이 제대로 진행될 수 없기 때문에 노태야는 이만저만 다급해진 게 아니었어요. 결국엔 내가 나서서 그 지부를 만나게 됐지요."

칠고내내는 득의만면한 표정으로 지난 일을 회상하고 있었다. 문득 그녀의 두 눈이 커다란 물방울처럼 반짝거렸다.

"내가 이렇게 말했지요. '대노야, 우리 오라버니께서 대노야께 득죄하여 송사에서 징역 3년 6개월의 판결을 받았습니다. 그런데 우리 오라버니께서는 지금 공사를 맡고 있는 중이니 제가 대신 잡혀 있도록 해주셨으면 합니다. 절 잡아들이시고 대신 우리 오라버니를 풀어 주셨다가 조운이 끝나 조선이 회공하면 다시 그를 감옥에 넣고 절 풀어 주시면 되지 않겠습니까?' 하고 말이에요."

"어떻게 그런 생각을 다 하셨어요?"

아주가 흥미진진한 표정으로 물었다.

"그래서 그 지부의 대노야가 뭐라고 했는데요?"

"모두들 지부의 대노야가 고지식한 서생이라고 말하지만 사실은 그렇지도 않더라고요. 그 양반이 이렇게 말하더군요. '네 오라버니는 끝까지 자신의 주장을 고집하고 있어. 세상 모든 백성들이 관을 두려워하는데 네 오라비처럼 관이 백성을 두려워하길 원한다면 어찌 왕법이 제대로 설 수 있겠느냐? 내 원래 네 오라비를 중벌하는 것은 물론이요, 상부에 보고해서 첨정의 자리마저 빼앗아 버릴 생각이었지만 동생인 네가 이처럼 사리에 밝은 걸 봐서 네 청을 들어주도록 하겠다. 하지만 그렇다고 모든 일을 그리 쉽게만 생각해서는 안 될 게다. 감옥에서 세월을 보낸다는 건 여간 힘들지 않으니까 말이다.' 그래서 또 내가 말했지요. '알겠습니다. 하지만 이렇게 하지 않고서는 대노야의 분이 풀리지 않는다면 제가 이를 악물고서라도 처벌을 대신 받도록 하겠습니다.' 그랬더니 대노야가 내 말에 감복했는지 손을 내젓더군요. '됐어, 됐다고. 네 모습을 보니 내가 먼저 분을 푸는 게 낫겠구나. 그럼 네가 보증을 서는 걸로 하고 가서 네 오라비를 데리고 가도록 하려무나.'라고요."

"듣던 중 반가운 얘기였겠군요."

아주가 웃으면서 말했다.

"그래서 보증을 서셨나요?"

"그럼요. 내가 손도장을 찍어 보증을 서고 나니까 대노야가 우리 오빠를 부르더라고요. 그러더니 이렇게 호통을 치는 거예요. '너도 앞으론 성질 좀 고쳐먹도록 해라. 그렇지 않고 또 다시 그런 행패를 부렸다가는 내가 널 벌하는 게 아니라 네게 보증 선 사람을 벌할 테니까. 한번 생각을 해봐라. 네 잘못으로 인해 네 누이동생이 옥살이를 하게 된다면 무슨 낯으로 네 부모님들 앞에 서겠느냐 말이다.'라고요."

"아하! 그런 방법도 있겠군요!"

아주가 지부의 생각을 이해하기라도 한 듯 말했다.

"우오 오빠가 아무것도 두려워하지 않고 끝까지 고집을 부리니까 언니를 이용해서 오빠의 성격을 고치게 한 거로군요."

"바로 그거예요. 결국 지부 대노야가 그렇게 고지식하고 완고한 분이 아니었지요."

칠고내내는 다시 얘기를 계속했다.

"그리고 나니까 노태야께서 직접 절 부르시더니 큰 잔치를 베풀어 주시더군요. 그러시더니 조방의 형제들이 다 모인 자리에서 날 맨 윗자리에 앉히시고는 이렇게 말씀하셨어요. '아칠*이 여자인 것이 정말 애석하구나! 남자로 태어났더라면 내가 데려다가 관산문關山門으로 썼을 텐데 말이야.'라고요."

"언니!"

아주가 신이 나서 말했다.

"전 언니한테 이렇게 대단한 공명심이 있는 줄은 정말 몰랐어요."

"에이!"

칠고내내가 장탄식을 내뱉으며 말했다.

"바로 그 공명심 때문에 모든 게 잘못된 거예요."

"어째서요?"

아주가 의아한 듯 물었다.

어차피 이 세상에서 벌어진 일이라면 의아할 게 아무것도 없었다. 칠고내내 같은 성정性情이라면 이런 공명심으로 못 할 일이 없었다. 그 이후로 그녀는 무슨 일이든지 사내들과 똑같이 관여했고 흘강차**의 자리에는 으레 그녀의 역할이 필요했다. 그러다 보니 호방한 기질 때문에 자연히 여자다운 맛을 점차 잃어 가게 된 것이다.

"여자는 어쩔 수 없이 여자일 수밖에 없어요."

칠고내내가 회한을 이기지 못한 듯 탄식을 내뱉었다.

"여자가 여자답지 못하면 무슨 소용이 있겠어요? 나처럼 한평생을 살 다가는 결국 자기만 손해라고요."

자못 심각한 얘기였다. 칠고내내는 세파를 경험한 선배의 자격으로 이 런 견도지언見道之言을 전해 주고 있는 것이었다. 아주는 놀랍기도 하면서 한편으론 매우 감격스럽기도 했다. 놀라운 것은 칠고내내가 여자로서 남 자들의 기개를 제치고 중요한 일들을 해냈다는 것이고 감격스러운 것은 그녀가 한 말이 폐부에 깊이 감춰져 있던 것으로 아무에게나 쉽게 털어놓

....

* 아칠阿七__칠고내내가 집안에서의 서열이 일곱째이기 때문에 서열 앞에 애칭을 만들어 주는 접두사가 붙어 또 다른 호칭으로 쓰인 것임.
** 흘강차吃講茶__옛날에 강호의 사내들이 화해할 때 함께 차를 마시던 습관.

을 수 없는 말이었다는 사실이다.

"언니!"

아주도 그녀의 진솔한 정에 똑같이 진정으로 보답하기로 마음먹었다.

"언니가 얘기하지 않았다면 저도 얘기하지 않았을 테지만 이제 언니의 얘기를 들었으니 저도 제 속마음을 말해 볼게요. 언니는 말을 안 하고 가만히 앉아 계실 때는 완전히 관음보살 같더니 일단 입을 열었다 하면 신 대낭낭은 저리가라더군요! 신 대낭낭이 암호랑이가 아니었다면 신 대야가 그런 지경에 빠지지도 않았을 거예요. 언니도 우오 오빠처럼 성질을 좀 고치시는 게 어떻겠어요?"

"난들 왜 그런 생각을 안 해봤겠어요?"

칠고내내는 고개를 좌우로 흔들더니 한동안 말이 없었다.

도저히 고칠 수 없다는 뜻일까? 아주는 속으로 생각해 보았다. 성격을 고치지 못한다면 어느 남정네도 그녀를 데려가지 않을 것이 분명했다. 그렇다면 정말로 한평생 과부로 지낼 생각이란 말인가? 기어코 열녀비라고 세우고 말겠다는 심산이란 말인가?

그녀는 칠고내내가 끝까지 수절하진 못할 거라고 생각했다. 그러나 차마 입 밖에 낼 수 없는 말이라 여러 번 망설이다가 끝내 참고 말았던 것이다.

"한 가지 물어볼 말이 있어요."

아주가 생각에 잠겨 있는 사이에 칠고내내가 입을 열었다.

"아가씨가 보기엔 세룡이란 사람이 어떤 것 같아요?"

"또 그 사람 얘기로군요."

세룡에 관한 얘기는 가급적 피하고 싶었던 아주는 일부러 달갑지 않은 듯한 표정으로 말했다.

"언니는 왜 그렇게 그 사람한테 관심이 많으세요?"

칠고내내는 빙긋이 웃기만 했다. 뭔가 좀 부끄러운 듯한 표정이었다.

이런 표정은 아주로서도 처음 보는 것이었다. 그녀의 기억으로는 칠고내내에게는 쑥스러워하거나 부끄러워하는 일이 단 한 번도 없었기 때문이다. 때문에 칠고내내의 이런 표정은 아주로부터 특별한 관심을 끌게 되었다. 아주는 평소에 칠고내내가 입버릇처럼 세룡을 칭찬하던 일이 생각나 자신의 실언을 후회했다. 자신의 말이 칠고내내의 마음을 상하게 했을 것이 분명했기 때문이다.

뭔가 둘러댈 말을 찾고 있는데 칠고내내가 먼저 더욱 놀라운 말을 꺼냈다.

"맞아요. 난 그 사람에게 관심이 많아요. 내가 아가씨한테 솔직히 얘기하지요. 나도 여러 번 생각해 봤는데 난 다시 출가하기 어려울 것 같아요. 만일 출가를 한다면 그쪽으로 가는 수밖에 없지요."

'그쪽으로 가는 수밖에 없다'는 말은 물론 진세룡을 두고 하는 말이었다. 칠고내내가 솔직히 털어놓는 말에 아주는 자신의 귀를 의심하지 않을 수 없었다. 그러나 아무리 생각해 봐도 잘못 들은 것 같진 않았다. 아주는 떨떠름한 기분에 빠지고 말았다. 얼굴빛도 금세 어두워졌지만 억지로 웃음을 지으면서 모르는 척 되물었다.

"누구를 말씀하시는 거예요? 진세룡을 말씀하시는 건가요?"

"그래요. 진세룡이에요."

칠고내내는 아주의 안색을 한번 살피더니 다시 물었다.

"내가 그 사람한테 시집간다면 잘 어울릴 것 같아요?"

기어코 이런 질문을 해 오다니 정말 얼굴이 두꺼운 여자였다. 아주는 속으로 생각했다. 정분을 얻기가 어렵다는 것을 두려워하지 않는다니 그저 장단이나 맞춰 주는 것이 낫겠다는 것이 그녀의 판단이었다.

"어울리고 말고요. 왜 안 어울리겠어요?"

"그럼 얼마나 잘 어울리는지 한번 얘기해 봐요."

"그건 좀 이상하네요."

아주는 여전히 억지웃음을 짓고 있었다.

"얼마나 잘 어울릴지는 언니가 다 생각을 하셨을 텐데 뭐 하러 제게 그걸 다시 물어보세요?"

"그냥 농담 좀 해본 거예요."

칠고내내는 아주의 얼굴을 가볍게 한번 꼬집어 주었다.

"내가 어떻게 진세룡 같은 사람에게 어울리겠어요? 나이로 봐도 그렇고 신분으로 봐도 그렇지, 아직 한 번도 처자를 거느려 본 적이 없는 사람이 양가집 규수한테 장가를 가야지 왜 나 같은 사람을 색시로 맞겠어요? 그리고 무엇보다도 그 사람은 나랑 성격이 맞지 않아요. 그가 양보하지 않으면 나도 양보하지 않을 텐데 매일 싸우기밖에 더하겠어요?"

아주는 어찌된 영문인지 도무지 갈피를 잡을 수 없었다. 어떻게 말을 받아야 할지 막막하기만 했다.

"농담이라고요?"

아주는 아무렇지도 않은 듯이 이렇게 되묻고 나서 다소 경계하는 듯한 태도로 애써 무관심한 표정을 지으면서 빙긋이 웃기만 했다. 그러면서 칠고내내의 표정을 유심히 살펴보았다.

"어때요? 내 말이 틀렸어요?"

"그 말도 맞다고 할 수 있겠지요."

아주는 조심스럽게 대답하면서 은근히 반격을 가해 보았다.

"언니, 하지만 진세룡이 언니를 아내로 맞으면 이로운 점도 적지 않을 거예요. 언니 같은 인재는 등롱을 켜고 찾아다녀도 찾기 어려울 테니까요. 얼굴도 예쁘고 수완도 대단한데다 우오 오빠 같은 사람이 보살펴 주고 있으니 말이에요. 어디 가서 더 좋은 배필을 만날 수 있겠어요?"

"정말?"

칠고내내는 의도적으로 이렇게 반문했다.

그러는 그녀의 말투에는 전혀 그렇게 생각하지 않는다는 의미가 배어 있었다. 아주는 다소 궁지에 몰린 기분이었지만 그렇다고 가만히 입을 봉하고 있을 수 없었다.

"물론 정말이지요."

칠고내내는 아무런 대꾸도 없이 빙긋이 웃고만 있었다. 그러더니 잠시 후에 다시 입을 열었다.

"처음부터 다시 얘기하자면, 아주 아가씨는 진세룡을 어떻게 생각하느냐 이거예요."

두 번째 질문에도 확실한 대답을 하지 않고 대충 회피해 버린다면 마음이 있다는 것을 밝히는 꼴밖에 안 될 것 같았다. 아주는 잠시 생각을 정리해 보고 나서 애매한 대답을 내놓았다.

"그 사람을 안 지 얼마 되지 않아서 수완이 좋다는 것밖에는 잘 모르겠어요."

"마음씨는요?"

칠고내내가 다시 물었다.

"마음씨는 어떨 것 같아요?"

"저는 잘 모르겠어요. 사람의 속마음을 제가 어떻게 알겠어요?"

"다른 사람의 마음이야 알기 어렵다고 해도 진세룡의 마음만은 잘 알게 아니에요?"

"또 농담을 하시네요."

아주는 부끄럽기도 하고 무안하기도 하여 획 얼굴을 돌려 등을 지고 누워 버렸다. 잠시 후에 아무런 기척도 없자 아주는 궁금한 마음에 슬며시 몸을 돌려 보았다. 그러자 바깥쪽에 누운 사람이 먼저 자리에서 일어나 앉더니 침상 아래로 내려가 버리는 것이었다.

"어머!"

그녀가 큰 소리로 칠고내내를 불렀다.

"어딜 가시는 거예요?"

"아무 데도 안 가요!"

칠고내내는 대답과 동시에 '후' 하고 입 바람을 불어 등잔불을 끈 다음 다시 침상으로 올라와 누웠다. 그러고는 아주에게 달려들어 그녀를 와락 껴안았다.

야릇한 기분이었다. 세상살이를 배우기 시작한 이래로 이렇게 남의 품에 안겨 보는 것은 이번이 처음이었다. 게다가 깜깜한 밤중이었기 때문에 같은 여자끼리였는데도 왠지 모르게 가슴이 뛰었다.

"너무 갑갑해요. 손 좀 풀어 주세요."

아주는 가볍게 저항했다.

"숨도 제대로 못 쉬겠다고요!"

칠고내내는 손을 약간만 풀어 주었다.

"자 이젠 아무것도 두려워할 것 없어요."

그녀가 말했다.

"솔직히 다 털어놔 봐요."

"털어놓을 얘기가 없다니까요."

"그럼 내가 진세룡이라고 상상을 해봐요."

칠고내내의 말에 아주는 얼굴이 뜨겁게 달아올라 숨조차 제대로 쉴 수 없었다.

"어휴! 정말 못 당하겠네요. 언니 같은 사람은 정말 처음 봤어요."

"뭐가 두려워서 그래요? 입으로 고기 맛을 못 봤으면 상상으로라도 보면 될 거 아니에요?"

"무슨 상상을 하라는 거예요? 그래봤자 침만 흘리게 될 텐데……."

“이건 진짜라고요.”

칠고내내는 아주를 더 세게 껴안았다. 그러면서 아주에게 자기도 안아 달라고 요구했다.

“아가씨도 날 좀 안아 봐요.”

“전 못 해요.”

“자, 어서 안아 주세요, 서방님!”

칠고내내는 애교까지 섞어 가며 말했다.

“지금 내가 껴안고 있는 건 아가씨지만 마음속으로 생각하고 있는 건 돌아가신 우리 서방님이라고요.”

아주는 너무도 뜻밖이었다. 자기가 칠고내내의 남편 역할을 하게 되리라고는 꿈에도 생각지 못했기 때문이다. 마음은 내키지 않았지만 순순히 따르는 수밖에 없었다. 아주는 그녀를 안아 주면서 한마디 농담도 잊지 않았다.

“내가 그대 남편이니까 내일 아침에 일어나면 발을 씻겨 줘야 하오.”

“말을 완전히 거꾸로 하는군요. 살아 계실 때는 우리 서방님이 내 발을 씻겨 주곤 하셨는데…….”

“에이, 전 믿을 수가 없어요. 사내대장부가 그런 일을 다 하셨단 말이에요? 말도 안 돼!”

“아가씬 잘 모를 거예요.”

칠고내내가 그녀의 얼굴을 응시하며 말했다.

“부부지간에는 이상한 일이 한두 가지가 아니에요. 나중에 아가씨가 시집을 가게 되면 진세룡 그 사람도 다 알게 될 거라고요.”

또 진세룡이었다. 아주는 아무 말도 하지 않았다. 말해 봤자 아무런 소용이 없기 때문이었다. 게다가 부인할수록 더 진실처럼 여겨지기 때문에 차라리 가만히 있느니만 못했다. 아주는 곰곰이 생각에 잠겼다. 도대체 부부 사이엔 어떤 이상한 일들이 있다는 것일까? 그러나 자신이 먼저 물어보는 것도 우스운 일이라 칠고내내가 스스로 말해 주기만을 기다려야 했다.

그러나 칠고내내는 그녀의 이런 마음을 헤아리지 못했다. 아주가 아무 말이 없자 그녀도 입을 굳게 다물어 버리고 말았다. 그러고는 아주를 껴안은 채 잠이 들어 날이 밝을 때까지 일어나지 않았다.

아주가 먼저 깨어 일어나 보니 누군가 문을 두드리고 있었다.

"아가씨! 아칠 아가씨!"

우 오수의 목소리였다.

"장씨 아가씨! 그만 일어나세요!"

"언니!"

아주는 우 오수의 목소리가 왠지 좀 심상치 않다고 느끼면서 서둘러 칠고내내를 깨웠다.

"언니! 어서 일어나 보세요. 우 오수 언니가 찾아요. 무슨 일이 생겼나 봐요."

칠고내내는 밀려오는 잠을 쫓으면서 힘겹게 침상에서 내려왔다. 문을 열어 보니 우 오수의 얼굴이 몹시 상기되어 있었다.

"어떻게 된 거예요? 불러도 일어나지 않으니 말이에요."

우 오수는 문 안으로 발을 들여놓자마자 칠고내내의 손을 잡아끌어 자리에 앉히면서 말했다.

"소도회가 조반을 시작했어요. 어제 상해가 함락됐다고요!"

"어머!"

칠고내내는 고개를 돌려 아주를 쳐다보았다.

"장씨 아가씨를 놀라게 하면 안 되니까 우리 방으로 가서 얘기해요."

아주는 귀가 예민하여 이미 모든 걸 확실하게 듣고 있었다. 그녀가 황급히 달려와 물었다.

"언니, 도대체 무슨 일이에요?"

"그렇게 다급해할 것 없어요."

칠고내내는 침착한 표정으로 우오수를 가리키며 말했다.

"나도 방금 들었는데 상해가 함락됐다나 봐요."

이런 소식을 듣고서 아주도 다급해하지 않을 수 없었다. 그녀는 소도회가 일을 벌일지도 모른다는 소식을 한 번도 들어 보지 못했기 때문에 상해가 함락됐다는 얘기를 듣자마자 그 안에 아버지뿐만 아니라 진세룡과 호설암도 함께 있다는 사실에 먼저 생각이 미쳤다. 너무나 뜻밖의 위기에 아주는 다급한 나머지 그만 울음을 터뜨리고 말았다.

"아가씨, 왜 이렇게 생각이 모자라요!"

보아하니 칠고내내의 특기가 나올 차례인 것 같았다. 그녀의 입에서 나오는 말에는 왠지 모르게 힘이 넘쳐 있었다.

"우리 오라버니도 상해에 계신데 나도 그렇게 호들갑을 떨어야 하겠어요?"

듣고 보니 맞는 말이었다. 우 오수도 그다지 다급해 하는 것 같지 않았다. 사정이 그리 급하진 않은 모양이었다. 아주는 물론 사태가 위험하긴 하겠지만 우선 두 언니들이 하는 얘기를 좀 더 들어 보고 나서 자세한 상황을 따져 봐야겠다고 생각했다.

우 오수는 아주에게 신경 쓸 겨를도 없이 칠고내내의 손을 잡아끌며 말했다.

"빨리 가서 옷을 갈아입도록 하세요. 가정嘉定에서 손님이 왔으니 아가씨가 한번 가서 만나 보도록 하세요."

이 말을 듣자마자 칠고내내는 우 오수의 손을 잡고 곧장 밖으로 나가 자기 방으로 돌아가서는 서둘러 세수를 하고 머리를 단장한 다음 치마

저고리를 단정하게 갈아입었다. 그녀가 이리저리 바삐 돌아치는 동안 우 오수가 그녀를 따라다니며 가정에서 온 손님에 대해 자세히 설명해 주었다.

복도 함께 누리고
화도 함께 당하는게 사업동료다

불청객은 가정嘉定의 토호인 주립춘周立春이 보낸 사람이었다. 주립춘은 유여천과 밀접한 관계가 있기 때문에 일단 상해에서 일이 벌어지면 주립춘이 가정에서 이에 호응할 준비를 갖추도록 되어 있었다. 그는 사전에 우오와 만난 자리에서 '복도 함께 누리고 화도 함께 당하자는[有福同享, 有難同當]' 의사를 밝힌 바 있었다. 우오는 이런 흐름에 휘말려드는 것이 싫었지만 그들의 미움을 사는 것도 그리 마음 편한 일이 아니었기 때문에 줄곧 미온적인 태도를 보이고 있었다. 그러나 지금까지는 그런 상태로 버텨올 수 있었지만 이제 확실한 태도를 밝히지 않으면 안 되는 시기가 온 것이다.

"내가 나서서 얘기해 볼게요."

칠고내내가 낮은 목소리로 말하는 사이에 갈수록 더 역겨운 소리가 들려왔다.

"제기랄! 난 강간만 했지 도박을 한 적은 없다고! 조반造反도 가서 술이나 한잔 하려고 제 발로 가는 것이지 억지로 끌려가는 게 아니란 말이야."

사내는 강호의 관례대로 짐짓 거친 말로 소란을 떨었다. 얘기 상대가 확인되기 전가지의 통과의례였다.

"또 왔군요!"

우오의 아내는 화가 나면서도 몹시 조급했다.

"아가씨, 제발 이러지 마세요! 저 사람하고 싸움이라도 하실 생각이세요? 그런 게 아니라면 가만히 계시는 게 좋아요."

"어머! 언니, 아직도 날 그렇게 바지저고리로 생각하시는 거예요? 전 소란을 피우려고 그러는 게 아니라 그저 만나 보기만 할 생각이에요. 그래도 손님인데 제가 왜 아무 이유 없이 그를 탓하겠어요?"

칠고내내가 그녀를 밀쳐 내며 말했다.

"언니가 먼저 가셔서 대접을 하세요. 아주 융숭하게 대접해서 기분이 상하지 않게 하시라고요."

"그건 걱정하지 마시고 제가 아침상을 차릴 테니까 저 양반에게 술이나 한잔 권해 보세요."

우오의 아내가 말했다.

"밤새 먼 길을 달려온 사람이거든요."

"그럼 언니가 잘 지켜보시다가 저 양반이 식사를 마치는 대로 우오 오라버니 방으로 안내해 주세요."

우오는 밀실을 하나 갖고 있었다. 외딴 곳에 멀리 떨어져 있는데다 겉으로 보기엔 완전히 외부로부터 단절되어 있는 방이었지만 실제로는 외부로 통하는 지하 통로가 하나 마련되어 있었다. 칠고내내는 소문이 외부로 새어 나가는 것을 막기 위해 일부러 그를 그 방으로 안내하려는 것이었다.

사내는 주립춘의 본가 형제로 서열이 여섯 번째라 주육周六이라 불렸다. 칠고내내도 그를 알고 있긴 했지만 이런 일들을 얘기하는 데는 별도의 신표가 있어야 했다. 그녀는 그와 대면하자마자 물었다.

"우리 우오 오라버니를 찾아오신 이유가 뭐죠?"

주육은 잠시 주저하다가 대답했다.

"칠고내내. 주립춘이 몇 가지 기밀을 전해 드리라고 해서 왔습니다."

"잠깐만요, 주육!"

그녀가 그의 말을 가로챘다.

"주립춘 오라버니께서 보낸 기밀을 갖고 계시다면 그걸 다루는 규정도 잘 알고 계시겠지요?"

"아, 참! 하마터면 잊을 뻔했군요."

주육은 무안한 표정으로 한번 씩 웃어 보이고는 손을 허리춤에 갖다 대고 뭔가를 만지작거리며 찾기 시작했다. 그가 허리춤에서 꺼낸 것은 조그만 한옥漢玉 조각이었다. 이것이 바로 신표였다. 조반은 목이 잘릴 수도 있는 중대한 일이라 서찰로는 말을 전할 수 없기 때문에 사람을 보내 직접 전해야 했고, 그러다 보니 전하는 사람의 말을 곧이곧대로 믿을 수가 없어서 주립춘과 우오가 약조를 하여 한옥을 신표로 쓰기로 한 것이다. 따라서 이런 신표가 없이는 무슨 일이 있어도 입을 굳게 다물고 비밀을 지켜야 했다. 칠고내내도 이런 약조가 있었다는 사실을 잘 알고 있었기 때문에 사전에 이를 먼저 확인하려고 했던 것이다.

신표를 확인한 칠고내내는 한옥을 다시 주육에게 돌려주면서 입을 열었다.

"주육, 이쪽의 사정도 잘 알고 계시겠지요? 우리에게 전하려는 얘기도 아마 마찬가지일 거라고 생각됩니다만……."

"네, 그렇습니다. 우리도 칠고내내께서 여장부라는 사실을 잘 알고 있습니다. 영형슈兄께서도 무슨 일이 있으면 칠고내내와 상의하라고 하셨거든요."

주육은 여기까지 얘기하고 나서 마음이 놓이질 않는지 다시 한 번 주위를 둘러보더니 목소리를 낮춰 다시 입을 열었다.

"상해 쪽의 사정에 대해선 칠고내내께서도 이미 소식을 들으셨을 줄

압니다.”

“저도 방금 들은 얘기라 자세한 사정은 아직 모릅니다.”

“상해에서는 이미 성공했습니다. 유 대형에게 든든하게 뒷받침해 주는 서양 상인이 있어서 일이 비교적 순조로웠습니다. 앞으로도 순조로울 겁니다. 소주의 녹영병*에도 호주 출신 병사들이 많은데 대부분이 유 대형의 고향 사람들이라 곧 일을 벌이기로 약조가 다 되어 있습니다.”

주육은 잠시 말을 멈추더니 다시 하던 얘기를 힘주어 계속했다.

“주립춘도 앞으로 2~3일 이내에 일을 벌일 겁니다. 이전에 우오 형과 얘기했던 그대로입니다. 그때가 되면 우오 형도 나서서 돕겠다고 하셨습니다. 제가 오늘 온 것도 바로 그 일을 의논하기 위한 것이지요.”

“아, 네.”

칠고내내는 침착하고도 차분하게 고개를 끄덕이며 대답했다.

“이런 얘기를 하신 적이 있다는 것은 저도 잘 알고 있습니다. 하지만 우오 오라버니께서 꼭 돕기로 약속하셨다는 말은 아직 듣지 못했는데요.”

이 말에 주육은 더 이상 말을 받지 못하고 졸지에 초상집을 찾아온 손님의 표정이 되어 버렸다.

“주육, 우리 우오 오라버니께서는 의리를 매우 중시하고 계십니다. 친구를 위해서라면 칼 숲이나 기름 가마에라도 뛰어 들어가실 겁니다. 그건 알고 계시죠?”

“맞는 말씀입니다.”

주육은 연신 고개를 끄덕였다.

“그렇기 때문에 립춘이 우오 형께 도움을 청하는 게 아니겠습니까? 모두들 복도 같이 누리고 화도 같이 당하자는 생각이지요.”

“솔직히 말씀드리자면 지금 우리 우오 오라버니께서는 커다란 난관에 봉착해 있습니다.”

칠고내내가 재빨리 그의 말을 받았다.

"한두 해 전만 해도 우오 오라버니가 이런 부탁을 거절했다면 정말 개자식이란 소리를 들어도 아무 말 못 했을 겁니다. 하지만 지금은 마음은 있지만 능력이 따라 주지 않는 형편이에요. 그 이유가 뭐냐고요? 어떤 몹쓸 놈의 탐관오리가 생각해 냈는지, 그놈의 빌어먹을 해운海運 때문이지요."

"해운이라고요?"

주육이 물었다.

"그럼 조운이 해운으로 바뀌었단 말씀입니까?"

"그렇습니다. 조운이 해운으로 바뀐 다음부터는 사선沙船까지 동원해서 돈 버는 일에 나서고 있단 말입니다. 원래 관동關東의 사선들은 하나 가득 돌을 실어다가 북쪽으로 나르기 편리하도록 장비가 갖춰져 있었는데 이젠 돌 대신 조미漕米를 운반하면서 운임까지 챙기고 있는 셈이지요. 천진에 도착해서 별 일이 없을 때는 이른바 '보거'**라는 게 있어서 사선방의 우두머리가 바로 관리가 되기도 한다는 말입니다."

칠고내내는 침을 한번 삼키고 나서 얘기를 계속했다.

"사선방이 적운賊運으로 끼어들면서부터 우리 조방들은 밥도 못 먹는 형편이 되어 버렸습니다. 송강이 피방이라는 사실은 알고 계시겠지요? 상황이 이렇다 보니 우리 우오 오라버니께서는 정말이지 깽깽이 풀로 밥을 대신해야 하는 처지가 되셨어요. 너무나 어려운 상황이지요. 곧 중양절***이 다가오면 서북풍이 불기 시작할 텐데 조방 형제들의 옷은 아직도 전부 전당포에 잡혀 있는 형편이니 우오 오라버니도 이젠 방법을 찾지 않

---

* 녹영병綠營兵__청조 때 한족으로 구성된 지방 주둔 병력으로서 깃발이 청색이라 녹영이라 했다.
** 보거保擧__아랫사람에 대한 표창 따위를 추천하는 일.
*** 중양절重陽節__음력 9월 9일.

으면 안 되는 입장입니다. 그래서 지금 어느 공자쇼子를 따라 상해로 생사 장사를 하러 가셨어요. 어떻게든 조금이라도 벌어서 부족한 살림을 메워야 하니까요. 주육 형께서도 좀 생각해 보세요. 우오 오라버니도 강호 출신인데 그렇게 궁지에 몰리지 않았다면 무엇 때문에 일개 공자에게 머리를 조아리고 들어갔겠습니까? 이처럼 진흙 보살이 강을 건너가 자기 몸 하나조차 돌볼 수 없는 처지에 어떻게 주육 형을 도와드릴 수 있겠습니까?”

이 말에 주육은 말문이 막혀 한동안 입을 열지 못하다가 한참 만에야 간신히 말을 받았다.

“그렇다면 어째서 우오 형께서 때가 되면 나서서 돕겠다는 약속을 하셨을까요?”

“그야 우오 오라버니의 성격 탓이지요. 지금 당장 찾아가 물어봐도 아마 돕겠다는 대답이 나올 겁니다. 하지만 제가 보기엔 도와드릴수록 더 사정이 어려워질 것 같습니다.”

“아니! 그건 어째서지요?”

주육은 그 말이 도무지 이해가 가지 않았다.

“어째서냐고요? 그게 다 먹고 사는 이치가 아니겠습니까?”

칠고내내는 용의주도하게 설명을 시작했다.

“조미가 왜 해운으로 바뀌었는지 아십니까? 하수의 수면이 낮아져서 조선이 통과하지 못하는 지역이 많기 때문입니다. 시국이 어지러운데다 조선마저 통과할 수 없으니 할 수 없이 사로死路를 택했다는 것이지요. 조방의 형제들은 ‘장모’에 대해 줄곧 고개를 돌려 왔는데, 이제 그들이 주대형과 함께 일어나는 것을 보았으니 겉으론 아무 말도 하지 않을지 모르겠지만 속으로는 틀림없이 별도의 계산이 있을 겁니다. 만일 사람들 앞에서 면목을 잃을 만한 일이 발생하기라도 한다면 우리 오라버니께서도 이를 무마할 방법이 없으실 겁니다. 그러니 도울수록 어려워지는 꼴이 아니고 무엇이겠습니까?"

그녀의 얘기를 다 듣고 나서 주육은 긴 한숨을 내쉬었다. 송강의 조방과 손을 잡고 일을 벌이려 했던 것이 오히려 서양 총을 손에 넣긴 했으나 총구를 안으로 향한 꼴이 되고 말았으니 보통 심각한 상황이 아니었다.

하지만 곰곰이 생각해 보면 꼭 그렇지만도 않았다. 주육도 속칭 '통초通草'라 불리는 '통조通漕'를 본 적이 있었다. 통조에는 조방의 육조陸祖께서 옹翁, 전錢, 반潘 삼조三祖에게 하산하여 행도할 것을 명했는데, 그들이 행하는 도란 다름 아닌 '반청복명反淸復明'의 도였다고 기록되어 있었다. 육조께서 말씀하신 두 수의 경구가 있었는데 그 중 첫 번째는 '전인세계후인수前人世界後人收'로서 대명강산大明江山을 수복해야 한다는 뜻이었고, 두 번째는 '일월위위조옥호日月魏魏照玉壺'로서 '일월日月'은 합쳐서 '명明'이 되고 '호壺'는 '호胡'의 해자楷字로 오랑캐, 즉 만청滿淸을 의미하니 결국 반청복명의 뜻이 그 안에 숨겨져 있는 것이었다. 그렇다면 지금 반청의 거사를 일으키는데 조방의 형제들이 어찌 총부리를 돌릴 수 있겠는가?

그는 생각나는 대로 전부 다 말해 버리고 싶었지만 칠고내내가 먼저 가볍게 권했다.

"주육 형, 이런 상황에서는 누구도 어쩔 도리가 없습니다. '황제도 굶주린 병사는 쓰지 않는다[皇帝不差餓兵]'는 말이 있지 않습니까? 밥도 못 먹는 주제에 지금 대명강산을 운운한다는 것이 우습지 않겠습니까?"

더 얘기해 봤자 아무런 소용이 없었다. 이번 심부름은 완전히 헛수고인 셈이었다. 주육은 잠시 생각을 더듬어 보고 결론을 얘기했다.

"그럼, 칠고내내. 이렇게 합시다. 지금까지 제가 한 얘기는 못 들은 걸로 해주십시오. 절대로 다른 사람들에게 말을 옮겨선 안 됩니다. 아시겠지요?"

그녀는 이 말의 의미를 금세 알아챘다.

"그건 염려하지 마세요. 그렇게 무책임한 짓은 하지 않을 테니까요. 만일 오늘 한 얘기가 밖으로 한 자라도 새어 나가는 날에는 무조건 절 찾아오세요. 제가 모든 걸 다 책임질 테니까요."

이어서 그녀는 아주 진지한 표정으로 말했다.

"주육 형, 이렇게 헛걸음을 하시게 해서 정말 뭐라고 말씀드려야 할지 모르겠습니다. 하지만 사정이 이렇다 보니 정말 역부종심力不從心입니다. 돌아가시면 주 대형께도 말씀 좀 잘 드려 주십시오. 이번엔 정말 죄송하게 됐다고요. 그리고 다른 면으로 우리가 도움이 될 수 있는 길이 있다면 서슴지 마시고 언제라도 분부만 내려 주십시오. 거듭 드리는 말씀입니다만, 저희도 주 대형으로부터 보살핌을 받은 적이 있지요. 그때는 정말 '봄바람에 여름비가 이어지곤 했었습니다[行得春風有夏雨]'. 힘이 닿기만 한다면야 친구를 돕는 것이 바로 자기를 돕는 게 아니겠습니까?"

주육은 말없이 고개만 끄덕였다. 모두들 칠고내내의 일 처리가 남정네 뺨친다고 하더니 과연 헛소문이 아니었다. 그녀의 마지막 두 마디는 중요한 의미를 담고 있었다. 일이 이루어지지 않더라도 친구로서의 관계는 계속 유지해 나가겠다는 뜻이었던 것이다.

"그야 칠고내내의 생각이시겠지요. 어쨌든 아무 걱정 하지 마십시오. 가정을 지나면 청포青浦가 나오고 청포를 지나면 송강에 도착하게 되지요. 며칠만 지나면 송강에 닿을 수 있고 노태야께서도 건재하신데 감히 경거망동할 수 있겠습니까?"

"주육 형, 정말 일리 있는 말씀이십니다. 제가 송강의 형제들을 대신해서 감사드리겠습니다."

이렇게 말하면서 그녀는 남자들을 흉내 내어 왼손으로 오른손 주먹을 움켜쥐며 읍을 했다.

결국 피차 아무런 마음의 상처도 없이 주육을 문밖으로 내보낸 칠고내내는 득의만면한 표정으로 키득키득 웃으며 방안으로 돌아왔다. 우오수가 그런 그녀를 맞으며 물었다.

"어떻게 됐어요?"

"아무 일도 없었어요."

그녀는 주육과의 약속을 지켰다.

"자세한 건 말할 필요도 없고, 한마디로 말해서 제가 우오 오라버니의 걱정거리를 깨끗이 없애 버렸지요."

"정말 수고하셨어요!"

우 오수는 크게 마음을 놓으며 말했다.

"사실은 호 주인장께도 고맙다는 인사를 드려야 할 거예요. 그 양반이 오지 않았더라면 아가씨 오라버니께서 상해로 떠나시는 일도 없었을 테니까요. 오라버니께서 직접 나서서 그를 만나시는 것보다는 아가씨가 대신 나서는 게 훨씬 편했을 거예요."

"맞는 말이에요."

칠고내내는 잠시 생각에 잠겼다가 다시 말을 이었다.

"언니, 오늘 상해에 한번 다녀와야 할 것 같아요."

"그러셔야지요. 한데 길이 좀 위험할 것 같은데요."

"겁날 것 없어요."

칠고내내는 조금도 개의치 않았다.

"그들이 막고 있는 건 육로예요. 전 배를 타고 갈 거니까 그들과 마주칠 위험도 없어요. 마주친다 해도 두려울 게 없고요."

"그럼 좋아요. 빨리 다녀오도록 하세요. 우오 오라버니한테 가 계시면 또 다시 그 신도神道들이 찾아오는 번거로움도 면할 수 있을 테니까요."

"저도 알고 있어요. 가서 물건을 좀 챙겨야겠어요. 언니, 사람들에게 부탁해서 당장 배를 좀 준비해 주세요."

칠고내내는 자신의 침실로 돌아와 서둘러 옷가지와 간단한 일용품을 챙겼다. 물건을 찾느라 한창 난리법석을 떨고 있는데 아주가 슬그머니 들어왔다. 할 말이 있다는 것이었다.

"언니!"

그녀는 수심어린 표정으로 입을 열었다.

"저랑 같이 가요."

"어머!"

칠고내내가 놀란 표정으로 말했다.

"난 지금 놀러 가는 게 아니라고요."

"저도 놀러 가는 게 아니에요. 아빠를 좀 만나 봐야겠어요. 그러지 않고서는 마음을 놓을 수가 없을 것 같아요."

"그것도 맞는 말이긴 하네요. 하지만 길이 안전하지 못해 좀 걱정이 되는군요."

칠고내내가 매우 신중한 어투로 말했다.

"아가씨도 한번 생각을 해보세요. 조반을 일으킨 사람들치고 무법무천無法無天하지 않은 작자들이 없는데 그들과 맞닥뜨리게 되면 온전할 수 있겠어요?"

"전 두렵지 않아요."

아주가 씩씩하게 대답했다.

"설마 제 목숨이야 빼앗아 가겠어요?"

"그 자들이 원하는 건 아가씨의 목숨이 아니라 몸이라고요."

이 말에 아주도 은근히 겁이 났는지 잠시 주저하다가 되물었다.

"그럼 언니는요?"

"난 괜찮아요. 얼마든지 그들을 상대해 낼 수 있다고요."

칠고내내는 아무 걱정도 없는 듯 큰소리를 쳤다.

"전에 얘기한 적이 있지만 난 주먹 싸움을 배운 적이 있어요. 진세룡 정도의 사내라면 너덧 명쯤은 문제없지요."

말을 마치기 무섭게 그녀는 벽 한구석에 놓인 청피青皮 사탕수수 한 가닥을 집어 들고 오른손을 평평하게 편 다음 기합 소리와 함께 힘껏 내려쳤다. 그녀가 어떻게 힘을 썼는지는 모르겠지만 사탕수수는 단번에 두 동강이 나 버렸다.

겁을 주려 했던 것이었지만 효과는 오히려 정반대로 나타났다. 원래부터 그녀를 믿고 있던 아주는 그녀가 매운 손맛까지 보여 주자 이젠 완전히 마음을 놓게 된 것이다.

"언니 같은 든든한 경호원이 있는데 두려울 게 뭐가 있겠어요? 전 언니랑 같이 가는 걸로 마음을 정했어요. 저도 얼른 가서 물건 좀 챙겨 갖고 올게요."

"잠깐만!"

칠고내내는 그녀를 만류하려다가 잠시 생각에 잠기더니 어쩔 수 없다는 생각이 들었는지 고개를 끄덕였다.

"꼭 가야겠다면 맘대로 해요. 하지만 아가씨처럼 예쁘고 젊은 여자를 데리고 가야 하는 내 어깨가 이만저만 무거운 게 아니라는 사실을 잊지 말아요. 무슨 일이 있어도 내 말을 잘 들어야 한다는 걸 명심하라고요. 그렇지 않았다가는……."

"알았어요! 말 잘 들을게요!"

아주가 재빨리 칠고내내의 말을 가로챘다.

"무슨 말씀을 하시든 그대로 따를게요."

"그럼, 아가씨도 강호의 생활을 모르지 않을 테니 여자들에겐 여자들 나름대로의 호신 방법이 있어야 한다는 걸 잘 알고 있겠지요. 혹시 거친 천으로 만든 적삼 있어요?"

아주도 사람들이 흔히 말하는 방법을 들어 본 적이 있고 기회가 오면 꼭 한번 시험해 보고 싶었지만 거친 천으로 만든 적삼을 갖고 있지는 않았다.

"없는데 어떡하죠?"

아주가 막막한 표정으로 대답했다.

"그럼 옷을 더 껴입어요."

아주는 칠고내내의 말만 믿고 그녀가 시키는 대로 적삼을 세 개나 껴입고 몸에 꽉 끼는 조끼를 두 벌이나 더 입었다. 그리곤 칠고내내에게로 가서 방문을 꼭 걸어 잠근 다음 침선을 꺼내 적삼의 허리 부분과 조끼를 단단히 꿰매었다. 이렇게 해야 흉악한 사내들을 만나도 쉽게 당하지 않을 수 있기 때문이다.

식사를 끝내고 막 배를 내리려고 하는 차에 갑자기 뜻하지 않은 사람이 찾아왔다. 다름 아닌 진세룡이었다. 온몸이 진흙투성이인데다 몰골이 말이 아니었다. 그래도 정신만은 아주 말짱했다. 얼굴에는 몹시 고생한 흔적이 역력했지만 그래도 목적지에 무사히 도착했다는 안도감에 희색마저 돌았다.

어쩌다 보니 그는 도착하자마자 우가의 식구들에게 둘러싸이고 말았다. 모두들 그가 상해에서 가지고 온 소식을 듣고 싶어했다. 칠고내내와 아주도 상해로 떠나려던 발길을 멈추고 먼저 그가 전하는 소식을 들어 본 다음에 다시 계획을 정하기로 마음먹었다.

"어떻게 오신 거예요?"

우오수가 다급하게 물었다.

"우리 식구들은 모두 무사하지요?"

"그럼요! 모두들 무사하십니다."

진세룡이 큰 소리로 씩씩하게 대답했다.

"모두들 이장에 계시기 때문에 아주 안전합니다."

이 말에 모두들 한시름 놓았다는 듯이 안도의 한숨을 내쉬었다.

"그럼 상해 현성縣城은 어떻게 됐나요?"

우 오수가 다시 물었다.

"현성은 함락됐습니다."

상해의 전반적인 상황을 아주 자세하고 완전하게 이해하고 있는 진세룡은 우가의 식구들에게 모든 것을 상세히 설명해 주었다.

"소도회가 거사를 일으키려고 했는데 사전에 소문이 도는 바람에 오吳 도대의 손에 계획이 풍비박산 나고 말았지요."

오 도대란 소주와 송강, 태창의 병비도兵備道인 오건창吳健彰을 지칭했다. 그는 유여천과 동향 사람으로 오래 전부터 그와 서로 알고 지내던 사이였다. 그러나 상해현의 단련*이 대부분 광동과 복건 출신들이라 오건창은 소도회가 단련을 이용하여 거사를 일으키리라는 소문을 듣고도 전혀 그렇지 않을 거라고 추측했다. 그의 생각으로는 소도회가 거사를 일으키면 자신과의 관계를 유지해 나갈 수 없기 때문에 서로의 교분을 생각해서라도 서로 얼굴 붉힐 일은 절대로 하지 않을 거라는 판단이 섰던 것이다.

그러나 유여천은 이미 태평천국의 승상인 나대강羅大綱과 연락을 취하는 동시에 영국 영사와 정제丁祭가 있는 날을 맞추며 먼저 아문을 공격하기로 약조를 해 놓고 있었다.

상해현 지현은 원조덕袁祖惠이란 인물로 원자재袁子才의 손자였다. 그는 연관을 통해 보산寶山 승상에서 상해 지현으로 승진한 인물로 당일 아침 일찍 의관을 정제하고 곧 가마를 타고 문묘에 나가 제사를 주재할 준비를 갖추고 있었다. 그가 막 대당大堂을 나서려는 순간 홍건을 머리에 두른 한

---

* 단련團練__중국 송나라 때부터 민국 초기까지 존재했던 지방 지주의 무장 조직.

무리의 난도들이 몰려 들어왔다. 난도의 우두머리는 소금자小金子라 불리는 자였는데 일찍이 원조덕에게 불량배로 치죄당한 적이 있는 인물이었다. 원수를 외나무다리에서 만나자 그의 두 눈에는 핏발이 섰다. 의기를 지닌 사내대장부였던 원조덕은 노기등등하게 욕설을 해 대며 소금자 일당을 향해 호통을 치다가 결국 그들에게 죽임을 당하고 말았다. 오건창은 이 소식을 듣고 곧장 영국 영사관으로 도망쳐 목숨을 구할 수 있었다.

도서道署와 현서縣署, 해관海關 등이 모두 일시에 반도들의 습격을 받았다. 소도회는 소남문小南門의 교가빈喬家濱을 점거하고 사선방의 거두 욱복산郁馥山이 새로 지은 대저택을 본거지로 삼았다. 성 전체가 온통 난리에 휩싸였지만 홍건적들도 감히 이장夷場에는 한 발짝도 발을 들여놓지 못했다. 난민들이 분분히 피난해 몰려오는 바람에 십리 이장은 극도의 혼란으로 아수라장이 되었다.

"관병은요?"

칠고내내가 물었다.

"설마 싸워 보지도 않고 도망친 건 아니겠지요?"

"관병은 수적으로 너무 열세라 감히 싸울 엄두도 내지 못했어요. 병사들을 이끌고 온 사람은 일개 관직인 수비守備에 지나지 않았지요. 이李 아무개란 사람이었는데 곧 난도들에게 목을 베이고 말았습니다."

"나쁜 놈들!"

칠고내내가 흥분해서 소리쳤다.

"상관의 목이 잘리는 판에 왜 목숨 걸고 싸우지 못하는 거야!"

"그런 일까지 신경 쓸 겨를이 없어요."

우 오수가 물었다.

"그럼 어떻게 오신 건지 어서 말해 보세요."

"특별히 전할 말이 있어서 왔습니다."

진세룡은 주위를 한번 두리번거리고 나서 말했다.

"안에 들어가서 말씀드리면 안 되겠습니까?"

기밀이라는 언질을 주고 안으로 들어온 진세룡은 우 오수에게 우오의 특별 지시를 전달했다. 가정에서 손님이 하나 찾아올 테니 절대로 실례를 범하는 일 없이 잘 대접하라는 내용이었다.

"알고 보니 그 말씀이셨군요!"

칠고내내가 나서서 물었다.

"그런데 그런 말씀이라면 어째서 진 소야를 보내셨지요?"

이렇게 묻는 데는 이유가 있었다. 우오는 수하에 사람이 많은데 이런 일에 같은 식구를 보내지 않고 손님이나 마찬가지인 진세룡을 보낸 것이 납득할 수 없었던 것이다.

"다 이유가 있지요."

진세룡이 말했다.

"호 선생님께서 저더러 주 소저를 호주로 다시 데려다 주라고 하시면서 가는 길에 이런 전갈을 전하도록 하신 겁니다."

"어머! 이건……."

칠고내내가 전혀 뜻밖이라는 표정을 지으며 말했다.

"정말 생각지 못했던 일이군요! 도대체 그 이유가 뭘까요?"

"호 선생님께서는 시국이 어지러우니 얌전히 집에 돌아가 있는 게 나을 거라고 하시더군요. 장 주인장님도 그렇게 말씀하셨고요."

"그야 본인에게 먼저 물어봐야지요."

칠고내내가 끼어들었다.

"이렇게 하는 게 어때요? 우린 이미 함께 상해로 가기로 마음먹고 배까지 준비해 놓은 상태니까 세룡이 우리를 데리고 상해로 가는 거예요. 할 얘기가 있으면 상해에 도착해서 다시 하면 되잖아요."

"그럼 그렇게 하지요. 언제 떠나실 생각이십니까?"

진세룡이 자신의 몸을 이리저리 훑어보며 말했다.

"온몸이 흙투성이라 아무래도 전 먼저 목욕을 좀 해야 할 것 같은데요."

진세룡이 목욕을 하러 욕탕에 들어가자 칠고내내는 그제야 자신들의 비밀 전갈 때문에 자리를 피해야 했던 아주를 찾으러 나갔다. 그녀는 진세룡이 가져온 소식을 전하면서 동시에 자신의 생각을 밝혔다. 물론 아주도 찬성이었다. 그러나 아주는 한 가지 궁금증을 떨쳐 버릴 수 없었다. 호설암도 한참 일손이 딸릴 텐데 무슨 이유로 진세룡을 시켜 자기를 호주로 돌려보내려 한 것인지 도무지 알 수가 없었던 것이다.

칠고내내는 생각이 달랐다. 그녀는 호설암이 진세룡을 위해 특별히 기회를 마련해 주고 있다는 것을 단번에 알아차릴 수 있었다. 두 남녀가 먼 길을 동행하다 보면 서로를 의지하면서 자신들도 모르는 사이에 애모의 정이 무르익게 될 것이기 때문이었다. 한 가지 걱정되는 점은 두 사람이 마른 장작처럼 너무 빨리 타올라 생쌀이 너무 일찍 더운밥으로 변하지나 않을까 하는 것이었다.

두 사람에 대한 이해는 칠고내내가 호설암보다 훨씬 더 깊었다. 그녀는 두 사람의 일을 하루 빨리 성사시키기 위해 직접 나서서 호설암의 계획을 바꿔 나가기 시작했다.

배가 오송강으로 들어서자 바람과 물살이 더없이 좋아 날이 밝기 전에 상해에 도착할 수 있었다. 배는 감히 소동문小東門에는 정박시키지 못하고, 일행은 양경빈洋涇濱을 통해 뭍으로 올라 곧장 가마를 타고 유기 사잔에 도착했다. 사잔 안에는 주랑마저도 앉을 틈이 없을 정도로 난민들이 가득 들어차 있었다. 모두들 현성과 포동浦東 일대에서 피난 온 사람들로 처자식과 친척들을 데리고 애원 반 위협 반으로 몰려 들어와 자리를 차지하고 있는 것이었다.

유기 사잔을 처음 찾은 칠고내내는 이런 광경에 말문이 막혀 버렸다. 한참 만에야 그는 짜증 섞인 어투로 입을 열었다.

“이런 데서 어떻게 살아요? 오라버니는 어디 계시죠?”

“너무 그렇게 툴툴거리지 마세요. 있을 만한 장소는 충분하니까요.”

진세룡은 그녀와 아주를 안내하여 곧장 주랑의 맨 끝으로 가서 새까만 석고문을 가볍게 두드린 다음 슬며시 열어젖혔다. 순식간에 별천지가 나타나면서 생사로 가득 차 있는 세 칸의 별옥으로 들어서게 되었다.

“아니, 아주야!”

고개를 들어 보니 장씨가 창문을 열고 소리쳐 부르는 모습이 눈에 들어왔다.

“아래층에는 물건을 쌓아 두고 위층에서들 기거하고 계세요.”

진세룡이 칠고내내에게 설명했다.

“올라가서 자세히 말씀드리도록 하지요.”

장씨가 달려 내려와 이들 일행을 맞았다. 부녀는 그다지 오랜만에 만난 것이 아닌데도 그 사이에 병란이 있어서 그런지 격세지감마저 느끼고 있었다. 자리를 잡고 앉자마자 칠고내내가 물었다.

“그분들은요?”

우오와 호설암을 두고 하는 말이었다.

“서양 사람들이 식사나 같이 하면서 사업 얘기를 좀 하자고 청해서 가셨는데 거의 돌아오실 때가 됐습니다.”

장씨는 이렇게 대답하고 나서 다시 아주에게 물었다.

“내 설암이랑 상의해서 세룡에게 널 호주로 좀 데려다주라고 부탁했는데 어째서 상해로 달려온 게냐?”

“제가 그렇게 하자고 그랬습니다.”

칠고내내가 끼어들어 대신 대답했다.

“덕분에 아주 편하게 왔어요. 그건 그렇고 장 주인장님, 죄송하지만 아래층에 잠깐 내려가 계시겠어요? 저희가 잠시 방 좀 빌렸으면 하거든요.”

이 말에 아주도 반가운 기색이었다. 여인네들의 ‘멍청한 방법’을 쓰느라 잔뜩 껴입은 옷 때문에 불편한 정도가 아니라 차 한모금 마시기조차 힘이 들었던 것이다. 아주는 당장 옷을 편하게 갈아입고 싶은 생각에 칠고내내를 거들어 장씨에게 재촉했다.

“아버지, 어서 아래층으로 내려가세요. 어서요.”

장씨는 무슨 영문인지 알 수가 없었지만 그렇다고 칠고내내에게 꼬치꼬치 캐어물을 수도 없는 노릇이라 슬그머니 빨부리만 집어 들고 아래층으로 내려가면서 한마디 덧붙였다.

“방 두 개가 다 열려 있으니까 어느 방이든지 편한 대로 쓰시구려.”

“세룡!”

칠고내내가 그를 불러 세웠다. 그는 이제까지 아무리 다정하게 불러도 쑥스러운 줄 몰랐는데 이번에는 왠지 부끄러운 생각이 들어 빙긋이 어색한 웃음을 지어 보였다.

“한 가지 부탁이 있어요. 여기에도 일하는 아주머니가 있는지 모르겠는데, 큰 주방이 어디예요? 우리에게 더운 물 한 통만 준비해 줄 수 있겠어요?”

“제가 못 할 일이 어디 있겠습니까?”

눈치 빠른 진세룡은 두 여인의 속마음을 다 읽고 있었다.

“호 선생님 방에 새로 산 대야가 있어요. 그걸 쓰시는 게 어떻겠습니까?”

그러고는 곧장 쿵쿵거리며 아래층으로 내려갔다.

“자, 봐요!”

칠고내내가 아주를 향해 웃으면서 낮은 목소리로 말했다.

“세룡이 아가씨를 위해 목욕물을 준비해 준대요.”

아주는 칠고내내의 농담에 귀 기울이지 않고 곧장 방 안으로 들어가 버렸다. 칠고내내도 자연스럽게 뒤따라 들어갔다. 두 사람은 재빨리 손발을 놀려 어둠 속을 더듬어 무거운 갑옷을 벗어 버렸다.

얼마 있지 않아 계단에서 쿵쿵대는 소리가 들려왔다. 진세룡이 물을 떠서 위층으로 올라오는 소리였다. 그는 더운 물 한 항아리와 냉수 한 통을 올려다 놓고는 다시 아래층으로 가서 기다렸다.

"세룡, 잠깐만요!"

칠고내내가 소리쳐 불렀다.

"방 안이 너무 어두운 것 같아요. 등잔을 좀 갖다 주셨으면 좋겠어요."

원래 그 방은 진세룡과 장씨가 함께 잠을 자던 침실이었다. 세룡이 대답했다.

"제 탁자 위에 서양 초가 있어요. 그리고 베개 밑에 빨간 성냥도 있고요."

"어떤 침대가 세룡 거예요?"

"벽 쪽에 붙어 있는 거요. 서양 성냥은 아무렇게나 휙 긋기만 해도 불이 붙으니까 손 데지 않도록 조심하세요."

"알았어요. 가시려는 건 아니죠? 한 가지 더 부탁할 일이 있거든요."

칠고내내가 성냥을 한 알 꺼내 만지작거리다가 방바닥에 휙 긋자 조그만 불꽃이 일어났다. 아주를 향해 성냥불을 비추자 그녀의 귀엽고 아리따운 자태가 드러났다. 아주가 속곳으로 가슴을 가리고 있는 모습을 보고 막 농담을 한마디 하려는 순간 그녀가 입김을 불어 성냥불을 휙 꺼 버리면서 낮은 목소리로 말했다.

"밖에서 그 사람이 훔쳐보고 있을지도 모르니까 조심해야 한단 말이에요."

사방을 둘러보니 과연 벽 사이에서 빛이 새어 들어오고 있었다. 그 정도 틈새라면 충분히 방안을 들여다 볼 수 있을 것 같았다. 칠고내내가 재빨리 물었다.

"세룡! 밖에서 무슨 짓을 하고 있는 거예요?"

"혹시 더 부탁하실 일이 있을까 해서 여기 그냥 앉아서 기다리고 있는 겁니다."

"벽에다 귀를 대고 우리 얘기를 엿듣고 있는 건 아니겠지요?"

칠고내내가 키득키득 웃으면서 물었다.

"점잖게 행동하세요. 엉큼하게 밖에서 방안을 몰래 들여다 보면 안 돼요!"

진세룡이 웃기만 할 뿐 아무런 대답도 없자 아주가 작은 소리로 원망하듯 칠고내내를 나무랐다.

"그에게 방법을 가르쳐 주시면 어떡해요? 촛불을 켜지 마세요."

이 말은 밖에 있는 진세룡에게도 들렸지만 도무지 무슨 소릴 하고 있는 건지 알 수가 없었다. 아무래도 남자의 체통을 지키는 것이 낫겠다고 생각에 그는 방안을 향해 큰 소리로 외쳤다.

"별일이 없으면 전 이만 아래층으로 내려가겠습니다."

마침 칠고내내도 그가 잠시 내려가 있는 것이 낫겠다고 생각하고 있었다.

"그래 주시면 고맙지요. 그럼 내려가시는 김에 계단 입구에서 망을 좀 봐 주세요. 남들이 함부로 방 안에 들어오지 못하도록 말이에요."

진세룡이 망을 봐 주니 걱정할 게 아무것도 없었다. 칠고내내와 아주는 건넛방에 가서 호설암의 대야를 가져다가 신나게 씻고 닦고 하면서 난리법석을 떨기 시작했다. 두 여인은 목욕을 끝내고 머리를 감은 다음 깨끗한 옷으로 갈아입고 눈부시게 화사한 모습으로 방에서 나왔다.

공교롭게도 때를 맞춰 유기 사잔의 주인마님이 당객들이 도착했다는 소식을 듣고 일하는 아주머니와 하녀 하나를 데리고 왔다. 이전부터 안면

이 있었던 칠고내내는 '진씨 아주머니!' 하고 부르면서 아주 대신 나서서 그녀를 맞아들였다.

일하는 아줌마가 위층에 올라가 어질러진 방을 정리하는 동안 손님과 주인은 좌정하여 서로 인사를 나눈 다음 오는 길에 있었던 일에 관해 물었다. 진씨 부인은 칠고내내와 아주에게 자기 집으로 가자고 청했다.

남에게 구속받는 것을 싫어하는 칠고내내는 별로 가고 싶은 마음이 없었다. 잠시 아주와 상의를 해봤지만 아주 역시 원치 않았다. 아빠를 만나본 다음 곧 호주로 돌아가야 하는 형편이라 굳이 남에게 신세까지 질 여유가 없었기 때문이다. 칠고내내와 아주가 극구 사양하자 진씨 부인도 억지로 잡아끌지 않았다. 진씨 부인은 잠시 앉아 있다가 나중에 자기 집에 가서 함께 식사나 하자고 청하면서 우오와의 얘기가 끝나는 대로 시간을 정하자고 제안했다.

얼마 후 진씨 부인이 떠나자 진세룡은 칠고내내와 아주를 위해 잠자리를 봐주었다. 장씨와 그는 아래층으로 짐을 옮겨 생사 더미 옆에 임시로 침상을 만들었다. 두 사람이 쓰던 방에는 큰 침대와 작은 침대가 각기 하나씩 있었다. 칠고내내가 큰 침대에서 자고 아주가 작은 침대에서 자게 되었다. 이 작은 침대는 원래 진세룡이 사용하던 것이었다.

막 정돈을 마치는 순간 호설암과 우오가 유기 사잔으로 돌아왔다. 때와 장소가 다르고 감정도 이전과 같지 않았지만 호설암은 여전히 태연자약한 모습이었고 아주도 별로 달라진 기색 없이 조용한 모습이었다. 칠고내내는 간략하게 상해로 오게 된 경위를 설명하고 나서 오빠인 우오에게 눈짓을 보냈다. 단둘이 나눠야 할 밀담이 있다는 뜻이었다. 이미 호설암과 서로 비밀이 없는 사이가 되어 있던 우오는 호설암의 손을 잡아끌어 자리에 앉힌 다음 함께 칠고내내의 보고를 들었다.

"가정에서 오기로 한 사람은 어제 아침 일찍 다녀갔어요."

그녀는 이곳에 오기 전에 있었던 일들을 하나하나 자세히 설명했다.

"그 정도면 일을 아주 잘 처리했구나!"

우오가 크게 안심한 듯이 말했다. 옆에서 조용히 듣고만 있던 호설암도 칠고내내가 그렇게 수완이 좋은 줄 몰랐다는 표정으로 눈을 크게 뜨고 그녀를 유심히 바라보았다. 칠고내내도 호설암의 눈길을 의식하고 적이 마음을 놓으면서 웃음 띤 얼굴로 물었다.

"소야숙, 제 솜씨가 어때요?"

"아주 훌륭합니다!"

호설암은 간단히 대답하고 나서 고개를 돌려 우오에게 말했다.

"이제 골치 아픈 숙제가 하나 줄어든 것 같군요. 상해에서의 일들도 머리를 잘 쓰기만 하면 무사히 해결될 수 있을 것 같습니다."

우오는 호설암의 말에는 아무런 대답도 하지 않고 누이동생에게 낮은 목소리로 분부했다.

"아칠, 내가 한동안 집에 돌아갈 수 없게 되고 보니 집안일들이 걱정돼서 영 마음이 놓이질 않는구나. 다행히 요 며칠 오가는 길이 그다지 위험하지 않은 것 같으니 서둘러 돌아가도록 해라."

칠고내내는 고개를 끄덕이며 그들이 상해에서 진행하고 있는 사업에 관해 물었다.

"장사는 잘 되세요?"

우오는 대답을 피했다. 대신 긴 한숨을 내쉴 뿐이었다. 한눈에 모든 게 여의치 않다는 것을 알 수 있었다.

"장사는 아주 잘 되어 가고 있습니다."

호설암은 여전히 낙관적인 태도를 보였다.

"한창 얘기가 진행되고 있으니 조만간에 곧 결론이 나올 겁니다."

그러나 사실은 결론이 나기가 그리 쉽지 않은 상황이었다. 호설암은 물건을 계속 팔지 않고 있고 양행에서는 소도회의 거사를 빌미로 수매를 미룬 채 관망하고 있는 상태라 양장에서 취급하는 가장 중요한 품목인 차와 생사는 점포만 있을 뿐 장이 형성되지 않아 혼미한 상황이 지속되고 있는 상태였다. 게다가 장사 쪽에 그다지 밝지 못한 우오는 형세가 난국으로 접어들자 비관적인 생각을 가질 수밖에 없었다. 이런 이유 때문에 그는 대답 대신 긴 한숨만 내쉬었던 것이다.

"아칠."

우오가 다시 입을 열었다.

"내일 아침 곧장 떠나도록 해라."

"알았어요."

칠고내내도 기분이 그다지 유쾌하지 않았다.

"제가 가는 건 문제없지만 장씨 아가씨는 제가 상해로 데려왔으니 누구한테든 맡겨야 할 텐데……."

"장씨 아가씨야 아버지한테 맡기면 되지 뭐!"

틀린 말은 아니었지만 칠고내내의 마음속에는 어떻게 해서든 그녀의 혼사 문제를 매듭짓고 싶은 생각뿐이라 답답하기 그지없었다. 하지만 그런 얘기를 꺼낼 만한 상황이 아닌 것 같다고 판단한 그녀는 입을 다문 채 조용히 침묵을 지켰다.

"아가씨!"

그녀의 속마음을 알아차린 호설암이 위로하듯 말했다.

"일은 잘 해결될 테니 너무 걱정하지 말아요. 급하게 서두른다고 다 되는 건 아니니까요. 난 장씨 아가씨를 호주로 돌려보낼 생각으로 진세룡에게 데려다 주라고 했던 것인데, 그것도 한 가지 방법이 될 수 있지 않겠습니까?"

"음, 글쎄요."

칠고내내는 확실하게 대답을 못 하고 있다가 한참 만에야 입을 열었다.

"유기 사잔의 주인마님께서 오늘 저희들이랑 밤참이나 같이 먹자고 청하셔서 그곳에도 가 봐야 할 것 같아요."

"그건 안 돼!"

우오가 고개를 가로저었다.

"오늘 밤에 그곳에서 아주 중요한 사람을 만나기로 되어 있어. 그러니 그냥 돌아가는 게 좋겠다."

너무나 짧은 만남 뒤에 이들은 또 다시 총총히 헤어져야 했다. 우오와 호설암은 자리에 엉덩이를 붙이고 앉아 있을 틈도 없이 서둘러 사람을 만나기로 한 청루*를 향해 걸음을 옮겨야 했다.

* 청루靑樓_기생집.

평범한 사람은
질투를 당하지 않는다

우오와 호설암이 만나기로 했던 중요한 사람은 광동 출신으로 성은 고古씨고, 직업은 통사通事, 즉 통역관이었다. 서양 친구도 많이 알고 있고, 특히 영국인들과 각별한 사이에 있는 인물이었다. 상해에 거주하고 있는 영국인들은 홍수전이 강녕에서 칭제稱帝하여 개국한 이래로 여러 분야에서 활동하고 있었다. 이들이 고씨를 찾아가는 이유도 바로 이러한 영국인들의 사정에 관해 알아보기 위한 것이었다.

우오도 상해에서만큼은 인맥이 아주 넓기 때문에 영국의 양행洋行들이 이미 홍군과의 무역을 시작했다는 소식을 여러 사람들에게 들어 알고 있었다. 벌써 두 척의 영국 군함이 상해에서 하관下關까지 항해해 들어와 있었고 처음에 홍군은 영국 군함이 청 조정을 지원하러 온 것으로 착각하고는 대대적인 경계태세를 취했다. 그러나 뜻밖에도 영국인들은 통사를 앞세우고 상륙하여 찾아온 목적이 통상을 위한 것이라고 말했다. 이들이 가지고 온 물건은 무기와 화약이었고 이와 교환하고자 하는 물건은 홍군이 양자강을 따라 동쪽으로 내려가면서 약탈해 모은 보석과 골동품들이었다. 결국 이들은 엄청난 이익을 챙겼는데, 이때 데려왔던 통사가 바로 고씨였다. 그의 이름은 고응춘古應春이었다.

호설암은 고응춘을 사귀어 두는 것이 앞으로 무기와 보석 분야의 장사에 큰 도움이 될 거라는 생각을 하게 되었다. 우오는 이미 호설암을 크게 신임하고 있는 상태였기 때문에 말이 떨어지기 무섭게 두 사람은 전략을 세웠다. 다른 사람에게 중간에서 다리를 놓아 달라고 부탁하여 전날에 화주花酒를 마시는 자리에서 만나 본 다음, 그 자리에서 이번에는 우오가 답례로 한잔 사는 걸로 약속을 한 것이다. 함께 어울릴 수 있는 사람들이 모두 다 모이긴 했지만 사실 주빈은 고응춘 한 사람 뿐이었다.

술자리가 마련된 곳은 보선가寶善街에 있는 이정원怡情院이었다. 우오는 이 장삼당자*의 주정主政인 동시에 이정노이怡情老二의 은객恩客이라 호설 암까지 빈지여귀의 즐거움을 맛볼 수 있었다. 막 이정원에 도착하여 큰 방에 좌정해 장삼을 벗으려 하는 순간 상방相幫이 큰 소리로 손님을 부르는 소리가 들려왔다. 이정노이가 직접 문발을 걷고 주위를 살펴보니 고응춘이 빠른 걸음으로 돌 층계를 걸어 올라오고 있었다.

"고 노야, 정말 의리가 대단하시군요."

이정노이가 웃으며 말했다.

"제일 먼저 도착하셨어요."

"우오 형께서 초대를 하셨는데 일찍 오지 않을 수가 있나!"

고응춘이 말을 받았다.

"게다가 자네가 있는 곳이니 더더욱 일찍 올 수밖에."

"제가 우 노야의 덕을 단단히 보는군요. 정말 고맙습니다."

"정말 성정이 지극하시군요!"

우오 역시 공수하여 감사의 뜻을 표한 다음 안쪽을 가리키며 말했다.

"안으로 가서 좀 누우시지요."

"저는 이미 충분히 인을 마셨지만 잠깐 눕는 것도 괜찮겠지요."

말이 떨어지기 무섭게 이정노이가 소리쳤다.

"등불을 켜라!"

이정노이는 고응춘의 도포를 받아 들고 안으로 따라 들어갔다.

들어간 곳은 이정노이의 향규**였다. 똑같은 색깔의 홍목 가구와 외국에서 들여온 구리 침대가 아담하게 어우러져 있고 침대 위로는 하얀 망사로 만든 휘장이 높이 걸려 있었다. 침상 위에는 이미 아편 기구가 가지런히 정리되어 있었다. 고응춘은 다소 겸손해하면서 먼저 침대에 누웠다. 맞은편 빈자리는 우오와 호설암이 서로 양보하면서 승강이를 벌였다. 결국 손님이기도 하고 고응춘에게 물어볼 말도 있는 호설암에게 먼저 자리가 돌아갔다.

두 통의 아편을 다 피우고 한바탕 한담을 늘어놓은 다음 이정노이는 연회석의 시중을 들기 위해 자리를 떴고, 우오 역시 모셔야 할 손님이 있다며 어디론가 나갔다. 작은 방 안에는 호설암과 고응춘 두 사람만 남게 되었다. 호설암은 고응춘이 상당히 활달한 사람이라 대하기가 어렵지 않다는 것을 알아차리고는 가르침을 청하는 듯한 어투로 말했다.

"응춘 형! 전 아무래도 운이 좋은 것 같습니다. 세상 물정에 경험이 많으신 응춘 형께 앞으로 많은 가르침을 기대하겠습니다."

"원, 별 말씀을 다 하십니다."

고응춘이 대답했다.

"우오 형에 대해서는 저도 오래 전부터 소문을 들어 잘 알고 있습니다. 그 양반은 항상 노형에 대한 칭찬을 늘어놓지요. 그런 걸 보면 노형께서도 훌륭한 친구임에 틀림없는 것 같습니다. 우리 앞으로 잘 사귀어 보도록 하십시다."

"네, 그래야지요. '이 땅 안에서는 모두 친구가 아니겠습니까[四海之內皆

....

* 장삼당자長三堂子__옛날 상해의 유명한 기생들이 모여 있던 기루로서 여기에서는 이정원을 가리킴.
** 향규香閨__여자가 거처하는 방.

兄弟]'? 더구나 해금海禁이 풀린 상태이니 우리끼리 가까워지지 않으면 서양 사람들의 농간에 대처하기가 더 어려워질 겁니다."

"맞습니다!"

고응춘은 손가락으로 아편이 담긴 쟁반을 탁 치며 말했다.

"설암 형. 정말 일리 있는 말씀입니다. 사실 우리 중국 사람들은 자신들끼리 싸우고 죽이고 하면서 완전히 서양 사람들 좋은 일만 시키고 있는 형편이지요."

실로 의미심장한 말이었다. 호설암은 속으로 생각했다. 말을 최대한 신중하게 해야 그의 마음속에 있는 생각들을 끌어 낼 수 있을 것 같았다.

"지금 관장에는 '양무洋務'란 두 글자가 크게 유행하고 있습니다. 관장의 뛰어난 인사들은 하나같이 양무를 논하면서 여기에 가장 큰 관심을 두고 있습니다. 이런 인사들은 저도 수없이 보아 왔지만 응춘 형께서 방금 하신 얘기는 금시초문입니다."

"흥!"

고응춘은 냉소를 지었다. 호설암이 말한 '뛰어난 인사들'을 비웃는 것이었다.

"그 사람들은 순전히 현실을 잘 알지도 못하면서 자기들 멋대로 양무를 논하고 있습니다. 어떤 부류는 입을 열기만 하면 그들을 오랑캐라고 매도하면서 야만인 취급을 하기도 하고 어떤 부류는 '양인洋人'이란 두 글자만 들어도 무릎을 꿇고 '양대인洋大人'이라 높여 부르지 못해 안달이지요. 이런 식으로 양무를 논하고 서양 사람들과 교류하는 것은 결국 스스로 화를 자초하는 일이 되고 말 겁니다."

"아주 날카로운 분석이십니다."

호설암은 계속 같은 주제를 빙빙 돌면서 얘기를 계속했다.

"지나친 건 모자라는 것만 못한 법입니다. 결국 우리끼리 치고 박고 싸우는 꼴이 되고 말지요."

"맞습니다."

고응춘은 담뱃대로 아편이 담긴 쟁반을 두들기면서 말했다.

"양인을 증오하는 사람들은 무조건 그들을 시기하고 양인을 두려워하는 사람들은 무조건 그들의 비위를 맞추려 합니다. 우리가 서로 배척하는 동안 머리 회전이 빠른 장사꾼들은 그 기회를 결코 놓치지 않을 것입니다. 가장 가증스러운 사람들이 바로 이런 부류이지요."

그의 분개하는 모습을 보면서 호설암은 고응춘 자신이 배척받은 경험이 있어 억울한 감정이 분출되고 있는 것임을 짐작할 수 있었다. '남의 질투를 받지 않는 건 평범한 사람뿐[不遭人妬是庸才]'이라는 말처럼, 배척을 당하는 사람들은 대부분 상당한 능력을 지닌 인재들이었다. 그의 말을 들어 보니 구구절절 일리가 있고 견해 또한 확고하고 심원했다. 이런 면모를 통해 그의 위인을 충분히 짐작하고도 남았다.

호설암은 자신을 도와줄 만한 인재가 부족하다는 사실을 새삼 기억했다. 특히 이 분야에는 더욱 그랬다. 이런 상황에서 고응춘이 자신을 위해 일해 준다면 그보다 더 좋을 수는 없을 것 같았다.

이런 생각이 머릿속을 채우자 호설암은 곧 마음을 정했다. 하지만 성급하게 굴어서는 어떤 일도 이룰 수 없다는 점을 잘 알고 있는 그는 잠시 머리를 굴려 고응춘의 흥미를 자아낼 수 있는 화제를 찾다가 드디어 입을 열었다.

"응춘 형!"

그는 주위를 두리번거리면서 과일 접시에서 살구 몇 알을 집어 입에 넣고는 우적우적 씹어 댔다. 입술이 기운차게 움직여서 그런지 말하는 모습에 훨씬 힘이 있어 보였다.

"저는 절대로 굴복하지 않을 겁니다. 우리끼리 치고 박고 싸우는 건 결국 서양 사람들에게 이익을 챙겨다 줄 뿐이지요. 하루 빨리 정신을 차리고 마음을 합쳐 양인들의 수중에 있는 우리의 권익을 되찾아 와야 합니다."

고응춘은 그의 얘기를 들으면서 눈을 크게 뜨고 담뱃대로 아편 쟁반을 두드릴 뿐 아무 말도 하지 않았다. 한참을 그러고 있던 그가 마침내 입을 열었다.

"설암 형! 이제까지 제게 이런 얘기를 한 사람은 아무도 없었습니다. 일전에 저도 배 두 척을 몰고 무기를 팔러 갔던 적이 있었지요. 가격도 이미 얘기가 다 된 상태라 막 거래가 이루어지려고 하는데 갑자기 어떤 놈 하나가 서양 말을 해 대면서 양인들을 향해 달려오는 게 아니겠습니까? 그러더니 양인들에게 지금 홍군이 급히 소총과 화약을 사들이려 하고 있고 이에 필요한 금은보화는 충분히 갖고 있다고 말하는 것이었습니다. 이 말에 양인들은 마음이 변해 가격을 다시 협상하자고 하더니 가격을 두 배로 올려 놓고도 거래를 질질 끄는 거예요. 결국 서양 사람들만 실속을 챙기게 됐지요. 저도 앞으로 이런 작태에는 절대로 굴복하지 않을 겁니다. 양인들이 챙겨간 이익을 반드시 되찾고 말 거라고요. 단 한 가지 걱정되는 것은 아무런 도움 없이 저 혼자서 그 일을 해낼 수 있을까 하는 겁니다. 방금 말씀하신 대로 우리도 힘을 합쳐야 하는데 어디서부터 손을 써야 할지 모르겠습니다."

"그건 오히려 제가 여쭙고 싶었던 말입니다."

호설암이 말했다.

"우선 정확한 상황을 알아야 되겠지요. 전 아직 양인들의 상황에 대해 아는 바가 별로 없기 때문에 뭐라고 말씀드릴 수가 없습니다. 하지만 일단 마음을 합치기로 결심한 이상 이대로 가만히 있을 수만은 없지요. 우선 응춘 형과 우오 형, 그리고 저까지 셋이서 서로 마음을 열고 진실로 대하면서 일이 생길 때마다 의논을 통해 바람직한 대처 방법을 마련하고,

그 결정에 따라 함께 움직이도록 하는 것이 최선의 방책인 것 같습니다. 그러면서 우리와 생각을 같이하는 사람들을 하나하나 끌어들이면 양인들도 우리와의 거래를 포기하거나, 그러지 않기 위해선 고분고분 우리의 말을 들어야 될 겁니다."

"좋습니다!"

고응춘은 자리에서 일어나 자세를 고쳐 앉았다.

"세 사람이 마음을 합치면 쇠도 끊을 수 있다[三人同心, 其利斷金]고 합니다. 방금 말씀하신 대로 설암 형과 우오 형, 그리고 저 이렇게 세 사람만이라도 일단 시작을 해봅시다. 전 일단 양행에서 '강백도'*로 일하는 것부터 당장 그만둬야 되겠습니다."

양행에서 서양 상인들과 중국인 사이의 중개 업무를 관리하는 사람을 강백도라 했다. 강백도는 외국어를 번역하는 일도 도맡아 했기 때문에 단지 통역만을 맡고 있는 통사와는 지위가 비교도 할 수 없을 정도로 높았다. 호설암은 그에게 그렇게까지 할 필요는 없다고 충고했다.

"응춘 형. 우리끼리니까 솔직히 말씀드려도 괜찮겠지요? 제 생각에 응춘 형께서는 양행에서의 지위를 그대로 지키시는 것이 바람직할 것 같습니다. 공연히 그만뒀다가는 양행과의 거래도 어려워지고 앞으로 양인들의 사정에 어두워지게 될 테니까요."

고응춘은 원래 생각이 깊지 못한 사람이라 생각이 떠오르는 대로 즉흥적으로 말해 버리는 습관이 있었다. 하지만 호설암이 지적해 주지 않았다 하더라도 조금만 더 신중히 생각해 보면 쉽게 생각을 바꿀 수 있는 인물이었다. 호설암은 다시 한 번 자신의 생각을 설명했다.

"생각해 보니까 지금 방금 세 사람이 힘을 합치면 쇠도 끊을 수 있다고

---

* 강백도康白度__영어 'comprador'의 음역어로 매판買辦, 즉 거래 중개인을 가리킨다.

하신 말씀은 정말 중요한 이치인 것 같습니다. 우리 셋이서 각자 한 부분씩 맡아서 일을 해 나갑시다. 응춘 형이 양행 쪽을 맡고 우오 형이 강호를 맡는 거지요. 전 관아 쪽에서 방법을 찾아보도록 하겠습니다. 세 분야가 하나로 통일되면 엄청난 힘을 발휘할 수 있을 겁니다."

고응춘은 잠시 생각해 보았다. 과연 그런 것 같았다. 게다가 호설암의 열렬한 격려를 받으니 힘이 났다.

"정말 기발한 생각이십니다. 하지만 이 세 가지 분야를 하나로 통일시키다는 것은 그리 간단한 일이 아닐 겁니다. 다시 한 번 생각을 정리해서 남들과 다른 방법을 도출해 내야 할 것 같습니다. 그래야 시장의 판도를 뒤집을 수 있을 테니까요."

의기가 투합된 덕분에 이번 술자리는 분위기가 매우 좋았다. 우오는 강호의 명인이라 초대한 손님들도 하나같이 명성과 세력이 대단한 인물들이었다. 모두들 기생을 두세 명씩 불러 춤추고 노래하면서 요란한 악기소리 속에서 떠들썩하게 즐기며 놀았다. 술자리는 아홉 시까지 계속되었고 일부는 자리를 옮겨 자정이 넘도록 흥청거리다가 유기 사잔으로 돌아갔다. 칠고내내와 아주는 둘 다 하루 종일 힘들었기 때문에 일찍 잠자리에 들었고, 장씨는 늘 일찍 자고 일찍 일어나는 습관이 있었기 때문에 이미 잠자리에 든 지 오래였다. 진세룡만이 차를 한 주전자 끓여 놓고 기다리고 있다가 그들을 맞았다.

"우오 형, 피곤하지 않으십니까?"

호설암이 신이 난 표정으로 물었다.

"피곤하긴요!"

우오가 되물었다.

"무슨 할 얘기라도 있으십니까?"

"할 얘기가 아주 많지요."

호설암은 얼굴을 돌려 세룡을 쳐다보며 말했다.

"세룡, 자네도 앉아서 같이 들어 보게. 내 오늘 자네를 위해 서양 말을 가르쳐 주실 선생님을 한 분 찾았네."

이 말을 듣자마자 우오는 금세 그의 의중을 알아차릴 수 있었다.

"혹시 고응춘을 말하는 게 아닙니까? 그럼 얘기가 잘된 건가요?"

"얘기는 더할 나위 없이 잘됐지요."

호설암은 우오에게 자신과 고응춘이 아편 침대에 누워서 한 얘기를 처음부터 끝까지 자세히 들려 주었다.

우오는 비교적 침착한 사람이라 얼굴에 희로喜怒의 감정을 잘 드러내지 않았다. 그러나 얘기를 듣는 동안 미간이 펴지면서 며칠 동안 떠나지 않던 음울한 분위기가 걷히는 모습을 볼 수 있었다.

"설암 형은 머리회전이 참 빠르시군요."

그는 아주 정중한 어투로 천천히 말했다.

"그와 손잡고 할 수 있는 일이 어떤 것들이 있는지 생각해 봐야겠습니다."

"한 가지 있긴 하지요. 한데……."

호설암은 말끝을 길게 늘였다.

"아니, 무슨 애로사항이라도 있으십니까? 어서 말씀을 계속해 보시지요."

"혹시 우오 형께서 묘금도卯金刀와 교분이 있으신지 모르겠습니다."

물론 묘금도가 유여천을 지칭한다는 것은 우오도 잘 알고 있었다.

"글쎄요. 얘기하기가 좀 곤란하군요."

"영국인들은 어떻게든 장사를 계속해 나갈 겁니다. 태평군에게 대포를 팔 수 있다면 당연히 관군에게도 팔 수 있을 것이고요. 오늘 제가 들은 바에 의하면, 양강 총독과 강소 순무가 모두 묘금도 때문에 골치를 썩고 있다고 합니다. 진작 대규모 군사를 파견하여 확실하게 때려잡았어야 하는데, 상황이 이렇게 된 이상 총과 대포가 중요하지 않을 수 없지요. 우리가 먼저 그들을 대신해서 양대糧臺를 처리하고 그들의 군대가 도착하는 즉시 출병해서 싸우는 게 어떻겠습니까? 만일 이 방법이 좋다고 생각하신다면 제가 재빨리 항주에 한번 다녀오도록 하겠습니다. 강소순무 허내교도 우리 항주 사람인만큼 틀림없이 그를 만날 방법이 있을 겁니다.”

“생각은 아주 좋습니다만 전 못 할 것 같습니다.”

“권길圈吉 때문인가요?”

호설암이 물었다. ‘권길’은 주립춘周立春을 의미했다. 우오는 고개를 끄덕이며 말했다.

“하나도 틀리는 바가 없습니다. 하지만 설암 형께서는 그와 친분이 없으니 하실 수 있을 것 같기도 합니다.”

“그럼 그만두는 걸로 하지요. 첫째, 하려면 모두가 다 같이 해야 하고 둘째, 그들이 저와 우오 형의 교분을 잘 알고 있기 때문에 우오 형께서 하시는 것이 적절치 못하다면 제가 하는 것도 마찬가지일 테니까요.”

호설암의 말에 우오는 크게 안심이 되었다. 그는 내심 호설암이 이 일을 하지 않기를 바라고 있었다. 하지만 ‘건달은 재로財路를 끊지 않는다’고 했던 것처럼, 좋은 사업인 것이 분명한데 그에게 차마 그만두라고 말할 용기가 없어 마음에 없는 말로 그냥 호설암이 하는 것도 괜찮을 거라고 말해 두었던 것이다.

“제게 다른 방법이 한 가지 더 있습니다. 절강에서는 지금 한창 무장봉기를 준비하고 있는데 호주에 성이 조씨요 이름이 경현景賢이라 하는 사람이 전면에 나서고 있습니다. 이분은 사리에 밝고 능력이 뛰어난데다 공사 양면으로 왕설공과 친분이 두텁기 때문에 제가 가서 얘기만 잘 하면 일이 쉽게 성사될 수 있을 겁니다."

"그거 참 잘됐군요! 그럼 우리 함께 이번 무기 장사를 잘 진행해 봅시다."

"제 생각엔 수고스럽겠지만 우오 형께서 방법을 마련해야만 일이 성사될 수 있을 것 같습니다."

호설암이 말했다.

"영국인의 병선은 호주까지 들어올 수 없고 부득불 상해에서 물건을 인도해야 하는데, 상해에서 호주로 물건을 운반하려면 적지 않은 위험을 감수해야 합니다. 도중에 약탈이라도 당하면 어떻게 하겠습니까?"

"상해에서 가흥까지의 구간도 완전히 안전한 것은 아닙니다. 하지만 절강성 경내로 들어오면 관병이 호위하기 때문에 약탈 행위는 감히 일어나지 못할 겁니다. 이 구간에서의 운송 문제는 제가 보장하도록 하겠습니다."

우오는 얘기를 계속했다.

"어차피 우리 조방 형제들은 모두 그곳에 있고 특별한 일도 없는 상태거든요. 배든 사람이든 모두 준비되어 있는 셈입니다. 이런 기회에 이들로 하여금 운임을 벌게 해준다면 아무 문제 없이 일이 잘 풀릴 것 같습니다."

"그럼 이 문제는 우리 둘이서 이미 결정을 한 셈입니다. 한번 하기로 했으면 끝까지 하는 겁니다. 제가 할 일이 또 뭐가 있는지 다시 잘 생각해 보시지요."

우오는 곰곰이 생각해 보고 나서 다시 입을 열었다.

"설암 형께서 절강 쪽에 부탁하셔서 우리 쪽 독량도를 대신해서 공사를 좀 맡아 달라고 해주십시오. 송강 조방의 배를 이용해서 군화軍火를 운송해야 한다는 것도 알려 주시고요. 이렇게 되면 제가 관아에 지시를 내린 셈이 되지요."

"그렇게 하겠습니다."

호설암은 고개를 돌려 진세룡에게 말했다.

"수고스럽겠지만 자네가 한번 더 다녀와야 할 것 같네."

"항줍니까? 아니면 호줍니까?"

"우선 항주로 가게. 그랬다가 혹시 왕 대노야께서 귀임을 하셨으면 다시 호주로 가도록 하게. 왕 대노야를 찾기만 하면 되네. 아, 맞아!"

호설암은 갑자기 뭔가 생각난 듯이 손바닥으로 무릎을 쳤다.

"자네가 아주를 도로 데려다 주면 되겠군!"

"알겠습니다. 언제 출발할까요?"

"길어야 사나흘만 기다리면 될 걸세. 내가 여기서 연락을 취해 보고 편지를 한 통 쓰면 곧장 떠날 수 있을 걸세."

연락이란 고응춘과의 연락을 의미했다. 다음날 아침 세 사람은 이정원의 향규에서 다시 만났다. 호설암은 그간의 경과를 설명하면서 영국인들이 대포와 화약을 이쪽에게도 기꺼이 팔 것인지 고응춘에게 물었다.

"안 팔 이유가 없지요. 그들도 장사를 하는 겁니다. 가격 협상만 잘 이루어지면 무엇이든지 다 팔 겁니다."

고응춘이 되물었다.

"또 뭐 필요한 물건이 있으시면 말씀해 보십시오. 제가 가서 잘 얘기해 볼 테니까요."

이 말에 호설암은 다소 당황하는 눈치였다.

"전 이쪽 분야에 대해서는 아무것도 모릅니다. 그저 물건이 좋기만 하면 그만이지요."

"물건의 품질뿐 아니라 수량도 생각해야 되지 않겠습니까? 아무래도 수량이 확정되어야 담판을 지을 수 있을 테니까요. 예컨대 소총은 얼마나 있어야 합니까?"

"아무래도 천 자루는 있어야 할 것 같습니다."

"천 자루요!"

고응춘이 웃으며 말했다.

"천 자루가 적다고 생각하십니까? 제가 보기엔 태평군 같은 무장조직에 대항하는 데는 오백 자루면 충분할 것 같습니다. 한데 교습*을 청해야 하지 않을지 모르겠군요. 소총을 다룰 줄 아는 사람이 아무도 없고 사격은 두말할 것도 없는 형편이지 않습니까. 고장이 날 수도 있을 텐데 그럴 경우엔 어떻게 수리해야 합니까? 우선 이런 문제들을 고려해 두어야 하지 않을까요?"

"응춘 형."

호설암은 공수하며 말했다.

"저보다 훨씬 생각이 깊으시군요. 아예 응춘 형께서 설첩**을 쓰시는 것이 나을 것 같습니다. 그래야 일이 시원스럽게 처리될 수 있을 것 같군요."

고응춘은 흔쾌히 승낙하고 즉시 일에 착수했다. 이정노이가 직접 기생을 부를 때 사용하는 붓과 벼루를 가지고 나와 진하게 먹을 갈아 주었지만 쓸 만한 종이가 없었다. 사실 이런 초고에는 국표***를 뒤집어 사용해도 무방했다.

고응춘은 손에 붓을 든 채 생각에 잠기면서 조용히 아편을 한모금 빨았다. 그러고는 아편환을 담뱃대에 넣고 담뱃대 주둥이에 고무관을 댄 다음 곧장 입으로 빨아 대기 시작했다.

....

* 교습敎習__군사훈련 교도관.
** 설첩說帖__일종의 의견서.
*** 국표局票__기생을 부를 때 쓰는 쪽지.

호설암은 비록 직접 글을 쓸 줄은 몰랐지만 충분히 알아볼 수는 있었다. 게다가 남다른 판단력과 식견을 갖고 있었다. 설첩을 쓰는 데 있어서 가장 중요한 것은 간결함이었다. 단 몇 마디의 말로 대 관리들의 마음을 움직일 수 있어야 상품上品의 설첩이라 할 수 있었다. 고응춘의 붓끝이 매끄럽게 움직였다. 청산유수로 유창하기는 했지만 아무래도 번잡함을 피할 수 없었다. 그는 소총과 화약의 이점을 처음부터 끝까지 소상히 적어 내려갔다. 자세한 건 좋지만 읽기에 너무 힘이 들 것 같았다.

호설암은 속으로 생각했다. 이 설첩을 왕유령과 조경현 같은 사람이라면 끝까지 읽어 보겠지만 인내심이 부족한 황종한의 수중에 들어간다면 일의 진행이 초장부터 난관에 봉착할 수도 있었다.

"훌륭하십니다."

호설암은 아무런 이의가 없는 듯 태연자약하게 설첩을 우오에게 넘겨주었다. 우오가 웃으면서 말했다.

"전 볼 필요 없습니다. 읽어 봤자 아무 소용이 없으니까요."

"설암 형."

이어서 고응춘이 물었다.

"급하게 쓴 것이니 좀 이상한 데가 있으면 서슴지 마시고 지적해 주십시오."

"아주 훌륭합니다. 한데 문외한한테 전문적인 용어를 쓰는 건 좀 안 어울릴 것 같군요. 읽어 봤자 이해하지도 못할 테니까요. 제 생각엔 앞부분의 일부를 삭제해 버리는 게 좋을 것 같습니다."

"알겠습니다."

고응춘은 고개를 끄덕이며 말했다.

"지금 모두들 양무를 배우고는 있지만 현실은 고려하지 않고 장님 혼잣말 하듯 하고 있지요. 총과 대포에 관해 얘기하는 사람들도 정말 제대로 이해하고서 말하는 사람은 솔직히 말해서 하나도 없습니다. 아무래도 정리가 필요할 것 같군요. 뺄 것은 빼고 첨가할 것은 첨가해야지요. 혹시 더 하실 말씀이 있으십니까?"

"아닙니다. 이 정도면 충분할 것 같습니다."

이는 예의상 하는 말에 지나지 않았다. 고응춘이 말을 이었다.

"전 일을 하다가 그만두는 것은 딱 질색입니다. 한번 시작했으면 끝을 봐야지요. 하물며 우리 일인데 더 말할 필요가 있겠습니까? 그러니 서슴지 마시고 얼마든지 직언을 해주십시오."

"그렇다면 기왕에 말이 나왔으니 제 생각을 좀 얘기해 보겠습니다. 첫째, 도광 연간에 이런 말이 있었습니다. '영국과 프랑스가 우리나라를 침략하여 불행하게도 군대를 잃게 되었다. 문제는 우리의 칼과 창이 화약을 당해 내지 못한 데 있다.' 정말 따끔한 정문일침頂門一鍼이 아닐 수 없습니다. 하지만 우리는 아직도 이 문제에 신경을 덜 쓰고 있는 것 같습니다."

"맞습니다. 반드시 이 점에 대한 대책이 마련되어야 할 겁니다."

"응춘 형. 이 문제 말고 한 가지만 더 추가할 수 있을지 모르겠군요."

호설암의 건의는 영국인이 상해로 싣고 들어오는 총과 화약의 양에 한계가 있다는 것을 의미했다. 다시 말해서 관군에게 물건을 팔면 홍군이나 지방의 폭도들에게 팔 물건이 그만큼 줄어든다는 얘기였다. 결국 이쪽에서 총 한 자루를 더 사면 저쪽에서는 한 자루가 모자라게 되니까 그 차이는 두 자루가 되는 셈이었다. 결국 관군이 총을 사들이게 되면 한 자루 값으로 두 자루의 소총을 사는 것과 마찬가지인 셈이었다.

"생각은 아주 정확하지만 현실과는 부합하지 않는 얘깁니다. 영국인들의 무기는 대량으로 끊임없이 들어오기 때문에 이쪽에 팔았다고 해서 저쪽에 팔 물량이 없다는 것은 어불성설입니다."

"물론입니다, 응춘 형. 이런 상황을 저와 응춘 형은 잘 알고 있지요. 하지만 관군은 이 점을 모르고 있습니다. 경사의 황제나 군기대신들은 더더욱 모르고 있을 겁니다. 따라서 우리가 잘 알아듣도록 얘기하지 않으면 안 된다는 것이지요."

고응춘은 우오를 바라보면서 빙긋이 웃었다. 우오의 얘기가 솔직하고 시원스러우면서도 정확했기 때문이다.

"응춘 형, 이런 문제에 있어선 우리 소야숙께서 가장 확실하게 능력을 발휘하실 겁니다. 이분 얘기를 한번 들어 보고 참고하시는 것도 좋을 것 같습니다."

"좋습니다!"

고응춘이 말했다.

"잘 알겠습니다. 다른 하실 말씀이 없으시면 오늘 작성한 설첩을 다시 정리해서 내일 양항의 견적서와 함께 드리도록 하겠습니다."

"잠깐만요!"

우오가 끼어들며 말했다.

"견적서는 어떻게 끊습니까?"

"관례에 따라 2할의 구전을 추가하지요."

고응춘이 웃으며 말했다.

"만약에 '모자 쓰기' 구전 대신 매방買方과 매방賣方 사이에서 차액을 챙기는 방법을 택하시겠다면 제가 가서 그렇게 얘기해 볼 수도 있습니다."

그의 말투를 보니 가격을 허위로 부풀리는 '모자 쓰기'를 원하는 것 같지는 않았다. 호설암 역시 양인들에게 무시당하지 않으면서 절강 관리들의 위신을 세워 줄 수 있는 방법을 찾아야 한다고 생각했다. 2할의 구전 외에 추가로 돈을 쓸 수는 없는 일이었다.

"맞습니다."

우오는 아주 진지하게 이를 받아들였다.

"전 원래 여러분들께서 소홀히 하시지나 않을까 해서 얘기를 꺼냈던 건데 모두들 염두에 두고 계신 바가 있는 것 같으니 어떻게 하든지 문제 될 것은 없을 것 같군요."

"한데, 소총 외에 대포도 있는데 절강 쪽에 팔라고 권해 볼까요?"

고응춘이 말을 받아 되물었다.

"그건 좀 천천히 생각해 보도록 하지요. 절강에 공襲씨라는 사람이 있는데 대포를 만들 줄 안다고 그러던데……."

공씨란 사람은 복건성 출신으로 이름은 공진린襲振麟이었다. 일찍이 가흥현 현령을 지낸 바 있고 도광 말년부터는 절강의 포국砲局에서 일하고 있었다. 명조 중엽 이래로 줄곧 서양 대포를 모방해서 제작해 온 '홍의대장군포紅衣大將軍砲'는 모두 무쇠를 모래로 힘들게 문질러서 만들었다. 그런데 공진린은 제조법을 한 단계 더 발전시켜 대포를 주조할 수 있는 주형을 발명했다. 이를 위해 그는 『기포가신식도설機砲架新式圖說』이란 제목의 책을 저술하기도 했다. 아들 공자당襲子棠도 아버지의 일을 전수받으면서 대포를 주조하는 기술에 있어서 놀라운 발전을 이룩한 공로로 부자가 모두 절강 대사로 중용되었다.

"물론 이들이 폭도를 잡기 위해 급히 만들어 낸 대포는 서양의 '낙지개화대포落地開花大砲'만 못합니다. 하지만 꼭 그렇다고 말할 수만도 없습니다. 포국 사람들이 우리 때문에 밥그릇을 잃어서는 안 됩니다. 이것저것 트집을 잡고 늘어지면 관장에서는 소총마저도 사지 않으려 할 겁니다."

"설암 형."

고응춘이 탄복하며 말했다.

"정말 마음이 넉넉하시군요. 관아의 폐단도 정확히 짚고 계신 것 같습니다."

"관원의 세계도 결국 상인의 세계와 마찬가집니다. 동행들끼리 서로 시샘을 하기 마련이지요. 서로 싸우지만 않는다면 무슨 일이든 잘 성사될 수 있을 겁니다."

고응춘과 우오는 호설암의 말에 뜻을 같이했다. 마음도 한결 가까워지는 것을 느낄 수 있었다. 이들은 이정원에서 여유 있게 술잔을 기울이면서 앞으로 펼쳐질 수많은 계획들을 의논하다가 거의 자정이 되어서야 다음 날 오후에 같은 장소에서 다시 만나기로 하고 자리를 파했다.

고응춘은 돌아가고 우오는 이정노이의 집에서 묵었다. 할 말이 남아 있었기 때문이다. 결국 호설암도 이정원의 나무 침대를 하나 빌리게 되었다.

우오가 얘기하고자 했던 것은 그가 이날 저녁 호설암과 헤어진 후에 다시 이정원으로 오기 전에 입수하게 된 한 가지 소식 때문이었다. 다름 아닌 유여천이 영국인들과 한 패가 되었다는 소식이었다. 영국인들은 시장을 에워싸 사방으로 담을 쌓고 관군이 들어오는 것뿐 아니라 관군이 도로를 사용하는 것조차 허락하지 않고 있었다. 하지만 이들도 진가목교陳家木橋 하나만은 개방하려 했다. 이는 유여천이 무기와 식량을 지원받을 수 있도록 하기 위한 조치였다.

"지금의 상황으로는 1년 반 안에 상해를 되찾는 것은 힘들 것 같습니다. 그래서 말씀인데, 생사 사업을 계속해도 될지 모르겠습니다. 먼저 이에 대비한 계획을 세워 놓아야 하지 않을까요?"

"냉정하고 정확하게 따지고 넘어가야 할 문제인 것 같군요."

호설암이 이의를 제기하고 나섰다.

"상해의 관세는 양강 지역의 젖줄과 같습니다. 영국인들이 계속해서 장아무과*하는 꼴을 더 이상 두고만 볼 수는 없어요. 반드시 이에 대응할 방법을 찾아야 합니다."

"이것 역시 들은 얘긴데 말입니다."

우오가 말을 이었다.

"양강 총독인 이 대인은 서양 사람들이 폭도들을 도왔다는 이유로 일찌 감치 내지와 서양 오랑캐의 연통을 금지하려고 한답니다. 이러다가 내원 來原이 끊어지면 우리가 어떻게 상해에서 사업을 전개할 수 있겠습니까?"

"이 문제는 두 가지 면으로 생각해 볼 수 있습니다. 내원이 끊기면 물가가 오를 테니 우리에겐 이익이 됩니다. 하지만 물건이 없으면 물가가 아무리 높아도 소용이 없지요. 결국 우리에겐 아무런 이익이 없는 겁니다."

호설암은 설명을 계속했다.

"생사 장사는 아무래도 평상시대로 해 나가는 게 좋겠습니다. 우리에게 불리한 요소들을 피해 가면서 말이지요."

"어떻게 피한단 말입니까? 제가 보기엔 피할 방법이 없을 것 같군요."

한 가지 방법이 있기는 했다. 다름 아닌 암거래였다. 우오는 수로의 상황을 잘 알고 있었기 때문에 암거래가 그리 어려운 일은 아니었다. 그러나 호설암으로서는 감히 법을 어기는 일을 할 수가 없었고, 아직은 모든 일이 순조로운 만큼 굳이 법을 어기면서까지 장사를 해야 할 필요를 느끼지 못하고 있었다. 하지만 그는 곧장 생각을 바꿔 목구멍까지 올라온 말을 거둬들였다.

"소야숙. 제 생각에는 이 한 가지 방법밖에 없을 것 같습니다."

우오가 한 가지 방법을 내놓았다.

"현금을 최대한 풀어 상해에서 물건을 확보한 다음 이를 한동안 쌓아 두었다가 일시에 되팔아 버리는 겁니다. 이것 말고 또 장사가 잘 될 만한 것이 있으면 다시 의논해 보기로 합시다. 가장 바람직한 것은 우리 조방의 형제들과 함께 힘을 합쳐 일을 처리하는 겁니다. 첫째는 우리 모두의 생계를 유지하기 위해서이고, 둘째는 유수호한**이 없도록 하기 위한 것

....
* 장아무과張牙舞爪__막무가내로 달려들다.
** 유수호한遊手好閒__하는 일 없이 빈둥거리다가 화를 자초하는 일.

이지요."

 우오의 얘기를 들으면서 호설암은 조운의 생계가 하루가 다르게 궁핍해져 가고 있음을 짐작할 수 있었다. 또 다른 걱정거리였다. 이미 지기가되어 친척 이상의 관계가 된 사이라 걱정을 함께 나누는 것은 너무나 당연했다. 호설암은 우오에게 송강 조방의 어려운 처지에 관해 물으면서 좋은 해결 방법이 없을지 함께 상의하기 시작했다. 두 사람은 창밖이 어스름히 밝아 올 때까지 의견을 주고받으며 머리를 짜내다가 아침이 다 되어서야 각자의 잠자리로 돌아갔다.

 정오가 다 되도록 단잠에 빠져 있던 호설암은 이정원의 대저大姐가 부르는 소리에 잠에서 깼다. 손님이 찾아온 것이다. 바로 진세룡이었다. 그는 호설암에게 편지 한 통을 내밀면서 왕유령이 특별히 사람을 시켜 보내온 것이라고 설명했다. 편지를 뜯어 자세히 읽어 본 그는 신성현의 곡물징수 거부 사태가 원만히 해결되었다는 사실을 알게 되었다. 혜학령은 자신의 체면과 명성을 돌보지 않고 지방의 유지들과 힘을 합쳐 사건의 주범들을 사로잡을 계획을 세웠고, 이미 항주로 가서 수사할 방법까지 마련해두었다고 했다.

 편지에서는 이런 희소식과 함께 동조冬漕에 관한 얘기도 언급하고 있었다. 상해가 함락되었기 때문에 절강의 조운은 장소를 바꿔 유하劉河에서출발하는 것으로 결정되었다. 따라서 여러 가지 변동 사항도 많기 때문에조운을 한 달 앞당겨 시작해야 했고, 왕유령도 서둘러 호주로 돌아올 수밖에 없었던 것이다. 또한 상해가 반도들에게 넘어가면서 절강 사람들의민심이 흉흉해진 동시에 각지에서 무장봉기가 일어나고 있는 실정이라이를 조속히 해결해야 한다는 과제도 남아 있었다. 호주도 예외는 아니었다. 조경현이 이 일을 담당하고 있었지만 지방관들도 책임이 있는 만큼문책을 피할 수 없었다. 정말 어려운 것은 해운국의 직무에서 벗어날 수 없다는 것이었다. 왕유령이 한시도 몸을 빼낼 수 없는 상황이라 호설암이 대신 절강에 한번 다녀와야 하고, 게다가 함께 상의해야 할 시급한 업무가 많이 밀려 있다는 전언이었다.

4권에 계속...